LA 628-E8

Eugène FASQUELLE, Éditeur, 11, rue de Grenelle.

OUVRAGES D'OCTAVE MIRBEAU

DANS LA BIBLIOTHÈQUE-CHARPENTIER
à 3 fr. 50 le volume.

Sébastien Roch...............................	1 vol.
Le Jardin des Supplices (31° mille).............	1 vol.
Le Journal d'une femme de chambre (112° mille)	1 vol.
Les Vingt et un jours d'un Neurasthénique (28° mille)..	1 vol.
Farces et Moralités...........................	1 vol.
La 628-E8 (39° mille).........................	1 vol.

Sébastien Roch. Édition illustrée. 1 vol. in-18......	3 fr. 50
Contes de la Chaumière, avec deux eaux-fortes de Raffaëlli. 1 vol. in-32 de la *Petite Bibliothèque-Charpentier*....................................	4 fr. »
Le Calvaire. Édition illustrée (OLLENDORFF, éditeur)..	3 fr. 50
L'Abbé Jules (OLLENDORFF, éditeur)..............	3 fr. 50

THÉATRE

Les Mauvais Bergers, pièce en cinq actes........	3 fr. 50
Les Affaires sont les Affaires, comédie en trois actes (16° mille).................................	3 fr. 50
Le Foyer, comédie en trois actes. En collaboration avec THADÉE NATANSON (8° mille).................	3 fr. 50
Vieux Ménages, comédie en un acte.............	1 fr. »
Le Portefeuille, comédie en un acte.............	1 fr. »

14194. — L.-Imp. réunies. — 7, rue Saint-Benoît, Paris.

OCTAVE MIRBEAU

LA 628-E8

TRENTE-HUITIÈME MILLE

PARIS

BIBLIOTHÈQUE-CHARPENTIER

EUGÈNE FASQUELLE, ÉDITEUR

11, RUE DE GRENELLE, 11

1910

ÉDITION DE LUXE IN-8°

Il est tiré de cet ouvrage une édition de grand luxe,
imprimée à petit nombre,
avec de très nombreux dessins marginaux inédits de
PIERRE BONNARD
exclusivement réservés à cette édition.

DÉTAIL DU TIRAGE :

*25 exemplaires sur papier impérial du Japon,
numérotés de 1 à 25*

Prix . . . . **60** francs.

*200 exemplaires sur papier vélin-d'Arches à la forme,
numérotés de 26 à 225*

Prix . . . . **40** francs.

DÉDICACE

A Monsieur FERNAND CHARRON

*A qui dédier le récit de ce voyage, sinon à vous, cher
Monsieur Charron, qui avez combiné, construit, animé,
d'une vie merveilleuse, la merveilleuse automobile où
je l'accomplis, sans fatigue et sans accrocs?*

*Cet hommage, je vous le dois, car je vous dois des
joies multiples, des impressions neuves, tout un ordre
de connaissances précieuses que les livres ne donnent
pas, et des mois, des mois entiers de liberté totale, loin
de mes petites affaires, de mes gros soucis, et loin de
moi-même, au milieu de pays nouveaux ou mal connus,
parmi des êtres si divers dont j'ai mieux compris, pour
les avoir approchés de plus près, la force énorme et
lente qui, malgré les discordes locales, malgré la résis-*

a

tance des intérêts, des appétits et des privilèges, et malgré eux-mêmes, les pousse invinciblement vers la grande unité humaine.

Oui, ce qui est nouveau, ce qui est captivant, c'est ceci. Non seulement l'automobile nous emporte, de la plaine à la montagne, de la montagne à la mer, à travers des formes infinies, des paysages contrastés, du pittoresque qui se renouvelle sans cesse; elle nous mène aussi à travers des mœurs cachées, des idées en travail, à travers de l'histoire, notre histoire vivante d'aujourd'hui...

Du moins, on est si content qu'on croit vraiment que tout cela est arrivé. Et puis, pour nous les rendre supportables et sans remords, ne faut-il pas anoblir un peu toutes nos distractions?

⁂

Il y a six ans, je me rappelle, parti, un matin, d'Aurillac, sur une des premières automobiles que vous ayez construites, j'arrivai, le soir, vers quatre heures, en plein Jura, à Poligny.

C'était la fin d'un jour de marché. Tout était calme dans les rues. Nul bruit dans les cabarets, à peu près vides. Bêtes et gens s'en allaient pacifiquement, qui à l'étable, qui au foyer. Quelques groupes restaient encore à deviser sur la place, où les petits marchands avaient

démonté et repliaient leurs étalages... Rien qu'à la traverser, la ville me fut sympathique. Elle avait un air
de décence, de bonne santé, de bon accueil, très rare en
France.

Dans l'auberge où je descendis, je m'attablai entre
deux paysans, très beaux, très forts, les cheveux drus
et noirs sur une puissante tête carrée, le masque modelé
en accents énergiques; singulièrement avenants. Ils
parlaient de leurs affaires, et moi, tout en mangeant de
savoureuses truites, arrosées d'un excellent vin d'Arbois,
je les écoutais parler. Comme ils n'avaient rien du nationalisme sectaire et méfiant, avec lequel, d'ordinaire,
les paysans reçoivent ce qu'ils appellent les étrangers,
ils permirent fort gentiment que je prisse part à leur
conversation.

Ils se montrèrent parfaits techniciens agricoles, curieux
de progrès, informés au delà des choses de leur métier.
Je n'avais plus, devant moi, l'Auvergnat, âpre et rusé,
bavard et superstitieux, ignorant et lyrique, que j'avais
quitté le matin même, non sans plaisir, je l'avoue; je
voyais enfin des hommes, calmes, réfléchis, réalistes,
précis, qui ne croient qu'à leur effort, ne comptent que
sur lui, savent ce qu'ils veulent, ont le sentiment très net
de leur force économique, exigent qu'on respecte en eux
la dignité sociale et humaine du travail. Aucune trace
de superstition, en leurs discours, et, ce qui me frappa
beaucoup, pas le moindre misonéisme. Ils n'eurent pas
une parole de haine contre l'automobilisme. Au contraire.

*Ils admiraient grandement cette nouveauté, lui faisaient
crédit de n'être encore qu'un sport — un sport expéri-
mental — aux mains des riches, et ils en attendaient des
applications démocratiques, avec confiance.*

*A plusieurs reprises, ils marquèrent cette fierté que,
de tous les départements français, le leur fût celui où
l'instruction s'était le plus développée.*

L'un d'eux me dit :

*— Chez nous, tous, nous désirons apprendre. Malheu-
reusement, on ne nous apprend pas grand'chose. Nous
n'avons pas, bien sûr, l'ambition de devenir des savants,
comme Pasteur. Mais nous voudrions connaître l'indispensable. Or, l'instruction qu'on nous donne est, tout
entière, à réformer. C'est l'instruction cléricale qui
persiste hypocritement, dans l'instruction laïque. On
nous farcit toujours l'esprit de légendes dont nous
n'avons que faire... Mais nous continuons à ignorer les
plus simples éléments de la vie : par exemple, ce que c'est
que l'eau que nous buvons, la viande que nous man-
geons, l'air que nous respirons, la semence que nous
confions à la terre..., en bloc, tous les phénomènes natu-
rels, et nous-mêmes... Alors, comme nos anciens, nous
cheminons, à tâtons, dans la routine, et nous ne sommes
pas capables de tirer parti des immenses richesses qui
sont, partout, dans la nature, à portée de la main.*

L'autre, qui approuvait, dit à son tour :

*— Les socialistes nous prêchent sans cesse l'éman-
cipation, l'affranchissement... J'en suis, parbleu!...*

Mais, l'affranchissement, l'émancipation de quoi, si tout d'abord on n'affranchit et on n'émancipe notre cerveau?

Je compris très bien que le passé n'avait plus aucune prise sur ces hommes conscients et qu'ils défendraient, avec une volonté tenace et une tranquille assurance, les conquêtes, les pauvres petites conquêtes, matérielles et morales, qu'ils avaient su, tout seuls, arracher à la société et au sol ingrat de leurs montagnes...

Et tel était le miracle... En quelques heures, j'étais allé d'une race d'hommes à une autre race d'hommes, en passant par tous les intermédiaires de terrain, de culture, de mœurs, d'humanité qui les relient et les expliquent, et j'éprouvais cette sensation — tant il me semblait que j'avais vu de choses — d'avoir, en un jour, vécu des mois et des mois.

Et cette sensation que, seule, l'automobile peut donner, car les chemins de fer, qui ont leurs voies prisonnières, toujours pareilles, leurs populations parquées, toujours pareilles, leurs villes encloses que sont les chantiers et les gares, toujours pareilles, ne traversent réellement pas les pays, ne vous mettent point en communication directe avec leurs habitants, — cette sensation, tout à fait nouvelle, que de fois j'en goûtai la force et le charme, au cours de ce voyage exquis, où je retrouve constamment mon admiration et, je puis le dire, ma reconnaissance, pour cette maison roulante idéale, cet instrument docile et précis de pénétration qu'est l'automobile, et surtout —

*puisqu'il faut bien finir par tout ramener à soi — l'auto-
mobile créée par vous, cher monsieur Charron, pour
mes curiosités et mes vagabondes rêveries...*

..

*C'est pour cela que j'aime mon automobile. Elle fait
partie désormais de ma vie; elle est ma vie, ma vie artistique et spirituelle, autant et plus que ma maison. Elle
est pleine de richesses, sans cesse renouvelées, qui ne
coûtent rien que la joie de les prendre au passage, ici, là,
partout où m'entraînent la fantaisie de voir et le désir
d'étudier. J'y sens vivre les choses et les êtres avec une
activité intense, en un relief prodigieux, que la vitesse
accuse, bien loin de l'effacer. Elle m'est plus chère, plus
utile, plus remplie d'enseignements que ma bibliothèque,
où les livres fermés dorment sur leurs rayons, que mes
tableaux, qui, maintenant, mettent de la mort sur les
murs, tout autour de moi, avec la fixité de leurs ciels,
de leurs arbres, de leurs eaux, de leurs figures... Dans
mon automobile j'ai tout cela, plus que tout cela, car tout
cela est remuant, grouillant, passant, changeant, verti-
gineux, illimité, infini... J'entrevois, sans en être troublé,
la dispersion de mes livres, de mes tableaux, de mes
objets d'art; je ne puis me faire à l'idée, qu'un jour, je
ne posséderai plus cette bête magique, cette fabuleuse*

*licorne qui m'emporte, sans secousses, le cerveau plus
libre, l'œil plus aigu, à travers les beautés de la nature,
les diversités de la vie et les conflits de l'humanité.*

***

*Eh bien, faut-il vous le dire, cher monsieur Charron?
J'ai beaucoup hésité, avant d'inscrire votre nom en tête
de ce petit volume... J'avoue que, durant quelques heures,
j'ai manqué de courage... Voilà un bien gros mot, n'est-ce
pas, pour une chose pourtant bien naturelle et bien
simple... C'est que je connais les hommes de mon temps,
surtout de mon milieu. Leur bienveillance si connue, leur
indomptable morale et l'intransigeance de leurs vertus,
m'ont positivement effrayé... Mais le sentiment très vif
que j'ai de ma liberté, l'horreur, non moins vive, que j'ai
des usages reçus et des pratiques courantes, mon immo-
ralité, pour tout dire, eurent vite fait de surmonter cette
terreur passagère et absurde... Si on les écoutait, ces
braves gens-là, on ne ferait jamais rien de ce que l'on
veut et de ce qui vous plaît... Laissons-les dire...*

*Laissons-les dire, mais profitons de cette circonstance
pour risquer quelques observations...*

*_**

L'époque, cher monsieur Charron, est terriblement ré-
fractaire à l'admiration que nous devons aux choses du
progrès, à la reconnaissance que nous devons aux hommes
qui travaillent, luttent et trouvent. Admiration et reconnaissance, on ne les comprend et ne les accepte que si
elles sont tarifées et rétribuées selon des prix courants,
proportionnés à l'enthousiasme avec lequel on les exprime. La presse est devenue si universellement vénale,
elle oblige tellement toutes les choses de la vie à verser dans
sa caisse, pour être reconnues valables, un impôt de plus
en plus lourd, qu'un écrivain, aujourd'hui, sous peine de
se déshonorer, n'a plus le droit de signaler une découverte
scientifique importante, ou de confesser un plaisir, une
émotion, si cette émotion, ce plaisir lui viennent d'un objet
fabriqué et qui se vend. Pour un temps, dont on aperçoit,
d'ailleurs, la fin prochaine, il peut encore — sauf dans Le
Journal, bien entendu — admirer un livre, un tableau,
une statue, dire, à peu près librement, ses impressions
sur ce qu'on appelle une œuvre de l'imagination. Classi-
fication vraiment arbitraire et comique, car j'ai toujours
pensé que les statues, les tableaux, les livres se vendent
avec plus d'âpreté encore que les machines; et les machines m'apparaissent, bien plus que les livres, les statues, les tableaux, des œuvres de l'imagination. Quand je
regarde, quand j'écoute vivre cet admirable organisme

qu'est le moteur de mon automobile, avec ses poumons
et son cœur d'acier, son système vasculaire de caoutchouc
et de cuivre, son innervation électrique, est-ce que je n'ai
pas une idée autrement émouvante du génie humain,
de sa puissance imaginative et créatrice, que si je lis un
livre de M. Paul Bourget, ou considère un tableau de
M. Detaille, une statue de M. Denys Püech? Est-ce que le
moindre mécanisme qui transporte l'énergie motrice, la
chaleur, la parole, l'image, par de minces réseaux de
fils métalliques, ou par d'invisibles ondes, n'implique pas
une plus grande somme d'études, d'observations, d'efforts,
de facultés supérieures?... Et cependant, le livre banal, infiniment inutile de M. Paul Bourget, la statue — si l'on
peut dire — de M. Denys Puech, le tableau — euphé-
misme — de M. Detaille, il est admis, il est honorable,
élégant, que je puisse les vanter tant que je voudrai, et
tout le monde me louera d'avoir débité, à leur propos, les
sottises esthétiques qui fermentent sous le crâne d'un critique d'art. Mais il me sera formellement interdit de
décrire une machine qui, comme l'automobile, par
exemple, bouleverse déjà, et bouleversera bien davantage
les conditions de la vie sociale.

Eh bien, je proteste, de toutes mes forces, contre cette
conception éducatrice des journaux qui leur permet —
parce que c'est de l'art — de vous raconter, en quatre
colonnes, le dernier vaudeville des Variétés, et qui fait
que nous ne savons rien, jamais rien, — parce que c'est
du commerce, — des travaux admirables, par lesquels

tant de savants obscurs s'acharnent à conquérir, pour nous, chaque jour, un peu plus de bonheur...

. *

Cette liberté, je ne la revendique pas, cher monsieur Charron, pour déclarer, tout de go, que vous avez inventé l'automobile. Mais, de vous y être passionné, l'automobilisme vous doit beaucoup. Parmi les constructeurs français — j'ai plaisir à le reconnaître — vous êtes certainement celui qui apporta le plus de progrès notables à cette industrie. Ingénieux, pratique et tenace, vous n'avez cessé de chercher et de trouver des améliorations, vous n'avez cessé de créer des dispositifs, adoptés universellement aujourd'hui, grâce à quoi nos moteurs ont atteint ce degré de presque-perfection, où nous les voyons en ce moment. Et ce qui m'étonne le plus, et dont je vous loue infiniment, c'est que vous vous soyez aussi préoccupé de leur donner une forme harmonieuse, et de doter la machine, comme un objet d'art, de sa part de beauté.

Je vous ai suivi, avec un intérêt grandissant, depuis le jour où, dans les sous-sols de l'avenue de la Grande-Armée — vous n'aviez pas d'usine en ce temps-là — vous convoquiez quelques personnes à venir voir les pièces du premier châssis que vous alliez monter... J'en étais... Je me souviens qu'un curieux personnage, un Américain, qui n'est pas un inconnu et qui est roi, comme pas mal

*de citoyens de sa république, roi de l'Acier, M. Schwab,
pour tout dire, en était aussi... Je le vois encore,
prenant chaque pièce, successivement, et après l'avoir
examinée, soupesée, éprouvée, flairée, disant :*

*— Ça, c'est de l'acier... A la bonne heure!... Voilà de
l'acier!...*

*Si bien qu'avant de s'en aller il vous commanda deux
châssis pour lui, dix autres, pour des Américains, des
rois de quelque chose évidemment, dont il vous donna les
noms et les adresses :*

Et il ajouta :

*— S'ils n'en veulent pas... tant pis pour eux!... Je les
prendrai, moi... Marchez!... Marchez!... Ça, c'est de
l'acier...*

*Et moi, qui ne suis roi de rien, entraîné par l'exemple
de M. Schwab, j'en commandai un, également.*

*— Bon!... s'écria M. Schwab... Parfait!... Et si, au
dernier moment, vous n'en voulez pas, non plus... je le
prends... C'est de l'acier!*

*
* *

*Lors de ce voyage que j'entreprends de raconter ici,
M. Schwab me rappelait cette journée, un soir, que je le
vis entrer dans Delft, où moi-même je venais d'arriver...*

*Ce fut une soirée assez comique, vraiment, et bien
américaine.*

*Après le dîner, durant lequel nous avions beaucoup
parlé de nos autos — car entre autres bienfaits de l'automobilisme, il est remarquable que le cours habituel de
nos conversations sur l'immortalité de l'âme et sur les
femmes en ait été si radicalement modifié — nous sortîmes. Et nous nous promenâmes par la ville.*

Curieuse et délicieuse ville, et si lointaine!

*— La lune éclairait d'une lueur, aux éclats de nacre, les
canaux encaissés, les ponts qui les enjambent d'une arche
unique, les arbres grêles qui les bordent comme des
rideaux de dentelle. Et les découpages, sur le ciel, des
hauts pignons, prenaient des aspects d'un romantisme
suranné et charmant... Puis, entre des espaces bleus,
d'énormes tours surgissaient tout à coup dans la nuit
argentée... Je dis qu'elles surgissaient; elles avaient
plutôt l'air d'être tombées du ciel, ayant gardé l'obli-
quité de leur chute sur le sol. Et nous longions ensuite
des palais, sombres et muets, où la lumière dessinait,
çà et là, l'ogive d'une porte, l'intervalle d'un créneau,
des plaques de vitraux treillissés... Personne dans les
rues, presque pas de lumières aux fenêtres... des boutiques endormies dont le rayonnement semblait se rétrécir,
s'affaiblir et mourir, comme celui des lampes qui vont
s'éteindre dans un sanctuaire... Et, brusquement, nous
respirions, parmi l'âcre odeur des eaux enfermées dans
la pierre, de violents parfums de jacinthes qui montaient,
vers nous, de barquettes pleines de fleurs, amarrées au
quai et attendant le marché du lendemain.*

Nous ne parlions pas... M. Schwab fumait avec effort un de ces détestables cigares, comme n'en fument que les milliardaires... Et moi, transporté dans ce décor nocturne du moyen âge, il me semblait que j'étais loin de tout, loin des aciers et des rois de l'acier... si loin, si loin, si loin!

Mais M. Schwab n'avait pas quitté le siècle, lui, ni l'Amérique, ni même l'avenue de la Grande-Armée... Il s'acharnait à tirer sur son cigare qui laissait une affreuse odeur, derrière lui... Et cela faisait exactement le bruit que font les carpes dans un bassin, quand elles viennent respirer, le museau hors de l'eau, l'air des beaux soirs d'été. Je l'entendais, dans l'intervalle de ces bruits, qui disait :

— Ce petit Charron... Hein? C'est un gaillard!... Il sait ce que c'est que l'acier...

Deux femmes, en longues mantes noires, passèrent près de nous, avec des pas feutrés, silencieuses comme des vols de chauves-souris... D'où venaient-elles?... Où allaient-elles?... Était-ce même des femmes?... N'était-ce pas plutôt des âmes, des âmes anciennes, les âmes nocturnes de tout ce passé?... Je vis leurs manteaux se fondre dans la nuit...

M. Schwab ne les avait pas regardées... Il poursuivait :

— Vous savez... en Amérique... ce petit Charron, il serait roi aussi... roi de l'automobile...

Et alors, au loin, très loin, ce fut comme un son de cloche, un tout petit son de cloche, d'un timbre unique, sans vibration prolongée, un son pareil au chant si joli, si mélancolique du crapaud, dans les jardins étouffants d'août... Puis d'autres sons de cloche, aussi lointains, à l'est, à l'ouest, se répondirent... Je crus voir des intérieurs de couvents, des cloîtres, des visages blêmes sous des voiles, des mains jointes, des cierges... Et, près de moi, une voix que je n'écoutais plus, et dont il ne me venait que des paroles coupées par le silence que ces petits sons de cloche, là-bas, partout, rendaient si émouvant, si mystérieux, une voix disait :

— Carburateur... boîte de vitesse... boîte d'embrayage... magnéto... acier... acier... acier... acier...

Et ce mot « trust... trust... trust... » qui vibrait, me chatouillait, m'agaçait l'oreille, comme un bourdonnement d'insecte :

— Pruut... Pruut... Pruut !...

Nous ne rentrâmes que fort tard à l'hôtel

J'ai pensé que cela vous amuserait de savoir que vous aviez préoccupé l'esprit d'un homme tel que M. Schwab, au point que, dans un soir calme de Hollande, parmi le décor d'une vieille ville, illustrée de tant de souvenirs et qui, depuis Guillaume le Taciturne, n'a guère changé, il vous ait sacré Roi de l'Automobile !...

OCTAVE, MIRBEAU.

LA 628-E8

LE DÉPART

Avis au lecteur.

Voici donc le Journal de ce voyage en automobile à travers un peu de la France, de la Belgique, de la Hollande, de l'Allemagne, et, surtout, à travers un peu de moi-même.

Est-ce bien un journal? Est-ce même un voyage?

N'est-ce pas plutôt des rêves, des rêveries, des souvenirs, des impressions, des récits, qui, le plus souvent, n'ont aucun rapport, aucun lien visible avec les pays visités, et que font naître ou renaître, en moi, tout simplement, une figure rencontrée, un paysage entrevu, une voix que j'ai cru entendre chanter ou pleurer dans le vent? Mais est-il certain que j'aie réellement entendu cette voix, que cette figure, qui me rappela tant de choses joyeuses ou mélancoliques, je l'aie vraiment rencontrée quelque part; et que j'aie vu, ici ou là, de mes yeux vu, ce paysage, à qui je dois telles pages d'un si brusque lyrisme, et qui, tout à coup, — par suite de

quelles associations d'idées? — me fit songer au bota-
nisme académique de M. André Theuriet?

Il y a des moments où, le plus sérieusement du monde,
je me demande quelle est, en tout ceci, la part du rêve,
et quelle, la part de la réalité. Je n'en sais rien.
L'automobile a cela d'affolant qu'on n'en sait rien,
qu'on n'en peut rien savoir. L'automobile, c'est le
caprice, la fantaisie, l'incohérence, l'oubli de tout...
On part pour Bordeaux et —comment?... pourquoi? —
le soir, on est à Lille. D'ailleurs, Lille ou Bordeaux,
Florence ou Berlin, Buda-Pesth ou Madrid, Montpel-
lier ou Pontarlier..., qu'est-ce que cela fait?...

L'automobile, c'est aussi la déformation de la vitesse,
le continuel rebondissement sur soi-même, c'est le vertige.

Quand, après une course de douze heures, on descend de l'auto, on est comme le malade tombé en
syncope et qui, lentement, reprend contact avec le
monde extérieur. Les objets vous paraissent encore
animés d'étranges grimaces et de mouvements désordonnés... Ce n'est que, peu à peu, qu'ils reprennent
leur forme, leur place, leur équilibre. Vos oreilles bourdonnent, comme envahies par des milliers d'insectes
aux élytres sonores. Il semble que vos paupières se
lèvent avec effort sur la vie, comme un rideau de
théâtre sur la scène qui s'illumine... Que s'est-il donc
passé?... On n'a que le souvenir, ou plutôt la sensation
très vague, d'avoir traversé des espaces vides, des
blancheurs infinies, où dansaient, se tordaient des mul-
titudes de petites langues de feu... Il faut se secouer, se
tâter, taper du pied sur le sol, pour s'apercevoir que
votre talon pose sur quelque chose de dur, de solide,
et qu'il y a autour de vous, devant vous, des maisons,
des boutiques, des gens qui passent, qui parlent, qui

s'empressent... On ne se ressaisit bien que le soir, tard, après dîner. Encore, vous reste-t-il une sorte d'agitation nerveuse qui décuplera et grossira vos rêves de la nuit.

— Alors, me direz-vous, c'est le journal d'un malade, d'un fou, que vous allez nous donner?

Hélas!..., cher monsieur Thureau-Dangin, quel homme — même parmi ceux qui ont le moins de génie — peut se vanter de n'être ni fou, ni malade?

**
* *

Au gré de souvenirs qui ne sont peut-être que des rêves, et de rêves qui ne sont peut-être que des impressions réelles, il est possible, après tout, que je vous mène de Cologne à Rotterdam, de Rotterdam à Hambourg, de Hambourg à Anvers, d'Anvers à Delft, de Delft au Helder, du Helder à Brême et à Dusseldorf, et que, pour arriver à ces différentes étapes, nous passions par l'Amérique, la Russie, la Chine, les lacs d'Afrique, les montagnes glacées des solitudes polaires. Mais ne vous y fiez point. En tout cas, n'attendez pas de moi des renseignements historiques, géographiques, politiques, économiques, statistiques, des documents parlementaires, édilitaires, militaires, universitaires, judiciaires... Non que je les méprise, croyez-le bien... Mais où et comment eussé-je pu les recueillir? Il faut habiter un pays, vivre parmi ses institutions, ses usages quotidiens, ses mœurs et ses modes, pour en sentir les bienfaits ou les outrages... Or, je n'ai pu que rouler sur ses routes, comme un boulet sur la courbe de sa trajectoire.

Que les démographes et les sociologues laissent donc ici toute espérance! Je n'ai point la prétention de leur offrir un ouvrage sérieux et copieux, comparatif de l'état des peuples, énumérateur de leurs richesses, annonciateur de leurs destinées, et qui — pour peu qu'en plus de ces connaissances respectables et chimériques je connusse intimement la concierge ou la corsetière de Madame de X..., — me vaudrait les éloges de l'Institut, et, peut-être, ce prix — ah! que j'ai souvent souhaité — ce prix qui répond, au très gracieux, au très galant, au très décoratif nom de Reine Pou!

*
* *

Je sais des gens qui ont le don d'écrire, en marge de leurs guides, au jour le jour, leurs émotions de voyage, ou ce qu'ils croient être leurs émotions; qui vont, de salle en salle, dans les musées, un stylographe d'une main, un carnet de l'autre, le Bædecker en poche, les yeux ailleurs et l'esprit nulle part; qui font arrêter la voiture devant une ruine historique, un point de vue recommandé, l'emplacement d'un ancien champ de bataille, pour enregistrer aussitôt une « idée et sensation », qui n'est le plus souvent que la réminiscence d'une lecture de la veille; qui ne s'endorment jamais sans avoir inscrit scrupuleusement le compte détaillé de leurs enthousiasmes, en même temps que de leurs dépenses.

Par exemple, ceci, que j'ai lu sur un carnet oublié par un touriste dans une chambre d'hôtel :

« Visité le château de Chambord (voir description dans *Bædecker*...). On ne bâtit plus comme ça... Oublié les hontes du présent (Combes, Pelletan, Jaurès, Hervé)... Vécu toute la journée parmi les nobles gloires du passé... (François Ier, Diane de Poitiers, duchesse

d'Étampes)... Me sens consolé, et meilleur... (à développer)... Donné deux francs au gardien, ce que ma
femme trouve excessif... Acheté pour douze sous de
cartes postales illustrées (montrer combien ces cartes
postales grèvent aujourd'hui le budget d'un voyage). »

Ces gens-là, je les vénère. Peut-être connaissent-ils
des joies supérieures que j'ignore. Mais je tiens à les
ignorer, me contentant des miennes, dont je ne sais pas
d'ailleurs si ce sont des joies.

**

J'écrirai donc ceci au hasard de mes souvenirs et de
mes rêves, sans trop distinguer entre eux. Vous y
verrez souvent, j'imagine, des contradictions qui
choqueront votre âme délicate et ordonnée, exaspére-
ront votre esprit, si plein de forte logique... Qu'y faire ?
C'est que je suis homme, comme tout le monde, et
que rien des infirmités, des incohérences, des erreurs
humaines, ne m'est étranger. De même que tous mes
semblables, — qui se vantent, avec un si comique
orgueil, de n'être que cœur, cerveau, et tout ailes, —
j'ai un estomac, un foie, des nerfs, par conséquent
des digestions, des mélancolies et des rhumatismes,
sur lesquels le soleil et la pluie, le plaisir et la peine
exercent des influences ennemies. Ce que M. Paul
Bourget appelle des « états de l'esprit », ce n'est jamais
que des « états de la matière », qui affectent diverse-
ment notre sensibilité morale, notre imagination, le
mouvement et la direction de nos idées, comme les
météores qui passent sur la mer, en changent, mille
fois par jour, la coloration et le rythme. Selon que
mes organes fonctionnent bien ou mal, il m'arrive de

1.

détester, aujourd'hui, ce que j'aimais hier, et d'aimer, le lendemain, ce que, la veille, j'ai le plus violemment détesté. Loin de m'en plaindre, je m'en réjouis, car c'est cela qui donne à la vie son intérêt innombrable... « Il y a quelque chose que je préfère à la beauté, c'est le changement », écrit Ernest Renan, à moins que ce ne soit M. Maurice Barrès.

Enfin, je tâcherai de suivre, en toutes choses, le conseil de ce Boileau, si sottement calomnié, et qui veut qu'un beau désordre soit un effet de l'art.

Comme il doit être content, aujourd'hui, ce Boileau !

La vitesse.

Il faut bien le dire — et ce n'est pas la moindre de ses curiosités — l'automobilisme est une maladie, une maladie mentale. Et cette maladie s'appelle d'un nom très joli : la vitesse. Avez-vous remarqué comme les maladies ont presque toujours des noms charmants? La scarlatine, l'angine, la rougeole, le béri-béri, l'adénite, etc. Avez-vous remarqué aussi que, plus les noms sont charmants, plus méchantes sont les maladies?... Je m'extasie à répéter que la nôtre se nomme : la vitesse... Non pas la vitesse mécanique qui emporte la machine sur les routes, à travers pays et pays, mais la vitesse, en quelque sorte névropathique, qui emporte l'homme à travers toutes ses actions et ses distractions... Il ne peut plus tenir en place, trépidant, les nerfs tendus comme des ressorts, impatient de repartir dès qu'il est arrivé quelque part, en mal d'être ailleurs, sans cesse ailleurs, plus loin qu'ailleurs... Son cerveau est une piste sans fin où pensées, images,

sensations ronflent et roulent, à raison de cent
kilomètres à l'heure. Cent kilomètres, c'est l'étalon
de son activité. Il passe en trombe, pense en trombe,
sent en trombe, aime en trombe, vit en trombe. La
vie de partout se précipite, se bouscule, animée
d'un mouvement fou, d'un mouvement de charge
de cavalerie, et disparaît cinématographiquement,
comme les arbres, les haies, les murs, les silhouettes
qui bordent la route... Tout autour de lui, et en lui,
saute, danse, galope, est en mouvement, en mouvement inverse de son propre mouvement. Sensation
douloureuse, parfois, mais forte, fantastique et gri-
sante, comme le vertige et comme la fièvre.

Par exemple, je vais à Amsterdam... Quand j'ai un
ennui, un dégoût, simplement, pour ne plus entendre
parler de M. Willy et de M. Bernstein, je vais à Amsterdam. Je décide que j'y resterai huit jours, huit jours
d'oubli, huit jours de joie... Il me faut huit jours, bien
pleins, pour revoir, un peu superficiellement, mais avec
calme, cette admirable ville. Si huit jours ne me
suffisent pas, j'en prendrai quinze... Je suis libre de
moi, de mon temps... Rien ne me retient ici; rien ne
me presse là-bas.

Et je pars.

J'arrive à Amsterdam... Malgré la douceur de ma
C.-G.-V., et l'élasticité moelleuse, berceuse, de ses uniques ressorts, j'arrive, un peu moulu d'avoir traversé
les infâmes pavés, les offensants et barbares pavés de
la Belgique, où succombèrent tant de pauvres châssis,
mal préparés à affronter ces obstacles de pierre qui
font, des routes flamandes, quelque chose comme d'interminables moraines... Donc, j'arrive, un matin, car je
suis allé coucher à La Haye, où j'ai revu le Vivier et ses
Cygnes, où j'ai respiré ce calme doux, ce calme doré

qui doit me guérir de toute vaine agitation... Enfin...
enfin... me revoici à Amsterdam... Je suis content...
Décidément, huit jours, quinze jours... ce n'est pas
assez... Je resterai trois semaines.

Je dis à mon mécanicien :

— Brossette, mon ami... nous resterons un mois
ici... Peut-être plus.

Brossette sourit et répond :

— Entendu, monsieur... Alors, faut descendre les
bagages?... Tous?

— Tous, tous, tous... Je crois bien...

— Entendu, monsieur...

— Et vous, mon bon Brossette... congé... Je n'ai pas
besoin de la voiture ici...

Le sourire de Brossette s'accentue...

— Bon!... bon!... fait-il... En tout cas, j'attendrai
monsieur, ce soir, pour les ordres.

— Mais non, mais non... Couchez-vous... Amusez-
vous...

Et il se rend au garage.

A peine sorti de la voiture, la douche prise, le corps,
des pieds à la tête, frotté à l'essence de sauge et de
romarin, souple, gai, le jarret solide, je vais par la
ville... Lentement, d'abord... en bon promeneur qui
veut jouir des choses qu'il retrouve, qu'il aime... Ah!
quelle ville!... Quelle joie!... Quelle tranquillité en
moi!... Pour la cent-millième fois, avec des phrases que
je connais et que vous connaissez si bien, je bénis
l'invention de l'automobile et ses incomparables bienfaits... Je me dis :

— Quelle merveille! On part quand on veut. On s'arrête où l'on veut. Plus de ces horaires tyranniques,
qui vous arrachent du lit trop tôt, qui vous font
arriver à des heures stupides de la nuit, dans des gares

boueuses et compliquées. Plus de ces promiscuités, en
d'étroites cellules, avec des gens intolérables, avec les
chiens, les valises, les odeurs, les manies de ces gens...
Viendrais-je si souvent à Amsterdam, s'il me fallait
subir, toute une nuit, en un wagon, l'horreur de ces
voisinages et le danger de ces haleines, quand on a
l'air vivifiant de la prairie, de la forêt? Oh non!... Et
les flâneries libres, les belles, les délicieuses flâneries !...
Le polder, le polder!...

Et, en me disant cela, sans m'apercevoir de rien, à
chaque pas qui me pousse et qui m'entraîne, je vais
plus vite... encore plus vite... Mes reins ont des élas-
ticités de caoutchouc neuf; mes semelles, sur les pavés,
les trottoirs, rebondissent, devant moi, derrière moi,
comme des balles de tennis... Je cours pour les rat-
traper... Je cours... je cours...

Je commence par les musées, n'est-ce pas?... par
ces musées magnifiques où, devant le génie de Rembrandt et de Vermeer, je suis venu oublier les Expositions parisiennes, les pauvres esthétiques, essoufflées
et démentes de nos esthéticiens... Des salles, des
salles, des salles, dans lesquelles il me semble que
je suis immobile, et où ce sont les tableaux qui passent avec une telle rapidité que c'est à peine si je
puis entrevoir leurs images brouillées et mêlées... Et
l'instant d'après, sans trop savoir ce qui m'est arrivé,
je me trouve longeant les canaux, les canaux aux
eaux mortes, bronzées et fiévreuses, où glissent, pareilles aux jonques chinoises, ces massives et belles
barques néerlandaises qui laissent tomber, sur la
surface noire, le reflet vert, acide et mouvant de leurs
proues renflées.

Maintenant, me voici sur des places, dans des rues,
dans des ruelles qui se croisent et s'entre-croisent, ces

rues si prodigieusement colorées, où défilent, défilent
des maisons en porte-à-faux, d'un dessin si souple, de
hautes façades, étroites et pointues, qui se penchent
les unes sur les autres, s'étranglent les unes entre les
autres, s'écrasent les unes contre les autres. Deux fois,
trois fois, j'ai traversé le Dam... Je vais toujours, et,
devant les glaces des magasins, je me surprends à
regarder passer une image forcenée, une image de vertige et de vitesse : la mienne.

Et ce sont des jardins, avec des massifs de tulipes...
d'énormes monuments de brique... des banques comme
des citadelles, la Bourse, toute rouge, encore des
canaux, des canaux, des ponts, des ponts, et encore
des maisons qui dansent et croulent, et, à deux enjam-
bées de la Kalverstraat, c'est le petit béguinage catholique, invisible, silencieux, tout à fait perdu au milieu
des boutiques vivantes et trafiquantes, avec sa minuscule église, ses étroits jardins triangulaires, si tristes
d'être sans verdure et sans fleurs, ses petites maisons
à pignon vert, au seuil desquelles, accroupies et tassées
sous leurs coiffes plates, l'on voit prier et dodeliner de la
tête, des vieilles très anciennes, qui ne vous regardent
pas, qui ne regardent jamais rien, qui n'ont jamais rien
regardé...

Je vais toujours... Ah! c'est le port...

Le soir est venu... Il souffle un vent humide et très
froid. Je n'aperçois dans la brume que des feux rouges,
jaunes, verts, qui clignotent, très pâles, sur le canal...
Les sirènes ne discontinuent pas de crier, comme des
chiens perdus dans la nuit. Alors, je m'enfonce dans les
quartiers presque inconnus de ce port, où se cachent
d'affreux bouges, des musicos hurlants, toute une
Inde étrange, boueuse et glacée, un carnaval mi-sep-
tentrional, mi-javanais, qui vous râcle les nerfs de

ses musiques aigres et traînantes, vous prend à la
gorge, par ses odeurs de salure marine, de goudron,
d'alcool, d'opium, de pétrole, d'oripeaux fétides, de
chairs noires ou cuivrées, où, ici et là, autour d'un bras
levé, d'une cheville en l'air, reluit un cercle d'or... Que
sais-je?...

Car tout est nouveau, à Amsterdam, tout vous
arrête, à ses aspects multiples, tragiques et lointains...
Mais je ne m'arrête pas... je ne m'arrête nulle part...
Je bouscule une négresse qui s'est accrochée à moi, et, de
ses grosses lèvres rougies de bétel, me souffle au visage,
avec des paroles de luxure, une odeur de mort... Et je
vais... je vais sans savoir où je vais... Je garde le souvenir vague de brasseries obscures et profondes, en
voûte de chapelle, où des visages d'ombre et de silence
regardent des foules qui passent, sans cesse, en cortèges
noirs, sous des lumières aveuglantes, comme des pro-
jections de lanterne magique... Et puis rien... rien que
des choses qui glissent... qui fuient... qui tournoient
comme des ondes... et se balancent comme des vagues...

Rentré à l'hôtel, exténué, fourbu, la tête éclatant
sous la pression de tout ce que j'y ai entassé d'images
tronquées, qui cherchent vainement à se rejoindre,
je n'ai plus qu'une obsession : m'en aller, m'en aller...
Oh! m'en aller...

Brossette est là qui m'attend... Il cause avec le portier. Il fait le héros... Avec des gestes imitatifs, il
décrit des virages, des vitesses extravagantes, raconte
des voyages admirables qu'il n'a jamais accomplis, et
où son sang-froid, son audace, sa science de mécanicien
m'ont sauvé de la mort... Je suis si heureux de le voir là,
que j'ai envie de l'embrasser.

— Eh bien, mon bon Brossette... La voiture est
prête?

— Oui, monsieur.

— Alors... demain matin..., sept heures précises, Brossette... Nous partons... nous partons...

Brossette ne s'étonne pas... Il a l'habitude de ces brusques sautes dans mes résolutions... Pourtant, il ne peut s'empêcher — mais avec discrétion — de manifester son contentement... Je sais qu'il n'aime pas Amsterdam. Il m'a dit, un jour de spleen :

— Ça n'est pas une ville pour un chauffeur...

Il préfère Trouville, Dieppe, Monte-Carlo, Ostende... Ça, c'est des garages... Il préfère surtout l'avenue de la Grande-Armée, la vraie patrie du chauffeur.

Il me demande :

— Alors, monsieur rentre à Paris ?

— Oui, oui... Et d'un trait, Brossette... d'un trait...

— Monsieur a raison.

En se retirant, il hausse les épaules :

— Que monsieur ne me parle pas d'un pays où on tire l'essence à même un tonneau.

Et puis, lui aussi, sans doute, a le vertige, quand il n'est plus sur sa machine, la main au volant... C'est là que le calme rentre dans son âme, et dans la mienne...

Il savait si bien à quoi s'en tenir, ce malin de Brossette, qu'en dépit de mes ordres, il n'a descendu de l'auto que ma valise...

Ah ! comment faire pour attendre à demain ? car je sens que je ne dormirai pas... Malgré le calme de cet hôtel, tous mes nerfs vibrent et trépident... Je suis comme la machine qu'on a mise au point mort, sans l'éteindre, et qui gronde...

Le garage.

Charles Brossette? Il vaut la peine d'une digression...

Mais avant que de parler de lui, je dois dire un mot du milieu où naquit et se développa cette nouvelle forme zoologique : le mécanicien.

L'automobilisme est un commerce en marge des autres, un commerce qui ressemble encore un peu à celui des tripots et des restaurants de nuit. A son début, il ne s'adressait exclusivement qu'au monde du plaisir et du luxe. Il groupa donc, fatalement, automatiquement, autour de lui, le même personnel, à peu près : fêtards décavés, gentilhommes tire-sous, pantins sportifs, échappés des albums de Sem, cocottes allumeuses et proxénètes, toute cette apacherie brillante, toute cette pègre en gilets à fleurs, qui vit des mille métiers obscurs, inavouables, que produisent la galanterie et le jeu, et dont les cabinets de toilette, les cercles, sont les ordinaires bureaux. Les « grands noms de France », soutiens des religions mortes et des monarchies disparues, qui rougiraient de pratiquer des commerces licites, s'adonnent le plus volontiers du monde aux pires commerces clandestins, pourvu que leur élégance n'en souffre pas trop, publiquement, et que s'y rassurent leurs principes traditionnels. Car il est faux de dire qu'ils déchoient, ces gentilhommes; ils continuent. Ils se ruèrent donc sur l'automobilisme avec frénésie. Tel duc, tel vicomte, qui gagnait péniblement sa vie, en procurant à des Américains, à des banquiers enrichis, de vieux meubles truqués, d'antiques bibelots maquillés, des tableaux contestables, et, à l'occasion, des demoiselles à coucher ou à marier, se mirent à brocanter des

2

automobiles, à décorer, de leur présence rétribuée. des garages qui se constituèrent, un peu partout, pour l'exploitation — que dis-je? — pour le détroussement du client nouveau.

Ces garages formèrent des équipes de mécaniciens. Ils leur inculquèrent d'assez vagues connaissances sur la conduite et l'entretien des moteurs ; ils leur apprirent, surtout, à les détraquer, adroitement, comme le cocher de grande maison détraque un attelage, pour avoir à le remplacer et réaliser aussi de forts bénéfices sur la vente de l'un et l'achat de l'autre. Ils leur enseignèrent d'admirables méthodes, les trucs les plus variés, qui permissent de centupler la fourniture de l'outillage, des accessoires, de voler sur l'huile et sur l'essence, d'exploiter la fragilité des pneumatiques, comme le cocher dont je parle vole sur l'avoine, le fourrage, la paille... Ce fut une école de démoralisation où, s'entraînant l'un l'autre, le vieux lascar stimulant le néophyte timide, chacun perdit, peu à peu, le sens proportionnel de l'argent, la plus élémentaire notion de la valeur réelle de la camelote brute ou travaillée. Et ce fut si fou que ce qui coûtait, ailleurs, deux sous, valut, ici, sans qu'on s'étonnât trop, vingt francs. J'ai le souvenir d'une note où un lanternier d'automobile me comptait cent francs une simple soudure de phare, qui en valait bien trois... Tel accessoire, coté, en ces temps héroïques, quatre-vingts francs, est coté sept francs aujourd'hui dans les catalogues — illustrés par Helleu, — des maisons les plus chères. Le reste, à l'avenant.

Ils ne risquaient rien, ni le mécanicien, ni le garage, car ils tablaient à coup sûr, sur l'ignorance du client, à qui il suffisait, pour qu'il se tût, qu'on lui lançât à propos une belle expression technique :

— Mais, monsieur, c'est le train baladeur. C'est

l'arbre de came... C'est le cône d'embrayage... C'est le
différentiel... Le différentiel, monsieur... pensez donc !

Contre de si terribles mots, que vouliez-vous qu'il
fît ?... Qu'il payât... Et il payait... Il se montrait même
assez fier d'avoir acquis le droit de dire à ses amis :

— Je suis ravi de ma machine... Elle va très bien...
Hier, j'ai eu une panne de différentiel...

Aujourd'hui que le commerce de l'automobilisme
se développe de tous côtés, amène une concurrence
formidable, tend à rentrer dans les conditions normales
des autres commerces, les garages voudraient bien
refréner le mal qu'ils ont déchaîné... Ainsi les escrocs
arrivés, les cocottes vieillies aspirent à l'honorabilité
d'une existence décente et régulière. Dans l'espoir de
faire disparaître une partie de ces abus qui finissaient
par les discréditer, eux aussi, la chambre syndicale
des constructeurs d'automobiles a décidé de refuser
impitoyablement, aux mécaniciens, des commissions,
sur les réparations des voitures qu'ils mènent. On commence, un peu partout, à prendre des précautions,
pour ramener à des pourcentages avouables le taux
de ces bénéfices usuraires. On voit dans les garages,
ceux qui furent les plus acharnés, hier, à inculquer aux
mécaniciens les meilleurs procédés de brigandage,
leur prêcher, aujourd'hui, d'un ton convaincu, les
beautés de la modération et du désintéressement, le
respect enthousiaste de la morale. Les garages leur
crient :

— Il n'est que d'être honnête, mes amis, et d'avoir
une conscience pure.

Reste à savoir si des gens habitués à des gains qui,
pour être immoraux, n'en ont pas moins augmenté
leur vie, élargi leur bien-être, fondé une caste, enviée
des autres travailleurs, y renonceront facilement...

Un jour, Brossette, avec qui je discutais de ces choses, me dit :

— Eh bien, quoi, monsieur?... Quoi donc?... Tout ça c'est des histoires de riches... Alors?

Et pourtant Brossette est conservateur, nationaliste, clérical. En dehors de *L'Auto*, il ne lit que *La Libre Parole*... Encore aujourd'hui, il croit fermement à la trahison de Dreyfus, comme un brave homme.

Mon chauffeur.

Brossette — Charles-Louis-Eugène Brossette, — est né en Touraine, dans un petit village, près d'Amboise. Jusqu'à vingt ans, il a travaillé, chez son père, maréchal-ferrant, et là, il a pris, en même temps que le goût des chevaux, le goût de « la mécanique » : les deux choses qui ont fait sa vie. Son service militaire terminé, son père, un des plus parfaits ivrognes de la région, étant mort, le jeune Charles Brossette est entré, comme char-retier, dans une grande ferme, puis, comme cocher, chez des bourgeois riches. Il aimait bien les chevaux, les connaissait à merveille, les menait et les soignait de même, mais il détestait la livrée. Ses divers patrons souffraient de ce qu'il fût toujours « ficelé comme quat'sous ». Il n'a pas changé, d'ailleurs.

Lorsqu'on commence à parler de l'automobile, Brossette comprend aussitôt qu'il y a quelque chose à faire « là-dedans ». Il a des économies — car, contrai-rement aux lois de l'hérédité, il est sobre et même un peu avare — et il s'en vient à Paris, pour apprendre ce nouveau métier, dans un garage. Il est intelligent, adroit; il s'y passionne. Ce lourdaud de province en

remontre bien vite aux lascars parisiens les plus
délurés. Il va d'usine en usine, de garage en garage, se
familiarise avec tous les types de voiture, conduit des
cocottes, des boursiers, des ducs, fait des voyages,
prend part à des enlèvements de jeunes filles et à des
épreuves de tourisme.

Il revenait d'Amérique, un peu désillusionné, quand
je le rencontrai, lui cherchant une voiture, moi, un mécanicien. Au cours de nos pourparlers, je lui demandai
son opinion sur l'Amérique.

— Rien d'épatant, monsieur, me répondit-il. L'Amérique? Tenez... c'est Aubervilliers... en grand!

L'observation était, sans doute, un peu courte. Elle
m'amusa. J'engageai Brossette.

J'eus d'abord de la peine à m'habituer à lui... Et
puis, je m'y habituai, comme à un vice.

Brossette est le produit du garage.

Il ne sait pas très bien distinguer entre ce qui m'appartient et lui appartient, et confond volontiers ma
bourse avec la sienne. Depuis trois ans, l'extraordinaire, c'est que le réservoir d'essence de ses voitures,
grâce à une fatalité diabolique, a sans cesse des trous,
des trous invisibles, par où la motricine coule et fuit,
et qu'on ne peut pas arriver à boucher... Exemple
fâcheux, et contagion plus rare, le réservoir d'huile
imite son voisin à la perfection.

A chaque fin de mois, lorsque Brossette m'apporte
son livre, la même conversation s'engage, chaque fois,
entre nous...

— Voyons, Brossette, je n'y comprends rien. Le
mardi 17, vous me marquez cinquante-cinq litres d'essence.

— Sans doute...

— Bon. Le mercredi 18, encore cinquante-cinq litres...

2.

— Bien sûr...

— Bon... Mais rappelez-vous?... Le mercredi, nous ne sommes pas sortis...

— Évidemment... sans ça!...

— Et je vois que, le jeudi 19, c'est encore cinquante-cinq litres...

— Naturellement... Monsieur sait bien... Ce sacré réservoir!

— Et l'huile? Vous ne me ferez jamais croire...

— Le réservoir aussi!... C'est facile à comprendre. Ils fuient... Tout s'en va...

— Réparez-les, sapristi!

— Mais je ne fais que ça, monsieur! Je m'y tue... je m'y tue... On ne peut pas!

Il m'est pénible de prendre ce brave garçon en flagrant délit de mensonge et de vol... Et puis, quoi?... Tout ça, c'est des histoires de riches... Je me tais et je paie...

D'ailleurs, Brossette a des vertus qui font que je lui pardonne ces pratiques professionnelles. C'est un excellent compagnon de route, gai, débrouillard, attentif sans servilité, et, hormis ces légères fantaisies de comptabilité, très fidèle. Il m'amuse, et avec lui je jouis de la plus complète sécurité. Il a un sang-froid imperturbable, de la prudence, et, quand il le faut, de la hardiesse. Il ignore la fatigue, et, dans toutes les circonstances, garde sa belle humeur... Il faut le voir aux prises avec les agents cyclistes et les gendarmes, qu'il étourdit de sa gentillesse pittoresque, ce qui fait qu'il passe, presque toujours indemne, au travers des contraventions les mieux établies...

Et puis, il aime sa machine; il en est fier; il en parle comme d'une belle femme.

Le mois dernier, nous revenions de Bordeaux, la nuit.

Entre Blois et Chartres « nous avions crevé »... quatre
fois...; au delà de Versailles, tout près de Ville-d'Avray,
pour la cinquième fois, un pneu éclata. J'étais énervé,
pressé de rentrer. En outre, j'avais vraiment pitié de
ce pauvre Brossette.

— Tant pis! lui dis-je... Marchons comme ça !...

Il avait arrêté la voiture :

— Non, monsieur, c'est impossible... fit-il. Ça fatigue
trop le différentiel...

Et il se mit à travailler, en aidant son courage d'une
chanson.

Les mécaniciens exercent sur l'imagination des cuisi-
nières et des femmes de chambre un prestige presque
aussi irrésistible que les militaires. Ce prestige a une
cause noble; il vient du métier même qu'elles jugent
héroïque, plein de dangers, et qu'elles comparent à
celui de la guerre. Pour elles, un homme toujours lancé
à travers l'espace, comme la tempête et le cyclone, a
vraiment quelque chose de surhumain. Elles se rappellent avoir vu des gravures où des anges guerriers
soufflaient dans les longues trompettes, pour exciter
la frénésie meurtrière des armées, ou bien des petits
dieux joufflus dont l'haleine soulevait la mer, culbutait les forêts, emportait les montagnes, comme des
fétus de paille... Je pense qu'elles se font une idée semblable du mécanicien d'automobile.

Pourtant, Brossette n'est pas beau. Son aspect n'a
rien d'exaltant et qui puisse éveiller, dans l'esprit, de
telles allégories, de tels prodiges. Il a le dos voûté, la
poitrine plate, les jambes maigres et un peu cagneuses.
On dirait que sa moustache, très courte, est rongée par
la pelade. N'était un sourire assez joli, qui lui donne
parfois une expression de joviale malice, un air de

gaieté spirituelle et farceuse, son visage n'offrirait
aucun charme spécial à l'amour. Sa tenue lâchée, ses
vêtements le plus souvent sales et fripés, sa casquette
enfoncée en arrière, sur la nuque, sa démarche lourde
et raide d'ouvrier, n'excitent pas aux rêves de volupté
et de gloire...

Eh bien ! il n'y en a que pour lui, à l'office.

La cuisinière l'adore, et la femme de chambre en est
folle. On le soigne comme un pacha; on le dorlote
comme un enfant. L'une le gorge de petits plats amou-
reusement mijotés, et de friandises; l'autre n'est occupée
qu'à tenir sa garde-robe, son linge... Il est comblé de
cadeaux de toute sorte, et mes boîtes de cigares y
passent, l'une après l'autre. Lui, se laisse faire, gentiment, gaiement, sans trop d'empressement, en homme
blasé de toutes ces faveurs. Ménager de ses forces et de
sa moelle, Brossette n'a pas un tempérament d'amoureux. De l'amour, il aime surtout les blagues un peu
grasses, qui n'engagent à rien, et les petits profits. Il se
passe volontiers du reste.

Tout cela ne va pas, bien entendu, sans de terribles
scènes de jalousie. Souvent les deux rivales se mena-
cent, se prennent aux cheveux. Il y a de tels fracas dans
la batterie de cuisine et dans la vaisselle, que, pour
mettre d'accord ces enragées, souvent je suis obligé
de les mettre à la porte... Et puis cela recommence
avec les autres... J'ai cru qu'en éloignant Brossette
de la maison, j'y ramènerais le calme... Je lui ai dit :

— Écoutez, Brossette... vous êtes assommant... Vous
mettez tout sens dessus dessous, chez moi. Je n'ai plus
de maison. Dorénavant, vous logerez et vous prendrez
vos repas dehors.

Et lui, philosophe, m'a répondu :

— Monsieur a bien raison... Au moins, je pourrai

lire *L'Auto* à mon aise... Mais, allez !...·ça ne changera
rien à rien... Elles en veulent, monsieur... Ah ! ces
sacrées femmes, ce qu'elles sont embêtantes !...

En voyage, il est bombardé de lettres... A peine s'il·
les lit, en haussant les épaules... Il n'y répond jamais...
Mais il écrit copieusement à des amis, à qui il raconte
des aventures émouvantes, des prouesses de plus en
plus extraordinaires, et il tient pour eux un livre de
« moyennes », jamais atteintes, ai-je besoin de le dire ?

Ce que j'admire en Brossette, c'est la puissance de sa
vue, qui lui permet d'apercevoir, à des kilomètres de
distance, le moindre obstacle sur la route ; ce que j'admire surtout, c'est le sens étonnant, mystérieux, qu'il a
de l'orientation. Cette faculté, qui semble un prodige,
on peut l'expliquer, on l'explique, par des raisons phy-
siques, très claires, chez les pigeons, les canards sauvages, les hirondelles... Mais comment l'expliquer chez
Brossette ? Et lui qui aime tant à se vanter de tout, il
est, sur ce point, d'une modestie qui me surprend... Il
n'y pense pas... n'en parle pas... Il est comme ça... il a
toujours été comme ça... voilà... Je l'observe souvent.
Le dos rond, la main touchant à peine le volant, la
figure grave et plissée, surveillant tour à tour le graisseur, le voltmètre, le manomètre, la campagne...
l'oreille attentive aux moindres bruits du moteur, il va,
sans s'inquiéter jamais de la borne indicatrice, du
poteau, dont les flèches montrent le chemin... Aux car-
refours, il dresse un peu plus la tête... Il regarde l'horizon, flaire le vent, puis il s'engage résolument dans
l'une des quatre ou six routes qui sont devant lui...
C'est toujours la bonne... Il n'arrive pour ainsi dire pas
qu'il se trompe...

Il y a deux ans de cela... Nous revenions de Marseille. Nous nous étions arrêtés à Lyon, un jour... Bros-

sette se montrait particulièrement gai... jamais je ne l'avais vu si gai. Je lui en fis la remarque.

— C'est la machine, monsieur... Elle va comme un ange... Ça me fait plaisir.

Nous quittâmes Lyon, au petit matin. Je pensais rentrer par Dijon, où j'avais l'intention de déjeuner chez un ami... Je m'aperçus bientôt que nous n'étions pas sur la route... Mais Brossette me dit avec une tranquille assurance :

— Que monsieur ne se fasse pas de mauvais sang!... Ça va bien... Ça va très bien.

Il était tellement sûr de son fait que je n'osai pas insister davantage... Pourtant, je ne cessai de me répéter à moi-même : « Nous ne sommes pas sur la route... Nous ne sommes pas sur la route. »

Le temps était très frais... presque froid. Pas de soleil dans le ciel... pas de brume, non plus... une atmosphère limpidement grise, subtilement argentée, où toutes les choses prenaient des colorations délicates... J'avais le cœur réjoui... La machine était ardente, excitée par une carburation régulière et forte... Et nous allions... nous allions... C'étaient des paysages, des villages, des villes, des côtes que nous passions à toute vitesse, et dont j'étais bien sûr que nous ne les avions jamais rencontrés; du moins, jamais rencontrés entre Lyon et Dijon... Deux heures... trois heures... quatre heures. Aux formes des terrains, au type des visages, je sentais que nous nous approchions de la Touraine, que nous étions peut-être en Touraine, que peut-être, nous l'avions déjà dépassée.

Il fallut faire de l'essence, dans un bourg. Je consultai la carte... Parbleu! qu'est-ce que je disais?... Triomphalement, je montrai la carte à Brossette, heureux de le prendre, une fois, en défaut.

— Encore quatre heures de ce train-là, Brossette..
et nous sommes à Bordeaux. Nous courons vers l'ouest,
mon ami... nous y courons, comme l'avenir...

Mais Brossette hocha la tête :

— Comme monsieur se tourmente, fit-il... Puisque
je dis à monsieur !... Ces routes-là... j'irais les yeux
fermés... Monsieur me connaît...

— La carte, Brossette... voyez la carte !

— Ah ! la carte !

Et, jetant sur le trottoir le dernier bidon d'essence
vidé, il haussa les épaules, dans un mouvement de souverain mépris... Puis il se toucha le front.

— La carte ! répéta-t-il... la voilà la carte... le
Taride... l'État-major... c'est là !...

Nous repartîmes... J'étais résigné à tout, même à
franchir l'Atlantique, au besoin, si telle était la fantaisie de mon ami Brossette.

Une heure après, à l'entrée d'un village, nous stop-
pions, le long d'un grand mur, au milieu duquel s'ouvrait une porte, peinte en gris et armée de lourdes
traverses de fer... Au-dessus de la porte, était écrit, en
lettres noires presque effacées, et surmonté d'une croix
de pierre, ce mot : *Asile*. Brossette était vivement descendu de la voiture, et sonnait à la porte...

— Que monsieur ne s'inquiète pas !... Je reviens
tout de suite...

J'étais tellement stupéfait que je ne pensai pas à lui
demander d'explications.... D'ailleurs, la porte aussitôt ouverte, Brossette avait disparu...

Quel asile ?... Pourquoi cet asile ?... qu'allait-il faire
en cet asile ?... Est-ce que mon mécanicien était devenu
subitement fou ?

Par l'entrebâillement de la porte, j'aperçus des jardins et, au fond, une grande maison toute blanche...

Des vieilles gens formaient des groupes devant la maison. Des vieilles gens se promenaient, à petits pas, dans les allées du jardin...

Brossette reparut bientôt, le visage tout épanoui. Il soutenait une très vieille femme, grosse, courte, toute ridée, toute courbée, qui marchait péniblement, eu s'aidant d'un bâton. Il la conduisit, près de moi, et me dit, en me regardant d'un regard qui demandait pardon, en même temps qu'il s'illuminait de bonheur.

— Fallait pourtant bien, monsieur, que je vous fasse connaître maman... C'est maman, monsieur !

Et s'adressant à la vieille :

— Tiens, maman... C'est monsieur... Dis bonjour à monsieur !

La vieille sembla d'abord consternée de nos peaux de loup, de nos lunettes relevées sur la visière de nos casquettes... Tout rond, hagard, son œil allait de moi à son fils, qu'en vérité elle ne reconnaissait pas, sous cette vêture où s'ébouriffaient des poils blancs et noirs... Enfin, elle chevrota, indignée :

— Si c'est Dieu possible !... Ah ! ah !... Des masques !... Des masques !...

Brossette éclata d'un bon rire, d'un rire plein de tendresse.

— Maman ! Oh ! maman !... Ça t'épate, hein ?... Et tiens..., ça..., c'est une automobile... C'est moi, ton fils... qui la conduis... Regarde un peu... T'en as peut-être jamais vu, ma pauvre maman, des automobiles ?... Attention...

Il mit le moteur en marche, le fit ronfler épouvantablement. La vieille, effrayée, voulut rentrer. Elle criait :

— Si c'est Dieu possible !... Si c'est Dieu possible !

Brossette l'apaisa, en l'embrassant et en lui glissant deux louis dans la main.

— Allons, dis adieu à monsieur... Faut que nous partions... Mais nous reviendrons dans quelque temps... Nous reviendrons te voir, encore une fois...

Il confia sa mère à une surveillante qui attendait, près de la porte, l'embrassa de nouveau, tendrement...

— Porte-toi bien, maman...

Et il sauta dans la voiture :

— Soixante-dix-sept ans, monsieur !... Et maligne... maligne !... Vous comprenez ?... toute seule à son âge... Alors, je l'ai mise là... on la soigne bien... elle est heureuse...

Puis :

— Monsieur a été bon pour moi... Je remercie bien monsieur... Vrai !... monsieur est un bon garçon...

Il ajouta, après avoir vérifié son graisseur :

— Si monsieur a faim, nous pouvons aller déjeuner à Amboise... C'est à dix minutes d'ici...

En traversant le village, lentement, il reconnaissait les maisons... appelait les gens.

— Tiens !... C'est Prosper... Bonjour, Prosper !... Voilà la forge du père... Maintenant, c'est un café... Tenez, monsieur. *A Tivoli*... oui, c'est là qu'elle était... Eh bien, mon vieux Vazeilles... tu en as un fameux coup de soleil... Ça, c'est mon oncle... ce petit gros, devant l'épicier... Bonjour, mon oncle !...

Ému et glorieux, il se dressait, se carrait dans l'automobile.

Lorsque nous eûmes dépassé la dernière maison, il se retourna vers moi, et me dit « en donnant ses gaz » :

— Joli patelin, n'est-ce pas ?... Il n'a pas changé...

Ce mois-là, en examinant son livre, je constatai, sans trop de surprise et sans la moindre irritation, que le bon Brossette avait largement rattrapé les quarante francs donnés à sa mère. Je dois dire, à son honneur, qu'il y

3

avait eu lutte. Des surcharges toutes fraîches indi-
quaient visiblement qu'il ne s'était décidé que tard,
à cette restitution... Je lui en sus gré. Mais l'habitude avait été plus forte que la reconnaissance... Une
fois de plus, son intérêt triomphait de son émotion.
Après tout, n'avait-il pas raison?... Tout ça, n'est-ce
pas? c'est des histoires de riches...

Brave Brossette!...

Frontières.

Ce n'est pas sans appréhension que, par un beau
matin d'avril 1905, nous démarrâmes, mes amis et
moi, sur notre merveilleuse, ardente et souple C.-G.-V.

Pas très loin de Saint-Quentin, où nous devions faire
le petit pèlerinage obligatoire aux pastels de Latour,
on nous jeta des pierres... A La Capelle, des gendarmes,
embusqués derrière des verres d'absinthe, dans un
cabaret, nous arrêtèrent et réclamèrent les papiers de
la voiture, avec des airs menaçants. Après une discus-
sion interminable où, une fois de plus, j'admirai la belle
tenue, le beau langage, l'impeccable logique des autorités françaises, deux contraventions, en dépit de la
verve de Brossette, nous furent dressées, la première
pour excès de vitesse, la deuxième parce que le numéro,
à l'arrière, le 628-E8, avait, sur la route, recueilli un
peu de poussière qui le cachait en partie. Il faut bien
que les gendarmes égayent un peu leurs mornes stations dans les cafés... Comme nous arrivions à Givet,
place forte élevée contre les incursions des Belges, un
gamin, du haut d'un talus, fit rouler, sous les roues de
la voiture, une grosse bille de bois, qui nous obligea,
pour l'éviter, à un dangereux dérapage...

Et nous étions en France, dans la douce France, la France du progrès, de la générosité et de l'esprit! Prémices réconfortantes! Qu'allait-il advenir de nous, en Hollande, pensaient mes amis, et surtout en Allemagne, où il est reconnu, par les plus doctes historiens de *La Patrie*, que les êtres informes qui peuplent ces deux pays, ne sont encore que des sauvages?...

J'avais beau les rassurer... Ils n'étaient pas si tranquilles.

On leur avait dit :

— Ah! vous allez en avoir des embêtements!... En Hollande, les Bataves vous regardent comme des bêtes curieuses et malfaisantes, s'ameutent, s'excitent, dressent des embûches... Et c'est la culbute dans le canal... Pour l'Allemagne, c'est un pays encore plus dangereux... Rappelez-vous la guerre de 70... Ce qui va vous arriver... c'est effrayant!

On leur avait conté de terrifiantes anecdotes sur l'hostilité des populations, l'implacable rigueur des règlements, la tyrannie sanguinaire des autorités... Il semblait qu'il fût plus facile et moins périlleux de pénétrer à la Mecque, à Péterhof ou à Lhassa, qu'à Cologne et à Essen...

— Et les routes!... Quelque chose d'affreusement préhistorique... Pas de vicinalités, dans ces pays-là... pas de ponts et chaussées!... Admettons, pour un instant, que les populations ne vous massacrent point; que vous sortiez, à peu près intacts, votre automobile et vous, des griffes de l'autorité... jamais vous ne sortirez de ces routes-là... Des cloaques,... des fondrières,... des abîmes... L'accident certain,... la prison probable,... la mort possible... Voilà ce qui vous attend... Mais vous ne connaissez pas les Allemands. Tenez, pendant la guerre, nous avons dû loger, à la campagne, un

escadron de uhlans... Savez-vous ce qu'ils faisaient?...
Ils mangeaient le cambouis de nos voitures... Mais oui...
tel est ce peuple, mon cher...

Si bien qu'ils avaient hésité longtemps à m'accompagner, dans ce voyage, qui, pour toutes sortes de raisons, leur tenait à cœur... Aussi, avant de partir, s'étaient-ils munis copieusement de toutes les recommandations politiques, diplomatiques, militaires et douanières... Nous avions un portefeuille bourré de certificats, d'attestations, et d'admirables lettres d'une très belle écriture, ornées de cachets rouges imposants. Les papiers hollandais disaient : « Nous prions les autorités, etc. » Les papiers allemands disaient : « Ordre est donné aux autorités. » Il y a avait là une nuance plutôt rassurante... Mais, le moment venu de les mettre à l'épreuve, qu'allaient-ils peser, devant tant de barbarie?...

La douane allemande.

Ce qui nous arriva, quand nous franchîmes la frontière allemande, à Elten...

Nous venions de passer un mois merveilleux, un mois enchanté, en Hollande, dans la douce et claire Hollande, encore tout émus de ses paysages de ciel et d'eau, de ses villes penchées, de ses musées. Il ne nous était rien arrivé de fâcheux, au contraire. Ici un accueil réservé et, au fond, bienveillant ; là, une hospitalité enthousiaste. Même en Frise, où une automobile est une bête presque inconnue, où la curiosité hollandaise se montre parfois gênante, nous n'avions suscité qu'une sorte d'étonnement respectueux... Du moins, cet étonnement, c'est

ainsi que je me plus à le qualifier... Quand on file sur les
routes frisonnes, on voit, à chaque minute, passer des
hommes au visage placide, qui mènent ces admirables
chevaux, dont la peinture hollandaise consacre les belles
formes rondes, de ces chevaux très noirs, à la haute encolure, à la robe luisante, qui s'accordent si bien avec le
paysage et décorent nos corbillards parisiens avec tant
de majesté... Ils s'arrêtaient pour nous considérer, laissant s'emballer leurs bêtes surprises... Je garde le souvenir de celui que nous fîmes, en cornant, se retourner
de loin, et qui, sans plus se soucier de son cheval parti
et galopant, à fond de train, dans le polder, demeura
pétrifié d'admiration, immobile au bord de la route,
son chapeau à la main...

Je me rappelais aussi qu'à Edam, ayant laissé
l'automobile à la garde de Brossette, pour prendre le
coche d'eau qui mène à Volendam, nous avions été
entourés, subitement, par les habitants de tout le village... Il y avait là de jolies filles souriantes, parées de
bijoux et de dentelles; il y avait surtout des hommes,
dont l'aspect nous inquiéta. Ces colosses, calmes et rasés,
très beaux sous leurs bonnets de peau de mouton et dans
leurs amples culottes bouffantes, me faisaient penser à
ces paysans héros, leurs ancêtres, qui boutèrent, hors de
leur République, notre bouillant Louis XIV, ses fringantes cavaleries, ses infanteries si bien dressées, ses
cuisines et ses dames, non sans garder quelques bannières et drapeaux, et quelques canons historiés. Et je
m'imaginai qu'ils examinèrent ces trophées du même
regard fier et conquérant dont leurs descendants exa-
minaient notre machine... A notre retour de Volendam,
j'appris de Brossette, qu'il avait été traité royalement
et que ces braves gens lui avaient offert un banquet.

— Seulement, expliqua Brossette,... j'ai dû en pro-

3.

mener quelques-uns,... les notables de l'endroit,... et y
aller d'une conférence sur le mécanisme...

— Vous savez donc le hollandais? lui demandai-je...

— Non, monsieur... Mais il y a les gestes... C'est
égal... ce sont des types, vous savez!... Et je ne m'y
fierais pas...

Oui, mais l'Allemagne?... Ses douaniers rogues, ses
terribles officiers, son impitoyable police? Les épreuves
allaient maintenant commencer. Je regrettai, ah! combien je regrettai, à ce moment, de n'avoir pas l'âme
chimérique de M. Déroulède, pour, d'un geste, rayer à
jamais de la carte du monde ce barbare pays!

Nous arrivâmes, venant d'Arnheim, vers quatre
heures de l'après-midi, à Elten. Je cherchai longtemps
où pouvait bien être la douane... On m'indiqua un
petit bâtiment, modeste et familial, que nous eûmes la
surprise de trouver vide... Je heurtai les portes et
appelai vainement, plusieurs fois... A grand'peine, je
finis par découvrir une bonne femme, assise, dans le
coin d'une pièce, et qui reprisait pacifiquement des
bas... Elle avait de larges lunettes, un visage vénérable
et très doux. Elle était sourde. Près d'elle, un chat
jaune dormait, roulé en boule sur un vieux coussin...
Un pot de terre chantait sur la grille d'un fourneau.
J'eus beau inspecter la pièce, pas le moindre appareil de
force, nulle part... pas de râtelier avec sa rangée de
fusils,... nul casque à pointe,... pas même un portrait
de l'Empereur Guillaume, aux murs... Je crus que je
m'étais trompé. Avec beaucoup de difficultés, je mis la
bonne femme au fait de ce qui m'amenait.

— Oui... oui, fit-elle, en se levant pesamment... c'est
bien ici...

Elle posa ses lunettes et son ouvrage sur une table

encombrée de paperasses, de registres, de livres à souche. Le chat réveillé s'étira voluptueusement... Elle dit en souriant :

— Un beau temps pour voyager... Na!... Venez avec moi... C'est à deux pas...

Nous traversâmes la rue. Elle me fit entrer dans un cabaret où un gros homme, très rouge de figure et très court de cuisses, fumait sa grande pipe, assis devant une chope de bière... Quoiqu'il fût tout seul, il semblait s'amuser extraordinairement. Peut-être songeait-il à nos défaites, à ses victoires? Car, à quoi peuvent bien songer les Allemands? — La femme lui dit quelques mots.

— Ah! ah! fit le gros homme... Très bien... très bien! Nous allons voir ça...

Je remarquai alors qu'il était coiffé, assez comiquement, d'une casquette anglaise, qui lui collait au crâne, et que ses vêtements, déteints, ne rappelaient l'uniforme que par deux ou trois boutons de cuivre et par un liséré, où le rouge ancien reparaissait, çà et là, à de longs intervalles... Nous sortîmes.

Il tourna autour de la voiture, l'examina avec une curiosité réjouie... Brossette le suivait, prêt à ouvrir les coffres à la première réquisition... Moi, j'extrayais de ma poche le fameux portefeuille... Et tel fut le dialogue qui s'engagea entre un citoyen français et un douanier allemand :

— Ça va bien, hein?

— Assez bien...

— Ça va vite?

— Assez vite, oui.

— Trente kilomètres?

— Oh! Plus... plus...

— Sacristi!... C'est joli... c'est joli...

Il passa la main sur la poire de la trompe, gonfla ses
joues, souffla :

— Beuh? Beuh?.....

— Oui...

— C'est joli... Et vous allez à Krefeld?

— Non... à Dusseldorff...

— A Dusseldorff?... Sapristi!... Alors, dépêchez-
vous... Houp!... Houp!... Houp!

Il me frappa amicalement sur l'épaule :

— Français, hein?...

— Oui...

Il me serra fortement la main, et, m'indiquant la
route :

— .Dusseldorff... la première à droite... A Emmerich, vous passez le Rhin, sur le bac... Houp! Houp!

Je demandai :

— La route est mauvaise, hein?

— Mauvaise?... C'est comme du parquet ciré...
Houp!

Avant de virer, selon les indications du douanier, je
me retournai... Je le vis planté au milieu de la route,
qui agitait en l'air sa casquette, en signe de bon voyage.

Nous fûmes longtemps à revenir de notre étonnement.

— Ça doit cacher quelque chose de terrible, dit l'un
de nous... Attention, Brossette... Et pas si vite!

C'est ainsi que nous entrâmes en Allemagne.

Vers Rocroy.

Pour l'instant, nous n'avons même pas franchi la
frontière belge, et nous roulons toujours vers Givet.

Première journée désagréable.

Après Compiègne, le vent s'était levé brusquement, un vent du nord, âpre et dur, qui gênait beaucoup notre marche, et faisait tournoyer vers nous, sur la route, de petits cyclones de poussière... Tant que nous eûmes à longer l'Oise, à la quitter pour la retrouver ensuite, avec la fraîcheur de sa vallée, la surprise de ses ports charmants, et le mouvement de sa batellerie, cela alla très bien. Mais au-delà de Saint-Quentin, où notre patriotisme se contenta d'admirer Latour et ne songea pas une minute, hélas! à donner le moindre souvenir à M. Anatole de la Forge, le paysage devint morose. Nous aussi. Presque rien que des champs de betteraves, à peine ensemencés... Il semblait que la campagne se fripât, se ratatinât, se décolorât, sous la sécheresse du vent... Elle était laide à voir, comme une chambre dont on n'a pas fait la toilette depuis longtemps... Peu de villages, pas de villes, sauf Guise qui ne me parut pas être l'Eldorado industriel, célébré par le bon Fournière et créé par le bon Godin. De loin en loin, des hameaux endormis, des fermes ensommeillées; ici, une pauvre briqueterie; là, une distillerie abandonnée... et la route, la route monotone, inactive, presque déserte. Nous ne rencontrâmes guère que ces hautes et lourdes voitures de liquoristes, qui s'en allaient, dans un bruit de bouteilles secouées, porter aux rares humains de ces régions la tristesse, la maladie et la mort.

Moins un pays travaille, et plus l'on dirait qu'on rencontre de ces assommoirs ambulants. Cela tient, sans doute, à ce qu'on ne rencontre qu'eux.

Je remarquai que presque tous les vieux châteaux sont désertés... Ils ne nourrissaient plus leur homme. Quelques-uns servent, pour les pauvres gens, de sanatoria, ou de colonies de vacances; ils sont revenus au peuple, et c'est ce qu'ils avaient de mieux à faire. Les

autres tombent en ruine et meurent dans leur cercle de
ronces. Personne n'en veut plus. Le temps est dur à
l'oisiveté des hobereaux. Les jours de marché, et le
dimanche, à l'heure de la messe, on les voit encore se
pavaner à la ville, avec des culottes de velours usé, des
cravaches, des bottes, des éperons qu'ils font toujours
sonner fièrement sur les trottoirs. Mais ils n'ont plus de
cheval, car l'avoine est chère; et ils n'ont plus rien,
car, pour avoir quelque chose, il faut le gagner au travail. Ils se contentent de ces simulacres de luxe et de
chic, où ils trouvent encore de quoi alimenter leur
orgueil déchu, et leur foi chimérique... Heureux
pourtant, quand, au retour de la foire, sur la route, ils
rencontrent un paysan qui consent à les ramener, chez
eux, dans sa carriole, avec son porc!... Je parle surtout
de la Bretagne, du Perche, du Nivernais, où il y a
encore des châteaux, plus sales que des porcheries,
habités par des hobereaux, plus dénués que des men-
diants... Mais ici il semble qu'il n'y ait même plus de
hobereaux, retournés avec leurs cravaches, leurs éperons, leur Roi et leur Dieu, dans le grand tout du passé.

Quelquefois, sur une hauteur, se dresse encore un
château tout neuf, de brique et de pierre, avec des
tours, des tourelles, des créneaux. Soyez sûr qu'il appartient à un cordonnier heureux, à un épicier enrichi,
parvenus enfin à réaliser le rêve anachronique et seigneurial, qui hanta leur esprit de prolétaire..

Une ville morte.

Rocroy, nom sonore qui semble claironner, à lui seul,
toute la jeune gloire de Louis XIV.

J'ai vu bien des villes mortes, — elles ne sont pas

rares en France, — mais d'aussi mortes que Rocroy, il
n'est pas possible qu'il y en ait, nulle part, dans le
monde. Rocroy est plus qu'une ville morte, c'est un
cimetière; plus qu'un cimetière, c'est le cimetière d'un
cimetière, si une telle chose peut se concevoir. L'administration des ponts et chaussées qui, par pudeur nationale, sans doute, a voulu épargner aux voyageurs
étrangers l'affligeant spectacle de cette déchéance, a
déclassé la route qui mène à Rocroy. Rien ne mène plus
à Rocroy qu'un chemin ensablé, cahoteux, que personne
ne prend, et où poussent librement des herbes grisâtres :
l'ancienne route. La nouvelle le contourne à quelques
kilomètres, et s'en va desservant des villages plus
vivants et de moins mornes campagnes. Pourtant,
Rocroy subsiste encore sur les cartes, par habitude, je
pense, peut-être par charité, comme, dans les budgets de l'État, subsistent parfois des crédits alloués à
des services supprimés, ou à des personnes disparues...
Je ne puis me faire à l'idée que le gouvernement trouve
des fonctionnaires assez dénués, pour les envoyer —
sous-préfets, juges, percepteurs, etc. — dans cette
nécropole. J'imagine qu'on les recrute — et avec peine
encore — parmi les anciens concierges de châteaux historiques et les gardiens de cimetières désaffectés...
Quant aux quelques figurants, chargés de représenter
l'indigène, d'où viennent-ils? De quels hôpitaux? De
quelles morgues?... De quels musées de cire?

Et remarquez que, par une audacieuse ironie, Rocroy
tient, dans notre système de géographie départemen-
tale, l'emploi de chef-lieu d'arrondissement... C'est
chef-lieu de rétrécissement qu'il faudrait dire...

Nous y arrivâmes par hasard, ou plutôt par erreur,
car, malgré Brossette, que son instinct ne trompe
jamais, je m'acharnai à croire que le dit chemin caho-

teux devait être un raccourci, et, qu'à le prendre, nous
économiserions de la route et du temps, pour gagner
Fumay.

Hélas! ce fut Rocroy.

M'ais, je ne regrette rien. Les spectacles agréables ne
nous sont pas seuls utiles, et nous avons appris, depuis
l'histoire romaine, que rien n'exerce l'esprit, n'élève
le cœur, comme de méditer sur des ruines.

Rocroy a encore ses remparts et ses deux portes.
Bien qu'ils aient été construits par Vauban, qui avait
pourtant de l'imagination et le goût du pittoresque, ils
n'ont rien de terrible, rien de décoratif, non plus. La
ville n'est, pour ainsi dire, qu'une place, une petite place
lugubre et muette, fort sale, autour de laquelle des
maisons, qui n'ont même pas le prestige des architec-
tures anciennes, se délabrent, s'excorient, s'exfolient,
ainsi que de pauvres visages, atteints de dermatose.
Cela est noir, galeux, effrayamment vide. Je ne me
rappelle pas y'avoir vu un arbre, une fontaine, un
kiosque. On y chercherait vainement, même sur une
boutique ou sur un café, le souvenir du grand Condé...
Ah! les Espagnols peuvent venir à Rocroy, sans la
moindre humiliation. Rien n'y évoque plus la mémo-
rable frottée qu'ils y reçurent; aucun trophée à la
mairie, aucun canon sur les remparts... Mais que
viendraient faire à Rocroy les Espagnols? Ils ont aussi
des villes mortes, chez eux, de vieilles villes sarrazines,
les villes de porcelaine que le soleil, chaque matin et
chaque soir, anime de reflets enflammés et merveilleux.

Quand nous traversâmes cette place, nous vîmes
quelques fantômes, assis sur des chaises et sur des
bancs, au seuil des portes, devant les boutiques, dont

la plupart, d'ailleurs, étaient closes. Ils ne remuaient pas, ne parlaient pas, ne regardaient pas. Le bruit de l'automobile ne leur fit même pas lever la tête.

Dans les plus petits villages, perdus au fond des terres, un chien étranger, un chemineau qui passe, une voiture d'ambulant, un vol d'oies sauvages, est un événement considérable. A plus forte raison, une auto... On s'inquiète, on s'assemble autour de ces choses inhabituelles, qui, pour un instant, rompent la monotonie de ces existences enfermées.

A Rocroy, ils ne s'inquiétaient de rien, ne regardaient rien, si parfaitement immobiles que nous eûmes la pensée que c'étaient des mannequins d'étoupe, et que, si nous les avions effleurés d'une chiquenaude, ils fussent tombés sur le trottoir, avec un bruit mou... Notre surprise s'augmenta à découvrir que les devantures des boutiques s'ornaient d'enseignes, telles que celles-ci : « Épicerie parisienne... Boulangerie parisienne... Charcuterie parisienne... ». J'ignore l'idée que ces spectres se font de Paris, si Paris, pour eux, symbolise la vie ou la mort... Ce que je sais, c'est que tout était parisien, à Rocroy, et que tout était mort.

On ne perçoit d'abord que le comique des choses; ce n'est qu'à la réflexion que le tragique apparaît.

Il ne nous fallut pas longtemps pour sentir que cette ruine et que cette mort étaient bien la parfaite et douloureuse image de la ruine et de la mort, que fut l'œuvre politique et militaire de Louis XIV, œuvre à jamais néfaste, que, plus tard, vint achever Napoléon dont, par un prodige, la France n'est pas morte, mais qui pèse toujours sur elle d'un poids si lourd et si étouffant...

Aujourd'hui, de probes et sagaces historiens entreprennent de reviser l'histoire de ce siècle abominable

4

que, dans les écoles démocratiques et les salons libéraux,
on appelle toujours le grand siècle. Vraiment, nous
n'avons plus à avoir honte du nôtre, quoi qu'en aient les
Académies, gardiennes sévères des mensonges du passé.

Que sont nos vices, notre corruption, notre vénalité,
que sont nos pauvres petits Panamas, si on les compare
aux vices, aux corruptions, aux concussions, aux trahi-
sons de cette cour fameuse qu'on nous donne encore
pour le modèle de l'honneur, du patriotisme, de l'élégance et de la vertu? A peine des farces de collégien...
Ma pensée allait, avec une sorte de reconnaissante
piété, vers nos bons radicaux et radicaux socialistes qui,
comme la noblesse d'alors, forment la classe privilégiée
d'aujourd'hui, celle qui, éternellement, sous des titres
différents, mais avec des appétits égaux, se rue, dit-on,
à la même curée des honneurs et de l'argent... Quelles
braves gens! Et comme je les aime!... Ils sont affables,
polis, modérés dans l'expression publique de leurs
passions, ennemis du scandale qui est toujours laid, des
intrigues trop bruyantes qui sont parfois dangereuses.
Excellents patriotes, fermes capitalistes, intermédiaires
habiles entre l'épargne et les banques, propriétaires
orthodoxes, qui donc pourrait mieux défendre les
immortels principes de la conservation sociale, répartir
plus équitablement, entre les grosses affaires qu'ils protègent, et les menus besoins des pauvres qu'ils admi-
nistrent, la manne des budgets?... En outre, ils ont de
l'éducation, de la décence et de la vertu, une culture
moyenne qui les rend aptes à toutes les médiocrités
éclatantes et fructueuses, un raffinement de mœurs,
qui fait leur commerce agréable et sans surprises, des
habitudes électorales qui les mêlent au peuple, qui
apprennent, même aux plus grincheux, la bienveillance
et la familiarité envers les petits...

Ah! comme ils ont bonne figure, à les comparer, en leur sévère habit noir, à ces grands seigneurs, vêtus de soies et de dentelles, brutaux et goujats, ignorants et voleurs, domestiques et proxénètes, dont l'élégance si vantée, si regrettée, consistait à se roter au visage l'un de l'autre, donner audience, déculottés sur leurs chaises percées, se barbouiller de sauces, comme les chiens qui fouillent du nez dans leur pâtée, cultiver, bactériologistes sans le savoir, d'immondes vermines sous leurs perruques : charniers ambulants, ambulantes ordures, qui laissaient de leur passage dans les couloirs de Versailles, de Meudon, du Petit-Luxembourg, une persistante odeur de musc et de merde... Prestigieux serviteurs de la monarchie et de la religion, ils ne pensaient qu'à trafiquer de leurs fonctions, piller le trésor, les tailles, les gabelles, les magasins publics, tricher au jeu, trahir leur pays, mener leurs femmes, leurs filles, leurs maîtresses, au lit royal, leurs fils au lit des augustes sodomistes de la Maison de France, et, mieux que sur les champs de bataille où ils se battaient, d'ailleurs, comme des lions, leur fierté chevaleresque s'exaltait à présenter le pot de chambre au Roi, à changer ses chemises, ses chausses, ses draps, souillés par les déjections de ses purgatifs...

Règne monstrueux et fétide, dont l'odeur de latrines, de bordel, vous prend à la gorge, et vous fait tourner, soulever le cœur, jusqu'au vomissement!... Ni la beauté des palais, ni la grâce des jardins et des parcs, ni la gloire de La Rochefoucauld, de Pascal, de La Bruyère, de Corneille, de Racine, de Molière, ni le puissant génie constructeur de Colbert, ni — ce qui est plus beau et plus grand que tout cela — la force accusatrice des aveux, des portraits de l'immortel Saint-Simon, ne sauraient en effacer les hontes et les crimes.

Et comme je n'oubliais pas que nous étions à Rocroy,
je m'arrêtai plus complaisamment à la physionomie
du grand Condé qui, au dire de l'Histoire, fut la plus
pesante, la plus stupide, la plus héroïque brute de ce
siècle de brutes, qui vendit toujours son épée au plus
offrant, qui la vendit même à la France... O gloire de
Chantilly !

En sortant de Rocroy, où, parmi tant de morts,
m'étaient revenus tant de souvenirs d'un passé détesté,
avec quelle ferveur je me plongeai à nouveau — c'est
une image — dans le bain de vos vertus rafraîchissantes
et hygiéniques, bons radicaux et radicaux socialistes
de notre temps, si paisible et si raffiné !... Avec quelle
joie purifiante, avec quelle dévotion consolatrice je me
plus à évoquer vos vertueux hauts-de-forme et vos
honnêtes habits noirs... à évoquer encore, à évoquer
toujours, groupées autour de M. Fallières — c'était alors
M. Loubet — dans les appartements enfin aérés, enfin
désinfectés de Rambouillet, les élégances de notre Cour
contemporaine !... Qu'il me parut rassurant, M. Loubet !
— c'est aujourd'hui M. Fallières, bon gros vigneron de
notre terroir méridional. — Qu'elles me parurent charmantes, émouvantes, antiseptiques, vos élégances
nouvelles, bons radicaux et radicaux socialistes ! La
belle affaire qu'un esprit vil, frivole et chagrin
observe, si mal à propos, tout ce qu'elles doivent
encore aux parfumeries des salons de coiffure, à la
coupe familiale des coupeurs de la Belle-Jardinière !....

*
* *

La mort de Rocroy a gagné la campagne qui l'envi-
ronne, comme la gangrène d'un membre gagne le
membre voisin... L'impression en est sinistre... On

croit qu'on va respirer, on étouffe plus encore. Avant de
retrouver la vie balsamique de la terre, la splendeur de
la forêt, le tumulte de la Meuse, au long des ardoisières
de Fumay, il nous faut traverser un large plateau, sorte
de zone funéraire, où le sol est pierreux, lugubrement
stérile. Là, ne poussent que des herbes sèches et déco-
lorées, de maigres bouleaux qui ne dépassent pas la
taille d'un arbuste nain, et çà et là, des ajoncs qui n'ont
pas une fleur... Ensuite, c'est une joie à pousser des
hosannas, c'est comme une résurrection, lorsque nous
rejoignons, par les lacets des Ardennes, la rivière mou-
vementée, et que nous entendons là sirène des remorqueurs qui entraînent les longs trains de bateaux...
Et tout reverdit, tout miroite, tout sent bon, tout travaille, le sol fleuri, les arbres bourgeonnés, les eaux, les
coteaux, les maisons, les hommes, le ciel; tout est féerique jusqu'à Givet.   .

Une ville forte.

. Quelle folle terreur ont donc su nous inspirer les
Belges, que Givet soit une telle forteresse?
La ville disparaît presque sous l'accumulation des
défenses militaires... Forts tapis au haut des pics,
terrasses armées, enceintes bastionnées, casemates
blindées, fossés remplis d'eau, pont-levis, mâchicoulis,
échauguettes, demi-lunes, chemins de ronde, tout ce
qu'inventa, pour la sécurité des frontières, la science
ancienne et moderne de la fortification, Givet en est.
pourvu... Par les poternes et les chemins couverts, on
s'attend à voir, tout d'un coup, débusquer des hommes
d'armes, bardés de fer... Ah! les Belges doivent être
fiers d'être Belges, en regardant Givet... Ils savent

4.

ainsi, tout ce que leur puissance militaire a de redoutable... J'imagine aisément que Givet soit, pour eux,
la meilleure école, où se fortifie leur arrogance nationale.
Le dimanche, les pères doivent conduire leurs enfants à
Givet, et je les entends qui leur disent :

— Voyez, comme nous faisons trembler le monde !

De son côté, un officier français, devant qui je
m'étonnais de ce luxe guerrier, m'a expliqué ceci :

— Il ne faut plus, au cours des luttes futures, qu'on
puisse encore s'écrier : « Ah ! voici les Belges. Nous
sommes foutus ! »

Et que de casernes !... Quelles immenses esplanades
pour l'évolution des troupes !... Que de soldats !

J'ai vu défiler des bataillons et des bataillons d'infanterie. En tenue de campagne et clairon sonnant,
sans doute ils revenaient d'une reconnaissance, peut-
être d'un combat. Et j'ai admiré leur allure martiale,
leur souple entraînement... Nous sommes bien gardés,
allez !... Tout me fait croire aujourd'hui que, devant
un tel déploiement de forces, un tel hérissement de défenses, l'armée belge nous laissera tranquilles, désormais.

« Si tu veux la paix... », dit la Sottise des nations.

On rêve pour Nancy le tiers seulement des travaux
patriotiques exécutés à Givet... Il est vrai que, là-bas,
ce ne sont que les Allemands...

Une famille d'automobilistes.

Revenus de notre surprise, bien sûrs de n'être pas
dérangés par une attaque soudaine des corps d'armée
belges, nous passâmes la soirée assez gaiement, dans un
hôtel propre, très recommandé par le *Touring Club*, où

l'on nous servit de la cuisine simple et modeste, de la cuisine de siège. Les truites de la Meuse, annoncées sur la carte, furent, au dernier moment, remplacées par une plus humble friture de gardons, et l'on substitua de la charcuterie au rosbif promis ; tout cela de si bonne grâce que nous fûmes enchantés de notre dîner.

Près de nous, était attablée toute une famille : le père et la mère, la fille, le fils. Ils étaient arrivés, un peu avant nous, en automobile aussi... Partis de Paris, depuis trois jours, ils avaient été arrêtés, dans des endroits peu habitables, par toute sorte d'accidents... Ils en parlaient avec aigreur... La mère, surtout, se plaignait amèrement de la machine :

— Ce n'est rien... ce n'est rien... expliquait le père. Elle est un peu paresseuse, c'est vrai... Elle va s'échauffer...

Elle insistait :

— Je t'ai toujours dit que tu aurais dû acheter une Charron, comme les Levasseur, ou une Panhard, comme les Tripier... Ce ne sont pourtant pas des imbéciles, eux !... Ah ! c'est agréable, d'avoir tout le temps des pannes !

— Elle va s'échauffer... je te répète qu'elle va s'échauffer... Il faut qu'elle se fasse... Mais naturellement.... Tu n'es pas raisonnable... Voyons, c'est comme des chaussures neuves... elles ne vont bien au pied qu'au bout de huit jours... Ah ! les femmes... la lune, tout de suite !

— Eh bien, moi, je te dis que nous n'arriverons jamais à Bruxelles, avec ce sabot-là......

Il se mit à rire bruyamment, se tourna vers nous, comme pour en appeler à notre témoignage :

— Sabot !... Une Brulard-Taponnier, douze chevaux !... Ah ! ah ! ah !...

— Tu verras.... tu verras!...

Elle était coupérosée, flasque, minaudière, et pessimiste. Pour bien prouver qu'elle était venue en automobile, elle avait conservé ses terribles lunettes, bien
en vue sur son chapeau de feutre beige. Lui, gros, court,
la joue ronde et rasée, la barbe en pointe, jovial, vulgaire, et brave homme, arborait orgueilleusement une
casquette russe, ornée des insignes du *Touring*. Impossible d'être plus gauche, plus sottement fagotée que la
fille. Sans fraîcheur, sans grâce, les oreilles livides et
comme décollées, le cheveu pauvre, elle montrait déjà,
sur le devant de la bouche, une denture toute gâtée...
Quant au fils, le front bas, le menton fuyant, jaune et
très maigre, le corps aveuli par des habitudes solitaires,
il était totalement abruti... Famille bien française,
comme on voit.

En voyage, nous ne cessons, nous autres de France,
de nous moquer des familles allemandes, anglaises, italiennes, que nous rencontrons sur notre route, et qui,
souvent, nous donnent l'exemple de la santé physique
et de la bonne éducation. Avec une joie féroce et un
imbécile orgueil, nous nous complaisons à relever, toujours à notre avantage, ce que nous appelons leurs
ridicules, leurs tares, qui ne sont, peut-être, que des
vertus... Mais il est entendu que rien n'est beau, élégant, pétulant, spirituel, rien n'est intelligent que de
France. Les grands hommes d'autre part ne sont que de
plats copistes, de honteux plagiaires. Dickens doit tout
à Alphonse Daudet, Tolstoï à Stendhal... Ibsen est,
tout entier, dans *La Révolte* de Villiers de l'Isle-Adam...
Qu'eût été Gœthe sans Gounod et sans Thomas?... Et
pour ce qui est de Henri Heine, ne parlons pas, voulez-
vous?... de ce vil espion pensionné par Guizot...
L'âme française, je la retrouve, toute, dans cette excla-

mation de Brossette qui, un jour, à Kœnigsberg, me disait :

— Les Allemands, monsieur?... quel peuple de sauvages!... Ils ne comprennent pas un mot de français...

Ah! si pourtant nous songions quelquefois à mirer, dans nos familles à nous, nos infériorités de race, nos descendances d'alcooliques, de syphilitiques, notre lourdeur, notre stupidité haineuse ou jobarde?

Cette fois, en considérant cette famille de mon pays, attablée près de nous, j'y songeai, avec quelle douloureuse humilité!

Ils allaient en Belgique. Jamais encore ils n'étaient sortis de France, et l'idée que, le lendemain matin, pour la première fois, ils franchiraient une frontière, entreraient dans un pays qui ne serait plus la France, cette idée-là les impressionnait, les troublait au delà de tout... Ils ne savaient pas trop s'ils devaient avoir peur, ou se réjouir...

Après le dîner, la table desservie, le père s'entretint longuement, avec le patron de l'hôtel, des industries du pays; la mère tira de son sac un jeu de cartes et fit une patience; la jeune fille feuilleta le *Bædecker*, et le fils, écroulé sur sa chaise, bouche ouverte et bras pendants, s'endormit profondément.

Tout à coup la jeune fille demanda :

— Mère!... qu'est-ce que c'est que le Manneken-Piss?

— Veux-tu bien te taire?... chuchota la mère, en glissant vers nous un regard inquiet... Veux-tu bien ne pas dire de ces choses-là, petite malheureuse?

Mais la jeune fille appuya, ingénûment :

— Quelles choses?... Puisque c'est dans le *Bædecker!*

— Ça n'est pas convenable, là!

— Pourquoi?

— Parce que...

— Alors, on ne verra pas le Manneken-Piss?

— Si, tu le verras... Tu le verras avec ta mère... Seulement, tais-toi!

Et le père continuait de s'instruire auprès du patron de l'hôtel.

— Nous avons ici, énumérait ce dernier, de très beaux calcaires... une importante fabrique de colle forte.... des tanneries...

— Des tanneries?... Ah!... c'est intéressant... Et la conserve?

— Non, nous n'avons pas ça... Par exemple, nous avons aussi une belle usine de caoutchouc...

— Bigre!... Ah! dites-moi?... Et pas de conserve?... C'est curieux!...

A cette insistance, nous comprîmes que le gros monsieur avait, quelque part, un établissement de conserves... Malgré son air bonhomme, avait-il dû en empoisonner des gens! Et, peut-être, avait-il élevé ses enfants avec ses produits, ce qui expliquait leur teint terreux et maladif... Satisfaits de ce renseignement et de ces hypothèses, nous allions nous retirer, quand le mécanicien entra, en cotte de travail, les mains toutes noires de graisse...

— Ah! Ferdinand, dites-moi?... La voiture?... Ça va, hein?... Nous partons demain, à huit heures, mon garçon... huit heures précises... Dites-moi?... Faites le plein d'essence... Voyons... Namur?... Soixante kilomètres, à peu près, hein? Non... le demi-plein... Ce sera assez...

Le mécanicien parut gêné, se gratta la tête:

— C'est que... dit-il... voilà... la machine ne va pas du tout... Elle n'embraye plus...

— Sacristi!... Dites-moi?... Ça n'est pas grave?

— Hé!... monsieur... c'est embêtant...

Toute la famille, même le fils réveillé, tendait le col vers le mécanicien...

— Comment?... Qu'est-ce que vous dites?... Une machine toute neuve!

— Bien sûr... mais monsieur doit comprendre... du moment qu'elle n'embraye plus...

— Je comprends... certainement, je comprends... mais... dites-moi?... Ce n'est pas une raison... Voyez ça... travaillez...

— Mauvais travail... Ici, il n'y a pas de fosse... Et puis, il fait trop noir... Demain matin, nous verrons ça... Ah! j'ai bien peur...

— Mais non... mais non... Huit heures, hein?... Ah!.. Dix litres seulement... Nous remplirons après la frontière...

Il prononça « la frontière » avec un accent majestueux. Le mécanicien parti, il se promena quelques minutes dans la salle, le front plissé... Mais, pour dissimuler ses préoccupations, les pouces aux entournures du gilet, et balançant la tête, il faisait :

— Peuh! peuh! peuh!... Peuh! peuh!

La mère avait un sourire méchant... Elle dit :

— Tu verras... tu verras!

La fille demanda :

— Père... qu'est-ce que c'est : « elle n'embraye plus »?

— Mon enfant, c'est...

Il resta court, chercha une explication, et n'en trouvant pas :

— C'est rien... fit-il, rien du tout... Un peu de graissage... il n'y paraîtra plus...

— Oui! oui... compte là-dessus... ricana la mère, en se levant.

Et nous allâmes nous coucher.

Le lendemain matin, dans la cour de l'hôtel, ce fut une scène tragique.

La famille, harnachée pour le voyage, était réunie autour de la Brulard-Taponnier, douze chevaux... Nous arrivâmes juste au moment où Brossette, à qui son collègue avait demandé aide, sortait de dessous la voiture.

— Eh bien? interrogea le monsieur, qui avait mis ses derniers espoirs dans la science de notre mécanicien...

— Eh bien... répondit-il en s'époussetant... rien à faire... Le cône est faussé, le cuir est brûlé... Faut qu'elle aille à l'usine.

Ils furent tellement consternés, tous les quatre, qu'ils ne songèrent même pas à protester, à s'indigner. Le silence qui suivit cette sentence fut quelque chose de poignant... J'eus pitié d'eux... Vraiment, ils avaient l'air de condamnés à mort.

Ferdinand s'approcha de son maître. Son expression de fourberie me frappa. Il fut verbeux.

— Je l'avais bien dit à monsieur, hier soir... Ah! c'est très embêtant... J'vas ramener la sacrée machine à Paris, et je viendrai retrouver monsieur en Belgique, où que monsieur me dira... Vrai!... on peut appeler ça de la guigne... Monsieur, lui, va prendre le chemin de fer pour quelques jours, cinq... six jours... huit jours au plus... le temps des réparations, quoi!... A moins que monsieur ne préfère m'attendre ici... C'est, comme de juste, à la disposition de monsieur...

Le patron de l'hôtel, qui circulait autour de la voiture, lança négligemment :

— Il y a de bien belles promenades, dans les environs... Bons chevaux... Voitures confortables... Prix modérés...

Après un nouveau silence, le monsieur regarda Ferdinand d'un regard timide et suppliant :

— Vous êtes bien sûr?... Il n'y a pas un moyen?... Dites-moi?... pas un moyen?

— Que monsieur demande à mon collègue!...

Brossette, qui se lavait les mains à la pompe, tourna la tête, répéta :

— Rien à faire...

Ferdinand rajusta le capot du moteur. Ils le considéraient comme s'ils eussent encore espéré un miracle... Mais le moteur resta silencieux...

— Ah! c'est complet, fit, dans un serrement des lèvres, la femme dont la couperose, sous le voile, s'accentuait de barres violacées... Elle est jolie la Brulard-Taponnier, douze chevaux!... Elle est jolie!

De plus en plus hébété, le monsieur soupira.

— Arriver à Bruxelles en chemin de fer!... Dites-moi?... C'est raide...

La fille avait des larmes dans les yeux. Adieu, peut-être, le Manneken-Piss!... Le fils ouvrait et refermait la portière d'un geste colère et stupide...

En écoutant le bruit doux et régulier de notre moteur que Brossette venait de mettre en marche, le monsieur, dans sa détresse, s'enhardit jusqu'à m'adresser la parole :

— Vous avez de la chance... Ah! vous avez de la chance...

— Monsieur a une bonne voiture, voilà... rectifia aigrement la femme... Monsieur n'a pas une Brulard-Taponnier, douze chevaux!...

Notre 628-E8 partit dans un démarrage que, malicieusement, Brossette s'était appliqué à faire foudroyant.

— Pauvres gens!... dis-je à Brossette, quand nous fûmes sortis de la ville.

Brossette, d'abord, ne répondit rien. Puis, haussant les épaules et ne pouvant retenir un petit rire que je voyais se tordre, au coin de sa bouche :

— De bonnes poires, monsieur!... La voiture n'a rien, vous savez?... Seulement, Ferdinand est jaloux de sa femme... Ça le travaille... ça le travaille... Il veut rentrer pour la surprendre... Et comme ils n'y connaissent rien...

J'adressai de vifs reproches à Brossette, pour s'être fait le complice d'une si mauvaise action.

— Oh! moi, monsieur... bien sûr que je donne tort à Ferdinand... Ces choses-là, ça se fait pas... Mieux vaut être cocu... je lui ai dit... Il s'est entêté... Tout de même, je pouvais pas refuser ce service à un copain... Et puis, on n'est pas poires comme ces gens-là!

L'air piquait; le matin était exquis, odorant... Un gros bateau remontait la Meuse, dans un clapotement rouge... Nous marchions vivement... Peu à peu, je sentais mon indignation faiblir. Quand nous nous arrêtâmes, devant la douane, les mauvais instincts, qui travaillent l'âme de l'automobiliste, avaient fait leur œuvre. Et c'est avec une sorte de joie méchante, de plaisir barbare, que j'aimai à me représenter, dans la cour de l'hôtel, groupée autour de la machine silencieuse, cette famille désemparée, à qui le patron de l'hôtel continuait de dire, sans doute :

— Il y a de bien belles promenades, dans les environs!...

BRUXELLES

.Il y a de quoi s'irriter d'avoir roulé, depuis la frontière, sur d'infâmes pavés, sur d'immenses vagues de
pavés, d'avoir traversé le Borinage noir et fumant au
soleil, avec des éclats de·métaux, et qui, toutes les
nuits, incendie la nuit de ses bouillonnements de forge
·et de ses flammes d'enfer, pour n'aboutir qu'à cette
ville si parfaitement inutile, si complétement parodique : Bruxelles.

Bruxelles !

Vraiment, il est insupportable, et même un peu
humiliant de se sentir dans cette capitale des sociétés
de tramways du monde entier, reine de l'industrie des
asperges précoces, des endives amères et des raisins de·
serre sans goût, quand Bruges en dentelles, Liège en
acier, Louvain en prières, Gand d'autrefois, avec ses
rues si anciennes, ses pignons peints, ses toits coloriés
et tout ce que disent les façades.de ses églises, tout ce
que chuchotent les vieux murs au bord du canal;
quand les formidables quais d'Anvers, Mons où grouil-
lent les gueules farouches, Charleroi et ses montagnes

de crassiers que franchissent les petits chemins de fer
aériens; Furne où les processionnaires du Saint-Sang
défilent, portant des croix de fer, lourdes comme leurs
péchés, quand tout ce pittoresque, tout cet art, tout
ce mouvement tragique du travail, tout ce tumulte
de la Meuse et de l'Escaut, tout ce silence mortuaire
des béguinages, tous ces souvenirs de kermesses et de
massacres, ne sont qu'à quelques tours de pneus d'ici.

Et justement Bruxelles!

Enfin, j'y suis... Il faut bien que j'y reste, ne fût-ce
que pour panser mes côtes meurtries et mes reins brisés par tant de ressauts et de cahots, sur ces routes de
supplice...

* * *

Après tout, on peut aimer Bruxelles. Il n'y a là rien
d'absolument déshonorant.

Je sais des gens, de pauvres gens, des gens comme
tout le monde, qui y vivent heureux, du moins qui
croient y vivre heureux, et c'est tout un.

J'ai conté, jadis, je crois, l'histoire de cet ami,
interne dans une maison de fous en province, qui, de
sa chambre, n'ayant pour spectacle que les casernes,
à droite; à gauche, la prison et une usine de produits
chimiques; en face, l'hôpital et le lycée; rien que de
la pierre grise, des chemins de ronde, des préaux nus,
des cours sans verdure, des fenêtres grillées, me montrait, avec attendrissement, au-dessus d'un mur, un
petit cerisier tortu, malade, la seule chose qui fût à
peine vivante, au milieu de ce paysage de damnation,
et me disait :

— Regarde, mon vieux... On est bien ici, hein?...
C'est tout à fait la campagne.

Il y a des gens qui croient que Bruxelles, c'est tout à
lait la ville.

J'en sais même qui voudraient y vivre, qui regrettent
de ne pas y vivre, par exemple ces gais notaires de nos
provinces économes, ces financiers bons enfants de la
rue Lepelletier qui, actuellement, au Dépôt, à Gaillon,
à Poissy, à Clairvaux, se reprochent amèrement de
n'avoir pas su mettre au point — au point légal —
ces dangereuses opérations de l'abus de confiance et
du faux. Mais l'espèce en devient de plus en plus rare.
Et depuis la réforme du régime des prisons, préfèrent-
ils à Bruxelles ce Fresnes humanitaire, où le confort et
l'hygiène ne sont pas illusoires, où le travail semble
récréatif et moralisateur, où le modern style des cellules, des préaux, des parloirs, est supportable, sobre,
et ne donne pas de cauchemars : la première prison où
l'on cause.

*
* *

On peut ne pas aimer Bruxelles. C'est d'ailleurs le cas
de beaucoup de Bruxellois et non des moindres.

Voyez le roi Léopold qui n'y est jamais, qui multiplie les occasions de n'y jamais rester, qui est partout, en France, en Italie, en Suisse, en Allemagne,
en Angleterre, qui est en chemin de fer, en yacht, en
automobile, mais jamais en Belgique.

— C'est ainsi, confessait-il gaiement, un soir d'Élysée Palace, à un de mes amis, lequel sait parler aux
rois, c'est ainsi que j'ai pu garder la vivacité de mon
esprit, la sûreté de mon goût, et cette jeunesse qui
impressionne tant les femmes... Et puis, que voulez-
vous?... J'ai de si grosses affaires, dans tant de pays...

— Même en Belgique, sire...

5.

— Oui... je sais bien... faisait-il en hochant la tête...
en Belgique, j'ai un peuple... Mais j'ai aussi, ailleurs,
une fortune énorme, qui me cause beaucoup de tracas...
Il faut bien que je l'administre...

Voyez tous les poètes, tous les écrivains, tous les
artistes bruxellois et ixellois qui, dès l'âge le plus
tendre, en cohortes serrées, s'empressent de déserter
leur capitale, et s'en viennent à Paris, afin, sans doute,
d'y apporter un peu de cet accent savoureux qui
manque encore à notre littérature, et d'y gagner rapidement cette consécration décorative et lucrative qui
manque tant à la leur...

Et comme ils ont raison.

* *
*

Ils ont raison, car presque tout me paraît ridicule à
Bruxelles, me donne et leur donne envie de rire, mais
d'un rire terne, d'un rire sans éclats, de ce rire glacial,
douloureux qui rend tout à coup si triste, si triste,
triste comme son ciel d'hiver, ses boulevards circu-
laires, les livres de M. Edmond Picard, les poèmes de
M. Ivan Gilkin, les couvertures de M. Deman, les
meubles de M. Vandevelde.

Pourtant, Bruxelles est comique. Il n'y a pas à dire,
il est extrêmement comique, n'est-ce pas, cher monsieur Camille Lemonnier, qui fûtes, tour à tour, avec
une ardeur égale et avec un égal bonheur, Alfred de
Musset, Byron, Victor Hugo, Émile Zola, Chateau-
briand, Edgar Poë, Ruskin, tous les préraphaëlites,
tous les romantiques, tous les naturalistes, tous les
symbolistes, tous les impressionnistes, et qui, aujour-
jourd'hui, après tant de gloires différentes et tant
d'universels succès, mettez vos vieux jours et vos tou-

jours jeunes œuvres sous la protection du naturisme,
et de son jeune chef, M. Saint-Georges de Bouhélier?

*
* *

Au temps de sa splendeur, au temps où les ducs de
Bourgogne y étalaient leur luxe barbare et magnifique,
où les infants et les archiducs y commandaient pour
le compte de l'Empereur ou du roi d'Espagne, Bruxelles
fut la ville éclatante de drap d'or, de velours, de soies,
de fourrures, la poétique et amoureuse ville des dentelles, qui sont le luxe le plus joliment féminin, l'art
le plus exquisement valet de la sensualité. Ce fut la
capitale du bien vivre, du bien boire, où bourgeois
cossus, riches marchands, ribaudes étoffées, s'amusaient grassement et cognaient leurs danses titubantes
aux murs des rues étroites, où les étrangers les plus
opulents se sentaient pauvres et dénués devant tant
de somptuosités et tant de ribotes...

De cette vie pittoresque et forcenée il ne demeure
pour témoins que la Maison de ville, trop regrattée,
trop redorée, Sainte-Gudule au nom joli, mais dont
pas une femme ne voudrait pour patronne, le Manneken-Piss, tristement anachronique, et quelques ruelles
aux pignons penchés, aux noms sonores de mangeailles.

Maintenant, il n'y a plus que des femmes qui sont
presque jolies, presque bien mises, nymphes grassouil-
lettes du Parc, de la Monnaie et de la Cambre, des
messieurs presque élégants, qui font l'ornement de
Spa, la parure de Blankenberghe, et la royale gloire
d'Ostende. Il n'y a plus que de faux cigares de la Havane
qui, tous, viennent d'Anvers et de Hambourg, et
d'affreuses dentelles fausses, d'affreuses dentelles
mécaniques, bien que cent maisons de lingerie se dis-

putent — comme jadis cent villes de la Grèce faisaient d'Homère — le piètre honneur d'avoir fourni
le trousseau de la princesse Stéphanie.

Et il n'y a plus, à Bruxelles, que des boursiers sans
carnet, les fondateurs des XX sans tableaux, les
inventeurs du modern style sans clients, çà et là,
quelques critiques d'art symbolistes, hélas! sans emploi, quelques poètes aigris de n'avoir pu partir pour
ailleurs, mélancoliques laissés pour compte de la
littérature, de l'art, de la brasserie, et ce qui est pire
que tout cela — oh! comme je comprends mieux tous
les jours, cher Baudelaire, ton sarcasme douloureux!
— des Bruxellois

*
* *

Sous l'Empire qui fut le second et qui sera le dernier — car nous n'avons rien à redouter d'un prince
qui a pu vivre vingt ans avenue Louise, — Bruxelles
était encore quelque chose... On le dit du moins...
Aujourd'hui, ce n'est plus rien.

Ah! comme ils furent bien inspirés, le jour où ils
chassèrent Victor Hugo de chez eux!... Quel bonheur,
en quelque sorte providentiel, pour le grand poète,
et pour nous! Il y eût sûrement perdu tout son génie;
nous, nous eussions perdu toute sa gloire, insuffisam-
ment remplacée par celle de M. Viélé-Griffin.

D'ailleurs, jamais ils n'ont pu garder un exilé de
choix. Il leur fallait des proscrits à leur taille, de
pauvres petits proscrits de rien du tout... C'est Boulange, Boulange, Boulange, c'est Boulange qu'il leur
faut!... Oui, il leur fallait le général Boulanger... Ils
l'ont eu... Ils étaient fiers de ses bottes dévernies et de
sa plume blanche maculée de la boue du nationalisme...

Ils l'entouraient de prévenances, lui envoyaient des
fleurs, lui jouaient de la musique de M. Gevaert... Et
voilà qu'au bout de très peu de temps, écœuré de la
rue Montagne-de-la-Cour, du bois de la Cambre, n'en
pouvant plus d'ennui et de dégoût, le pauvre diable
finit par se brûler ce qui lui restait de cervelle... Celui-là
aussi !... Alors qui?

Je ne crois pas qu'il existe, aujourd'hui, dans n'importe quel pays, à Aurillac et au Puy, pas même à
Briançon, de caissiers assez dépourvus pour prendre
leur retraite à Bruxelles. A preuve cette confidence,
émouvante et douloureuse, que me fit, un soir, un
honorable préposé à la caisse d'un grand établissement de crédit français :

— Plusieurs fois, monsieur, m'avoua ce sage, j'ai
songé à me sauver avec la caisse... Que voulez-vous?...
J'ai trop de famille, et pas assez d'appointements...
Je n'arrive pas... je n'arrive pas à nouer les deux bouts...
Ah! cela m'était bien facile, je vous assure... Du samedi soir au lundi matin... j'avais tout le temps, vous
comprenez !... Mais je me suis dit : « Il va falloir vivre à
Bruxelles désormais... Ma foi, non... J'aime mieux
rester honnête homme. »

Et il soupira profondément...

Malgré toute ma bonne volonté — car il est bien évident, n'est-ce pas, que je suis sans parti pris, touchant
Bruxelles, — il m'est impossible de trouver à ces rangées de petits hôtels et à ces parcs minuscules, de caractère. Ils ne paraissent faits que pour démontrer que
Londres est une belle ville unique. De ci, de là, des
constructions neuves, de larges voies moroses, où le

Roi s'acharne à engloutir les millions de ses filles,
évoquent la triste richesse de Berlin... Mais Bruxelles,
avec ses gardes civiques, n'est pas la capitale d'un
Empire de canons et d'affaires, où subsistent encore
le souvenir d'un grand Frédéric, et le charme de son
dix-huitième siècle truqué.

Non, Bruxelles est bien la capitale comique, la capitale d'opérette, la capitale de Vandepereboom!

* *
*

Derrière le Musée, dans une rue que bordent de
maigres accacias, j'ai remarqué, à travers sa grille,
entre cour et jardin, une maison, trop petite assu-
rément pour y loger Little-Tich... Devant la maison,
un bassin rond, et guère plus grand qu'une assiette,
d'où s'élancent deux fleurs d'arum, et qu'enjambe, on
ne sait pourquoi, un pont arqué, peint en vert. Quelques
plantes, qui gardèrent leur secret, se dessèchent au bas
des murs, le long desquels la clématite et la vigne
vierge refusent obstinément de grimper. On aperçoit
à droite quelque chose de fauve, de roussi et de pelé
qui fut peut-être, jadis, une pelouse.

Le propriétaire de cette villa a deux cygnes, l'un
blanc, l'autre noir, mais le bassin est si étroit, et si
peu profonde l'eau, que les deux malheureux volatiles,
dans l'impossibilité de se baigner, se sont réfugiés sur le
pont. C'est là que, affalés, étalés, tantôt le bec sous
l'aile, tantôt le col allongé vers l'eau, ils passent
leurs journées à dormasser, à rêvasser de lacs bleus et
d'étangs pleins de roseaux...

Je ne veux pas dire que ceci soit un trait de buco-
lique spécial à Bruxelles. On peut le rencontrer,
l'observer dans toutes les banlieues, à Chatou, au

Vésinet, sans doute, non moins qu'à Villeneuve Saint-Georges et à Chôisy-le-Roi, partout, autour des villes, où l'homme qui se retire des affaires a des désirs plus vastes que sa maison, son jardin et son bassin, et croit se créer un univers, en faisant souffrir les bêtes et les plantes...

Ce qui me fait supposer que Bruxelles n'est pas une ville, mais la banlieue d'une ville qu'on construira peut-être un jour...

Espérons... Espérons...!

*
* *

J'ai été chercher, à la gare, des bagages que nous avions fait expédier par le train.

Au-dessus d'une porte, j'ai lu cette inscription, en deux langues, encore :

Sortie des voyageurs sans bagages, et des autres aussi.

*
* *

Nous avons été recevoir, à la gare, un ami qui arrive d'Amsterdam... Et nous attendons le train sur le quai.

Un employé nous dit :

— Ici, savez-vous, c'est les Belges.

Il nous indique un autre point du quai :

— Là... savez-vous... c'est les autres !

*
* *

Le même soir, au coin d'une rue, une femme — une Flamande assez fraîche de visage, mais massive et pesante, — racole un passant. La conversation s'engage; le passant demande :

— Et où demeures-tu ?

La femme répond avec orgueil :

— Rue Montagne-de-la-Cour.

Le passant objecte :

— C'est trop loin.

Alors, la femme :

— Viens donc!... J'ai une belle chambre, sais-tu... bien *ridonnée*... Tu verras, Manneke, comme elle est *ridonnée*... Je *tapisse* partout.

*
* *

Gérald B..., un de nos compagnons, nous raconte qu'il a passé la nuit chez une des plus jolies cocottes de Bruxelles...

— Très jolie, ma foi!... et bonne fille... Et un appartement d'un goût... qui m'a beaucoup gêné... Au moment du grand délire, la jolie cocotte se met à pousser des soupirs, des soupirs, et, tout d'un coup, elle s'écrie : « Il y a du bon... sais-tu... il y a du bon! »

*
* *

Il circule dans Bruxelles beaucoup d'automobiles, et qui, toutes, semblent des engins formidables. La plupart simulent — à ne pas s'y méprendre — nos plus illustres marques françaises. En dépit de leur apparence de monstres, elles ne vont pas vite, elles vont très lentement, elles ne vont pas du tout.

— Par prudence, m'explique-t-on... Les Belges sont des mécaniciens très sages... Sans ça!

Ce matin, j'ai vu, arrêtée devant la porte d'un petit hôtel que décorent — comme tous les petits hôtels — des vitraux, des mosaïques, des cuivres vernis, dessinés par M. Théo Van Rysselberghe, j'ai vu une de ces voitures monstrueuses, plus monstrueuse encore que toutes celles que j'ai vues jusqu'ici... Un frisson m'a secoué tout le corps, rien qu'à considérer le redoutable capot qui protège le moteur... C'est un prodigieux cube de tôle, flanqué de sirènes de paquebot, armé de phares lenticulaires, gigantesques. En outre, un projecteur électrique, capable d'éclairer toute la Belgique nocturne, est fixé à la barre de direction. Je me dis, avec un sentiment d'épouvante, où il entre, d'ailleurs, beaucoup d'admiration :

— Une machine d'au moins cinq cents chevaux... Ces Belges, qui n'ont l'air de rien, sont inouïs...

Très impressionné, je m'approche de cette terrible machine de guerre. Elle est au repos... elle dort... Ah! j'aime mieux ça... Le mécanicien, non plus, n'est pas là... quelle imprudence!... Sans doute, il boit, dans un bar voisin, de la bière qui n'est pas de la bière, à moins que ce soit du gin qui n'est même pas de l'eau-de-vie de pomme de terre... Enfin, il n'est pas là... J'ai alors la curiosité de soulever cet effarant capot... C'est comme si je tenais dans mes mains une bombe, garnie de sa mèche allumée. Le cœur me bat, me bat...

D'abord, je ne vois rien, rien que le vide... Puis, à force de regarder, je finis par apercevoir une espèce de minuscule mécanisme, monocylindrique, de la grosseur d'une tasse à café chinoise, et dont la force ne doit pas excéder un cheval et demi...

Le mécanicien revient. Il a un visage d'orgueil... il me regarde avec pitié. Puis il se met à tourner la manivelle... Je m'en vais...

Une heure après, je repasse par cette rue, devant le petit hôtel. Le mécanicien tourne toujours, sans succès, la manivelle... Tête nue, le visage dégouttant de sueur, ses habits à terre, il tourne... tourne... tourne!...

*
* *

Après des révolutions, dans le genre des nôtres
bien entendu, ils ont été chercher, pour l'installer dans
cette capitale nulle, une dynastie de principicules
allemands, mâtinés de quoi?... de d'Orléans.

Les drôles de gens!

Il n'est pas moins admirable qu'ils poursuivent
l'effort paradoxal de se faire une nationalité autonome
avec des résidus de tant de races si mal amalgamées,
de même qu'ils s'acharnent à se faire une langue officielle
avec un patois.

Qu'on parle flamand en Flandre, wallon en Wallon-
nie, mais, je vous en prie, monsieur Picard, qu'ils continuent de parler, à Bruxelles, ce belge que vous parlez
si bien!

Car si toute la Belgique est merveilleusement
flamande, Bruxelles n'est que belge, irréparablement
belge. Nulle part ailleurs, on ne rencontre plus
d'effigies en pierre, en marbre, en bronze, en saindoux,
en pain d'épices, de ce lion qui n'est ni héraldique,
ni zoologique, de ce lion qui n'est pas méchant, qui
n'est pas un lion, pas même un caniche, qui ressemble si fort au lion des grands Magasins du
Louvre, et à qui est réservé, sans doute, le destin léo-
poldien de devenir, un jour, l'enseigne des grands
Magasins du Congo.

« L'union fait la force », répète partout l'inscription
bilingue. C'est l'union de toutes les imitations qui fait
la force de leur comique.

*
* *

Cependant Bruxelles ne semble se douter de rien
de tout cela, ni de cette drôlerie éparse, obsédante,

ni de ce que fut le Bruxelles d'autrefois. Et cette espèce de toute petite grande ville a l'air encore assez satisfait de n'être que le Bruxelles d'aujourd'hui, et se trouve — c'est le plus comique — à son avantage.

S'il est un Bruxelles charmant, et dont on puisse s'éprendre — après tout, pourquoi pas? — je suis bien sûr, au moins, que c'est un Bruxelles qu'on ne voit point. Le voyageur, qui passe quelque part, ne voit jamais que ce qui se voit. Les âmes cachées dans les villes, comme les fleurs qui se cachent dans les prairies, sont toujours les plus jolies. Ah! je voudrais bien voir ce qui se cache à Bruxelles...

Cherchons toujours...

Le Roi en est...

Nous sommes descendus à l'hôtel Bellevue. On le répare. De la cave au grenier, on le remet à neuf. Les couloirs sont obstrués par des planches, des échelles, des tréteaux. De gros madriers soutiennent les plafonds qui croulent. On nage dans les platras, dans les gravats; on bute sur des pots de colle. Ça va être, paraît-il, une orgie de confort moderne. Du moins, l'annoncent en anglais, en allemand, en russe, en français, de petites notices, bien en vue dans les chambres.

Les garçons vous disent avec des airs avisés, et pour vous donner confiance :

— Le Roi en est.

Parbleu! Le Roi est de tout, en Belgique; seulement, il n'est jamais en Belgique. D'ailleurs, dans quelques jours, lorsque je paierai ma note à la caisse, je m'apercevrai bien que le Roi en est... Il en est même trop.

En attendant, on rencontre, dans l'hôtel, plus de
peintres, de fumistes, de plombiers, de menuisiers, de
tapissiers, que de voyageurs... A peine quatre ou cinq
Américaines qui vont en Hollande, ou qui en reviennent,
elles ne savent pas au juste; à peine trois pauvres
Anglais, qui, demain matin, se rendront au champ de
bataille de Waterloo.

Le service est complètement désorganisé. On ne peut
rien avoir, pas même d'eau. Ce matin, en guise de petit
déjeuner, j'ai eu une conversation avec le garçon.

— Monsieur va sans doute à Ostende?

— Non, mon ami... Si vous n'y voyez pas d'inconvénient, je n'irai point à Ostende.

— Monsieur a tort... monsieur devrait y aller... Il
faut avoir vu cela... C'est curieux... Depuis l'abolition
des jeux, nous avons au Casino d'Ostende, quatre
tables de roulette et trente-deux de baccara... Elles
travaillent nuit et jour, monsieur... Je ne parle pas des
petits chevaux, pour les petites gens... Il y en a!... Il y
en a!... Et les femmes... les femmes!... Ah!... monsieur
sait sans doute que, maintenant, Ostende doit rester
ouvert toute l'année?... Du moment que les jeux sont
supprimés, il n'y a plus à se gêner, n'est-ce pas?

Puis, discrètement :

— Le Roi en est!

Et comme je ne dis mot, le garçon explique :

— Oh! il ne s'en cache pas... Il s'en moque, allez, de
ce qu'on peut penser ou ne pas penser de lui... C'est
un type... Et pourvu que la galette soit au bout!...
Bras dessus, bras dessous, il se promène, sur la digue,
avec Marquet, le directeur du Casino... En voilà un qui
a de la veine! Il n'y a pas si longtemps, il était garçon...
petit garçon... à la buvette de la gare de Namur... Bien
des fois, il m'a servi une tasse de café, entre deux

trains... Il n'était pas fier, alors... Et le voilà maintenant presque ministre... plus que ministre... associé
du Roi...

Je suis sorti.

Devant l'hôtel, sur le parvis de l'hôtel, j'aperçois une
jeune femme très jolie, infiniment gracieuse, qui joue
avec ses deux petites filles. La jeune femme, très élégante, est tout en blanc, souple, mol et léger; les deux
petites filles, en blanc aussi, jambes nues, avec d'immenses chapeaux de paille et de dentelles... Toutes les
trois, elles jouent à se poursuivre, autour d'une caisse
verte où fleurit un grand laurier rose. Très raide, très
digne, tout en noir, la gouvernante est assise sur un
banc, près de la porte, un paquet d'ombrelles et de
manteaux sur les genoux, un livre, non ouvert, à la
main. Elles attendent, sans doute, une voiture com-
mandée qui ne vient pas plus que n'est venu mon
déjeuner... Le portier, tout galonné d'or, inspecte la
place et les rues d'un air inquiet.

Je m'arrête à considérer cette jeune femme, qui est
bien plus enfant que ses deux petites filles. Je n'ai
jamais vu de si beaux cheveux blonds, blonds, comme, à
certains jours, est blonde cette mer si merveilleusement
blonde du Nord. Je n'ai jamais vu une nuque, mieux
infléchie, d'une pulpe plus soyeuse. Les yeux bleus sont
d'une candeur puérile, adorable. Ah! comme ils ignorent
Nietzsche, et comme leur est indifférent ce Rembrandt,
dont la *Ronde de Nuit* leur est inexplicable et ridicule.
puisqu'on n'y voit pas des petites filles qui dansent, le
soir, dans un jardin... Chaque mouvement du buste
des bras, des jambes qui, souvent se devinent sous la
batiste brodée de la robe, chaque balancement des
hanches, chaque pli de la jupe est une élégance, une
caresse, une invention de beauté, une fête émouvante

de la vie. Bien qu'elle soit fine de lignes, d'apparence presque délicate, on la sent ronde et ferme avec une peau qui, certainement, irradie de la lumière, comme, au crépuscule, ces grands iris blancs de Florence...

Tout à coup, elle pousse un petit cri d'oiseau, s'arrête de courir, se hausse sur la pointe de ses souliers mordorés, allonge divinement les bras, tend son buste élastique, et prend je ne sais quoi sur une branche du laurier.

Les deux petites trépignent, tapent dans leurs mains.

— Donne... donne... maman.

Et je vois dans sa main, gantée de suède du même blond que les cheveux, une coquille de petit escargot, sèche et vide.

— Ah! le pauvre petit!... Il est mort... dit-elle avec un air de consternation délicieuse... Il est mort!

Je crois bien qu'il est mort, le pauvre escargot... Il est mort depuis des millions d'années, car c'est un escargot fossile... Avec des précautions infinies, des tendresses maternelles, qui furent des prodiges de grâce sculpturale, elle remet la coquille, dans la fourche d'une branche. Elle semble lui dire :

— Dors, petit, dors!

Puis elle recommence de courir, de poursuivre les deux petites filles, en criant :

— Jeanne... Gabrielle... mes amours... Le gros lion... le gros lion... le gros lion!

Comme Jeanne, Gabrielle, faisant semblant d'avoir peur, se mettent à pleurer pour rire, la jeune femme se baisse, s'accroupit, attire dans ses bras les enfants qu'elle dévore de caresses et de baisers :

— O les petites bébêtes aimées!... les chères bébêtes adorées!

Il ne m'a pas échappé que, se sentant regardée, admirée, elle a prodigué peut-être pour le portier de l'hôtel, peut-être pour le passant qui passe, peut-être pour moi aussi, le charme multiple de ses gestes, la grâce glissée ou appuyée de ses œillades. Mais je n'en tire aucune vanité, aucun espoir. Je connais ces coquetteries et jusqu'où elles vont, ou plutôt, jusqu'où elles ne vont pas.

Du reste, il serait tout à fait surnaturel que, dans un hôtel de Bruxelles, il pût m'arriver des aventures qui ne me sont jamais arrivées dans aucun hôtel du monde.

N'y pensons plus, comme chante M. Gounod, et allons bravement voir le Manneken-Piss, puisque c'est par là que tout finit, ici...

Tout de même, le soir, j'ai voulu m'informer auprès du garçon :

— C'est une dame de Paris... explique-t-il... elle vient quelquefois... elle se fait appeler Madame X... mais nous savons que ce n'est pas son nom...

— Ah !

— Oui...

Il s'approche de moi, et tout bas, avec une sorte de gravité confidentielle :

— Le Roi en est !...

L'accent belge.

Leurs théâtres, sauf le théâtre du Parc, qui est tout à fait français, c'est presque la Comédie-Française, presque l'Opéra, presque les Nouveautés, presque l'Olympia, mais avec l'accent. Or, cet accent est triste et comique, à la façon d'un air faux.

Non seulement les ingénues, les grandes coquettes,
les jeunes premières, les vieilles dernières, les amoureux, les pères nobles, les chanteuses, les choristes, les
souffleurs, régisseurs, décorateurs, les gymnastes, les
montreurs de phoques et les écuyères, ont cet accent
sans accent qui fait rire et qui fait pleurer aussi, mais —
chose fantastique — les danseuses également, les danseuses surtout qui, ne pouvant mettre l'accent dans
leur bouche, l'introduisent dans leurs jambes, dans
leurs bras, dans leurs sourires, dans leurs exercices de
désarticulation, dans toutes leurs poses, jusque dans
le frémissement aérien des tutus envolés.

* *
*

Je suis allé au Palais de Justice, où ils ont entassé
pêle-mêle, tant qu'ils ont pu, des souvenirs de monuments sur des monuments de souvenirs, pour n'aboutir
qu'à un monument d'une laideur invraisemblable.
Ils y ont empilé de l'assyrien sur du gothique, du
gothique sur du thibétain, du thibétain sur du
Louis XVI, du Louis XVI sur du papou... C'est tellement laid, que ça en devient beau...

On y jugeait un pauvre diable de Français qui, ne
pensant pas à mal, et pour s'emparer de son argent,
dont elle ne faisait rien, avait étranglé une vieille dame
de Bruxelles. Sa mine réjouie, bonasse, naïve me frappa.
M. Edmond Picard le défendait, car, non seulement
M. Edmond Picard écrit, mais il parle aussi le belge le
plus pur et le plus châtié.

Quand le président lut, avec l'accent qui, cette fois,
me parut d'un comique étrangement sinistre, l'arrêt
qui le condamnait au bagne perpétuel, le client de

M. Edmond Picard se mit à rire, à se tordre de rire. A
plusieurs reprises, il applaudit frénétiquement.

Le soir, il a dit à son avocat, qui lui reprochait sa
conduite inconvenante :

— Je ne croyais pas que c'était vrai... Je m'imaginais
qu'on m'avait amené au théâtre, pour me distraire un
peu, et me faire voir les meilleurs comiques de l'endroit.
J'étais content... Je m'amusais... Ah ! je m'amusais !...
Que voulez-vous? J'aime les imitations...

Et il a ajouté, déçu :

— Alors, c'est pas imité ?... Ce juge, c'était bien un
juge?... Et vous, vous êtes bien un avocat?... Et moi,
je suis bien un assassin?... Ah vrai !...

Le repas des funérailles.

Il m'a bien fallu aller à l'enterrement de Mme Hoockenbeck, la femme de mon ami Hoockenbeck. Il me
savait à Bruxelles. D'ailleurs, un enterrement belge, je
n'y eusse point manqué pour un empire.

Mon ami Hoockenbeck, commerçant réputé, — il a
brillamment réussi dans ses affaires, — homme politique important — il est député, — protecteur des arts
— il est de toutes les sociétés artistiques qu'invente
et préside M. Octave Maus, — mon ami Hoockenbeck
est bien le type de ces pauvres diables dont on dit
qu'ils « n'existent pas ». Et si mon ami Hoockenbeck
« n'existe pas » à Bruxelles, je vous laisse à imaginer...
Hoockenbeck n'a jamais eu une opinion, ni un goût, ni
une habitude, ni même une manie capable de résister,
plus de cinq minutes, à une autre qu'on lui ait, je ne dis
pas opposée, mais proposée. Rien de plus facile que de

le faire varier; surtout dans les questions qui lui tiennent le plus à cœur : *la politiq*, et l'art indépendant. Par exemple, il se montre intraitable, quant aux calembours. Il fait des calembours inlassablement, insupportablement. Cela vient de son bon naturel. Il aime faire rire. Et, comme il n'a pas toujours le choix, c'est de lui-même, le plus souvent, qu'il fait rire. Moi, qui n'ai pas une âme pure, il m'a beaucoup fait pleurer. Avec cela bavard, fatigant, médisant, curieux, vaniteux, au moins autant, à lui seul, que tous les autres hommes. Son seul avantage sur eux, c'est qu'il est tout cela, plus ingénument... Hoockenbeck est peut-être le seul homme au monde à qui, pas une fois, je n'aie pu adresser la parole sérieusement; le seul aussi qu'il m'ait été impossible d'écouter sans en être agacé, jusqu'à la crise de nerfs... Au demeurant, je l'aime bien.

Sa femme a toujours été aussi insignifiante que son visage, aussi neutre que le blond éteint de ses cheveux. Jamais je ne lui ai entendu dire une parole juste, exprimer une idée, un sentiment quelconque. Banale, jusqu'à en être exceptionnelle. Je l'aimais bien aussi.

J'ai trouvé le pauvre Hoockenbeck en larmes, désespéré. Il faisait peine à voir. Il reniflait, pleurait, m'embrassait, multipliait tellement les démonstrations de sa douleur, que je le regardais, parfois, à la dérobée, avec la crainte d'une farce, encore.

Il voulut absolument m'amener devant le cercueil, et me fit, en hoquetant, le récit de la mort de sa femme.

— Une tumeur à la matrice!... Oui... oui... Auriez-vous jamais cru ça, à la voir? Moi... jamais, jamais, je ne m'étais aperçu de rien... Et elle... ah!... elle ne m'avait jamais rien dit... Elle était si brave!

Et il sanglota :

— Ma pauvre Louise! Quelle perte pour moi!... Elle

aimait tant... an... s'amuser!... Nous devions aller à
Paris... oh! oh!... le mois prochain... Elle voulait retourner à l'abbaye de Thélème... à l'abbaye... hi! hi!...
de Thélème... Pauvre Louise!... Ouh! ouh!... Elle
était si brave! Et maintenant... voilà!... Une tumeur
à la matrice.... Et voilà!... Non... non... jamais... je
ne...

Sur quoi, mon ami Hoockenbeck eut une redoutable crise de sanglots, durant laquelle je me surpris à jouer, par contenance, avec la frange d'argent
du drap mortuaire... Puis, tout à coup, je le vis se précipiter sur le tapis, à plat ventre, et partir à se claquer
les fesses, comme s'il eût voulu se corriger de sa douleur,
ou se punir de n'en être pas assez abîmé....

— Elle était si brave!... Elle était si brave!

Il fallut lui tamponner les tempes, le frictionner, le
faire boire, enfin, le coucher sur un divan et lui tenir
les mains jusqu'à ce qu'il se fût, comme un petit enfant,
apaisé.

Heureusement, d'autres visiteurs survinrent. Il se
remit tout à fait, pour les recevoir, et, tandis qu'il
recommençait de pleurer sur leurs joues, je m'esquivai.

Le lendemain, il y eut une messe magnifique, mais
une messe belge... Un latin, d'un sonore! Et un
français, d'un belge!... Au cimetière, oraisons funèbres
en belge, condoléances en belge. Je me rappelle qu'au
milieu du discours pathétique d'un vieux petit blond,
chauve, étrangement sphérique, qui, tout pâle, suait à
grosses gouttes, et dont la voix tonnait en belge, toujours en belge, je poussai un cri qui fit qu'on se retourna,
et dus enfoncer mon mouchoir dans ma bouche. J'ai
gardé l'espoir qu'on s'était mépris, au sens de mes
larmes...

Après la cérémonie, je ne pus refuser l'invitation de

Hoockenbeck qui insista, en pleurant, pour me garder
à dîner.

Je pensais dîner en tête-à-tête avec lui. Ma surprise
fut grande de trouver dans le salon, où l'on avait
débarrassé, à la hâte, la chapelle ardente, une société
nombreuse. Une odeur de fleurs fanées, d'encens, une
autre, équivoque, persistaient, qui étaient affreusement
pénibles. On me présenta à des tantes, à des cousines
de Louvain, à des nièces de Liège, à des amis d'Anvers,
à une famille de Verviers, et à nombre de Bruxellois.
Les hommes en habit, cravatés de blanc; les femmes
en robe de soie. D'une, corpulente et fardée, le corsage
était ouvert. Tout ce monde avait une expression singulière, gênée : une expression d'attente. Dans ces occa-
sions-là, on ne sait jamais quelle contenance garder. La
mesure juste y est fort délicate. Après tout, un dîner,
même un dîner d'enterrement, ce n'est pas un enterrement... Ce n'est pas, non plus, un dîner ordinaire...

Repas copieux, succulent, arrosé de ces bourgognes
et de ces bordeaux comme il n'en fermente que chez
nous, mais comme on n'en élève qu'en Belgique. Il
commença tristement. Un oncle colossal évoqua, d'une
voix funèbre, l'enfance de la défunte. Insensiblement,
de souvenirs en souvenirs, on en vint aux historiettes
attendries qui firent doucement pleurer, puis aux anecdotes gaies qui firent rire un peu, puis aux grasses plaisanteries qui firent pouffer de rire.

— Elle était si brave!... répétait, tantôt sur le mode
douloureux, tantôt sur le mode joyeux. mon ami Hoockenbeck, qui, d'ailleurs, parlait peu et buvait beaucoup.

A une plaisanterie plus salée, Hoockenbeck, voulant
s'empêcher de rire, avala de travers une grosse bouchée de homard, et, de peur qu'il n'étouffât, chacun se

mit à lui bourrer le dos de coups de poing. A partir de
ce moment, l'animation s'accentua et, bientôt, l'enterrement dégénéra en kermesse. Les trognes des
hommes s'enluminaient de rouges violents ; les yeux des
femmes s'emplissa'ent de lueurs troubles. Et les coq-
à-l'âne, les jeux de mots, les histoires épicées de partir,
se croiser, rebondir d'un bout de la table à l'autre bout.
Et, sous la table, Dieu sait ce qui se passait ! Une grosse
cousine appuyait, avec une persistance de plus en plus
frénétique, son pied sur le mien... Des couples dispa-
raissaient, revenaient...

— On n'enterre pas tous les jours une femme pareille... tonitruait l'oncle colossal... une femme pareille !

Et, dodelinant de la tête, la langue déjà épaisse,
Hoockenbeck bégayait :

— Elle-était si brave !... si bra... a... ve !...

Malgré les vins, malgré les sauces, malgré les parfums évaporés des peaux moites, l'odeur des fleurs
fanées, et l'autre, s'acharnaient. Mais la gaîté d'aucun
n'en paraissait retenue.

Quand je voulus rentrer, Hoockenbeck s'excusa, — il
me sembla que c'était à regret, — de ne pas me reconduire. Mais son beau-frère, un capitaine revenu du
Congo (il n'était malheureusement pas en uniforme),
prétendit que l'air lui ferait du bien... Aidé d'un jeune
ménage de Liège, il triompha aisément des scrupules
du veuf qui, généralement rubicond et couperosé, etait
devenu violet, à force de congestion.

Nous partîmes à cinq.

Que faire à Bruxelles, vers dix heures de la nuit,
sinon la tournée traditionnelle dans les cafés ? De
brasseries en brasseries, de cafés en cafés, notre bande
grossissait d'amis rencontrés... On s'attendrissait :

— Ah ! mon pauvre vieux !

7

— Ah! la pauvre Louise!

— Comme ça... si vite?... qu'est-ce qu'il y a eu donc?

— Une tumeur à la matrice... Auriez-vous cru ça, à la voir?...

Hoockenbeck avait parfois des remords.

— Si elle nous voyait!... disait-il timidement.

A quoi le capitaine répliquait :

— Allons donc! Louise était une excellente femme... Elle aimait à s'amuser, sans en avoir l'air. Comme elle serait contente, d'être au milieu de nous!

— Elle était si brave... leitmotivait, d'une voix de plus en plus pâteuse, le malheureux veuf...

Il arriva, à la fin, qu'ayant épuisé tous les cafés et tous les bouges, nous échouâmes dans un restaurant de nuit... Il était bruyant... Des femmes dégrafées, des jeunes gens ivres, chantaient, dansaient aux sons de la musique des *laoutars* roumains.

— Du champagne! du champagne! commanda Hoockenbeck qui, entré dans la salle, sa cravate dénouée, et son chapeau de travers, prit la taille d'une petite brune... Mais je crois bien que ce fut seulement pour assurer son équilibre... En suite de quoi, il alla rouler sur une banquette...

A six heures du matin, — j'ai honte de l'avouer, mais il faut bien l'avouer, — je me réveillai dans un fiacre, à la porte de mon hôtel. Le veuf ronflait à mes côtés. Je sortis sans bruit, et donnai l'adresse d'Hoockenbeck au cocher. Je ne m'aperçus que plus tard que je m'étais trompé : c'était l'adresse d'un mauvais lieu.

Brave Hoockenbeck! Il y est peut-être encore...

Vive l'armée belge !

Le plus comique — tout est toujours le plus comique
en Belgique — c'est l'armée belge. L'armée belge est
bien plus terrible à voir que l'armée allemande, non
par le nombre de ses soldats, mais par la chamarrure
de ses uniformes. Elle rappelle. — en beaucoup plus
hippodrome — les plus splendides moments de l'Épopée napoléonienne. Il ne lui manque que ses guerres
et ses victoires, et Monsieur d'Esparbès, pour les chanter. Les Belges n'ont pas osé aller jusque-là....

Sur la place de l'Hôtel-de-Ville, ce matin, six soldats,
des cavaliers. Gros, gras, lourds, la moustache longue
et épaisse, le torse bombé sous un dolman vert, que
passementent, sur la poitrine, sur les flancs et, dans le
dos, d'énormes brandebourgs orange, les manches tellement galonnées qu'on ne sait jamais si on a affaire à
des caporaux ou à des généraux, le pantalon amarante,
très collant aux cuisses, et tirebouchonné sur la botte,
le bonnet de police avec des brandebourgs aussi, crânement posé sur l'oreille... Et tellement martiaux, tellement conquérants qu'on dirait qu'ils ont vaincu le
monde !... J'ai cru voir des survivants de l'immortelle
garde impériale... Ils étaient six.

La foule, heureuse, toute fière, entoure ces six cavaliers... D'après ce que j'entends autour de moi, il
paraît que c'est la petite tenue... et presque la tenue de
corvée... Un bourgeois dit à un ami étranger qu'il promène par la ville :

— Et si tu les voyais, en grande tenue, sais-tu ?...

Quelque temps après, le même bourgeois, tout rayon-
nant d'enthousiasme, dit encore :

— Cent mille hommes comme ça... tu penses?

Ma complice.

Je n'ai passé à Bruxelles qu'une bonne journée : celle qu'y a passée Mme B... arrivant de Monte-Carlo pour aller à Ostende. C'est toujours un plaisir que de la voir et de l'entendre rire.

J'ai pu lui parler de Bruxelles, à mon aise, et c'est sa complaisance qui est un peu responsable du souvenir que j'ai gardé de ce dernier séjour.

Elle possède à merveille la coquetterie de donner, en riant à tout ce qu'ils disent, de l'orgueil aux plus sots, comme si elle ne savait pas du tout qu'elle arrive à être encore un peu plus jolie quand elle rit, que ses yeux s'approfondissent et jouent, à la façon du velours sous la pesée du doigt, et que sa lèvre, non contente de se soulever sur les dents qu'elle a, découvre encore la surprise et le délice d'une gencive de chatte. Si je n'étais guéri d'aimer l'amour, et capable en tous cas de m'éprendre d'autre chose qu'une femme laide, j'envierais l'ami qui est si amoureux d'elle, et l'envierais plus qu'elle, qui ne sait que s'en moquer.

Ce n'est sans doute pas cette pauvre jolie petite Mme B... qui a inventé l'accent belge, l'accent belge de Bruxelles, surtout ; ni elle qui est responsable de l'art belge, ou des modes belges, ou des mœurs belges, ou des imitations belges, ni de l'aspect comique et cossu des Bruxellois et de leurs Bruxelloises. Mais, à coup sûr, si les compatriotes de M. Francis de Croisset, né Wiener, me demeurent tellement comiques, où, ce qui revient au même, sont aussi comiques, c'est que je n'ai poussé si fort leurs ridicules que pour entendre encore, entendre

toujours glousser de rire et pleurer de rire, et s'étouffer
à rire, et chanter à force de rire, cette jolie petite
Mme B... dont le naturel a le goût exquis de l'eau très
pure, et dont l'absence d'hypocrisie eût ravi Stendhal,
aux Italiennes de qui elle ressemble.

De sorte que si ces pages ont un sort heureux, si elles
demeurent quelques jours, si on m'accuse d'avoir calomnié Bruxelles, s'il m'est désormais interdit de m'y
montrer, sans risquer de me faire lapider, c'est votre
faute, vous avez beau rire, vous avez bien raison de
rire, ce sera votre faute, Madame...

Au cabaret.

Nous fûmes, un soir, dans un de ces cabarets à bonne
chair de la rue Chair-et-pain ou de la rue des Harengs,
les hôtes d'une bande de Bruxellois...

Ai-je besoin de dire que ce sont d'excellents garçons,
et qu'ils ont le cœur sur la main ? Après tout, ce n'est
point de leur faute, s'ils sont de Bruxelles... D'une ama-
bilité bruyante, quasi marseillaise, mais sans le pittoresque, sans la grâce piquante, fleurie, de Marseille, ils
s'intitulent les Parisiens de Bruxelles, ou les Bruxellois de Paris... je ne sais plus au juste.

Ce soir-là, nous étions, moi particulièrement, j'étais
las de musées et las de galeries, las de la plus belle
peinture, même las de la peinture flamande et des
plus purs Hollandais... Je ne pouvais plus entendre,
sans devenir aussitôt neurasthénique et chromophage,
les noms vénérés de Van Eyck, de Jordaens, de Rubens,
de Bouts. Volontiers, j'eusse donné, sinon un Vermeer
de Delft, — j'ai horreur de l'exagération — mais peut-

7.

être quatre Memling, et sûrement l'œuvre entier de
Wiertz, de Gallait, de Leys, de Van Beers, de Jef Lambeaux, des deux Stevens et de Rops, et encore celui de
Henri de Groux ajouté à celui de Knopff, et bien
d'autres avec, ah ! je vous le jure, sans compter bien
entendu, les lanternes japonaises de M. Théo Van
Rysserberghe, pour manger tranquillement, et que je
n'entendisse pas parler d'art, et pas parler de Paris...
de Paris, surtout... de Paris... Mais les Bruxellois, quand
ils se mettent en frais, et pour bien étaler leur culture,
et pour bien montrer qu'ils sont de Bruxelles, n'ont que
deux sujets de conversation : l'art et Paris... Paris et
l'art...

Par malheur, ce soir-là, nos hôtes étaient particulièrement amateurs d'art, et amateurs de Paris, et particulièrement prolixes. Au bout de cinq minutes, à peine
avions-nous touché aux hors-d'œuvre — comment s'y
prirent-ils ? — ils avaient fini par me dégoûter de leur
musée, qui est un admirable musée de province, par
me dégoûter de tous les musées, aussi bien ceux de
Dresde et de Berlin que de La Haye, de Madrid et de
Florence... Quant à Paris, chaque fois que ce nom sortait de leur bouche, l'effet en était tel que je me met-
tais à aboyer douloureusement, comme un chien devant
qui l'on joue du piano... Faut-il tout avouer ? Ils avaient
fini par me dégoûter de leur cuisine merveilleuse...

Ils énuméraient, comme un vieux soldat ses campagnes, les premières parisiennes où ils avaient été, où
ils iraient, revenaient des vernissages, des grandes
ventes, du Salon des Indépendants, retourneraient à
d'autres salons, d'autres vernissages, d'autres grandes
ventes, au Grand Prix, aux dernières premières de la
saison, au Salon d'automne, chez les Bernheim, chez
Vollard, chez Moline, chez Durand Ruel... J'avais

honte d'ignorer jusqu'aux neuf dixièmes des Parisiens illustres qu'ils tutoyaient, et plus des quatre-vingt-dix-neuf centièmes des auteurs, dont ils citaient, par cœur, des pages entières, en prose libre et en vers libérés...

J'aurais bien voulu m'en aller...

Mais c'étaient nos hôtes, et nous étions définitivement attablés.

A des huîtres, nourries des plus grasses algues de la Zélande, avaient succédé des poissons dont la chair exhalait toute la forte saveur de la mer du Nord ; aux pièces de boucherie ruisselantes de jus, flanquées de pâtes rissolées, toutes sortes de volatiles dorés, craquants, débordant de truffes par tous les bouts ; à des légumes rares, choux maritimes, jets de houblon, qui avaient pompé les plus subtils aromes de la terre et les éthers les plus parfumés des terreaux, des montagnes d'écrevisses, des lacs de crème, des pâtisseries des Mille et une Nuits. Et encore des fruits, qui avaient dû murir en paradis, s'ajoutaient à des fromages qui avaient dû pourrir en enfer. Les meursault, les haut-brion, les château-laffitte, les clos-vougeot, les chambolle-musigny, les ruchotte, les romanée dont s'enorgueillit la cave du professeur Albert Robin, des champagnes plus durs que l'acier-nickel, les eaux-de-vie, mieux que centenaires, toutes les liqueurs de la Hollande, tous les tord-boyaux de l'Angleterre et de l'Amérique ne faisaient qu'exciter la verve esthétique et le parisianisme pourtant si exalté de nos hôtes, tandis que, l'abrutissement me gagnant, je ne trouvais même plus la force d'exprimer, pas même la faculté de sentir toute l'horreur que l'art m'inspirait, et Paris, donc... ah ! Paris !

Je ne songeais plus à m'en aller... je ne songeais plus à rien...

Au fond de la petite salle, à la peinture écaillée, aux

lambris dévernis, parmi une tablée de Flamands, dont
je regardais s'empourprer les visages, comme des
pignons de brique, sous le soleil couchant, un couple ne
cessait de s'embrasser, de s'embrasser à perdre haleine,
de s'embrasser toujours, de s'embrasser encore... Ah! ils
ne pensaient pas à l'art, ceux-là... Ils ne parlaient pas
d'art, ceux-là... Ils ne parlaient pas d'art, et pas de
Paris, je vous assure... Les heureuses gens!... Et comme
je les enviais... non de s'embrasser... mais de se taire!...
Je m'attachai désespérément au spectacle qu'ils me
donnaient comme on s'attache à une image quelconque, aux fleurs d'un tapis, aux rais de lumière d'une
persienne, à la promenade d'une mouche sur un mur
blanc, pou chasser, loin de soi, une idée pénible, et
qui revient, et qui s'obstine...

Elle était presque trop blonde, presque trop rose,
presque trop grasse, de ce gras fleuri de rose et malsain
qu'ont les bons pâtés de Strasbourg, et elle s'enroulait
à un joli gars, aux yeux les plus noirs, sec et bistré
comme un Espagnol... Pendant que leurs amis mangeaient avec une gloutonnerie silencieuse, eux ne faisaient que s'enlacer, s'enlaçaient si bien qu'ils semblaient tourner, tourner... Hors des longs gants de
Suède, retroussés, les menottes, un peu courtes et
potelées, pas jolies, sensuelles, mais d'une sensualité un
peu grossière, ces menottes, où jouaient les feux d'un
rubis, se crispaient, pour ajouter encore au goût du
baiser, sur un brin de moustache, sur les épaules, la
nuque, le col, dans les cheveux épais du garçon, dont
les mains, aussi, s'égaraient sous les jupons, comme au
bord d'une kermesse de Rubens. Et cela n'était pas
très impudique, à force de franchise, de naïveté et de
maladresse...

Personne, d'ailleurs, ne prenait garde au couple

énamouré, ni leurs compagnons qui n'en perdaient pas une bouchée, ni mes amis accablés, ni nos hôtes infatigables, ni la caissière penchée sur ses additions, ni le vieux maitre d'hôtel, à l'habit crasseux et trop large, au crâne luisant, aux cheveux gris envolés, qui circulait, pesamment, entre les tables, portant les plats... Oh! ce vieux domestique de *La Joie fait peur!*

Quand la petite enragée s'arrêtait pour reprendre son souffle, on percevait à son cou l'éclat d'une croix en brillants... Elle se tapotait vivement les cheveux, au bord du chapeau, suçait, non moins vivement, une patte d'écrevisse, et remontait, ensuite, d'un geste bref, ses gants au-dessus de ses coudes... Puis ils s'enlaçaient à nouveau, avec plus de hardiesse, aussi libres que s'ils eussent été seuls, dans une chambre... Leurs mains cachées sous la table travaillaient à des caresses invisibles, mais précises... J'admirais que, gauche et lourde, elle ne fût gracieuse et légère que dans le baiser... Ils ne disaient toujours rien, non plus que leurs compagnons, comme si les mots dussent contrarier les joies, également passionnées, également fugaces, de la gueule et de l'amour...

Et j'entendais la caissière, très pâle et très hautaine, sous ses bandeaux noirs, répéter, en écrivant sur un gros registre, comme les mots d'une dictée.

— Quatre homards grillés..., quatre bécassines au champagne.

Et j'entendais le vieux maitre d'hôtel crier, d'une voix cassée : '

— Les cigares... voilà, monsieur...

Et j'entendais nos Bruxellois, de plus en plus enthousiastes, clamer, l'un :

— Paris!... Paris!... Paris!

L'autre :

— L'art !... l'art !... l'art !

Un troisième rythmer cette phrase, où M. Camille Lemonnier *avère*, comme ils disent, une autobiographie,
si poétiquement juste :

— « Et depuis lors, mon âme se volatilise, parmi la
gracilité mouvante des roseaux, et la frivolité des libel-
lules. »

Et j'entendais une voix furieuse s'élever du fond de
moi-même :

— Zut ! Zut ! Zut !...

Si bien que, vers deux heures du matin, étourdi,
exténué, le cerveau affreusement liquéfié, le cœur cha-
viré, les jambes titubantes, je me couchai, aussi informé
des choses de Paris que le moindre d'entre ces Parisiens de Bruxelles, ou de ces Bruxellois de Paris... je ne
sais pas encore...

> Et plus compétent en art
> Que leur monsieur Edmond Picard,
> Et plus aussi, mon cher Mendès,
> Que votre Dujardin-Beaumetz
> Qui n'est pas de Bruxelles, mais
> Qui, dans un discours belgifique,
> Reconcentra les esthétiques
> De la France et de la Belgique.

Et voyant que je parlais en vers... en vers belges, je
m'endormis rageusement...

CHEZ LES BELGES

Catholicisme.

Ce n'est pas en passant quelques jours dans un pays qu'on peut juger de ses mœurs, de ses tendances, de ses idées, de ses institutions. Les observations y sont forcément rapides et superficielles; elles ne portent que sur un ordre de choses infiniment restreint, et d'ailleurs peu important. On n'atteint pas l'âme intime, l'âme secrète, l'âme profonde d'un pays, à moins d'y vivre de sa vie... Il faut donc se contenter des apparences, qui trompent souvent. En considération de quoi, je prie les lecteurs de me pardonner le ton parfois frivole et injuste de ces pages.

Pourtant, dès que vous entrez en Belgique, vous êtes frappé par cette sorte de malaria religieuse qui y règne. Elle attriste singulièrement ce petit pays... C'est peut-être cela qui rend si noires ces verdures de la campagne belge que détestait tant Baudelaire... De même que dans notre sauvage et dolente Bretagne, où

l'esprit religieux a en quelque sorte tout pétrifié, de
même que, dans le Tyrol autrichien, où, à chaque tournant de route, à chaque carrefour, partout, se dressent
des images de sainteté qui pourraient servir à l'administration vicinale de bornes kilométriques, de même,
en Belgique, la superstition religieuse est souveraine
maîtresse des âmes, des paysages et des lois. Je ne parle
pas seulement des couvents qui y pullulent, comme, en
Allemagne, les casernes; je ne parle pas de ces béguinages, qui ne sont d'ailleurs plus que des souvenirs,
gardés seulement par Gand et par Bruges, pour les
badauds du pittoresque et les moutons de Panurge
du tourisme. Je parle de tout ce pays, sur qui le catholicisme étend son ombre épaisse et malsaine. Dans les
chemins, dans les sentes et dans les villes, on rencontre,
par milliers, de ces figures de foi têtue, de ces figures de
prières, agressives et sombres, telles qu'elles sont
peintes dans les triptyques des primitifs flamands. Les
siècles ont passé sur elles, les progrès et la science ont
passé sur elles, sans en adoucir les angles durs et obtus.

Je me souviens qu'il y a plusieurs années, pris d'un
malaise subit dans une auberge de village, je demandai
qu'on allât me chercher un médecin, à la ville voisine,
qui était Gand.

— Ah! Seigneur Jésus, s'écria la bonne, en me voyant
très pâle... Il va peut-être mourir... Dites une prière,
bien vite, monsieur... Dites une prière... Et attendez-
moi...

Elle sortit précipitamment, sans m'apporter d'autres
secours.

Quelques minutes après, je vis entrer, introduit dans
ma chambre par la petite bonne, un gros prêtre, essoufflé
d'avoir trop couru... Il voulut, à toute force m'admi-
nistrer l'extrême-onction. Et comme je refusais de me

munir des sacrements de l'Église, il insista avec violence et ne se retira qu'après avoir appelé, sur ma
tête de mécréant, toutes les malédictions du ciel et
toutes les fureurs de l'enfer.

Partout des processions, des sons de cloche, des céré-
monies cultuelles, extravagantes et moyenâgeuses,
des églises pleines et chantantes, des décors d'autels
dans les chambres privées, des dos courbés, des mains
jointes... et des prêtres insolents, paillards et pillards,
et de terribles évêques, avec des faces d'Inquisition. Partout, aussi, cette littérature dont l'érotisme mystique
s'associe si bien aux ferveurs pieuses et les exalte...
Qui n'a pas assisté aux fêtes du Saint-Sang; dans
Furne, devenu, ces jours-là, un véritable asile d'aliénés,
ne peut concevoir à quels dérèglements, à quelles
démences, la religion, ainsi enseignée, peut conduire la
pauvre âme des hommes... C'est ce carillonneur de
Rodenbach — personnage d'ailleurs historique — qui
gravait sur l'airain sonore et bénit de ses cloches
les plus monstrueuses obscénités... (Il paraît que ces
cloches illustrées, on peut les voir à Bruges, si l'on a
quelques hautes références ecclésiastiques...) C'est
Philippe II, couvrant son carnet d'imaginations dé-
moniaques, alors qu'entouré de ses évêques, de ses
moines, de ses bourreaux, une nonne sur les genoux, il
faisait couler le sang et tenailler la chair des hérétiques,
dans les chambres de torture...

Les centres ouvriers eux-mêmes, les cités industrielles, où souvent grondent la révolte et l'émeute,
n'échappent pas toujours à la contagion. J'ai vu autrefois, à Gand, une grève. Ce n'étaient point des flots de
peuple lâchés et battant, avec des clameurs de mer
soulevée, les murs de la ville... C'était une procession
religieuse qui défilait silencieusement, avec des attri-

8

buts religieux, des bannières ecclésiales, des oriflammes,
des femmes déguisées en Saintes-Vierges, des enfants,
en petits anges frisés... Et je me souviendrai toujours
de cet ouvrier, à la gueule farouche, qui marchait devant la foule, portant je ne sais quoi, qui ressemblait à
un ostensoir...

La Belgique ne peut pas éliminer le sang espagnol
qui coule dans ses veines...

Démocrates de Gand.

Un charmant ami de Mæterlinck, retrouvé à
Bruxelles, nous conte cette anecdote :

Gand a chez nous la spécialité des émeutes bizarres.
Vous souvenez-vous de celles qui eurent lieu, en Belgique, il y a quelque douze ans ? Le peuple réclamait le
suffrage universel. Il voulait, lui aussi, être souverain.
Cela lui était venu, tout d'un coup, on ne sait pourquoi.
Il avait déjà un Roi constitutionnel et trouvait, sans
doute, que cela ne suffisait pas à son bonheur. Il en
voulait d'autres, beaucoup d'autres, des rois en
habit civil, et il les voulait de son choix... Le peuple,
donc, descendit en armes dans la rue et se livra aux
vociférations d'usage. Les bourgeois, protégés par les
troupes, s'amusèrent à ces spectacles qu'ils croyaient
sans danger.

A Gand, les choses semblèrent, durant quelque
temps, tourner au tragique. Cris, barricades, rixes sanglantes, coups de revolver, charges de cavalerie,
décharges de mousqueterie, rien ne manqua à la fête,
pas même les morts. Ordinaire apothéose... Ces escar-

mouches menaçant de se prolonger, on convoqua la
garde civique. J'en faisais partie. Force me fut de me
ranger sous le drapeau de l'ordre, parmi les défenseurs
de la société. Dans ma compagnie, nous n'étions que
deux bourgeois authentiques, un peintre de mes amis,
et moi. Le reste?... ouvriers, petits employés, commis
de magasin, tous, ou presque tous, en parfaite communion d'idées avec les émeutiers. Dans le rang, ils dis-
cutaient, entre eux, à voix basse, et ce mot de « suffrage universel » revenait sans cesse, sur leurs lèvres.

Ils se promettaient bien, ils juraient, si on leur
commandait de tirer sur le peuple, de tirer en l'air.

— Ils ont raison, disait l'un, ils combattent pour
notre bonheur.

— Mieux que cela, appuyait un autre... pour notre
souveraineté...

— Oui, oui!... Tous, nous voulons être souverains,
comme en France.

— Imposer notre volonté, comme en France.

— Dicter nos lois, comme en France.

— Patience!... Encore quelques jours, et nous
serons les maîtres de tout, comme en France.

Un autre disait :

— On peut commander tout ce qu'on voudra. Je ne
tirerai pas... D'abord, parce que ce n'est point mon
idée, ensuite parce que mon frère est avec ceux qui se
battent, pour notre souveraineté. Je me serais bien
battu, moi aussi... mais j'ai une femme, deux enfants...

— Moi aussi, je me serais bien battu... mais le patron,
qui n'est pas pour le peuple, m'aurait mis à la porte, et
je n'aurais plus d'ouvrage.... Oui, mais, quand nous
serons souverains, c'est nous qui mettrons les patrons
à la porte...

Un petit homme, qui n'avait encore rien dit, se mit,

tout à coup, à répéter, plusieurs fois, en me criblant de
regards aigus, sautillants et menaçants :

— Moi, je sais bien pour qui je voterai...

Et, comme je restais muet, dans mon rang...

— Oui, oui... Vous voudriez que je vote pour vous...
Mais je ne suis pas un imbécile... Je ne voterai pas pour
vous... Je sais bien pour qui je voterai... Je voterai pour
quelqu'un... Et quand j'aurai voté pour celui que je
sais... ah! ah! ah!... Je sais ce que je dis... Et vous...
vous ne dites pas ce que vous savez...

— Au moins, pensais-je... ils ne tireront pas.

Notre capitaine se promenait devant le front de la
compagnie, inquiet, nerveux, l'oreille ouverte aux clameurs encore lointaines de l'émeute. De temps en temps,
des cavaliers traversaient la place, au galop. Les boutiques se fermaient; de pâles bourgeois rentraient chez
eux, en hâte, essoufflés. Peu à peu, le grondement populaire se fit plus proche; les cris, les vociférations, les
appels, plus distincts. Deux coups de feu claquèrent,
comme deux coups de fouet, dans une bagarre de voitures... Le capitaine se tourna vers nous. C'était un
marchand de cravates de la ville... Il avait une figure
toute ronde et rose, un gros ventre pacifique, des yeux
doux...

— Mes enfants, nous dit-il... ça se gâte... Ils vont
être là dans quelques minutes... Qu'est-ce que vous
voulez?... Je vais être obligé de faire les sommations
légales et de commander le feu... C'est très embêtant...
car je les connais... ce sont des enragés... ils ne m'écou-
teront pas... Tirer sur des gens de la ville, des gens
qu'on connaît... c'est très embêtant. D'un autre côté, il
faut bien que force reste à la loi... Il le faut... C'est très
embêtant... Si encore ils avaient exposé tranquillement leurs revendications!... Le Roi est un brave

homme, les ministres sont de braves gens... Eux aussi,
parbleu, sont de braves gens... On se serait arrangé,
bien ou mal... Enfin, ça n'est pas tout ça... Le devoir
avant tout... c'est très embêtant... Soldats... écoutez-
moi bien... Il faut faire le moins de malheur qu'on
pourra... Quand je commanderai le feu, le premier rang
ne tirera pas... Il n'y aura que le second rang qui tirera...
Et encore est-il nécessaire que le second rang tire,
tout entier?... Non... non... En somme, il ne s'agit que
de les effrayer... Trois, quatre morts... trois, quatre
blessés... C'est très embêtant... mais ce n'est pas une
grosse affaire... Et ça suffira peut-être à les arrêter, ces
bougres-là... Voyons, vous, là-bas, dans le second rang,
attention!.. Fixe!... Y a-t-il, parmi vous, dix hommes...
bien décidés à lâcher leur coup sur le peuple, à mon
commandement?... Y en a-t-il cinq seulement?...
Voyons, voyons, sacristi!... Y en a-t-il quatre?...
quatre?... Répondez!

Et à ma stupéfaction, de la droite à la gauche du
rang, j'entendis sur chaque lèvre, voltiger sur chaque
lèvre, rebondir de lèvre en lèvre, ce mot :

— Moi... moi... moi... moi... moi!...

Sur les cinquante hommes que nous étions dans le
rang, deux seulement s'étaient tus... Deux seulement
étaient froidement résolus, non seulement à ne pas tirer
sur des hommes, mais à lever la crosse en l'air, aussitôt
parti l'ordre de mort... Et ces deux hommes, ce n'étaient
point des prolétaires, c'étaient les deux bourgeois de la
compagnie, mon ami le peintre et moi...

Heureusement qu'ils tirèrent fort mal... Il n'y eut
que dix pauvres diables de tués, et douze de blessés!...

Constantin Meunier.

Revu toute la journée — une journée triste et pluvieuse — des œuvres de Constantin Meunier.

Constantin Meunier est un artiste intéressant et méritoire. Par son talent, par sa belle vie sans défaillance, il a droit au respect de tous. De son œuvre, se dégage une forte signification humaine.

Comme tant d'autres, qui y trouvèrent fortune et profit, il eût pu faire des Dianes cireuses, d'onduleuses Vénus et de voluptueuses faunesses. Il eût pu élever, aussi bien que d'autres, des monuments en sucre ou en saindoux, à la mémoire des grands hommes de Bruxelles, et peupler le bois de la Cambre de toute une foule de peintres, de poètes, d'orateurs et de militaires... Mais il avait un idéal plus fier.

Né au milieu d'un pays de travail et de souffrance, vivant dans une atmosphère homicide, ayant toujours sous les yeux, le lugubre spectacle de l'enfer des mines, le drame rouge de l'usine; il fit des ouvriers.

Il les peignit d'abord; ensuite, il les modela.

Ardemment, il se passionna à leurs labeurs, à leurs misères, à leurs révoltes. Il comprit la rude beauté tragique de leurs torses; la musculature contractée, violente de leurs gestes, la tristesse haletante, farouche, durcie de leurs faces souterraines. Il tenta de styliser; de ramener vers la simplicité linéaire du drapement antique, leurs tabliers de cuir, leurs bourgerons collants, leurs pauvres hardes de travail. Et surtout, il s'émut, — car il était infiniment bon, et il rêvait toujours de justice, — de ce que contient d'injustice sociale, d'âpre exploitation capitaliste et politique, la destinée de ces parias, à qui il est dévolu de ne trouver leur maigre existence quotidienne, que dans l'effroi, ou dans l'usure lente d'un métier, auprès de quoi le bagne semble presque une douceur.

De tout cela il sut tirer des accents assez nobles, des apparences sculpturales assez fortes, de la pitié. On lui doit trois œuvres presque entièrement belles : Une *Figure de paysanne*, au visage usé, aux yeux morts, aux seins taris; le *Cheval de mine*, la *Femme au grisou*, cette dernière, surtout, d'une composition ample et simple, d'un métier plus serré. C'est déjà beaucoup.

Malheureusement, venu trop tard à la sculpture, qui est un art très difficile, ennemi du truquage et du trompe-l'œil, Constantin Meunier, en dépit de ses dons réels, de sa passion, de sa forte compréhension de la vie ouvrière, ne connut pas très bien son métier. Son modelé est pauvre, parfois désuni, sa forme souvent lourde, ses plans pas assez nombreux, pas assez colorés, ses contours secs... Il ne sait pas toujours combiner avec harmonie un monument, architecturer un ensemble, grouper des figures... On sent trop l'effort en tout ce qu'il fait. La souplesse qui donne la vie, le mouvement à la matière, est peut-être ce qui lui manque le plus. Seul, le morceau vaut ce qu'il vaut, et, le plus souvent il n'a qu'une valeur, — par conséquent, une illusion — de littérature.

On m'a raconté le drame suivant :

La Ligue des Droits de l'homme que préside, avec tant de fermeté et un si beau dévouement, M. Francis de Pressensé, institua une commission chargée d'élever,

à la grande mémoire d'Émile Zola, un monument.
Cette commission choisit, pour l'exécuter, Constantin Meunier. Mais celui-ci hésita longtemps, émit
des scrupules. Il était souffrant, se trouvait bien vieux,
avait encore une œuvre importante à terminer, cette
œuvre dont nous avons admiré, à nos expositions, de
nombreux fragments, et qu'il eût bien voulu voir se
dresser sur une des places publiques de Bruxelles, avant
de mourir. Sur des instances réitérées, flatteuses pour
lui, à coup sûr, mais maladroites, car lui seul était
en mesure de savoir ce qu'il pouvait ou ne pouvait pas
entreprendre, — il finit par accepter cette lourde mission, mollement, à la condition qu'on lui adjoignît un
collaborateur français, qui fut aussitôt désigné, ou plutôt
qui se désigna lui-même : M. Alexandre Charpentier.

Au bout d'une très longue année, Constantin Meunier
et M. Alexandre Charpentier présentèrent à la commission une maquette, pas très heureuse, dit-on. Elle
fut jugée insuffisante. Les deux artistes avouaient d'ailleurs qu'ils n'en étaient pas contents. Ils comprirent
qu'ils devaient chercher et trouver autre chose...

Le monument était tel. Un Émile Zola, debout,
oratoire, dramatique, étriqué, en veston d'ouvrier, en
pantalon tirebouchonné, un Zola sans noblesse et sans
vie propre, où rien ne s'évoquait de cette physionomie
mobile, ardente, volontaire, timide, si conquérante et
si fine, rusée et tendre, joviale et triste, enthousiaste
et déçue, et qui semblait respirer la vie, toute la vie, avec
une si forte passion. Derrière ce Zola, banal et pauvre,
une Vérité nue étendait les mains. A droite, un mineur;
à gauche, une glèbe. L'invention était quelconque. On
voit qu'elle ne dépassait pas la mentalité des artistes
officiels. Et tout cela se groupait assez mal.

— Sapristi! dit M. Alexandre Charpentier, devant

cette découverte un peu tardive... Voilà qui est ennuyeux... Car ils ont raison... Ça ne vaut rien du tout...
J'ai idée que c'est la Vérité qui nous gène... Elle est
très jolie... mais pas à sa place, derrière Zola... Il faut
absolument la mettre devant... Qu'en dites-vous?

— Essayons de la mettre devant... consentit Constantin Meunier.

— Essayons.

Placée devant, la Vérité produisit un effet plus déplorable encore. Et puis elle annulait la glèbe, le mineur.

— Diable! s'écrièrent, avec un ensemble plus parfait que leur œuvre, les deux artistes terrifiés...

Et ils réfléchirent longuement.

— Si on l'habillait?... proposa Constantin Meunier.

— La Vérité?

— Oui... Eh bien, quoi?

— Une Vérité habillée?... Ce ne serait plus la
Vérité... Non... Essayons à droite.

— Essayons... acquiesça Constantin Meunier.

On transporta la Vérité à droite... Mais...

— Non, non... quelle horreur!... Enlevez...

Constantin Meunier se cache la face... Tout se déséquilibre du monument... Tout s'effondre... tout fiche
le camp, comme on dit dans les ateliers.

Le problème devenait de plus en plus ardu.

— Alors, à gauche, invita, pour la deuxième fois,
M. Alexandre Charpentier.

Le pauvre Constantin Meunier n'avait plus la foi.
Il répondit, mollement :

— Essayons à gauche.

On transporta la Vérité à gauche.

— Impossible!

Tel fut le cri que poussèrent simultanément Constantin Meunier et M. Alexandre Charpentier.

Hélas! ni devant, ni derrière, ni à droite, ni à gauche.... Situation douloureuse et sans issue. Ce qu'elle dut en entendre, la Vérité, comme toujours!

Au cours de leurs travaux, les deux sculpteurs avaient eu des mésententes assez pénibles. Cette dernière aventure n'était point pour les dissiper. Ceux qui connaissent le cœur des hommes, surtout le cœur des artistes, qui sont deux fois des hommes, peuvent se faire une idée de ce qui se passa entre Constantin Meunier et M. Alexandre Charpentier. Ils en arrivèrent, dans leurs rapports, à une tension telle, que l'artiste belge, irrité de l'ingérence dominatrice de son collaborateur, et pensant que son influence avait pu être déprimante, finit par se priver de ses services. Peut-être eût-il dû commencer par là.

Resté seul, le pauvre grand sculpteur fut bien embarrassé. Faut-il croire, comme d'aucuns l'affirment, que l'atmosphère de Bruxelles, aujourd'hui, est funeste à toute création artistique? Ou bien, Constantin Meunier était-il trop vieux? Manquait-il de cette ardeur d'imagination qui tant de fois corrigea ce que son métier avait d'insuffisant? Il essaya quantité de combinaisons qui ne réussirent point. Finalement, après des jours d'efforts, après des luttes douloureuses avec son œuvre et avec lui-même, il en vint à cette conclusion stupéfiante : que, esthétiquement, du moins, les deux figures de la Vérité et de Zola s'excluaient, qu'il fallait choisir entre la Vérité et Zola et ne plus tenter de les associer l'une à l'autre, en bronze. Et il choisit Zola, réservant la Vérité pour une destination inconnue.

On prétend que l'irritation, le chagrin, l'état de lutte constante où il avait dû se mettre vis-à-vis de M. Alexandre Charpentier, la déception, tout cela ne fut pas étranger à sa mort, qui arriva peu après. Et le monument d'Émile Zola, en dépit des oppositions de la famille de Constantin Meunier, revint à M. Alexandre Charpentier, qui y travaille, seul, désormais. Où en est-il? Comment est-il? Je n'en sais rien, n'étant pas dans le secret des dieux.

Cette histoire est triste, et, comme toutes les histoires tristes, elle a sa part de comique, un comique amer et grinçant, qui est bien ce qu'il y a de plus tragique dans le monde. Mais, quand on y regarde de près, elle est très caractéristique, et aussi, très harmonieuse avec la vie.

Avant de se pacifier dans l'immortalité, la destinée d'Émile Zola aura été étrangement tourmentée. Comme tous les hommes de génie, — surtout les hommes d'un génie rude, tenace et humain, — Zola a créé, toujours, autour de lui, de la tempête. Il n'est pas étonnant que la bourrasque souffle encore.

Son œuvre fut décriée, injuriée, maudite, parce qu'elle était belle et nue, parce qu'au mensonge poétique et religieux elle opposait l'éclatante, saine, forte vérité de la vie, et les réalités fécondes, constructrices, de la science et de la raison.

On le traqua, comme une bête fauve, jusque dans les temples de justice. On le hua, on le frappa dans la rue, on l'exila : tout cela parce qu'au crime social triomphant, à la férocité catholique, à la barbarie nationaliste, il avait voulu, un jour de grand devoir, substituer la justice et l'amour.

Sa mort fut un drame épouvantable et stupide. Lui qui, devant les rugissements des hommes, devant leurs foules ivres de meurtre, avait montré un cœur si intrépide, un si magnifique et tranquille courage, il n'a rien

pu contre l'imbécillité lâche et sournoise des choses, car
l'on dirait que les choses elles-mêmes ont de la haine,
une haine atroce, une haine humaine, contre ce qui est
juste et beau.

Et voilà un sculpteur, deux sculpteurs, dont les
intentions ne peuvent être, une minute, suspectées,
qui aimèrent Zola, qui l'admirèrent, et qui, parce qu'ils
furent impuissants à interpréter le génie d'une œuvre
et l'héroïque beauté d'un acte, s'écrient, dans leur langage d'artistes fourvoyés :

— Décidément, la Vérité et Zola ne sont pas d'ensemble.

Je sais bien que le fait, en lui-même, est assez mince,
et qu'il ne faut voir dans ces paroles qu'un mauvais
calembour, en argot de métier...

Pourtant, ce soir-là, à la suite de ce récit, je rentrai
à l'hôtel affreusement triste et découragé. Je passai
une nuit fort agitée et fiévreuse. Dans mes cauchemars, je ne voyais partout que des places publiques,
des squares, des jardins, où des foules forcenées éri-
geaient au Mensonge, à la Haine, au Crime, à la Stupidité, des monuments formidables et dérisoires.

Heureusement, le lendemain, Bruxelles me reprenait.
Je revis, en sortant, la jolie femme au laurier rose, plus
candide, plus enfant que jamais... Elle ne jouait plus au
gros lion avec ses petites filles; elle jouait au méchant
tigre. Et les Bruxellois eurent vite fait de chasser les
fantasmes de la nuit, et de m'entraîner, à nouveau,
dans la ronde de leur comique.

> Sur les ponts
> De Bruxelles...

Qu'est-ce que je chantais là, mon Dieu?... A
Bruxelles, il n'y a pas de ponts... Ils avaient bien, autre-

fois, une rivière, une rivière que, par esprit d'imitation
et pour justifier leur parisianisme, ils avaient appelée,
en en réformant l'orthographe : la Senne. Mais, depuis
longtemps, ils l'ont enfouie sous terre et recouverte
d'une voûte... Peut-être aussi, est-ce pour ne pas faire
concurrence au Manneken-Piss, dont le pipi puéril leur
suffit, suffit à leur amour de l'eau, à leur amour des
reflets dans l'eau...

Un industriel.

J'ai vu un grand industriel. Il était d'ailleurs tout
petit, ainsi qu'il arrive souvent des grands écrivains,
des grands artistes, des grands avocats, des grands
médecins.... Il était tout petit, très rouge de visage,
très blond de barbe et de cheveux, et bedonnant,
avec une très grosse chaîne, ou plutôt un très gros
câble d'or, en guirlande sur son ventre.

— Ça va très mal... ça va très mal... gémit-il... On
ne peut plus travailler tranquillement... Toujours des
grèves !... Quand l'une cesse, l'autre commence...
Pourquoi, mon Dieu, pourquoi ?... Ah ! je ne sais pas ce
que va devenir notre industrie, notre pauvre industrie...
Elle est bien malade...

Et, brusquement :

— C'est de votre faute !... crie-t-il.

— De ma faute ?... A moi ?

— Oui, oui... Enfin, de la faute des socialistes... des
anarchistes français... Mais oui... Vous ne connaissez
pas nos ouvriers, à nous... De braves gens... de très
braves gens... Au fond, ils ne veulent rien... ne demandent rien... sont très contents de ce qu'ils gagnent.

Ils ne gagnent pas grand'chose, c'est vrai. Mais ça leur
suffit... Du reste, qu'est-ce qu'ils feraient de plus d'argent?... Rien... rien... rien... Vous allez rire. L'année
dernière, j'ai donné vingt francs à un ouvrier qui avait
sauvé la vie à ma fille... ma fille unique... tombée dans
le canal... Savez-vous ce qu'il a fait de ses vingt francs?
Il a acheté un samovar, mon cher monsieur, un
samovar!... Il est vrai que c'est un Russe... N'importe.

Et il répète, en levant les bras au ciel :

— Un samovar!... Un samovar! Et ils sont tous
comme ça!... Parbleu! ils se mettent bien en grève, de
temps en temps, comme les autres... Que voulez-vous?...
c'est la mode, aujourd'hui, dans le monde ouvrier...
Du moins, chez nous, les grèves ne sont pas sérieuses...
des grèves pour rire... Quelques jours de flâne... et puis
à l'ouvrage!... Nos grèves?... C'est la forme moderne de
la kermesse... Oui, mais, dès que nos ouvriers sont en
grève, arrivent, on ne sait d'où... des tas de socialistes...
d'anarchistes... enfin des Français... Ils gueulent :
« Debout! Debout!... Sus aux patrons!... Mort au capital!... » Ils excitent à la violence, à l'émeute, au pillage.
Et voilà nos bons petits agneaux belges, changés,
aussitôt, en bêtes féroces françaises... Alors, tout va
mal... le gâchis, quoi!... Nous sommes bien obligés, parfois, d'augmenter les salaires... Or, augmenter les
salaires, savez-vous ce que c'est? C'est ruiner notre
industrie, tout simplement... Oui, monsieur, notre
industrie... vous ruinez notre industrie, tout simplement... Ah! sans vous!...

Je voulus expliquer à mon interlocuteur que nos
grands industriels du Nord formulaient les mêmes
éloges sur le désintéressement de leurs ouvriers, et les
mêmes plaintes contre les excitateurs belges. C'est
beaucoup plus facile que de rechercher les vraies causes

d'une évolution, disons, pour ne pas les vexer, d'une maladie économique, et d'y remédier. Je tâchai de lui faire comprendre que, tant que les conditions du travail ne seraient pas réorganisées sur des bases plus justes, il en serait toujours ainsi... Mais le petit grand industriel s'obstine à ne pas entendre raison.

Il proteste, s'agite, trépigne, crie :

— Non, non... Il n'y a pas d'évolution économique, pas de maladie économique... Il n'y a rien d'économique. Il y a le travail... Le travail est le travail... Qu'est-ce que le travail?... Rien... Que doit-il être?... Rien... Je ne connais que ce principe-là... Mais, laissez-moi donc tranquille... Non, non. Il y a vous, vous!... Vous, vous avez toujours été les propagandistes de l'esprit révolutionnaire parmi les peuples... C'est dégoûtant... Ah! je sais bien ce que vous rêvez... je vois bien ce que vous attendez... La Belgique aux Français, hein?

— Et vous la France aux Belges, hein?

Le petit grand industriel me considère alors d'un œil singulièrement brillant :

— Hé!... Hé! fait-il en claquant de la langue... Ne riez pas... Dites donc? Dites donc?... Avec nos bons, nos excellents amis les Allemands?... Hé! hé?... Mais dites donc?... Ah! ah!...

Puis, il se hausse sur la pointe des pieds, atteint de la main mon épaule, où il tape, le bon Belge, de petits coups protecteurs :

— Hé! hé!... Sapristi... dites-moi donc?... Ce serait une fameuse chance, pour vous!...

Waterloo.

Le même jour, je suis allé visiter le champ de bataille de Waterloo. Peut-être ai-je été poussé inconsciem-

ment à cette absurde visite, par cette idée, non moins
absurde, de m'habituer tout de suite à l'idée de la
défaite, de la dénationalisation, de la belgification,
qu'évoque en moi le nom seul de Waterloo.

Mais je n'ai rien vu, au champ de bataille de Waterloo... Au champ de bataille de Waterloo, près de
l'auberge de Belle-Alliance, où quelques excursion-
nistes anglais échangeaient de petits cailloux jaunes
contre de petits cailloux noirs, je n'ai vu, debout sur
une table, les jambes bottées, sur la tête un panama en
bataille, aux yeux une énorme lorgnette, je n'ai vu que
M. Henry Houssaye, qui regardait... quoi?

Des corbeaux volaient ici et là, dans la morne plaine...
Et je me dis mélancoliquement :

— Il les prend encore pour des aigles.

Au Musée.

Je ne dirai rien des visites que j'ai faites aux Musées.
Je veux garder secrètes en moi, au plus profond de moi,
les jouissances et les rêveries que je vous dois, ô Van
Eyck, ô Jordaens, ô Rubens, ô Teniers, ô Van Dyck !...
Je veux, en admirateur respectueux, soucieux de votre
immortel repos, vous épargner toutes les sottises,
épaisses, gluantes, que sécrètent hideusement les critiques d'art, lorsqu'ils se trouvent en présence des
œuvres d'art, de n'importe quelles œuvres d'art, sottises indélébiles qui, bien mieux que les poussières accumulées et les vernis encrassés, encrassent à jamais vos
chefs-d'œuvre, et finissent par vous dégoûter de vous-
mêmes... Ah ! c'est bien la peine que vous ayez été de
grands hommes et de braves gens!   .

Un soir, au Musée de La Haye, j'ai vraiment entendu l'*Homère* de Rembrandt me dire :

— Éloigne de moi, — ah ! je t'en supplie, toi qui sembles m'aimer silencieusement, — éloigne de moi tous ces sourds bourdonnements de moustiques, toutes ces douloureuses piqûres de mouches, qui rendent ma vie si intolérable, dans ce musée, et qui font que je regrette souvent — je t'en donne ma parole d'honneur — de n'avoir pas été peint par M. Dagnan Bouveret... Car, si j'avais été peint par M. Dagnan-Bouveret, comprends-tu ?... tout ce qui se dit de moi aurait sa raison d'être... Et je n'en souffrirais pas... Tiens ! regarde cette grosse dame... oui, là-bas... à gauche..., cette grosse dame en rose... devant le Vermeer... Tout à l'heure, elle rassemblait autour de moi toute sa famille — quatre petits garçons, quatre petites filles, et autant de neveux et de nièces — et elle disait à tout ce monde, en me désignant de la pointe d'une aiguille à chapeau : « Examinez bien ce vieux-là, mes enfants. Comme il ressemble à votre grand-père ! » Et les enfants de s'écrier, en tapant dans leurs mains : « C'est vrai !... Grand-papa... grand-papa ! » Eh bien, j'aime mieux ça. Je ne sais pas pourquoi... ça m'a fait plaisir... oui, ça m'a ému, de savoir que je ressemble à quelqu'un, à quelqu'un de vivant, même à quelqu'un de Bruxelles ;... car, sûrement, elle est de Bruxelles, la grosse dame en rose... Mais si tu avais entendu, l'autre jour, M. Thiébaut-Sisson ? Alors je ne ressemblais plus à rien... Et M. Mauclair, donc ?... N'affirmait-il pas que je suis « de la peinture statique » ? Quelle pitié, mon Dieu... quelle pitié !

Est-ce curieux ?... Est-ce humiliant pour notre mentalité, qu'il existe encore au xxe siècle tant de gens assez oisifs, assez pauvres d'idées, assez dénués du sens

9.

de la vie, assez peu respectueux du sens de la beauté,
pour se donner la mission ridicule d'expliquer des
choses, que d'ailleurs on n'explique point, auxquelles
ils ne comprennent et ne comprendront jamais rien,
quand il est si facile de laisser, chacun, jouir de ce qu'il
a devant les yeux, librement, à sa façon?

Mais voilà... Tout homme a, dans le cœur, un Mauclair qui sommeille.

Si, du moins, il sommeillait toujours, ce sacré Mau-
clair-là!... N'est-ce pas, mon pauvre Homère?

Il fait de la race.

Les Belges sont grands éleveurs de poules et aussi de
lapins. Ils ont fabriqué une espèce de lapin qui se nomme
d'un nom grandiose : le géant des Flandres, et qui,
pour un lapin, animal généralement peu lyrique, est
bien un géant, plus qu'un géant, un véritable monstre.
Le géant des Flandres arrive à peser jusqu'à vingt-deux
livres de viande.

Mais c'est surtout la poule qui constitue, pour la
Belgique, un commerce intéressant et très prospère.
Il faut le reconnaître, les Belges sont des maîtres incom-
parables, en aviculture.

Parmi les élevages, très nombreux autour de
Bruxelles, j'en ai visité un qu'on m'avait spécialement
recommandé. Il appartient à M. de S... Mi-paysan,
mi-hobereau, d'accueil un peu rude, mais bon homme
au fond, M. de S..., après quelques minutes, finit par se
familiariser jusqu'à l'indiscrétion, jusqu'aux bourrades
joyeuses, aux tapes sur le ventre. Et son rire est quelque
chose de si assourdissant que, chaque fois qu'il rit, on

est instinctivement porté à se boucher les oreilles, comme au passage d'une locomotive qui siffle.

Son installation est merveilleuse. Rien n'y est laissé au hasard... Tout y est combiné, prévu, réglementé, discipliné : nourriture, soins, hygiène, exercice physique, sélection, en vue de l'amélioration constante et du plus parfait bonheur de la race.. Je n'ai jamais vu que, nulle part, on en ait fait autant pour les hommes.

— Je suis sévère..., confesse M. de S..., ça oui... mais je ne les embête pas... Il ne faut jamais embêter les bêtes... Il faut qu'elles s'amusent, au contraire.. Quand elles ne s'amusent pas, elles dépérissent... Et alors, bonsoir les œufs !...

Ils ont deux espèces de poules, en Belgique; la Coucou de Malines, et la Campine. Produit très bien fixé d'un croisement de la Brahma herminée avec la Campine, la Coucou de Malines est résistante, grosse, un peu lourde de formes, d'un joli gris caillouté, d'une chair abondante et délicate. Elle est essentiellement commerciale. On en expédie dans le monde entier. La Campine est la poule nationale. On raconte qu'il y a plus d'un siècle, la race en était à peu près perdue; du moins elle s'était astucieusement dispersée parmi d'autres races. Peu à peu, on l'a reconstituée dans toute sa pureté originelle. Elle est petite, mais extrêmement élégante, vive et jolie. M. Paul Bourget dirait qu'elle a des allures aristocratiques. Svelte et un peu piaffeuse, telle du moins que je la connais, je crois qu'il serait plus juste de lui attribuer des airs de petite cocotte, de cocodette. Un mantelet blanc, délicieusement blanc, accompagne sa robe blanche et noire, très collante au corps, et qui dessine les formes avec une grâce un peu hardie... Une crête effilée, d'un rouge vif, la coiffe d'une façon exquisement insolente. Comme

notre Bresse, elle a des pattes bleues, ce qui est un
signe de bonne naissance. Le sang bleu, toujours.

— Une pondeuse admirable, s'extasiait notre hobereau... la meilleure, la plus régulière de toutes les pondeuses... avec ses petites mines évaporées...

Et, tout en me promenant à travers ses parquets,
propres, luisants, luxueux, pareils aux villas de Saint-
Germain et de l'Ile-Adam, il me confiait, en termes
prolixes, ses idées sur l'élevage...

Comme j'admirais la vitalité, la robustesse, la belle
humeur de ses bêtes :

— Ah! voilà!... professait-il. Il faut être impitoyable
et scientifique.. Je suis impitoyable et scientifique...
J'élimine les coqs qui ne chantent pas bien... dont la
voix n'est pas assez sonore et retentissante... Tout est
là, mon cher monsieur... J'ai observé que, plus un coq
chante fort, plus il est ardent et, par conséquent, apte
à la reproduction. Une belle voix, chez les coqs, de
même que chez les hommes, annonce toujours... enfin,
vous savez ce que je veux dire...

— Alors, les ténors?... ne pus-je m'empêcher de
remarquer... Dites donc, voilà un point de vue nouveau.

— Non, pas les ténors, naturellement. Les ténors
sont des lavettes... Ah! ah! ah!... Les ténors, à la
broche!... Dans la marmite, les ténors!... Bien entendu,
je ne conserve que les barytons... les barytons sérieux,
bien gorgés... Allez! les poules ne s'y trompent pas...
Elles savent parfaitement que plus un coq barytonne,
mieux elles seront servies, plus leurs œufs seront gros,
abondants... et plus vigoureux leurs petits... car tout
s'enchaîne, dans la nature... Tenez, j'ai fondé à
Bruxelles un Club, chargé de propager, à travers le
monde, ces vérités biologiques... Un succès fou mon
cher monsieur... Nous avons maintenant des journaux,

des conférences, des laboratoires... beaucoup d'argent...
Nous organisons des expositions épatantes... avec des
concours de chant... Un vrai conservatoire... mais pas
de musique... ah! ah!... non, sacré mâtin!... un conservatoire de... enfin vous savez ce que je veux dire...
C'est passionnant.

Il m'apprit qu'il n'y avait qu'un seul moyen de re-
constituer une race dégénérée : l'inceste.

— Ainsi vous prenez, je suppose, deux cochins
fauves... Ils ont des tares inadmissibles, ignobles,
dégoûtantes, criminelles, telles, par exemple, que des
plumes grises, noires ou blanches... des culottes étriquées, pas assez bouffantes... des queues trop longues... Enfin, il reste en eux des mélanges anciens,
des influences disparates... Eh bien, vous les isolez
dans un parquet... Bon... Ils ont des couvées... Bon!...
Vous sélectionnez, sans faiblesse, la poule et le coq,
c'est-à-dire le frère et la sœur que vous mettez
carrément à la reproduction... Et ainsi de suite, de
couvées en couvées... Peu à peu, les influences étran-
gères s'atténuent, les mélanges disparaissent... Après
cinq, six générations, vous avez retrouvé tous les caractères bien définis, toutes les vertus ataviques, toute la
pureté première de la race. Ah! c'est passionnant.

Il ajouta :

— Pour les hommes, ma foi!... je n'ai point essayé...

Et il me poussa du coude légèrement :

— Hé! hé! Dites donc? Faudrait peut-être essayer
ça... en France, où la race s'en va... s'en va...

Je vis, dans un parquet, des oiseaux extraordinaires
que, tout d'abord, je pris pour des rapaces. Droits
comme des hommes et juchés sur de hautes pattes
sèches, nerveuses, armées de terribles éperons, le poi-
trail bombant, serré dans un justaucorps de plumes

bleuâtres, la queue courte, pointue, relevée à la manière
d'un sabre, l'œil féroce, le bec recourbé, coupant,
comme celui des vautours, ils me firent l'effet de ces
reîtres querelleurs, qui, pour un rien, tiraient l'épée, et
vous étendaient, d'un coup d'estoc, sur la berge des
routes.

— Des Combattants de Bruges... expliqua en haussant les épaules, le hobereau... Rien du tout... rien du
tout... Oui, ils font les fendants... ça a l'air de quelque
chose... et, au fond, des couillons, mon cher monsieur,
les pires couillons du monde. Ne me parlez pas de ces
épateurs, qu'un rouge gorge mettrait en déroute... et
qu'il faut élever dans du coton...

Nous marchions toujours de parquets en parquets,
et, toujours, le grand aviculteur parlait, parlait, expliquait, commentait :

— L'hôpital ! me dit-il, tout à coup.

Il s'arrêta, me montra un grand espace, divisé en
cinq ou six compartiments, enclos de grillages, où
s'élevaient, bien exposées au soleil, de vraies maison-
nettes. Une forte odeur d'acide phénique montait du
sol soigneusement râtissé... Quelques poules se promenaient, l'aile basse, de l'allure triste, lente et cassée
qu'ont les vieilles bonnes femmes, dans la campagne.
J'en vis qui boitillaient, qui sautillaient sur leurs pattes,
entourées de linges de pansement. D'autres, hottues,
les plumes ternes et bouffantes, la crête décolorée,
restaient immobiles, sans rien voir de ce qui se passait
autour d'elles. D'autres encore, accroupies en rang, sur
l'herbe sulfatée, dodelinaient de la tête et se racon-
taient de petites histoires, parlaient, sans doute, de
leurs maladies, comme font les convalescents, assis,
dans le jardin de l'hospice, sur des bancs, un jour de
soleil.

Et M. de S... me conta ceci :

— Un matin, j'apprends par mon chef basse-cour-
rier, que j'ai deux poules diphtériques... Comment
avaient-elles pu attraper cette contagion, ici, où, chaque
jour, les parquets, le sol, les mangeoires, l'eau, la nourriture même, tout enfin est désinfecté?... Je me le
demande encore... Mais il n'y avait pas à s'y tromper;
elles étaient diphtériques... Ah! sacristi!... Immédiatement, j'ordonne de les isoler dans une de ces maison-
nettes que vous voyez... Et on les soigne... Trois fois
par jour, un employé venait avec un petit attirail d'in-
firmier... Il commençait par racler, avec un grattoir, le
gosier des poules, enduisait, ensuite, à l'aide d'un pinceau, les plaies à vif, d'une bonne couche de pétrole, et
comme il faut soutenir les malades, durant l'évolution
de cette maladie, qui est très déprimante, il leur enton-
nait deux ou trois boulettes, d'une composition spéciale et tonique... Ce régime leur était extrêmement
pénible et douloureux. Mais quoi? Elles avaient beau
protester, il fallait bien en passer par là... Or, voici
ce qu'elles imaginèrent... C'est à ne pas croire! Moi-
même, j'eusse traité de blagueur celui qui m'eût
rapporté la chose, si je n'en avais pas été, une dizaine
de fois, le témoin stupéfait... Du plus loin qu'elles
voyaient venir leur bourreau, avec sa trousse, elles
essayaient aussitôt de se mettre sur leurs pattes, battaient de l'aile, affectaient la plus folle gaieté, puis, se
précipitant aux mangeoires garnies d'un peu de millet,
elles faisaient semblant de manger.... Oui, mon cher
monsieur, avec une ostentation comique, elles faisaient
semblant de manger, goulument. Et, regardant l'employé, en dessous, d'un air malin, elles semblaient lui
dire : « Tu vois, nous avons grand appétit... nous sommes
tout à fait guéries... Remporte donc ton grattoir, ton

pinceau au pétrole, et tes boulettes »... Ah! les rou-
blardes!... C'est passionnant...

— Dire, m'écriai-je, que j'ai été puni, au collège, de
huit jours de cachot pour avoir écrit, dans un discours
français, ces mots sacrilèges : « l'intelligence des bêtes »!

— Tiens! moi aussi, dans un thème latin, s'exclama
l'aviculteur... chez les Jésuites...·

Et son gros rire fit s'agiter toute la basse-cour...

Je n'étais pas au bout de mes surprises...

Au centre d'un parquet, un petit homme, enveloppé
d'une longue blouse de toile écrue, un tablier blanc
noué autour des reins, la tête coiffée d'une calotte
ronde — tout à fait l'air classique d'un interne — dis-
posait sur une table, méthodiquement, des pots, des
fioles, des bandes, des rouleaux de ouate hydrophile,
et faisait flamber de fins instruments d'acier, dans un
récipient de métal.

— Pourquoi est-ce?... demandai-je.

L'aviculteur parut un moment gêné :

— Pour rien... pour rien... répondit-il.

Puis, tout à coup :

— Bah!... vous avez l'air d'un brave homme... Seule-
ment, pas un mot à personne, hein?... Eh bien, voilà...
Il arrange les poules pour une prochaine exposition...
Il les met au point réglementaire...

Et, son caractère joyeux reprenant le dessus :

— Il fait de la race... ajouta-t-il, dans un rire
sonore. Vous comprenez?... J'ai des sujets qui ont des
qualités... mais qui ont aussi des tares... On n'est pas
parfait, que diable!... Alors, j'augmente les qualités, et
je détruis les tares... Je rajeunis les éperons trop
vieux... Je peins en rose ou en bleu, selon l'espèce, les
pattes jaunes... Je teins les plumes défectueuses... Je
supprime des doigts, ou j'en rajoute, suivant le cas...

Je retaille les crêtes mal faites et les mets à l'ordonnance... Très délicat, très compliqué, vous savez?... Enfin, voilà!... Que voulez-vous?... Il faut bien faire comme tout le monde... Si je vous disais qu'il y a deux ans, à Liège, j'ai enlevé le Grand Prix d'honneur, avec un mauvais lot de cochins fauves, entièrement passés au carbonyle?... Le diable m'emporte!... Ah! c'est passionnant.

Sur cette étrange confidence, nous terminâmes notre visite.

Roi d'affaires.

Dînant chez des amis de la colonie étrangère, je demandai à un Belge notoire, qui passe pour presque tout savoir des choses de Bruxelles, surtout les choses scandaleuses, de me conter quelques anecdotes caractéristiques, sur le roi Léopold.

Le Belge notoire sourit, et il me dit :

— Oh! ce n'est pas la peine... Vous le connaissez mieux que moi... Léopold, c'est Isidore Lechat...

Et, finement :

— Un Lechat mieux léché, par exemple... corrigea-t-il.

— Bon! répliquai-je... Isidore Lechat... C'est entendu... Mais cela ne me dit rien de précis... J'entends toujours, quand on parle du Roi : « Le Roi est ceci... Le Roi est cela »... mais d'histoires, qui illustrent ces vagues affirmations, pas la moindre. Ou bien alors, ce sont des histoires qui courent les rues, les théâtres, les boudoirs, les restaurants de Paris, et que je ne puis vraiment prendre au sérieux... Non, je voudrais des

10

faits positifs... des traits de caractère... du document,
enfin... Un homme pareil!... Il doit y en avoir d'admirables, d'extraordinaires, par milliers...

Alors, ils se mirent à bavarder sur le Roi, avec abon
dance...

Mais on ne sait jamais rien... Les gens passent près
de vous, les choses arrivent et défilent autour de
vous; personne n'a d'yeux, personne n'a d'oreilles...

Ils restèrent, comme de coutume, dans des généralités lyriques qui ne m'apprirent rien d'autre, sur ce
personnage passionnant, que leur propre opinion,
laquelle, faut-il le dire, m'était fort indifférente.

Je sus, ainsi, ce que je savais déjà depuis longtemps,
que le Roi est fin, rusé, retors, voluptueux, sans le
moindre scrupule ni la moindre pitié. Il est horriblement
âpre et avare, mégalomane aussi, par surcroît, d'une mégalomanie singulière qui le pousse à bâtir, à bâtir des
maisons, des palais, des boutiques, sans autre but que
de faire de Bruxelles une ville monumentale, dans le
genre de New-York et de Chicago. Projet absurde, car il
n'a sans doute pas réfléchi que c'est à des Belges — à des
Belges de Bruxelles — qu'il s'adresse, non à des Américains. Pour satisfaire en même temps à son avarice, à
ses plaisirs, à sa mégalomanie, il ne pense qu'à conquérir
de l'argent, encore de l'argent, toujours de l'argent. Tous
les moyens lui sont bons, principalement les pires. Son
imagination, en affaires, est inépuisable et merveilleuse.
Il roule les gens, et même les peuples, avec une maëstria
souveraine. Les bons tours ne lui font jamais défaut.
Il a beau le vider, son sac en est toujours plein. Ses
filles, qu'il a dépouillées en un tour de main, en savent
quelque chose. L'Angleterre et l'Allemagne, qui ne
sont point pourtant des gogos faciles *à mettre dedans*,
ont connu, à leurs dépens, cette supériorité prestidigi-

tatrice, lors des fameuses négociations du Congo... De
son trône, il a fait une sorte de comptoir commercial,
de bureau d'affaires, comme il n'en existe nulle part de
mieux organisé, et où il brasse de tout, où il vend de
tout, même du scandale. Dans un autre temps, cet
homme-là eût été un véritable fléau d'humanité, car son
cœur est absolument inaccessible à tout sentiment de
justice et de bonté. Sous des dehors polis, aimables, spirituels, élégamment sceptiques, familiers même, il cache
une âme d'une férocité totale, qu'aucune douleur ne peut
attendrir... Ce qu'il a fait souffrir sa femme, ses filles, on
ne le saura sans doute jamais... Ah! les pauvres créatures!... Et on les enviait!... Ce fut une stupeur, dans
toute la Belgique, quand on apprit que la Reine — la
meilleure, la plus douce, la plus résignée des femmes —
était morte, seule, toute seule, abandonnée comme une
pauvresse, dans cette triste résidence de Spa. Le Roi, lui,
était à Paris... Il vint sans hâte, en rechignant, enterra
sa femme, sans cérémonie, vite, vite, et, la formalité
accomplie, le soir même, il s'empressa de reprendre le
train pour Paris et de retourner à ses plaisirs... On ne
lui sut, en cette circonstance, aucun gré de son manque
d'hypocrisie... Je pense qu'on eut le plus grand tort, car
il est beau que les hommes — fussent-ils rois — se
montrent tels qu'ils sont. Il estima peut-être assez son
peuple, pour ne point lui donner la comédie d'une douleur bourgeoise qu'il ne ressentait pas; explication trop
idéaliste à laquelle le Belge notoire ne voulut pas sous-
crire... Non, ce jour-là, on ne vit sur la figure du Roi que
l'ennui, l'agacement d'avoir été dérangé pour si peu de
chose... Cette messe mortuaire, vite expédiée pourtant, ne valait pas la déception d'un rendez-vous d'affaires manqué, ou d'un déjeuner remis, au Pavillon
d'Armenonville...

La femme du Belge notoire dit à son tour :

— Indulgent pour lui-même, le Roi est implacable aux autres. Sa Cour est gourmée, raide, d'un protocole compassé et vieillot, d'une hiérarchie surannée et comique... Il y veut de la vertu et de la religion... On s'y ennuie mortellement... Peu lui importe. Sa vie à lui n'est pas là... Il ne vient à sa Cour que pour se reposer de ses fatigues parisiennes et se mettre au vert... Nous lui servons de temps de carême... D'ailleurs, outre cette cure d'hygiène dont nous faisons tous les frais, je crois que son malfaisant égoïsme s'amuse énormément à voir les autres se dessécher d'ennui... Ah ! vous n'avez pas idée de ce qu'est une fête à la Cour du roi Léopold, ce vieux marcheur, cet ami de tous les plaisirs... On y a toujours l'air d'enterrer quelqu'un...

J'objectai :

— Mais il a la réputation d'être charmant, galant avec les femmes...

— Avec les femmes des autres pays, parbleu !... s'écria la dame courroucée... Mais nous ?... Ah ! nous !... Il n'a qu'une joie... une joie infernale : nous embarrasser, nous blesser, nous mortifier... Il ne nous montre que de l'ironie, et... le dirai-je ?... du mépris... oui, c'est cela, du mépris...

— Cependant... commençai-je à insinuer... la..,

La dame du Belge notoire me coupa violemment la parole.

— Je sais ce que vous voulez dire... vous vous trompez... Elle n'est pas belge... elle n'est pas belge... Elle est... enfin, elle n'est pas belge...

Et elle poursuivit :

— Je ne l'ai jamais vu que méchant avec les femmes belges... d'une grossièreté d'âme qu'il sait, mieux que personne, orner d'un badinage léger, d'une drôlerie

piquante, mais qui ajoute encore à la cruauté de la
blessure... Que faire?... Lui répondre?... se fâcher?...
Il se venge aussitôt sur les maris, car il dispose des
places, des honneurs... Alors, on se tait, on sourit,
on accepte toutes les humiliations... Il faut bien
vivre..., Tenez... voici un trait, tout récent, de son caractère, ce qu'on se plaît à appeler son esprit... Au dernier bal de la Cour, je me trouvais, dans un petit salon,
avec une de mes amies, la comtesse de M... C'est une
charmante femme, veuve depuis quatre ans... assez
jolie... enfin pas très jolie... très bonne, par exemple,
très entrain... et dont l'existence est un peu libre, je le
reconnais... un peu libre... Mais quoi!... Elle fait ce
qu'elle veut, et ce qu'elle fait ne regarde qu'elle, après
tout. La veille, au bal du Cercle de la Noblesse, la comtesse avait beaucoup dansé avec M. de K... qui passe, à
tort ou à raison, pour être son ami... Mais enfin, elle
avait dansé décemment, et personne n'avait trouvé à
y redire... Voyons, monsieur, je vous le demande...
si M. de K... est son amant, rien de plus naturel qu'elle
danse avec lui...

— Évidemment...

— Et s'il ne l'est pas?...

— Rien de plus naturel encore, approuvai-je... pour
qu'il le devienne...

— Évidemment...

Elle s'aperçut que cet adverbe, ainsi placé, était peut-
être un peu vif... Aussi s'empressa-t-elle de reprendre
son récit.

— Nous étions donc toutes les deux à nous mor-
fondre dans ce petit salon, quand le Roi, après le défilé
du corps diplomatique, y entra. Rien ne l'assomme,
ne le dispose mal, comme cette cérémonie, qu'il
déteste... Il vint vers nous... Je suis obligée d'avouer,

qu'en dépit des années, le Roi a toujours une belle
allure... de la sveltesse... de la grâce... Enfin, il est très
bien... Mais à ses petits yeux bridés, effrayants quand on
les regarde de près, à un certain pli de la bouche, je
sais lorsqu'il est en veine de méchanceté... Il y était...

— Eh bien, madame, dit-il, en abordant la comtesse... vous amusez-vous, aujourd'hui?...

— Oui, Sire, beaucoup... répondit-elle, en faisant une
profonde révérence.

— Pas tant qu'hier... pas tant qu'hier, n'est-ce pas?

Mon amie s'embarrassa, balbutia :

— Comment, Sire?...

— On m'a dit, appuya le Roi... on m'a dit que vous
aviez beaucoup dansé, hier... au Cercle de la Noblesse...
beaucoup dansé... Avec qui avez-vous donc tellement
dansé?

Ma pauvre amie rougit :

— Mais, Sire, bégaya-t-elle... je... je... ne sais plus...

— Ah!... Bien... bien...

Et, se retournant vers moi, brusquement, il me dit :

— Et, vous, madame?... Est-il indiscret aussi de
vous demander avec qui vous avez dansé?

Le Roi attendit ma réponse... Comme je me taisais,
il salua, et, riant d'un petit rire méchant qui nous cou-
vrit de confusion, s'éloigna lentement.

La dame semblait outrée, en racontant cette anecdote. Elle finit sur cette conclusion d'une énergie un
peu rude :

— Tout ce que vous voudrez... C'est un mufle!...

Alors, un haut fonctionnaire belge protesta doucement :

— On le calomnie beaucoup... Nous avons une ten-
dance fâcheuse à exiger des rois qu'ils soient au-dessus, ou en dehors de l'humanité... Mais non... Ils sont

des hommes comme les autres... Léopold est un homme
comme tout le monde... voilà tout... Il a nos défauts,
nos désirs, nos passions, nos méchancetés, nos vices,
peut-être aussi — qui sait? — nos qualités. Pourquoi
voulez-vous que son ménage, par exemple, fût meilleur
que les vôtres?... Et qu'il pratiquât des vertus assommantes et pompeuses que vous avez le bon esprit de
répudier pour vous-mêmes? Vous lui reprochez l'ennui
de sa Cour? Où pensez-vous qu'on s'amuse, qu'on
puisse s'amuser quelque part à Bruxelles?... L'ennui de
sa Cour?... Mais c'est l'ennui de Bruxelles, mais c'est
Bruxelles... Tout Roi qu'il est, il n'y peut rien... Il
fait ce que nous faisons tous, selon nos moyens et nos
préférences... quand il s'embête chez lui, il va s'amuser
ailleurs. Et il a raison... Pour les dames belges, on
ne peut pourtant pas l'obliger, par la Constitution, à
coucher avec elles toutes !

Ici, il y eut une explosion de fureurs que je néglige
de vous décrire, parce que vous devez vous l'imaginer
sans peine, et aussi parce qu'elle fut sans effet sur le
haut fonctionnaire, qui n'en continua pas moins son
panégyrique.

— Moi, je sais au Roi un gré infini de ne pas prendre
au sérieux sa royauté. Il aura beaucoup servi — beaucoup plus que les anarchistes — à démontrer aux
peuples que la Royauté, dans notre temps, est une
chose tout à fait inutile, tout à fait démodée, presque
aussi grotesque que ces vieilles armures de chevaliers
qui meublent encore, çà et là, les antichambres et les
couloirs, dans quelques châteaux de cordonniers enrichis... Elle ne devrait plus exister que dans les opérettes, encore que les librettistes estiment que le
thème en est bien usé. Sérieusement, est-ce que les
Cours d'Autriche, d'Allemagne, d'Espagne, avec la

bouffonnerie de leur cérémonial, la splendeur carnava-
lesque de leurs déguisements, ne vous paraissent pas
maintenant de stupides décors de théâtre, de lamen-
tables mises en scène, pour représentations d'hippodrome?... Quand je rencontre Léopold, il ne me donne
jamais l'impression que c'est le Roi des Belges. Je me
dis : «Ah! voilà le président du Conseil d'administration
de la Belgique! »... Et cela suffit bien, je vous assure,
aux exigences de ma fierté nationale... Et puis, je l'aime,
moi, cet homme-là... Il a de l'esprit, un à-propos charmant, de la modération... En voulez-vous une preuve?...
Il fut un temps où tous les kiosques de journaux et de
fleuristes, toutes les devantures des librairies, des pape-
teries, étaient pleins de cartes postales, représentant —
Dieu sait en quelles postures! — le Roi et Mlle Cléo de
Mérode. Je me souviens d'en avoir vu d'absolument
obscènes... Cela l'agaçait beaucoup... et ce qui l'agaçait
plus encore que l'intention de lèse-majesté qu'elles
affichaient si audacieusement, c'était leur sottise
lourde et grossière... Quoiqu'il ne se soit jamais plaint,
l'étalage en fut interdit sévèrement, mais non la vente
qui continua, sous le manteau, comme on disait du
temps d'Andréa de Nerciat.

Le haut fonctionnaire s'interrompit pour me demander :

— Vous connaissez, à coup sûr, M. B..., votre compatriote?

— Le sosie du Roi?

— Oui.

— Je crois bien... même taille, même élégante allure,
même barbe carrée, mêmes yeux... C'est extraordinaire!

— Vous le connaissez... Bon... Eh bien, un jour,
l'année dernière, à Ostende, le Roi se promenait sur la

digue... avec quelques amis... Il se mêle tellement à la foule, qu'on n'y fait pour ainsi dire pas attention... Quand il passa près de moi, j'étais arrêté devant un kiosque qui, exceptionnellement, était couvert, de la base au faîte, de ces cartes dont je vous ai parlé... Quel ne fut pas mon étonnement de voir, tout à coup, le Roi se retourner, quitter son groupe, se diriger vers le kiosque !

— Bonjour, bonjour, cher monsieur C..., me dit-il, de sa voix la plus aimable, en m'apercevant... Ah ! àh ! je suis content de vous voir... On m'a dit que vous aviez gagné, hier, au Cercle... une grosse somme... une très grosse somme...

— Mon Dieu, Sire... c'est vrai... J'ai été assez heureux... assez heureux...

— Tant mieux... tant mieux... Il faut gagner de l'argent, cher monsieur C..., beaucoup d'argent.

Il acheta un journal qu'il mit dans la poche de son pardessus... et, levant la tête, il considéra toutes ces cartes dont la moins inconvenante le représentait avec, sur ses genoux, Mlle Cléo de Mérode, presque nue, et qui lui tirait la barbe. J'étais anxieux, quoique assez amusé, je dois le dire.

Son examen terminé, il me montra ces ordures, avec une parfaite aisance, et, du ton le plus naturel :

— Ce kiosque, hein?... fit-il. Croyez-vous?... Ah ! ce pauvre B !... Au fond, ça doit bien l'ennuyer, toutes ces cochonneries. Je sais qu'il doit venir à Ostende, ces jours-ci... Faites donc enlever ça, discrètement...

Et m'ayant serré la main, il alla rejoindre ses amis.

L'anecdote eut du succès.

— C'est assez joli !... murmurait-on, en approuvant par de petits mouvements de tête... ça n'est pas mal...

Seule, la femme du Belge notoire ne désarma pas.
Elle regarda, avec une expression de haine, le haut fonctionnaire qui maintenant se taisait et piquait, du bout
des doigts, une praline de chocolat, dans une bonbon-
nière... puis, haussant les épaules si fort qu'une rose,
détachée de son corsage, roula sur le tapis :

— Oh ! vous... d'abord... grinça-t-elle.

On ne parla plus du Roi... On parla de Paris et on
parla d'art, et on parla d'art et de Paris, de Paris et
d'art.

Naturellement !...

Naturellement aussi, je m'esquivai du mieux que je
pus.

Le caoutchouc rouge.

Je m'arrête devant une petite boutique, dont l'étalage est étrange : des pyramides de petites meules,
petits cubes, petits cylindres, petits parallélipipèdes,
petits pains d'une matière mate, alternativement grise
et noire. Rien d'autre. Pas d'indication. Aucune étiquette. Le front collé à la vitre, je distingue, dans le
magasin, un homme épais, en redingote, qui, cigare
aux dents, lit un journal. L'enseigne porte ce seul nom,
écrit en rouge : « Blothair et Cie ».

J'entre ; j'interroge.

— Qu'est-ce que cela ?

L'homme en redingote s'est levé. Il pose le journal
sur une chaise, son cigare sur le bord d'une table, s'in-
cline, sourit et dit :

— Des échantillons de caoutchouc, monsieur.

La boutique est vide. Aux murs, des armoires fixes, en acajou ciré, fermées. A droite, une table, où se répètent les échantillons de la vitrine. A gauche, un comptoir, avec des registres. Au fond, une porte ouverte, par où j'entrevois une sorte d'arrière-boutique, encombrée de manteaux de pluie, de sections de câbles, de joints de machines, de soques, d'enveloppes et d'enveloppes de pneus, et toute une famille de chiens, dont quelques-uns, renversés, laissent voir, sous le ventre, une petite plaie ronde, aux lèvres de métal. Tout cela est vieux, *usagé*, comme on dit .

Désignant les pyramides de la vitrine et de la table, je demande :

— Congo, n'est-ce pas ?

— Oui, fait l'homme simplement, mais avec une expression d'orgueil.

Cette vitrine a l'air inoffensif; la boutique est d'aspect placide. Pourtant, peu à peu, ces échantillons me fascinent. J'en arrive à ne pouvoir plus détacher mes yeux de ces morceaux de caoutchouc. Pourquoi n'y a-t-il pas d'images explicatives, de *photos*, dans cette vitrine?... Mon imagination a vite fait d'y suppléer.

Je songe aux forêts, aux lacs, aux féeries de ce paradis de soleil et de fleurs... Je songe aux nègres puérils, aux nègres charmants, capables des mêmes gentillesses et des mêmes férocités que les enfants. Je me rappelle cette phrase d'un explorateur : « Ils sont jolis et doux comme ces lapins qu'on voit, le soir, au bord des bois, faisant leur toilette, ou jouant parmi les herbes parfumées. » Ce qui, d'ailleurs, ne l'empêchait pas de les tuer... J'en vois montrer en riant leurs dents éclatantes et se poursuivre, s'exalter aux sons de leurs fifres et des tambours profonds. Je vois les bronzes parfaits des corps féminins, et les petits courir, dont le ventre

bombe. Je vois de grands diables, aussi beaux que des
statues antiques, sourire à un pagne, à des verroteries;
tendre les bras vers des liqueurs; se pousser, trépigner
autour des montres, des phonographes, de toute la
pauvre camelote que nous fabriquons pour eux; se
cambrer, se dandiner, comme s'ils se moquaient de
nous, ou se moquaient d'eux-mêmes; remuer la tête
comme des enfants gênés. Je vois, à leurs femmes, sensibles aux caresses des blancs, le geste gauche d'une
paysanne qu'un citadin fait rougir d'aise.

Et voici que, tout à coup, je vois sur eux, et qui les
menace, le fouet du trafiquant, du colon et du fonctionnaire. Je n'en vois plus que conduits au travail,
revolver au poing, aussi durement traités que les soldats
dans nos pénitenciers d'Afrique, et revenant du travail
harassés, la peau tailladée, moins nombreux qu'ils
n'étaient partis. Je vois des exécutions, des massacres,
des tortures, où hurlent, pêle-mêle, sanglants, des
athlètes ligotés et qu'on crucifie, des femmes dont les
supplices font un abominable spectacle voluptueux,
des enfants qui fuient, les bras à leur tête, leurs petites
jambes disjointes sous le ventre qui proémine. Nette-
ment, dans une plaque grise, dans une boule noire,
j'ai distingué le tronc trop joli d'une négresse violée
et décapitée, et j'ai vu aussi des vieux, mutilés, agoni-
sants, dont craquent les membres secs. Et il me faut
fermer les yeux pour échapper à la vision de toutes ces
horreurs, dont ces échantillons de caoutchouc qui sont
là, si immobiles, si neutres, se sont brusquement
animés.

Voilà les images que devraient évoquer presque
chaque pneu qui passe et presque chaque câble, gainé
de son maillot isolant. Mais on ne sait pas toujours
d'où vient le caoutchouc. Ici, on le sait : il vient du

Congo. C'est bien le *red rubber*, le caoutchouc rouge. Il n'en aborde pas, à Anvers, un seul gramme qui ne soit ensanglanté.

Dans l'Amérique tropicale, en Malaisie, aux Indes, l'exploitation des plantes à caoutchouc n'est qu'une industrie agricole. Au Congo, c'est la pire des exploitations humaines. On a commencé par inciser les arbres, comme en Amérique et en Asie, et puis, à mesure que les marchands d'Europe et l'industrie aggravaient leurs exigences, et qu'il fallait plus de revenus aux compagnies qui font la fortune du roi Léopold, on a fini par arracher les arbres et les lianes. Jamais les villages ne fournissent assez de la précieuse matière. On fouaille les nègres qu'on s'impatiente de regarder travailler si mollement. Les dos se zèbrent de tatouages sanglants. Ce sont des fainéants, ou bien, ils cachent leurs trésors. Des expéditions s'organisent qui vont partout, razziant, levant des tributs. On prend des otages, des femmes, parmi les plus jeunes, des enfants, dont il est bien permis de s'amuser, pour s'occuper un peu, ou des vieux dont les hurlements de douleur font rire. On pèse le caoutchouc devant les nègres assemblés. Un officier consulte un calepin. Il suffit d'un désaccord entre deux chiffres, pour que le sang jaillisse et qu'une douzaine de têtes aillent rouler entre les cases.

Et il faut toujours plus de pneus, plus d'imperméables, plus de réseaux pour nos téléphones, plus d'isolants pour les câbles des machines. Aussi, de même qu'on incise les végétaux, on incise les déplorables races indigènes, et la même férocité, qui fait arracher les lianes, dépeuple le pays de ses plantes humaines.

Au diable les Anglais, qui sont des jaloux, et qui ne pardonnent pas au roi Léopold de les avoir dupés et volés! Au diable les barbouilleurs de papier, faiseurs

11

d'embarras! Si du sang nègre poisse à tous nos pneus, à tous nos câbles, la belle affaire! Pouvons-nous mieux associer les races inférieures à notre civilisation, les mêler de plus près aux besoins de notre commerce et de notre vie?... Et puis, les palais de Léopold, ses fantaisies, ses voyages, ses voluptés, sont coûteux. Ne faut-il pas aussi augmenter les dividendes des actionnaires, payer les journaux, pour qu'ils se taisent, intéresser le Parlement belge, pour qu'il vote, désintéresser les autres gouvernements, pour qu'ils ferment les yeux sur ces atrocités?

C'est égal. Quand je rencontrerai encore le roi Léopold, traînant la jambe dans Monte-Carlo, dans Trouville, ou rue de la Paix, quand je verrai son œil briller, sous le verre, à contempler les écrins d'un bijoutier, à détailler le corsage ou les lèvres d'une femme qui passe, quand je reverrai la compagne trop mûre d'une demoiselle très jolie parler, à l'oreille du souverain, dans un restaurant des Champs-Élysées, je penserai à cette vitrine-ci, et je n'aurai plus envie de rire...

— Nous avons aussi du bien bel ivoire... me dit l'homme en redingote, en me reconduisant jusqu'à la porte.

Remords.

Je m'aperçois que moi, qui reproche si amèrement aux Français leur ironie agressive et leur injustice envers les autres peuples, je viens de me montrer bien français envers les Belges.

Parce qu'ils ont Bruxelles?

N'avons-nous pas Toulouse? N'avons-nous pas l'esprit de Toulouse qui caricature l'esprit de la France, au moins autant que l'esprit de Bruxelles, celui de la Belgique?

Les Belges, sans doute, ont des ridicules, comme nous en avons, comme en ont tous les peuples. Ils ont aussi des qualités, des vertus, que beaucoup n'ont pas, et que je souhaiterais aux Français, si orgueilleux de leurs frivolités et de leurs vaines richesses. Ils travaillent. Ils savent réveiller les vieilles cités de leur torpeur ancienne. Même Bruges sort, enfin, de son long silence mystique. Le bruit des marteaux, le sifflement des usines dominent aujourd'hui le chant de ses carillons et le chuchotement mortuaire de ses béguinages. En dépit de toutes ses tares religieuses, un frémissement de vie nouvelle secoue et anime ce petit pays. Enfin M. Edmond Picard et M. Camille Lemonnier ne sont pas plus la Belgique, que M. Drumont et M. Bourget ne sont la France.

Et puis, je n'oublie pas que j'aime Maurice Mæterlinck, que j'aime Émile Verhaeren, que j'ai aimé Franz Servais, le doux et tendre Rodenbach. Et de ce dernier voyage dans Bruxelles, et de tout ce que j'y ai rencontré, de tout ce que j'y ai coudoyé, je les aime plus encore et les admire avec une foi plus haute. Ils ne doivent rien à la France, qui, au contraire, fut heureuse de les accueillir, de les honorer et de s'en honorer. Et Bruxelles, dont ils ne sont pas, dont ils ne pouvaient pas être, qu'ils ont traversé en passant, ne leur a rien enlevé, non plus, de leur génie. Ils sont de chez eux, car ils ont su incarner dans leurs œuvres si différentes, avec une force et une grâce très rares, l'âme même des pays où ils sont nés.

Mæterlinck, je l'ai retrouvé à Gand, au bord du canal, et j'ai retrouvé aussi, dans les eaux mortes du canal, tous les mirages, tous les reflets, toutes les féeriques

mélancolies de sa jeunesse. Et, dans le jardin de la
maison familiale, j'ai revu la ruche, d'où partirent les
divines abeilles, qui allèrent butiner les belles fleurs de
sagesse et de vie.

Verhaeren, j'ai entendu sa voix éloquente, son verbe
emporté, dans le vent qui souffle sur les dures plaines
de l'Escaut... et j'ai cueilli, aux vieilles portes des
demeures flamandes, aux vieux bahuts flamands de ses
villages, ses beaux vers sculptés d'une gouge si sûre,
d'un ciseau si puissant et si passionné.

J'ai cherché, comme s'il était encore vivant, Franz
Servais, dans la campagne abondante des environs de
Hall et les tristes rues d'Ixelles. Je l'ai entendu rire
joyeusement, et s'attarder à parler de la musique de
Liszt, et de la part d'inspiration flamande qu'il y a
dans celle de Beethoven, et, une fois encore, de cet
admirable poème de *Jeanne d'Arc*, qu'il allait noter
et qu'il a remporté.

Et j'ai surpris Rodenbach dans une vieille maison
dentelée de Bruges, aux intimités silencieuses, assis,
derrière ce transparent qui vaporise les figures, écoutant chanter les carillons, et pleurer l'âme des hommes,
regardant glisser les cygnes sur les eaux bronzées du
Lac d'Amour...

Ils sont de chez eux, parce qu'il faut toujours à la
pensée un point d'appui, un tremplin sûr, pour, de
là, s'élancer et se disperser à travers l'humanité. Ils
sont de chez eux, et ils sont de chez nous, et ils sont de
partout, comme ces êtres privilégiés qui ont su donner
une vérité, une émotion, une forme éternelle de beauté
au monde qui s'en réjouit...

*_**

Et peut-être que ma mauvaise humeur — qu'ils me
pardonneront pour l'amour de Mæterlinck, de Verhaeren, de Franz Servais et de Rodenbach — tient uniquement à ce fait puéril, que nous avons été forcés
de gravir et dégringoler trop souvent, malgré nous, la
rue Montagne-de-la-Cour, et de tourner, beaucoup plus
longtemps que nous n'aurions voulu, dans les bois de
la Cambre... Il n'en faut pas plus...

A peine, en effet, au bout de huit jours, avions-nous
achevé de circuler dans Bruxelles, qu'au moment de
partir, en plein boulevard Anspach, nos quatre pneus
éclatèrent à la fois.

J'ai tout de même pensé, en dépit de mes remords,
que ça avait dû être de rire.

ANVERS

Vers le port.

Un monsieur avait fait je ne sais quoi de contraire aux lois de la Principauté de Monaco ; car il n'y a pas seulement que des roulettes et des cocottes, dans la Principauté de Monaco, il y a aussi — la justice me pardonne ! — des lois. Peut-être, ce monsieur avait-il eu l'indiscrétion de gagner une trop grosse somme au Trente-et-quarante ; peut-être s'était-il permis de mettre en doute les vertus princières de l'océanographie ; peut-être avait-il attribué un caractère expiatoire aux appareils sismographiques, dont la générosité du Prince a doté chaque coin de rue, à Monte-Carlo. Toujours est-il, qu'un matin il vit entrer dans la chambre de son hôtel le commissaire de police, qui, solennellement, au nom de Son Altesse Sérénissime, lui signifia un arrêté d'expulsion. Après quoi, le commissaire, selon l'usage, ajouta :

— Vous avez vingt-quatre heures, pour gagner la frontière.

Le monsieur répliqua, en souriant :

— Oh!... cinq minutes me suffiront...

Il n'y a guère plus de distances en Belgique qu'en Monaco. Ce qui fait qu'ici on y est plus sensible, c'est l'état chaotique de la vicinalité.

Et j'invoque Léopold, avec quelle ferveur!

— O Léopold, supplié-je, souverain maître de la Commission, du Courtage et de la Banque, Prince du Négoce, Roi d'affaires et des affaires, incomparable Bussinessking, toi qui comprends si bien, pour ton propre compte, toutes les nécessités économiques de la vie moderne, Roi vert galant, qui, si bien aussi, sais semer l'or et les roses sur toutes les routes de Cythère, ne pourrais-tu distraire quelques-uns de tes scandaleux profits sur les sables d'Ostende et les nègres du Congo, en faveur de tes routes métropolitaines, qui vous rompent côtes et reins, aussi cruellement que les phrases artistiques de M. Edmond Picard vous meurtrissent le cerveau?

Vaine prière.

Même il me semble qu'une voix ironique, une voix bien connue des cabinets particuliers de chez Paillard, me répond :

— Pourquoi veux-tu que je donne des routes à ces Belges dont je suis le Roi toujours absent?... Fais comme moi... Les routes de France sont magnifiques...

Alors, nos quatre pneus, sur les injonctions énergiques de Brossette, ayant fini de rire, nous filons sur Anvers. Ai-je besoin de répéter que ce sont toujours les mêmes pavés, en vagues de pierre dure?... Mais, au risque de casser nos ressorts et d'éventrer notre carter sur ces rudes obstacles, nous faisons, dans la joie de quitter Bruxelles, du cinquante-cinq de moyenne. Il nous

faudra trois quarts d'heure pour atteindre Anvers...
Et pourtant je m'irrite que le moteur ne tourne pas
assez fort et que de la campagne flamande, qui, de sa
fertilité plate, nourrit un peuple industrieux, les
arbres, les maisons basses, les verdures noires, les
petits villages coloriés et réguliers, ne passent pas
assez rapidement, au gré de mon désir. impatient d'un
port...

Près de Malines, ô joie! des équipes d'ouvriers travaillent à enlever les pavés... Nous allons dorénavant,
je suppose, rouler sur la soie élastique d'un macadam
tout neuf... Et, voilà que, brusquement, une violente
secousse nous a jetés les uns contre les autres. La voiture s'est enfoncée, jusqu'aux moyeux, dans un bourbier.
Elle rage, gronde et fume, impuissante... Une conduite
d'eau, crevée, a, en cet endroit, amolli, affaissé le sol, et
transformé la route en un lac de boue gluante et profonde... Il nous faut l'aide, un peu humiliante, de deux
chevaux, tirant à plein collier, pour arracher la voiture
de cette fondrière...

Et les pavés reprennent leurs ondulations suppli-
ciantes...

Ah! ces routes!... ces routes!

Heureusement que la bonne C.-G.-V. est résistante
à miracle, et si bien assemblée, que pas un boulon ne
manque, après ce raid audacieux... pas un n'est des-
serré...Furieuse d'avoir dû demander du secours au cheval, on ne peut pas la maîtriser. Il y a des moments où elle
ne tient plus au sol... Elle vole, vole dans l'air comme
un ballon... Nous serons au port, dans quelques minutes... à moins que nous ne soyons, gisant sur la route,
broyés et le ventre ouvert!...

Un port.

Spectacle merveilleux que celui d'un grand port et
toujours nouveau! Monde effarant où tout l'univers
tient à l'aise entre les docks d'un bassin, où, dans un
prodige de couleur, s'entre-choquent les réalités implacables de l'argent, du commerce, de la guerre, et les
féeries les plus délicieuses! Masses noires et roulantes
qui portent dans leurs soutes l'imagination, le génie,
la fécondité, l'ordure, les richesses, la mort de toute la
terre!... Tumulte, sur les eaux clapotantes, des petits
remorqueurs enragés et des lourds chalands, autour desquels les mouettes blanchissent et jaillissent, comme
des flocons d'écume autour d'un récif! Sur les quais,
parmi les ballots, les tonnes de graisse et de saindoux, les laines et les peaux, aux odeurs de pourriture, grouillement des torses nus, ployant sous le
faix, et des pauvres gueules contractées de fatigue et
de révolte! Travail des machines qui, sans cesse criant,
soulèvent et promènent dans l'espace, au bout de leurs
bras de fer, les charges pesantes, molles comme des
nuées!... Silhouettes légères, aériennes, des voilures,
des mâtures. — « Tes cheveux sont des mâtures...
Ta robe glisse sur la pelouse du jardin, comme une
petite voile rose, sur la mer... »
    Et entre tout cela qui grince, qui halète, qui hurle
et qui chante, l'entassement muet d'une ville, et la
vaporisation, dans le ciel, de coupoles dorées, de flèches
bleues, de tours, de cathédrales, d'on ne sait quoi...
Au delà, encore, l'infini... avec tout ce qu'il réveille
en nous de nostalgies endormies, tout ce qu'il déchaîne
en nous de désirs nouveaux et passionnés!

*
* *

Il n'y a pas de port dont je ne sois touché... Même, les tout petits m'enchantent qui sont perdus, comme des nids de courlis, au fond rocheux des criques, et d'où à peine une barque met à la voile... Mon cœur saute et bondit dans les grands... Les fleuves qui sont humains s'y unissent à la mer surnaturelle.

Les plus grandes villes me sont presque toujours de très petits mondes fermés... Un moment vient bien vite où je m'y sens en prison... et m'y cogne aux murs... J'étouffe dans la montagne; son atmosphère m'est irrespirable, ses nuages, qui dérobent toujours la vue des cimes et le ciel, m'écrasent comme de lourdes, comme d'épaisses plaques de plomb. La forêt m'étreint le cœur, m'angoisse, me serre la gorge jusqu'au sanglot... Je ne puis supporter cette sorte de terreur religieuse qu'elle accumule sous ses voûtes et qui emplit ses ténèbres, où, parfois, des bêtes nocturnes hurlent à la mort...

Mais il n'est pas de quai, de jetée, de môle, d'embarcadère, il n'est pas, comme ils disent ici, de *piers*, au long desquels des bateaux se balancent, où je ne me sente vraiment au bord de l'univers, et joyeux, et libre, et léger... Les coups de sifflet qui font vibrer les vitrages des gares, même gigantesques, ne sont que des avertissements sans éclat; ils ne parlent pas assez à mon imagination... L'appel des sirènes a une autre signification, une autre éloquence, une portée plus haute. Quand il s'amplifie dans les ports, il a la sonorité, la profondeur, l'émotion poignante des nouvelles qui arrivent du bout du monde, et, chaque fois que j'en ai entendu durer les accents, j'ai entendu leur répondre,

du plus lointain de moi, mon avidité insatiable des
mers inconnues, des paysages de feu et de glace, des
flores, des faunes, des humanités que je voudrais connaître et que je ne connaîtrai, sans doute, jamais.

Le chant des sirènes enfièvre, jusqu'au délire, ma
curiosité du monde entier...

Bateaux.

Mais l'aspect seul des bateaux me donne une satisfaction complète et plus douce.

Je les aime tous.

C'est la plus hardie des machines humaines, celle qui
a naturellement le plus d'élégance. Je pense souvent,
avec tendresse, à l'âme intrépide et charmante de
celui — dont l'histoire n'a pas retenu le nom — qui, un
jour, assis au bord d'un étang et voyant voguer sur
l'eau une adorable petite sarcelle à tête rouge, inventa
la barque.

Ah! il eut raison de l'inventer, la barque, ce gentil
inconnu, car je crois bien que c'est moi qui l'eusse
inventée, tant je l'aime... Et qu'on ne se récrie pas!...
J'ai bien, étant enfant, sans connaître un mot de physique et de géologie, sans rien savoir du fameux principe des *vases communicants*, inventé les fontaines
jaillissantes. Et comme, tout heureux, avec la foi candide de l'ignorance, je tâchais d'expliquer, sommaire-
ment, cette découverte à mon professeur :

— Mais c'est le puits artésien!... s'écria celui-ci,
avec une expression de pitié méprisante que je n'oublierai jamais... Petit imbécile, va!... Et Moïse, qui
faisait jaillir les eaux, dans le désert, du bout de sa

baguette? Qu'en fais-tu, de Moïse?... Et la poudre, l'as-tu aussi inventée, la poudre?... Tu me copieras mille fois cette phrase : « J'ai inventé les puits artésiens. »

C'est à ce pensum, sans doute, que je dois de ne pas avoir, plus tard, inventé la poudre... J'eus trop de honte.

*
* *

Le goût que j'ai pour l'auto, sœur moins gentille et plus savante de la barque, pour le patin, pour la balançoire, pour les ballons, pour la fièvre aussi quelquefois, pour tout ce qui m'élève et m'emporte, très vite, ailleurs, plus loin, plus haut, toujours plus haut et toujours plus loin, au delà de moi-même, tous ces goûts-là sont étroitement parents... Ils ont leur commune origine dans cet instinct, refréné par notre civilisation, qui nous pousse à participer aux rythmes de toute la vie, de la vie libre, ardente, et vague, vague, hélas! comme nos désirs et nos destinées...

*
* *

La locomotive qui me fut chère, jadis, je ne l'aime plus. Elle est sans fantaisie, sans grâce, sans personnalité, trop asservie aux rails, trop esclave des stupides horaires et des règlements tyranniques. Elle est administrative, bureaucratique; elle a l'âme pauvre, massive, sans joies, sans rêves, d'un fonctionnaire qui, toute la journée, fait les mêmes écritures sur le même papier et insère des fiches, toujours pareilles, dans les cases d'un casier qui ne change jamais. Sur ses voies clôturées, entre ses talus d'herbe triste, elle me fait aussi

l'effet d'un prisonnier, à qui il n'est permis de se promener que dans le chemin de ronde de la prison.

Trop gauche pour plier ses grossiers assemblages,
ses articulations raidies, à la jolie courbe des virages,
trop lourde, trop vite essoufflée pour escalader les
pentes, elle s'enfonce, pour un rien, dans les tunnels,
comme un rat peureux dans les ténèbres de son terrier.

Elle n'est pas si vieille pourtant, et ce n'est déjà plus
rien. De même que tant de formes régressives, qui ne
correspondent plus aux besoins de l'homme nouveau,
elle doit fatalement disparaître... Mais dans combien
de siècles?

Soyons justes envers elle. Elle eut son heure de gloire,
et, quand on va de Zurich à Innsbrück, traîné par elle, à
travers les hardis défilés de l'Arlberg, sa gloire dure
encore. Il est vrai que la plus grande part en revient
aux ingénieurs audacieux qui surent tailler, pour
elle, dans la roche, au flanc des gorges, des chemins là
où jadis n'osaient pas s'aventurer les chamois et les
pâtres..

*
* *

L'homme ne s'est vraiment surpassé que quand il a
construit des machines qu'il a pu douer de la vertu de
se mouvoi librement, à l'heure de son besoin, à la
minute même de son caprice

Telle, l'auto.

Les ballons que je connais mal, presque aussi mal
que M. Santos-Dumont, mais beaucoup mieux que
M. Lebaudy, font encore trop songer aux bêtes
disproportionnées, où la nature bégayait ses essais
d'expression. Ces monstres d'avant l'histoire, dont nous
avons encore une survivance, de plus en plus déchue,

parmi ces curieux animaux qu'on appelle les nationa-
listes (voir Millevoye, Déroulède), devaient faire de
grands bonds inutiles, et leur stupidité seule les empêchait de s'étonner de leur maladresse énorme.

L'auto, elle, commence à prendre toute la beauté
souple des êtres construits raisonnablement, raisonnablement équilibrés, et dont les organes répondent aux
nécessités des fonctions.

***

Ici, pourtant, indignons-nous un peu.

Il y a d'irritants imbéciles, assez dépourvus d'imagination et de goût, pour jucher sur un châssis de voiturette je ne sais quelle singerie de chaises à porteurs;
d'autres, non moins irritants et non moins imbéciles,
que hantent orgueilleusement des réminiscences de
carrosses vitrés, conservés dans les armerias royales, et
que l'on vit encore, il y a quelques années, servir aux
carnavaleries des hippodromes... Il y a des autos,
grossièrement accroupies comme des Bouddhas, bour-
souflant de hideuses bedaines sur des membres grêles
d'insectes... Il y a eu, il reste des radiateurs mal atta-
chés que l'auto semble perdre, en route, comme un
pauvre cheval de corrida, ses intestins... Il y a des
capots parcimonieux, qui n'enferment pas tout le
moteur et font croire à de l'inachèvement. Il y en
a, il y en a même beaucoup, qui ressemblent à des
garde-manger ambulants, d'autres à des cercueils
déjà rongés des vers, d'autres encore à de menus monuments funéraires, prématurément édifiés pour y recevoir les membres mutilés de leurs infortunés conducteurs... et encore d'autres, dont l'ambition peu écla-

tante, se borne à simuler, en vue d'on ne sait quelle analo-
gie, un modeste tuyau de poêle couché... Il y en a dont
l'emphase, tout italienne, et nous l'avons vu, toute
bruxelloise, est comique à développer l'envergure d'une
cloche à gaz autour de chambres vides où ne détonne
pas seulement la puissance de huit chevaux de fiacre.
Il y a aussi des voitures qui, au repos, paraissent logiques, stables, depuis l'avant courbé à souhait, jusqu'à
l'arrière arrondi en poupe de chaland, et qui, quand la
machine les emporte, sursautent, tressautent, se désu-
nissent et ferraillent lugubrement, de ce fait seul que
leur maître, mal à propos ambitieux, n'a pas compris
l'irréparable faute d'équilibre et de goût qu'est un
porte-à-faux. C'est le même, entrepreneur enrichi,
commissionnaire heureux, qui croit étaler un faste
seigneurial, en installant au volant de son auto un
mécanicien rasé, botté, sanglé, affublé dérisoirement
d'un haut de forme, d'une livrée de cocher resplendis-
sante et obscène...

Quant à la voiture électrique, elle n'est qu'un leurre,
ne sachant pas encore où loger sa force...

Et je n'ai pas un lit où reposer ma tête...

Mais, enfin, il faut bien le dire, une forme s'établit,
surtout en France, qui a ce qu'il convient pour nous
satisfaire.

Si je suis sensible, par exemple, à la belle ligne, à la
belle courbe, si pleine, si modelée, si parfaitement harmonieuse du capot de la Charron, c'est qu'il enferme
toute la machine et lui applique son épiderme exact.

Je ne le suis pas moins à l'agencement du moteur, à l'enroulement étudié des volutes de cuivre, au quadruple embranchement de l'admission si pratiquement mécanique et si joliment ornemental, à tout le dispositif assemblant les métaux les plus propres à leur objet, à la distribution anatomique des pièces qui, non seulement, fait vivre le moteur et captive sa fougue, mais encore lui donne une beauté véritable.

Oui, une beauté, cher monsieur Mauclair de la Lune...

S'il y a une beauté des êtres et des objets qui soit n'importe quoi d'autre que le fait de répondre pleinement, exclusivement, à leur destin ou à leur emploi... alors, monsieur Mauclair, je suis comme vous, je ne sais pas ce que c'est que la beauté.

L'esthétique des objets d'art est infiniment plus mystérieuse et, par conséquent, infiniment plus confuse... Mais c'est le propre de toute magie qu'il lui faille un grimoire.

*
* *

Entre les machines que la sensibilité, que l'imagination de l'homme a créées pour s'affranchir de ses mille servitudes et se rapprocher de l'élément, c'est donc la barque et l'auto que je préfère.

Emporté par l'une ou par l'autre, je goûte la même volupté cosmique; la même ivresse m'exalte... A leur bord, je suis au bord de l'espace. Chaque tour de roue, comme chaque coup de l'hélice, ou le simple effort de la voile, sous la poussée du vent, multiplie à l'infini les circonférences d'air ou d'eau, concentriques à mon regard, avec sa portée pour rayon, et leur addition vertigineuse fait ma notion de l'espace mouvant...

12.

Alors, peu à peu, j'ai conscience que je suis moi-même
un peu de cet espace, un peu de ce vertige... Orgueilleusement, joyeusement, je sens que je suis une parcelle
animée de cette eau, de cet air, une particule de cette
force motrice qui fait battre tous les organes, tendre et
détendre tous les ressorts, tourner tous les rouages de
cette inconcevable usine : l'univers... Oui, je sens que
je suis, pour tout dire d'un mot formidable : un atome...
un atome en travail de vie...

*
* *

Il m'enchante que les formes de l'auto et de la barque
s'apparentent ; que le vent coupe, en marche, les
mots toujours si inutiles, comme la mer impose le
silence ; que marin et chauffeur n'aient pas en commun que le goût de se taire, qu'il leur faille encore, à
l'un, au volant de sa machine, comme à l'autre, à la barre
de son navire, le même esprit de décision rapide devant
l'obstacle soudain qui se dresse, la même froide tranquillité devant la mort. Et il me plaît que, dans leurs
yeux, l'observation continue des espaces approfondisse
la même qualité de couleur, aiguise la même sûreté de
vision...

Et la sirène dans la campagne, la sirène dans la montagne, presque aussi émouvante que sur la mer et
dans les ports, la sirène dont l'avertissement prolongé
apprend aux bêtes peureuses, aux villages en émoi,
aux voitures somnolentes, aux humanités hostiles, que
les routes sont faites pour que tout y passe, même la
tempête, même le progrès, qui est une tempête, puisqu'il est une révolution !.

La ville.

Après avoir longtemps longé les méandres de la
Senne — la route et l'eau se fuyaient, se rattrapaient,
comme des enfants se poursuivent en jouant — après
avoir traversé quelques petites villes indifférentes, des
villages presque morts, une campagne triste et noire,
toute grondante de vent, après avoir brûlé Malines et
ses fondrières de boue, franchi les forts qui défendent
Anvers, ralenti dans les faubourgs, nous ne nous
sommes arrêtés qu'au milieu de la ville, place de Meir,
pour déjeuner.

Si l'on devait juger de la beauté d'une ville, par l'excellence de ses restaurants, Anvers serait bien en dessous de Bruxelles. A Anvers qui, pourtant, est extrêmement riche, où la vie bourgeoise est, dit-on, intense et
fastueuse, où, tous les jours, arrivent quantité de voyageurs, pour de là se disperser aux quatre coins du globe,
les restaurants sont quelconques, les hôtels aussi. Pas
de confortable, pas de luxe; le nécessaire à peine. Des
repas vite préparés, vite avalés, et l'on s'en va. On
dirait à voir leur agitation que les Anversois n'ont pas
le temps de manger. Agitation moins badaude, moins
musarde, moins bavarde, moins littéraire, plus expres-
sive qu'à Bruxelles.

La place de Meir est noire de monde en mouvement.
Foules pressées qui ne s'attardent pas aux boutiques,
aux menus incidents de la rue, qui se croisent, se mêlent,
disparaissent, et se reforment sans cesse... Elles vont au
travail, aux affaires... Cela rappelle, avec moins de
fébrilité trépidante, l'activité de Londres, dans les rues

de la Cité, ou, mieux, celle plus calme, plus pesante de
Berlin, dans la Friedrichstrasse. Peu de caractère dans
les types, au premier abord. En vain, je cherche, parmi
les femmes, les beautés grasses, les beautés blondes, la
luxuriance, l'épanouissement lyrique des chairs de
Rubens... Mais cela ne se voit pas tout de suite, cela se
voit surtout au village, à la campagne, au seuil des
portes, et j'ai remarqué, à quelques exceptions près, que
les villes, surtout les villes de travail et de richesses, qui,
comme Anvers, sont des déversoirs de toutes les humanités, ont vite fait d'unifier, en un seul type, le caractère des visages... Il semble maintenant que, dans les
grandes agglomérations, tous les riches se ressemblent,
et aussi tous les pauvres.

Il ne faut pas grand'chose pour que la badauderie
reprenne le dessus, en cette foule qui paraît si affairée.
Il suffit d'une automobile, arrêtée devant un restaurant. Dois-je croire qu'il y ait ou qu'il passe, à Anvers,
si peu d'automobiles, que la nôtre y soit un spectacle à
ce point nouveau, ou si rare? Ce serait surprenant. Elle
fait sensation, il n'y a pas à dire; elle fait même scandale. On la regarde, avec une sorte de curiosité trou-
blée, comme une bête inconnue, dont on ne sait si elle
est douce ou méchante, si elle mord ou se laisse caresser.
Des gamins, d'abord, comme partout, puis des femmes,
s'approchent, s'interrogent d'un regard à la fois
inquiet et réjoui. Cela forme déjà un groupe nombreux
qui se tient encore à distance de la machine, respec-
tueusement... Chacun se dit :

— Si, tout d'un coup, elle allait rugir, partir, se ruer
sur nous!...

Puis, au bout de quelques minutes, c'est une véritable foule qui, d'instant en instant, grossit, grossit.
On s'enhardit jusqu'à la toucher, jusqu'à vouloir faire

jouer la manette des vitesses, celle du frein, la pédale
d'embrayage, jusqu'à soulever les ouvertures du capot.
Bientôt, on ne distingue plus les têtes confondues, on ne
voit que des ondulations, des remous, une surface mouvante, houleuse, d'où s'élèvent des murmures...

Brossette a fort à faire. Je crains qu'il ne laisse
échapper quelque parole trop vive, quelque geste inop-
portun. Et alors que va-t-il arriver? On ne sait jamais
avec les foules, plus impressionnables, plus nerveuses,
plus folles que les femmes. Lui-même, autant que sa
machine, est l'objet de la curiosité générale. Comme le
vent était froid, ce matin, il a endossé sa peau de loup.
Et cette peau de loup, sur le dos d'un homme, étonne
prodigieusement. Les uns rient et se moquent, les autres
se scandalisent, d'autres encore ont presque peur. On
n'a jamais vu une créature humaine habillée comme
une bête... Tous, ils veulent tâter la peau, pour voir si
elle est vivante, passer leurs mains sur les poils, pour
voir si vraiment ces poils sont bien les poils de cet homme
étrange et fabuleux... Un loustic, au milieu des rires,
demande à Brossette. s'il mange des vaches et des moutons vivants, et pourquoi il ne marche pas à quatre
pattes, comme un chien, au lieu de faire le beau, sur
deux, comme un homme... Ah! enfin! l'esprit parisien,
je le retrouve donc sur ces bords de l'Escaut, qui
furent nôtres... Je le retrouve en toute sa pureté traditionnelle de misonéisme et de blague... Et je le retrou-
verai bien mieux encore, ce soir, au théâtre, dans une
revue satirique : *Tout Anvers à l'envers*, qui semble,
obscénités en moins, avoir été composée, écrite, mise en
scène par un monsieur de Gorsse du crû... Et c'est probablement tout ce qu'Anvers a gardé de nous, de notre
influence si courte, de notre domination si éphémère,
bien que Lazare Carnot, qui le gouverna, n'eût point la

réputation d'un esprit très parisien, ni d'un vaudevil-
liste des boulevards extérieurs...

Je ne sais comment tout cela va finir, comment nous
allons pouvoir remonter en voiture, au milieu de cette
foule qui semble toujours grossir, grossir, et qui devient
plus nerveuse. Je m'en inquiète auprès du patron du
restaurant... Il est souriant, empressé, fier de nous recevoir dans son établissement. Il me dit :

— Rien... rien... ne craignez rien... Ils s'amusent...
Ils n'en voient pas souvent... ou alors de toutes petites
machines de rien du tout... vous comprenez ?... Braves
gens... braves gens...

Et, se grattant la tête, il ajoute avec une grimace :

— Tout de même... votre mécanicien ferait bien de
retirer ça... oui... enfin... sa peau, là !... Ah ! sa peau !...
C'est cette peau, voyez-vous... c'est cette peau...

Il sort, agite sa serviette, dit quelques paroles à la
foule, puis, à un moment donné, comme il se trouve
tout près de Brossette, il ne peut s'empêcher, lui aussi,
avec combien de précautions cérémonieuses et comiques, de toucher cette peau, de palper cette peau... Ah !
cette peau !

Cette curiosité, parfois gênante, ne va plus nous quitter désormais... Elle nous suivra, dans toute la Hollande, sauf à Amsterdam, à La Haye, et elle atteindra
son paroxysme à Volendam où, pourtant, les hommes,
des colosses à la face de brique, au regard doux, sont
coiffés de hauts bonnets de fourrures, comme des
Tcherkesses...

Je n'aime plus les vieilles villes, ni les vieux quartiers
puants des vieilles villes, ni les vieilles ruelles obscures

qui dégringolent les unes dans les autres, ni les vieux pignons gothiques où s'exerce l'érudition hebdoma-daire des sociétés d'art départemental qui, le dimanche, s'en vont grattant et regrattant les portes jadis sculp-tées, les chambranles et les poutres aux historiages disparus... Je n'aime plus les vieux porches s'ouvrant sur des cours en ruine qui ne virent jamais le soleil et, des fleurs, ne connurent que la mousse et le lichen... Et je n'aime plus les vieux ponts sous lesquels dorment des eaux noires et putrides. Si le pittoresque m'en plaît tout d'abord; si je suis tout d'abord séduit par le dessin souple et compliqué de ces arabesques, par cette patine, faite de crasses accumulées, que le temps polit et modela; si ce faux « sentiment artiste » que je dois à une éducation régressive, me retient quelques minutes devant ce spectacle de la détresse, de la déchéance et de la mort, un autre sentiment — un sen-timent de révolte et de dignité humaine — m'en éloigne bien vite avec horreur. Car j'y vois le triomphe de l'ordure, de la maladie, de la paresse, où croupit toute la poésie du passé, où s'étiolent misérablement les réalités du présent...

Est-ce curieux, est-ce décourageant, cette persis-tance de la poésie à n'aimer que ce qui est morbide, ce qui est vieux, ce qui est mort, et à condamner, au nom d'une beauté imbécile et stérile, le jeune et magni-fique effort que font les hommes d'aujourd'hui, pour sou-mettre à une domination créatrice l'élément indompté et toutes les farouches forces que la nature n'em-ployait qu'à la destruction?

Quand vous franchissez les gorges de la Romanche, et que vous apercevez, tapie sur le bord du torrent, au fond d'un abîme de roches, cette toute petite usine qui a capté la chute d'eau, qui l'a transformée en énergie

motrice, en lumière, en source infinie de travail qu'elle
distribue par des réseaux de fils de cuivre, à travers
tout un vaste pays, est-ce que vous n'éprouvez pas
une émotion autrement poignante, est-ce que vous
ne sentez pas une poésie autrement grandiose, que devant quelques pierres effritées?

Mais non, la poésie nous tient et nous tiendra encore
longtemps, car elle fait partie des éléments qui consti-
tuent notre race latine et catholique. Et voyez. Dès
qu'il s'agit de jeter bas un pâté de vieilles maisons pourries, de mettre la pioche dans des ruelles emplies de
l'ordure des siècles, pour y faire pénétrer l'air, la
lumière, la santé, alors ce ne sont que protestations,
cris, fureurs. Des sociétés de protection artistique,
historique, se forment, des commissions bourdonnent
et travaillent, les journaux se livrent aux propagandes
les plus folles, s'excitent l'un l'autre, le radical, le
socialiste, le royaliste, à préserver, contre ce qu'ils
appellent un acte de vandalisme, ce qu'ils appellent
aussi les trésors de notre patrimoine national. Finalement, l'administration recule devant le danger électoral
qu'il y a toujours, en France, à tenter d'accomplir une
œuvre d'assainissement. Pour honorer la poésie, l'art
et l'histoire, elle conservera ces redoutables foyers
d'infection. Elle fera mieux : elle nommera, pour les
conserver, un conservateur.

Ah! je me demande souvent, malgré toute mon admiration pour la splendeur de son verbe, si Victor Hugo
ne fut point un grand Crime social? N'est-il pas, à lui
seul, toute la poésie? N'a-t-il pas gravé tous nos préjugés, toutes nos routines, toutes nos superstitions,
toutes nos erreurs, toutes nos sottises, dans le marbre
indestructible de ses vers?

.

Je ne vous mènerai donc point dans le vieil Anvers,
pas même au Musée Plantin, où nous laisserons ces
ribambelles d'Anglais parcourir interminablement les
interminables galeries, en écoutant le gardien raconter
la vie et les travaux de cet imprimeur fameux, comme
ils écoutèrent le guide qui leur fit compter, sur les
doigts, les échos non moins fameux des grottes de
Han, et aux champs de bataille de Waterloo, l'historien
médaillé qui leur enseigna l'histoire de Napoléon,
enfin vaincu par les Belges. Brûlons aussi la cathédrale où je m'irrite que Rubens s'ennuie, sur ces murs
sombres et froids, derrière ces rideaux tirés de lustrine
verte, autant qu'au Jardin Zoologique, ces pauvres
condors, qui, pour faire plaisir à Leconte de l'Isle, et
pour authentifier ses vers, dorment, non plus dans
l'air glacé des Andes, mais dans leurs cages,

> ... les ailes toutes grandes.

Et nous irons, si vous voulez, au Musée, une autre
fois, le jour prochain peut-être, où je me sentirai disposé à vous confier mes rêveries sur Rubens, sur ce
Rubens abondant, éclatant, magnifique, dont M. Ingres
— ô ma chère Hélène Fourment! — écrivait qu'il
n'était que le « boucher ivre », le charcutier tout bar-
bouillé de graisse et de sang, de la peinture.

Traversons rapidement, sans trop nous y arrêter,
la ville neuve, ses larges voies vivantes et remuantes,
ses jardins que la Hollande, toute proche, embellit de
ses plus belles tulipes, de ses plus beaux narcisses;
filons sur les boulevards, vite, vite, car rien ne m'y re-

tient. Il me tarde d'être au port d'où m'arrivent déjà, à
pleines bouffées, les bonnes, les fortes, les délicieuses
les enivrantes odeurs de salure et de coaltar.

Anvers est une grande ville. Ce serait même la seule
véritable grande ville belge, si ce n'était, en réalité,
une ville allemande. Allemands, tous les gros armateurs, les gros banquiers, les gros marchands, les ingénieurs; allemandes, les maisons de courtage, les maisons d'arbitrage, les compagnies d'assurances maritimes, de navigation, d'émigration; allemand, tout ce
qui entreprend quelque chose et travaille à s'enrichir,
tout ce qui dresse un plan, lave une épure, combine des
chiffres, brasse les affaires et l'argent.

Du moins, l'affirment avec ostentation, avec éclat,
les enseignes dorées qui resplendissent aux façades des
maisons, et les maisons elles-mêmes, les gares, certains
monuments publics qui affichent cet orgueilleux monumentalisme que l'Allemagne a pris à l'Amérique, et
dont l'Amérique, peu à peu, dote toutes les capitales
modernes, sauf Paris qui, artiste, élégant, arbitre du
goût, s'obstine à multiplier, en nos rues, l'aspect
alourdi, parodique, d'un dix-huitième siècle de paco-
tille et de caricature.

C'est à Anvers, dans un immeuble d'affaires, que j'ai
vu, pour la première fois, en Belgique, ces ascenseurs
allemands, sorte de trottoirs roulants, perpendiculaires,
que l'on prend en marche, que l'on quitte en marche,
et qui, sans s'arrêter jamais, mènent jusqu'au toit et
redéposent à la rue, dans un vertige, ces gens agités
qui accourent de la Bourse ou qui s'y ruent.

Le Roi a obtenu des millions pour fortifier Anvers.
Ces fortifications ont de la prestance. Les Belges en
sont très fiers. Ils prétendent que la ville est impre-

nable. Le malheur est qu'elle est déjà prise. Je veux croire que les uhlans auraient plus de peine à y pénétrer que dans Nancy. Mais pourquoi feraient-ils cette folie inutile d'y pénétrer par la force? Leurs familles y pullulent, y dominent, solidement installées en des places où la garde civique ne les délogera pas facilement.

Mais voici des rues noires, des chaussées que l'on dirait faites avec de la poussière de charbon; des maisons crasseuses, saurées, une foule de petits cabarets louches, de petites auberges borgnes, de petites boutiques, d'étranges petits comptoirs, tassés les uns contre les autres... tout un mouvement trépidant de tramways qui cornent, de locomotives qui sifflent, de lourds camions... Et des figures boucanées, des figures exilées, des figures d'autre part, de nulle part et de partout... des entassements de sacs, des piles de caisses, des barriques roulantes... et des douaniers, affairés, méfiants, martiaux, qui, contre de pauvres choses mortes, lancent leurs sondes, comme des baïonnettes, en vertu de ce principe que le commerce, c'est la guerre...

Et tout cela sent la suie, le poisson salé, l'alcool, la bière, l'huile grasse, le bois neuf, le vieux cuir et l'orange...

Et voici les docks, par-dessus lesquels des vergues et des mâts se balancent, le long desquels de grosses cheminées développent, sur le ciel, la noire chevauchée de leurs fumées... et, de place en place, par un échappement de lumière, entre de lourds madriers, entre de grosses silhouettes sombres, voici clapoter, moutonner, les eaux jaunissantes de l'Escaut.

C'est le port.

Sur les Quais.

Moins joyeux et divers, moins bigarré que Marseille, le port d'Anvers est presque aussi imposant — pas aussi féerique et sinistre — que le monstre Hambourg. Mais il n'est qu'un Hambourg.

Nul port n'a sa couleur extraordinaire, sa variété, son étendue, son machinisme, ni ses puissantes avenues d'eau que bordent, jusqu'à l'infini, comme d'immenses arbres d'hiver, les navires. Aucun n'a ses venelles tortueuses, par où il se divise, se répand, en canaux innombrables dans la ville, et longeant des parcs, des pelouses, des palais, des talus fleuris, va rejoindre la belle nappe tranquille de l'Alster. Aucun n'a ses recoins mouvants où l'Elbe, si difficile à discipliner, s'infiltre, s'étrangle et rugit de ne pouvoir conquérir toute la terre. Nulle part, ces colossales silhouettes imprévues, ces îles flottantes, ces jardins magiques suspendus dans la brume, ces énormes et interminables villes que sont les docks, et cette impressionnante falaise rouge que font tout à coup surgir, dans le brouillard, les hautes maisons de brique d'Altona. Nulle part, ces nuits fantastiques qu'éclaire toute une prodigieuse constellation d'astres signaux, de phares, de projecteurs, de feux électriques, multicolores, de hublots embrasés... J'y ai, sur un petit yacht très rapide de la Hamburg-America, voyagé tout un jour et tout un soir, et je n'en ai vu qu'une partie infime. Nul grand port anglais ne m'a donné, autant que Hambourg, la sensation écrasante, presque douloureuse, du formidable...

L'horloge monumentale de Saint-Pierre, à Beauvais, est si compliquée qu'elle renferme quatre-vingt-dix

mille pièces mécaniques, et ces quatre-vingt-dix mille
pièces sont mises en mouvement par un simple petit
poids de cuivre, qui pèse cinquante grammes... Ici,
c'est un tout petit homme, un tout petit et très vieux
homme, presque aussi petit, presque aussi vieux et
guère plus lourd que le poids de l'horloge de Beauvais,
M. Ballin, dont le génie est l'âme motrice de ce gigantesque instrument de diffusion commerciale. A lui
tout seul, M. Ballin a plus fait pour la grandeur, pour la
richesse allemandes, que les canons de de Moltke, les
mensonges de Bismarck, l'universelle agitation de Guillaume II.

Après Hambourg, Anvers a de quoi aussi nous satisfaire et nous divertir.

On y débarque à quai des denrées du monde entier.
Le double réseau du chemin de fer et du fleuve canalisé
y fait rythmiquement, comme aux battements d'un
organe d'échanges, l'échange des ballots de laine, des
métaux, de l'ivoire, contre les vêtements, les jouets et
les machines; des fruits, des plantes exotiques, des
épices, des pétroles, des tonnes de caoutchouc, des
bois précieux, contre les calicots coloriés, les parfumeries
et les verroteries chères aux nègres... Des vaisseaux frais,
pimpants, partent gaiement, comme en sifflant d'aise,
et des coques boursouflées, exténuées, rongées par les
fucus et les pousse-pied, rentrent en geignant, qui
vont aller s'étendre, dans les bassins, pour se refaire...
De même les marins... Ils sont partis, eux aussi, la tête
pleine de l'espoir de l'inconnu et des aventures... Ils sont
allés vers le prodige... Beaucoup sont restés... On en voit
qui reviennent qu'on ne reconnaît plus, qui ne reconnaissent plus rien et personne... qui ne se reconnaissent
pas eux-mêmes... Ils sont étrangers.

13.

*
* *

Les ports sont l'image la plus parfaite, la plus exacte
du rêve de l'homme. Ils le contiennent, et ils l'emportent, tout entier, vers toutes les chimères... Rêve de
bonheur, espoir de fortune, oubli des déchéances, illusion de l'aventure, rajeunissement des énergies mal-
chanceuses... Le départ fait joyeuses les pires dé-
tresses... car, pour les malades, le remède n'est jamais là
où ils souffrent... il est là-bas... C'est qu'on a l'espace
devant soi et pour soi... et, qu'ayant l'espace, on a le
temps aussi, et qu'au bout de l'espace et du temps cela
ne peut être que le bonheur... Le voyage est un engourdissement, un sommeil que peuplent les songes heureux... Mais un rien vous réveille et fait s'envoler les
songes... Il suffit de la première forme rencontrée en
ce vague énorme qui vous berce; il suffit de la première
ville où l'on atterrit, du premier visage humain où se
confrontent à nouveau nos égoïsmes implacables...
Et quand on arrive, c'est la réalité qui vous reprend,
partout... partout... partout!....

*
* *

Les membres que, de tous côtés, en grinçant, les
grues agitent, multiplient l'effort des bras humains.
Les manœuvres, les dockers aux poitrines velues, aux
dos écrasés, aux yeux hagards, à la face de bêtes four-
bues, qui paraissent condamnés à quelque vain supplice de l'antiquité, déchargent les cales, qu'ils vont
remplir, pour les décharger et les remplir, sans relâche.
C'est à croire que les bateaux ne font le tour du monde
que pour occuper interminablement leur effort de
farouches Danaïdes.

Tapirs.

Il y a mieux qu'une odeur de mer sur ces quais...
On y respire les Iles et tout un fiévreux parfum
d'Afrique. On voit passer des nègres qui grelottent, des
oiseaux qui secouent, parmi des cris rauques, une infi-
nité de couleurs, des troupes de singes, curieux, bavards, où nous aimons toujours à mirer nos grimaces,
des animaux de toute sorte.

J'ai assisté au débarquement de vingt tapirs. Admirables bêtes et bien modernes, quoique l'on sente
qu'elles se sont arrêtées dans leur évolution, dont
l'idéal terminus est peut-être le porc et peut-être l'élé-
phant. Ils ne paraissaient étonnés ni de la foule, ni de la
ville... Ils ne paraissaient étonnés de rien. Ils considéraient tout avec une tranquillité pesante, une assurance impassible et dure. On eût dit de vingt directeurs
de banque — tout un conseil d'administration — revenant d'un voyage d'études, d'une exploration économique, et qui rentraient dans leurs bureaux, plus
lourds d'affaires nouvelles.

Minstrels.

Entourés de badauds, ouvriers, commis, petits mar-
mitons de bord, deux nègres... deux pauvres nègres,
en habit noir, chapeau de haute forme, comiquement

cabossé, foulard rouge autour du cou. L'un dansait,
l'autre chantait.

Il chantait :

> Dans mon pays, il y a des forêts,
> Dans les forêts, il y a des arbres,
> Dans les arbres, il y a des branches,
> Dans les branches, il y a des oiseaux,
> Et dans les oiseaux il y a une musique,
> Une espèce de petite flûte qui fait : « Pipi... pipi... pipi... ».

L'Évangéliste.

On m'a montré, assis sur une pile de bagages, devant
un steamer en partance, un compatriote. C'est un mis-
sionnaire. Barbu, botté, sanglé de cuir, coiffé d'un
trop hâtif casque colonial, la soutane graisseuse et
retroussée comme une capote de soldat, il s'initie au
mécanisme d'un revolver Browning, dont l'étui est
fixé à sa ceinture, près d'un chapelet à gros grains. Sa
figure bronzée est énergique, ses yeux rieurs sont très
doux: Quand il rit, il ouvre une bouche de scorbutique,
toute noire et sans dents. Un brave homme, sûrement,
et qui a plutôt l'air d'un bandit que d'un apôtre... Cela
me rassure. Je l'aborde. Nous causons... Il part pour les
îles Fidji... il emporte avec lui toute une cargaison de
gramophones.

— Vous n'imaginez pas, me dit-il, comme ces bougres
de nègres-là sont bornés, têtus !... C'est curieux..., je ne
peux pas arriver à les évangéliser... J'ai essayé de tout...
Rien... rien n'y fait... Des murs... Le bon Dieu, la
Vierge, saint Joseph, les joies du Paradis ?... Ah ! bien

oui... Ce qu'ils s'en foutent..., vous n'avez pas idée...
J'en ai vu des nègres, dans ma vie... j'en ai vu, mais
de ce numéro-là... jamais... Croiriez-vous que l'alcool,
ou rien... c'est kif-kif?... Et pourtant, Dieu sait si
c'est une excellente méthode de conversion!... Ah!
parbleu, ils se saoûlent comme des cochons... Et
puis, un point, c'est tout... Mécréants après comme
avant... Ça, vous savez, c'est inouï... c'est même
unique... Alors, ce coup-ci... je vais essayer le gramophone... Ma foi, oui!... Qu'est-ce que je risque? Il
paraît, du reste, que le gramophone opère de vrais
miracles... J'ai, en Afrique, un ami, à qui ça réussit
merveilleusement... Et pas d'ennuis, pas de fatigues...
pas de catéchisation... Il rassemble ses nègres autour
de l'instrument, et au bout de la troisième plaque...
pan... ils sont chrétiens... La grâce, ça leur vient en
écoutant chanter le gramophone... Ah! ah! ah!... Ça ne
m'étonne qu'à moitié... J'ai toujours remarqué que les
nègres raffolent de musique et de chansons. Enfin, je
vais bien voir si, avec les marches militaires de la
garde républicaine, les valses de Strauss, les chanson-
nettes d'Yvette Guilbert, et le *bel canto* de M. Caruso, je
serai plus heureux qu'avec le bon Dieu, la promesse du
Paradis, et les petits verres de rhum. En tout cas...

Il se met à rire d'un rire franc, sonore :

— En tout cas, reprend-il, je ne serai pas reparti
là-bas, pour rien... Et je vous donne ma parole d'honneur que, si je n'arrive pas à les convertir... et même, si
j'y arrive... dites donc!... ah! ah!... ils me les paieront
ces gramophones, et un prix... ah! ah!... un vrai prix...
Qu'est-ce que je risque? J'en emporte mille que je dois
à la générosité d'une vieille douairière très pieuse...
Ah! la brave femme, la sainte femme!...

Il insère son revolver dans l'étui, et faisant tour-

noyer son chapelet où des croix, des cœurs de Jésus, des
médailles bénites s'entrechoquent :

— C'est heureux, conclut-il, que, de temps en temps
nous rencontrions des âmes généreuses, des âmes
comme ça... parce que la religion, voyez-vous... dans
ce temps-ci... ça devient un sale métier... ah ! sacristi...
un bien sale métier ! Enfin, voilà...

Émigrants.

Des ouvriers de Hongrie, de Roumanie, des paysans
serbes, des prolétaires bulgares, dont le goût s'appa-
rente à celui des nègres, des troupes de chanteurs
russes s'embarquent pour l'Amérique... Leur lassitude,
déjà, fait de la peine... Des femmes éclatantes et ver-
mineuses, en loques rouges, avec de pauvres bijoux de
cuivre, traînent, comme des baluchons, des enfants
qui pleurent de fatigue, de faim, d'étonnement. On se
demande ce que tout cela va devenir, et s'ils arrive-
ront jamais au bout de l'exil... On les fait descendre
brutalement, on les empile, comme des marchandises
qu'ils sont, au fond des cales, et, durant des jours et
des nuits, ils seront entassés là, pêle-mêle, dans la
puanteur de leur misère et de leur crasse, sans air,
presque sans lumière, à peine nourris, soumis à la discipline la plus dure... Ils n'auront même pas cette sorte
de répit qu'est le voyage; ils ne connaîtront pas cette
sorte d'engourdissement, cet anesthésique, qu'apporte
aux plus désespérés ce vague énorme, berceur, de l'infini de la mer et du ciel.

Mais les pires émigrants sont ces juifs de tous pays,
cherchant, une fois de plus, un coin de terre, qu'ils

n'ambitionnent pas hospitalier, mais où ils puissent
s'affranchir, un peu, du mépris qui les suit, et rompre
les chaînes de cet affreux boulet d'infamie, qu'ils traînent partout... J'en ai suivi une troupe en sombres
guenilles, qu'aucun spectacle ne laissait indifférents, et
qui gesticulaient avec vivacité... Malgré leur détresse,
on devinait en eux un amour de la vie, une intelligence
de la vie, quelque chose d'ardent, de fort, de tenace
qu'on ne voit presque jamais au visage des autres
hommes... On sentait vraiment, rien qu'à les considérer, tout ce qu'on détruit bêtement d'énergie utile,
de travail ingénieux, de progrès, en les massacrant,
dans les pays barbares, comme la Russie, en les boycot-
tant, dans les pays civilisés, comme la France.

Et je me disais :

— C'est douloureux et absurde, sans doute; cela
étreint le cœur et confond la raison... Mais qu'y faire?
Le juif pauvre paie pour le juif riche... le juif ostentatoire, insolent, voluptueux, conquérant, qui, de plus en
plus, perd toutes les vertus anciennes de la race... Ce
n'est même plus sous son nom, dont il a honte et qu'il
renie, c'est maintenant, sous des noms d'emprunt, des
noms ronflants et qui n'ont pas d'odeur, qu'il travaille
à la dépossession, à la ruine des autres... Il met la main
sur tout, il marche sur tout, piétine sur tout. Dès qu'il
s'installe quelque part, ce n'est pas seulement pour s'y
faire une place, ce qui serait légitime, c'est pour en
chasser tout le monde... Il a inventé des philosophies,
des morales, où les vertus les plus indispensables à
l'homme, la conscience, la foi à la parole donnée, sont
bafouées et traitées de préjugés et de sottises... « Je me
fous de tout », telle est sa devise... On le déteste, mais on
le redoute aussi, car, dans une société uniquement fondée sur la puissance de l'argent, son argent le protège.

Les haines qu'il déchaîne ne lui sont pas encore pré-
judiciables, à lui ; elles s'émoussent et se brisent sur sa
cuirasse d'or. Elles n'atteignent en plein cœur, en pleine
vie, que les petits, que les pauvres, comme toujours.
On se venge sur eux, innocents, des excès de ce bri-
gand, qui semble — à l'exemple des aristocraties déchues,
dont, par de honteuses alliances, il s'efforce de redorer
les blasons ternis, de remplir les coffres vides — n'avoir
rien appris et tout oublié. Lui qui, jadis, tout au long
de sa belle et terrible histoire, fut un des plus nobles
éléments du progrès humain, lui qui se devait à soi-
même et devait à sa race, toujours proscrite, d'être
l'éternel révolté, le voilà devenu le complice et, le plus
souvent, le trésorier de toutes les réactions, même de la
réaction antisémite, la plus hideuse, la plus barbare de
toutes... Et c'est pourquoi, ces malheureux, chargés de
ces crimes à lui, partent à la recherche d'un pays libre,
— en existe-t-il ? — où d'être juif cela ne soit pas une
irrémédiable honte.

Et de ces pauvres diables que j'écoutais parler, avec
une pitié amère, combien, de continents en continents,
poursuivront leur course errante, sans un seul des
cinq sous, leur espoir, dont continue de les leurrer la
Providence qu'ils se sont inventée ?... Sur mille, un
reviendra à bord d'un paquebot magnifique, dans une
cabine dorée, il reviendra ostentatoire, insolent, conquérant, et il trahira ses anciens compagnons de misère,
et contribuera à faire pire leur infortune éternelle.

Pogromes.

Sur un sac de hardes, un peu à l'écart, un homme
était assis qui retint, un peu plus longtemps, mon atten-

tion. C'était un vieillard. Sa barbe descendait très bas.
Comme la plupart de ses compagnons, il était vêtu
d'une longue redingote, sorte de lévite, qui avait été
noire, et, comme eux, il portait une casquette à visière,
mais la sienne était en drap. Il ne parlait à personne
et regardait devant soi... à la façon de ceux qui regardent en eux-mêmes. Son visage fermé exprimait plus
de détresse qu'aucun visage, même de vieux en larmes,
et toute la fatigue du malheur humain. Cependant, ses
yeux avaient conservé une jeunesse et une douceur
émouvantes. Je me reprochais mon indiscrétion, mais
sans parvenir à me détacher de cette figure en ruines
où brillait ce regard jeune.

Il mit quelque temps à me voir, et puis se prit à me
considérer. Je redoutai une apostrophe, au moins une
grimace, et ce que je redoutai surtout, quand il se souleva, ce fut de le perdre. Mais il sourit et, ravi, j'entendis
sa voix chanter :

— Bonjour, mossié!...

Je lui tendis la main. Il frissonna. Sa main molle
resta quelques secondes dans la mienne, avec gau-
cherie, et je fus si ému, que je n'entendis pas ce qu'il
me dit tout d'abord. J'écoutais, comme on écoute le
bruit du vent, le bruit de la mer, ce parler où les *r* rou-
laient et où chantaient les finales... Il se comparait à
Job et répétait :

— Yobb! Yobb!...

Je m'assis près de lui, sur une malle de bois noir que
rayaient deux bandes de peau de cochon.

Où avait-il appris le français?

Jeune avocat, ayant, contre le gré de ses parents,
épousé une fille pauvre, il avait dû, à la suite d'une alter-
cation avec un magistrat antisémite, quitter la petite
ville russe où il gagnait péniblement sa vie. Il était

14

venu en France, avec sa femme et trois enfants qu'il avait déjà... Ses yeux brillaient en parlant de Paris. En dépit des promesses, il n'avait pu trouver une situation sortable.... Le ménage s'était installé dans les environs de l'Hôtel-de-Ville, et vivait mal de petits commerces variés, entre autres, du commerce des *confetti.*

— Qui n'a pas ses confetti? scandait sa voix, à contretemps...

Ce cri et sa gaieté apprise étaient ridicules, sur ce quai, parmi cette foule en guenilles, et ces bateaux en partance...

— Qui n'a pas ses confetti?

J'en étais mal à l'aise.

Un associé « pas juif, non, mossié », rencontré « boulévard Ornano », l'avait volé, et un mardi-gras pluvieux achevait sa ruine. Fatigué de lui faire crédit, le logeur, un jour d'hiver, arrachait sa porte, et, aidé de deux camelots, tirait du lit la femme enceinte, culbutait les enfants, jetait tout le monde à la rue.

Il avait bien porté plainte, mais, devant le tribunal, le logeur, qui avait amené des témoins, eut, tout de suite, raison de lui qui n'en avait pas. Les pauvres gens n'ont jamais de témoins... Il fallut se désister pour éviter une condamnation.

— J'ai pleuré dé la rage, j'ai pleuré, mossié...

Cet homme qui, depuis, avait dû connaître tant de misères, de deuils, de ruines, de violences, ce pitoyable monument d'infortune s'arrêtait complaisamment aux moindres détails de cette injustice.

— En France, mossié!... En France!... Ach!...

Un peu de bave salissait le coin de ses lèvres. Son haleine me repoussait. Et cette insistance me troubla jusqu'à l'angoisse.

Il avait quitté Paris pour retourner en Russie, grâce à l'aide d'une bonne œuvre israélite, et il était parvenu à s'établir marchand d'habits, dans une petite ville du Sud. Son commerce lui donnait à peine de quoi vivre, mais il vivait heureux, entre sa femme et six enfants... Cela dura seize années.

Je me souviens qu'à cet endroit de son récit, il s'était tu subitement.... Et il regardait... Un vaisseau passait en sifflant; des mouchoirs s'agitaient à bord... que regardait-il donc, au loin?

Il avait pu faire venir auprès de lui le frère de sa femme, qui était rabbin, et, depuis, tout ce qu'il arrivait à mettre de côté on le forçait à le dépenser pour l'éducation de ses cinq fils... Deux devaient être : « advocats », un docteur « dé la médicine », les deux plus jeunes « ingignieurs ». La fille travaillait « à la brodérie ». Il me parut qu'il souriait presque, mais une grimace tordit son visage où son nez si long se fronça tout entier.

— Pourquoi faire, Mossié?... Ach! Pourquoi faire?.. Bêtise!

Un soir, — c'était tout au début de la Révolution, la ville était depuis des mois en état de siège; toute la famille mourait de faim, — un soir de sabbat, le gouverneur autorisa les boutiques juives à rester ouvertes jusqu'à dix heures. Tout le quartier s'était réjoui. Comme on était à la veille d'une fête orthodoxe, peut-être pourraient-ils enfin gagner quelque argent?... On avait davantage soigné les étalages, et fait des frais de lumière pour attirer les clients... Tout à coup, à neuf heures un quart, « un quart après neuf, mossié, juste un quart », une bande de soldats fit irruption dans la petite rue où était sa boutique, et une volée de balles brisa toutes les vitres.

— Pourquoi? Ach!... Pourquoi?

Son fils le plus jeune — et sa main sale, aux ongles noirs, tremblait, en figurant la taille du petit — « un garçon, « tellément spirituel », — était tombé dans ses bras, en vomissant du sang, et, chargé de ce cadavre, le père avait vu un dragon ivre enfoncer deux doigts dans les yeux du fils aîné, du fils « qui devait être advocat, mossié... advocat! » Et il s'était évanoui.

Quand il revint à lui, il avait la barbe arrachée, une oreille décollée d'un coup de sabre, mais c'était surtout son menton qui était douloureux... Il faisait noir dans la boutique; il trébuchait sur des corps, et il ne s'arrêtait de pousser des cris que pour écouter les salves qui s'éloignaient, et les gémissements qui semblaient sortir de la rue, qui semblaient sortir du plancher, de dedans les murs, de dessous la terre. A la lueur d'une chandelle, il avait pu constater qu'il ne restait pas un vêtement aux étalages. Les pillards avaient tout saccagé, tout pris... Sur les degrés du comptoir, au fond de la boutique, parmi des tiroirs vides, des tiroirs brisés, des choses piétinées et sanglantes, sa femme gisait, qui lui parut tout d'abord évanouie.

— J'ai baissé les jupes, ajouta-t-il, tout bas... Et ses yeux se fermèrent.

Puis, encore plus bas :

— Elles étaient rélévées, mossié!... Uné femme dé plus qué cinquante ans!...

Il reconnut alors qu'elle était morte, étranglée, les yeux ouverts.

Il me regarda un instant, sans rien dire... Une vague de sang courut sous sa peau jaunâtre, qui en fut à peine rougie... Je revis la grimace qui faisait remonter la barbe et fronçait le nez... et il recommença de parler de sa femme, de sa femme bien aimée.

— Uné femme tellément brave... tellément économe!...

Il s'animait. Son haleine devenait insupportable.
Je remarquai qu'il parlait presque sans colère et comme
sans douleur... Peut-être n'avait-il plus la force d'en
exprimer!... Et ce furent mes yeux que je sentis se remplir de larmes...

— C'était pas assez... Ils ont pris les corps... ils ont
pas voulu rendre les corps, enterrés, la nuit, morts et
blessés, pêle-mêle, on né sait où...Ils ont massacré des
juifs, et ils ont pillé, pendant sept jours... Nous pouvions pas résister... Comment aurions-nous pu, mossié?
Et ils nous giflaient... et ils donnaient des coups dans
lé ventre... et ils crachaient encore sur nous... Pourquoi?... Ach!... Pourquoi?...

Des incendies s'allumèrent qu'on n'éteignait pas...
La plus grande partie du pauvre quartier fut détruite...
Un de ses enfants mourut, encore, à l'hôpital, d'un
coup de talon de botte qui lui avait fendu le crâne...
Et de neuf qu'ils étaient auparavant, à peu près heureux dans leur misère, ils quittèrent à cinq cette ville
maudite, dépouillés de tout, en deuil pour jamais...

— Vous né savez pas comme ces soldats sont méchants, mossié... comme ils sont méchants... méchants.

Il secoua la tête, et il répéta :

— Personne... non... personne ne sait comme ils
sont méchants...

J'écoutai le récit des misères, des iniquités, des pri-
vations et des longues pérégrinations, de ville en ville,
de villes interdites aux juifs, en villages d'où on les
chassait à coups de pierres, à coups de faux... Il ne
savait plus de quoi ni comment ils avaient vécu, durant
ce temps affreux... Enfin, le vieux vagabond put trouver un emploi dans une petite banque... chez un core-

14

ligionnaire... Des enfants qui lui restaient, ses deux
fils, dont l'un s'était marié et avait une petite fille,
travaillèrent, à la gare, comme porteurs...

— Si faibles, mossié, si faibles... et malades !...

La fille se mit à vendre des oranges et de l'ail...

— Des oranges !.. des oranges !... La pauvre Sarah !

Mais ils le désolaient. Tous étaient affiliés au *Bound*,
en révolte ouverte contre le gouvernement et la société.

— Rouges, rouges, mossié... tous rouges !... Ach !

Quand il s'entêtait, dans d'interminables discussions,
à répéter que les juifs sont noirs par vocation, qu'ils
doivent être noirs, c'était le rabbin qui venait au
secours des enfants.

— Oui, disait-il, les juifs sont noirs de nature, mais
quand on les fait bouillir, ils deviennent rouges...
rouges comme des écrevisses...

Et le rabbin riait un peu, heureux de sa comparaison.

— Ça devait mal finir... Ça a mal fini... Lé gouver-
némént a tant dés fusils, et même les canons... Et eux,
ils montraient les *révolves*, les pauvres *révolves*...
Bêtise ! Pour un sergent dé ville blessé, un mossié
général qui saute dé la voiture, cent juifs tués... trois
cents juifs avec du sang !...

Un soir qu'il aidait son patron à faire des comptes
avec un gentilhomme venu pour traiter une affaire... ils
avaient entendu des salves de coups de fusil, au loin
d'abord, puis proches... puis tout près, dans la rue... et
une volée de balles, au travers des vitres en éclat, avait
sifflé dans la pièce, qui était un premier étage...

— Une autre ville, mossié... mais les mêmes balles...
les mêmes balles !

Ils se jetèrent à plat-ventre, essayèrent de gagner,
en rampant, la chambre voisine qui donnait sur la cour.
Une nouvelle volée de projectiles abattit la suspension.

Dans les ténèbres, ils entendaient le pas des soldats résonner sur les marches de l'escalier. Des clameurs... des coups sourds...

— Ouvrez!... Ouvrez!

Et la porte, que le patron avait barricadée, céda sous l'effort des crosses de fusil... Un sous-officier brandissait une lanterne... Des soldats se précipitèrent qui hurlaient comme des sauvages... Le gentilhomme criait qu'on ne pouvait pas tuer, comme ça, des créatures humaines. Il s'était fait reconnaître, réussissait à glisser un billet de cent roubles dans la main du sous-officier qui l'emmena. Et, à ce moment, pendant que des soldats tentaient d'enfoncer le coffre-fort, le vieux avait senti, dans son cou, la pointe d'une baïonnette.

Il écarta son foulard, pour me montrer la cicatrice.

— Pourquoi, jé suis pas mort?... Ach! pourquoi? Ces *dragonns*, mossié, et ces gendarmes... (il prononçait *djandarmms*)... Ach! c'est pire que des animaux féroces... On les saoûle, Dieu sait avec quoi... Et alors ils se jettent sur les femmes... ils se jettent sur les enfants... Ils ne peuvent même plus distinguer un juif d'une autre personne, ni une femme d'un jeune garçon... C'est affreux, mossié... Et toujours tuant, trouant, ils rient tellément!...

A l'hôpital, il avait appris que ses deux fils avaient été fusillés, dans la gare même, par les troupes mandées pour aider au massacre... Son beau-frère le rabbin avait été arraché de chez lui... On l'avait conduit en prison... Depuis, il n'avait jamais eu de ses nouvelles.

— Là-bas... mossié... là-bas... dans la neige... dans la mine!...

Il apprit aussi, quelque temps après, que sa fille, la pauvre Sarah, on l'avait retrouvée, sur sa voiturette, morte parmi des légumes, des fruits écrasés, et qu'ils

avaient eu le courage d'enfoncer ses jambes coupées
dans son ventre ouvert... Pourquoi cette voisine lui
avait-elle raconté cette horreur? Il l'eût ignorée... Et
maintenant, il aurait ce cauchemar devant les yeux,
toujours, toujours, jusqu'à son dernier soupir!... Il
ajouta encore que sa belle-fille avait succombé, des
suites d'un coup de crosse de fusil dans la poitrine...

— Pourquoi jé suis pas mort, moi lé plus vieux?...
Pourquoi, j'ai *survi* à tout cela?... Ach!... Bêtise...!

De tous les siens, il ne lui était resté que sa petite-
fille, la petite Sonia...

— Jolie, mossié, jolie!... Et ses pétites mains, et sa
pétite bouche dans ma barbe... Ach!... Et ses yeux!...

C'était la fille de son fils préféré.

— Pourquoi je préférais?

Ce n'était plus à moi qu'il parlait, mais à lui-même...
Et il ne se répondit que par un essai de sourire... De
nouveau, il regardait au loin... Et je l'entendis dire
timidement, sans me regarder, que ce fils s'appelait
Jacob. Il répéta lentement le mot : « Yacobb », en
balançant la tête, et comme s'il eût voulu le caresser de
ses lèvres qui tremblaient :

— Yacobb!... Yacobb!...

Ma gorge se séchait... Mais tel était mon ahurisse-
ment devant cette succession, devant cette invraisemblable accumulation de crimes, qu'en vérité il me
sembla que je ne les sentais plus.

Il avait emporté sa petite-fille, et c'était un miracle
qu'il fût, enfin, parvenu, entre tant de miséreux inoc-
cupés, à trouver du travail, au fond d'un autre gouvernement, dans un hôtel, où il faisait les commissions
et aidait, parfois, la caissière, dans ses comptes.

Là, aussi, tout allait mal... Des grèves... des incendies dans la campagne... des perquisitions... des rafles...

des meurtres... les rues pleines de soldats, pleines de
bandes de pillards. Des cosaques fouaillant les foules
avec leur nagaïka, plus terrible que le fer des sabres
et la baïonnette des fusils... On annonçait partout le
« pogrome ». Deux mois, il avait attendu, dans les
transes. Il ne vivait plus... Non qu'il eût peur pour
lui. C'est à cause de la petite Sonia qu'il tremblait...
Arrivait-il des soldats? Il tremblait. A chaque attentat,
il tremblait... Un bruit inaccoutumé dans la rue, une
porte poussée trop violemment... des pas, dans la nuit...
il tremblait... Dès qu'on l'envoyait en ville, il courait à
la maison, — un sale taudis, où il laissait Sonia, à la
garde d'une voisine, la veuve d'un sergent de ville tué
par les rouges... Enfin, les nouvelles sinistres se préci-
sèrent... Un soir, il apprenait à l'hôtel, que la ville était
fermée.

Alors, voilà... Encore une fois...

Ce soir-là, dans la grande salle du restaurant, des
voyageurs assemblés se désolaient de ne pouvoir partir.
Ils se rassuraient pourtant, en voyant, à une table,
boire et causer tranquillement quatre officiers de dragons, des « mossié » de Pétersbourg, des officiers de la
garde, dont l'un, le plus jeune, était, disait-on, un
grand-duc, un cousin de l'Empereur.

Soudain, une détonation, un coup de revolver, fit
taire toutes les conversations... Et ce fut dans un
grand silence angoissant que, la minute d'après,
éclata le crépitement d'une fusillade, qui paraissait lui
répondre. Les officiers continuaient de boire, de causer,
comme si rien ne se fût produit... A leur table, à l'écart,
ils mêlaient leurs têtes... Aux autres tables, des gens
anxieux les désignaient. Quelqu'un osa leur adresser la
parole... Ils répondirent poliment, par des gestes éva-
sifs, en gens qui ne savent rien. Aucune provocation,

aucune ironie... de l'indifférence... Des femmes criaient...
Un enfant s'étant mis à pleurer, le vieux avait voulu
courir à sa petite-fille... Mais, de nouveau, un coup de
revolver fit taire tout le monde. Dans la rue, les volets
des boutiques se fermaient, claquaient sinistrement...
Des gens passaient en fuyant, des gens clamaient Dieu
sait quoi !... Personne n'avait encore osé, dans la salle,
reprendre la parole, que cent nouveaux coups de
fusil partaient à la fois... Puis, au dehors, des galops
de chevaux, des cliquetis d'armes... des ordres, des vociférations...

Un homme qu'on eût dit de cire, tête nue, les vêtements en lambeaux, pénétra, en chancelant, dans le
restaurant. On l'entoura... S'appuyant à une table,
avec effort, il dit que le massacre était organisé, qu'on
menait les soldats à l'assaut des boutiques juives, des
maisons juives... On prenait l'argent, les valeurs, les
objets de prix... on prenait les femmes... on tuait... on
jetait les cadavres mutilés, par les fenêtres, dans la rue...

Et, tout à coup, l'homme qui parlait, se tut... tourna
sur lui-même, et s'abattit sur le parquet, en entraînant,
de ses doigts crispés, la nappe chargée de vaisselle.

C'est alors seulement qu'on vit que sa chemise était
ensanglantée, et que du sang, encore, en longs filaments
noirâtres, poissait à ses cheveux, à sa barbe...

Des cris d'horreur... des protestations indignées,
s'élevèrent... Les quatre officiers avaient disparu.

Au cours de la soirée tragique, les pillards, malgré le
planton de service, envahirent le restaurant; mais la
nuit même, le colonel ordonna de rapporter à l'hôtel
une part du butin, des caisses de vin de Champagne,
toutes sortes de victuailles, que les hommes avaient
volées...

Le pauvre vieux, profitant d'une accalmie, avait pu

courir jusque chez lui... Le pavé était couvert de
culots de cartouches... Des ivrognes ronflaient au travers des cadavres... Des blessés se tordaient et gémis-
saient; d'autres rampaient pour gagner un abri... Un
jeune homme, à barbe rousse, le visage broyé, essayait
de boire, comme un chien, la boue rouge du ruisseau...
Mais il ne s'arrêtait pas, et courait, courait...

· Enfin, il avait trouvé sa petite Sonia, endormie, et,
penché sur son matelas, « sans faire du bruit », il avait
pleuré, pleuré, jusqu'à ce qu'il fît grand jour.

— C'est la dernière fois que j'ai pleuré dans ma vie,
mossié!...

La fusillade reprit le lendemain... Le gouverneur
avait défendu de tirer sur les pharmacies et l'hôpital,
mais les chefs n'étaient plus maîtres de la troupe. Il y
eut des scènes d'une horreur sauvage...

— On né peut pas croire, mossié!...

Vers midi, l'artillerie d'une ville voisine amena ses
canons. Les notables juifs, mandés au château du gouverneur, entendirent que la ville serait rasée, s'ils refu-
saient de livrer les terroristes du *Bound*...Ils se lamen-
tèrent, sans pouvoir rien faire...

— Quoi faire?... Dites, mossié...

Deux notables furent gardés en otages et pendus, le
soir même, dans la cour de la prison...

— Nous avions compté sur les « artilléristes », qui
sont plus éclairés, moins méchants... Ach!... Bêtise...

Le canon gronda durant deux jours...

Le vieux s'était arrêté... Lui aussi semblait fatigué
de raconter toutes ces horreurs... Il ne parlait plus que
d'une voix molle, un peu basse, comme lointaine... Et
il regardait le sol à ses pieds, ou plutôt, il ne regardait
rien...

Je pris sa main... Il ne bougea pas... Je serrai sa

main... Alors il leva vers moi ses yeux, et me sourit,
d'un sourire hébété..., mais sa main restait molle et
froide dans la mienne, comme la main d'un mort...Il ne
la retira que pour tracer, par terre, avec la pointe de
son parapluie en loques, le plan de la maison où il
s'était réfugié.

La façade s'élevait sur la rue; au milieu s'ouvrait la
porte cochère, épaisse, massive, avec de lourdes pattes
et de gros clous de fer... De chaque côté, un bâtiment
perpendiculaire à la façade limitait la cour dont le
quatrième côté était fermé par un jardin. De par
où que l'on sortit, c'était s'exposer à une .mort
certaine.

Dans la maison, habitaient une quarantaine de
pauvres gens, qui mirent leurs provisions en commun...
Mais, la première fois qu'une femme alla chercher de
l'eau au puits, qui était au fond de la cour, elle tomba
sous les balles... Dans les maisons voisines aussi, les
puits étaient interdits et gardés par des sentinelles...
Les malheureux connurent les tortures de la soif... Par
exemple, ils souffraient moins de la faim... On les auto-
risait à manger... Vers le cinquième jour, on put espérer
que le calme allait renaître... Les soldats avaient dû
quitter le jardin... on n'en voyait plus autour des puits.
En ville, la fusillade s'apaisait.

— Boire, mossié!... Boire, boire!

Ils étaient ivres de soif; ils étaient fous de soif...

— Boire!... Boire!

Deux hommes eurent le courage de s'avancer, avec
des seaux, jusqu'à la margelle du puits. Toutes les
faces étaient tendues vers eux, dans un ravissement
d'espoir... Ils accrochèrent les seaux. Le bruit de la
chaîne qui descendait était une musique...

— Nous l'écoutions descendre... descendre... Ach!

Mais, comme les porteurs s'en revenaient avec leur
charge, les dragons, qui s'étaient dissimulés jusque-là,
se montrèrent tout à coup... Ils tuèrent d'un coup de
carabine l'un des hommes, et l'autre, épouvanté s'en-
fuit, en laissant tomber le seau, dont l'eau se répandit
dans la cour...

— Nous connaissions lé mort. Tous aimaient un
garçon si brave... Mais... c'est terrible, il faut bien lé
dire... c'est l'eau qu'on régrettait.

Le soir, les puits étaient remplis de boue, de fumier,
d'immondices de toute sorte. On y jeta aussi le cadavre
du pauvre garçon...

Alors, une folie gagna les assiégés... Ils s'assemblèrent
dans la cour, y passèrent la nuit à gémir, à prier, à
hurler, à dormir, à s'enlacer...

— Je n'ai jamais rien vu dé si triste, mossié...
jamais rien dé pareil...

Au matin — leur présence fut-elle signalée?... ou bien
n'était-ce qu'une patrouille qui faisait sa ronde? — toujours est-il qu'on entendit des pas de chevaux dans la
rue, et, bientôt, des coups furieux ébranler la porte
cochère, qui ne fut pas longtemps à céder... Un cheval,
d'un bond, traversa les décombres, portant un officier
qui s'arrêta, à quelques mètres des prisonniers terrifiés,
et, revolver au poing, hurla l'ordre habituel :

— Haut les mains !...

Le vieux crut devoir m'expliquer :

— Les officiers et les sergents dé ville, ils crient toujours : « Bras en l'air !... En haut les mains ! » parce
qu'ils ont peur des *révolves*, et des bombes... Alors, ils
crient : « Bras en l'air !... En haut les mains ! »...

Toutes les mains se dressèrent... Seule, la petite
Sonia qui n'avait pas compris... qui ne pouvait pas
comprendre, qui ne savait rien que sourire, regardait

15

l'officier, en souriant, ses petites mains baissées... Son grand-père voulut l'avertir d'un geste :

— Comme ça... Comme ça!

Et le vieillard imitait de ses mains tremblantes le geste sauveur.

Il n'eut pas le temps. Déjà l'officier visait l'enfant et, malgré le cri d'horreur qui emplit la cour, l'abattait...

J'entends encore, j'entendrai longtemps, j'entendrai toujours, la voix étranglée du vieillard :

— D'un coup dé son *révolve*, mossié !...

Elle ne poussa pas un cri. Elle eut quelques contractions, gratta le pavé du bout de ses petits doigts... Un petit peu de sang sur elle... un petit peu de sang autour d'elle... Et ce fut fini... Comme un petit oiseau...

— J'étais seul, tout seul dans la vie... J'étais seul sur la terre...

Je compris qu'il eût bien voulu pleurer... Il ne le pouvait pas... Il se mordit les lèvres... sa barbe remonta, par de légers soubresauts, son nez se fronça... Mais il ne pleurait pas... La source de ses larmes était, en lui, à jamais tarie...

Il répéta, en réunissant ses mains :

— Uné pétite chose... commé ça... pétite... pétite... rien, mossié... rien... comme un pétit oiseau... Ach !...

Balançant la tête, il dit, après un silence :

— Pourquoi jé pars?... Jé né sais pas... Pourquoi jé vais là-bas?... Ach !... Jé né sais pas!

Il dit encore :

— Bêtise !... Bêtise !

Je considérais le malheureux et me sentais incapable de l'effort qu'il eût fallu pour en détacher mes yeux... Je me sentais encore plus incapable de la moindre parole... J'étais saturé d'horreur... L'horreur me paralysait... Et puis à quoi bon parler? Que pouvais-je dire qui n'eût pas été ridicule et glacé devant un si affreux exemple du malheur humain? Le vieux juif ne me demandait ni une consolation, ni une pitié... Il ne me demandait rien; il ne me demandait rien que de me taire...

A la fin, je le vis rougir, baisser la tête, la détourner... Il avait honte de ne pouvoir pleurer, peut-être, de ne pouvoir plus jamais pleurer... Des sanglots m'étreignaient la gorge, des larmes me montaient aux yeux.

Et pour qu'il ne vît pas mes larmes, moi aussi je me détournai...

Prostitution.

En longeant les boulevards — boulevards encombrés, trépidants — que sont ces quais, je me suis rappelé le port d'Anvers, il y a une trentaine d'années, les ruelles tortueuses, où la prostitution, en chemise rose, en jupons étoilés, vivait comme au Havre, à Marseille, à Toulon, sur le pas des portes. De grosses femmes hébétées et fardées, une fleur de papier dans les cheveux, attendaient le client, assises sur des chaises, ou bien dormassaient, le menton appuyé sur leurs bras nus... Je me suis rappelé la difficulté d'accéder jusqu'aux bassins, le défaut d'air, de lumière de ces bouges, leur désordre puant, la misère et la saleté.

A cette époque, ce n'était déjà plus les splendeurs orientales du Rideck, que je n'ai pas connues, dont Anvers fut si fier, dont quelques vieux Anversois m'ont parlé, avec de lyriques enthousiasmes...

— Tout s'en va, monsieur... Hélas! tout s'en va...

Il paraît que la municipalité en faisait les honneurs aux étrangers de distinction, comme nous faisons aux délégations anglaises, italiennes, norvégiennes, aux étudiants, aux blanchisseuses des pays amis, aux rois des pays alliés, les honneurs de notre Louvre, de notre Sorbonne, de notre Opéra, de nos Académies... Dès qu'un personnage célèbre, un prince plus ou moins couronné, débarquait à Anvers, vite au Rideck!... C'était le complément obligé des banquets et de toutes fêtes. Même le dimanche, après dîner, des familles entières, pères, mères, filles et garçons, nièces et cousins, et leurs camarades, et leurs bonnes, venaient s'y promener, sans gêne, en leurs plus riches atours... On disait aux enfants : « Si vous êtes bien sages toute la semaine, si vous travaillez avec assiduité, on vous mènera, dimanche, au Rideck! ». La messe, les vêpres, des gâteaux et le Rideck, voilà ce qu'on pouvait appeler un beau dimanche... Nul ne songeait à s'en offenser... Bien au contraire...

Le Rideck, c'était des petites boutiques, pittoresquement aménagées, où l'on vendait des produits exotiques, des petits cafés où l'on dansait des danses nègres, au son des banjos... et des petites cases où l'on vendait de la chair jaune, rouge, cuivrée, noire et même blanche. Et quels parfums!... Les jours de visites, on s'arrangeait pour que tout cela fût décent et ressemblât à quelque exposition coloniale.

— Colonisons... Il en restera toujours quelque chose...

Je n'ai pas vu ces spectacles familiaux. Je n'en parle que sur la foi des souvenirs évoqués par des notables d'Anvers... Mais j'ai vu — je m'en souviens avec une grande tristesse — j'ai vu, la nuit, dans les rues chaudes, la pantomime de la luxure internationale et son avidité effrénée qui bousculait, en criant, les filles de toutes races... J'ai vu des matelots de tous pays, bras noués, entre les murs des ruelles, braillant et courant, comme de grands enfants fous... Je ne les ai pas vus qu'à Anvers, je les ai vus à Hambourg, au Havre, à Marseille, et, le samedi soir, je les ai vus surtout à Toulon. Tous les mêmes, d'où qu'ils viennent, tous pareils avec leurs mufles de poisson sur leurs cous nus... Et, dans les taudis pleins de fumées sonores, j'ai vu les brutes affalées, ceux qui n'avaient plus la force de boire... ceux qui n'avaient plus la force d'embrasser et de se battre... et des colosses endormis, débraillés, la tête roulant sur les genoux compatissants d'une négresse, qu'ornait, dans les cheveux, un peigne doré, et qu'habillait, aux reins, une mince écharpe de gaze rouge.

Je me rappelle, en ce temps-là, une négresse. C'était une Dahoméenne, de Kotonou. Son corps long, fin et souple, d'un noir profond, avait des transparences d'or. Elle reposait sur un matelas de soie jaune, nue, toute frottée de parfums violents qui vous prenaient à la gorge. Un gros dahlia pourpre fleurissait sa chevelure laineuse. Des anneaux de cuivre cerclaient ses bras. Et son rire était d'une blancheur aveuglante. Des coutelas à manche de bois peint, des masques de féticheurs, deux petites idoles de terre bleue, une cruche à long bec, couverte de dessins enfantins, ornaient l'étroite chambre... Elle savait un peu de français, n'ayant pas connu de l'Europe que les bouges d'Anvers... Toute jeune, elle avait servi, à Bordeaux, dans la famille d'un armateur, puis à Paris, dans une maison publique... Un commissionnaire en viande humaine l'avait emmenée à Anvers... Il y faisait trop froid. Il y faisait trop gris. Elle ne s'y plaisait pas.

15.

Près d'elle, un soir de mélancolie sinistre, j'essayais d'évoquer son pays, les sanglants mystères de la brousse, les rudes chemins semés d'épines où les amazones courent, pieds nus, pour s'entraîner à la douleur, les plaines toutes rouges, les maisons de boue rose, les palais et les temples avec leurs toits plats, pavés de crânes humains. Mais c'était très difficile. Curieuse, indiscrète et bavarde, elle ne me laissait pas un instant de répit.... Elle me racontait toutes sortes d'histoires ridicules que, d'ailleurs, j'avais peine à suivre et à comprendre. Des souvenirs de Paris, surtout, tantôt puérils, tantôt obscènes, des attrapades, des batteries avec ses camarades de prostitution.... Enfin, elle parla de son pays pour m'en décrire, comme elle pouvait, les splendeurs regrettées... C'était une nuit d'été, étouffante... La fenêtre était ouverte... j'entendais, tandis qu'elle parlait, des musiques bizarrement ululantes, qui venaient d'un taudis voisin...

De tout son verbiage inutile, sans couleur, sans accent, sans imprévu, je n'ai retenu que ceci, que je traduis, ou plutôt que je commente fidèlement :

— Vous ne pouvez vous faire une idée de ce qu'est le palais de notre grand roi, à Kotonou... Ce palais est d'une beauté inouïe, et tous vos monuments, à côté de lui, ne sont que de misérables cahutes... Il a de grands murs épais, tout roses. Presque pas de fenêtres. On y pénètre, par une porte basse, en demi-cercle, que gardent des guerrières, effrayamment tatouées... Ce qu'il a surtout de remarquable, c'est le toit... un toit plat entièrement couvert, ou mieux, entièrement pavé de têtes coupées... C'est un travail minutieux, très difficile... Il y faut d'habiles artistes qui sachent arranger ces têtes comme de la marqueterie, comme de la mosaïque... Le Roi, qui est lui-même un artiste et qui

possède un goût merveilleux, exige que ce soit très beau,
et très bien fait, de façon que la pluie ne tombe jamais
dans son palais... Il veut, sous peine de mort, que ces
têtes soient aussi imperméables que la tuile d'Europe,
ou le chaume de la paillote indoue. L'aspect en est
vraiment féerique, le soir, au soleil couchant, et l'odeur
délicieuse... Par les vents du nord, elle se répand sur
la ville, comme une pluie de parfums. Mais ce genre
de toiture, quoiqu'on fasse, n'est pas très solide. Du
moins, elle ne dure pas longtemps.. Soit que les têtes
se désagrègent sous l'action de la putréfaction, soit
que les vautours parviennent à en chaparder quelques-
unes, des fissures ne tardent pas à se produire, par où
la pluie s'infiltre et s'égoutte dans l'intérieur du palais...Alors, notre grand Roi envoie par tout le royaume
ses fétichéurs les plus fidèles. Le visage couvert de leurs
masques horrifiants, à corne rouge, un lourd coutelas
en main, ils crient, ils hurlent : « Le toit du Roi se dépave !... Le toit du Roi se dépave !... » Aussitôt les
massacres s'organisent... Les poitrines des sujets
viennent, d'elles-mêmes, s'offrir au couteau... Partout,
la terre, pourtant si rouge de notre pays, rougit encore
sous les flots de sang... « Le toit du Roi se dépave !... »
Et le palais reprend bien vite un aspect tout neuf,
éclatant, vraiment royal...

Elle était toute triste, maintenant. Sans doute,
sa pensée était envolée, là-bas; son idéal — tout le
monde a son idéal — l'avait reprise et reconquise...
Elle marchait le long des fossés qui entourent sa belle
ville de Kotopou... Les chacals glapissaient autour
d'elle... Et elle respirait délicieusement l'odeur natale
qui monte des charniers...

J'allumai une cigarette... Elle se taisait et ne regardait plus rien... Je restai là à considérer ce corps de

bronze précieux, étendu sur le matelas de soie jaune.
Le gros dahlia pourpre qui fleurissait sa chevelure
laineuse se fanait, devenait tout noir... Et j'écoutais les
musiques qui s'aigrissaient dans les bouges... les déval-
lées de matelots ivres, les chants, les cris, les colères,
les batailles sauvages de la rue... Car il faut toujours à
la débauche, comme à la royauté, des gestes de meurtre,
et beaucoup de sang...

Il ne reste presque plus rien de tout cela, aujour-
d'hui... Ces quartiers immondes ont été en partie
démolis. A la place où étaient ces ruelles, s'élèvent des
maisons d'affaires, à enseignes dorées... Et l'on a bâti
des docks, dans lesquels s'empilent d'autres marchandises.

Anvers prospère.

Il a prospéré continûment, grâce à son puissant
outillage économique, à son sens pratique du commerce
servi par toutes sortes d'adjuvants, tels que les sociétés
d'études coloniales et les banques qui pullulent et
travaillent; grâce à la pénétration chaque jour plus
profonde, à l'organisation chaque jour plus méthodique,
dique, du continent africain, qui ouvre, au trafic, des
marchés nouveaux, à l'aventure guerrière, un champ
plus vaste, où toutes les violences individuelles, administratives, sont d'autant mieux tolérées qu'elles ont
pour complices l'ignorance des uns et le silence de tout
le monde... Il a prospéré aussi, grâce à sa situation
avancée dans les terres, comme tous les grands ports,

abrités sur les fleuves, prospèrent au détriment des
rades et des havres inutiles.

Marseille n'a pas diminué, Le Havre n'a pas été battu
par Rouen pour d'autres raisons. Pour la même raison,
Paris un jour battra Rouen, et Lyon sera peut-
être, un jour plus lointain, le plus grand port français...
J'entrevois très bien le jour merveilleux, le jour de
féerie scientifique, où Bâle, qui est déjà le plus grand
marché de poisson de mer, deviendra le plus grand port
de l'Europe, quand, aidés des Allemands, les Suisses
auront fait franchir, en tunnels, en ascenseurs, leurs
montagnes aux fleuves et aux canaux et amené, enfin,
en dépit des anciennes plaisanteries d'opérette, une
colossale flotte marine dans leur République.

*
* *

Là-bas, à l'embouchure de l'Escaut, c'est en vain
que Flessingue s'épuise à vouloir devenir, même à demeurer un port. Les Hollandais n'ont pas épargné
l'argent. Les bassins ont été agrandis; d'autres ont
été creusés. Tout y est pourvu des dernières inventions de la science... Vous pressez un bouton électrique,
et, à un kilomètre de là, des écluses s'entr'ouvrent
aussitôt, mais pour ne laisser passer que de l'eau et,
quelquefois, que du vent... On a jeté dans la mer un
môle magnifique, de hautes terrasses de granit blanc,
auxquelles on accède par de splendides escaliers de
temple babylonien... On s'attend toujours à y voir
apparaître, cuirassée d'or et voilée d'argent, Sémiramis.
Mais un port n'est pas un décor d'opéra; les bassins
et les môles, si formidables qu'ils soient, ne suffisent
pas à créer un port. Il y faut aussi des bateaux. Et

pour qu'il y ait des bateaux, il faut tout un mécanisme
financier et commercial qui manque douloureusement
à Flessingue... Aussi, l'herbe pousse autour des bassins,
l'herbe pousse sur le môle. Les grues, aux longs bras
inemployés, se rouillent... Et les docks sont vides...
En vain les phares fouillent la mer, et les pilotes y font
la chasse... En vain, sitôt que paraît au large un mât,
une volute de fumée, une forme grise, on s'apprête...
Et l'espoir, mille fois déçu, renaît... Toute la ville
accourt sur le môle... On escalade joyeusement les
marches de pierre... On braque des lorgnettes, on
agite des mouchoirs. On crie :

— Cette fois, c'est pour Flessingue !

— Anvers est perdu ! C'est bien pour Flessingue...

— Vive Flessingue !

— A bas Anvers !...

Le navire approche, s'engage dans la passe :

— Le voilà !... le voilà !

— Je vous dis que c'est pour Flessingue.

Mais non... Le navire a passé... C'est toujours pour
Anvers...

Les navires ont l'air de se moquer de ces foules en-
tassées sur le môle de ce port maudit, où il n'entre
guère que le petit bateau de Breschens, qui amène,
deux fois par semaine, les touristes étrangers qui
viennent visiter la Zélande, les parcs de Goès, le marché
de Middelbourg et ses belles filles rieuses, à la coiffe
dorée, aux bras trop rouges...

En haut du môle, dominant la mer et gardant l'Escaut, le superbe amiral Ruyter, en bronze, ne commande plus qu'à des souvenirs... Il a l'air de se dire,
mélancoliquement :

— Ah ! si j'avais encore ma flotte, qui défit si bien
les Français !...

Oui... mais voilà, il n'a plus de flotte, le pauvre amiral Ruyter... Il n'a plus rien que sa gloire... et les deux pauvres bachots de Breschens et de Terneusen... Et encore, ils sont belges !...

Il est vrai que Flessingue est un port de pêche ravissant, avec sa flottille serrée de barques aux voiles rouges et son pittoresque marché de crevettes...

Toute la richesse d'Anvers n'a pas sa grâce.

EN HOLLANDE

Fantômes.

Je serais un pauvre homme, je me sentirais presque aussi dénué de sensibilité et d'imagination qu'un auteur dramatique de ce temps, si je disais que je suis entré en Hollande, sans angoisse.

Bien au contraire, le cœur me battait fort et, long-temps avant la frontière, mes yeux s'ouvraient tout grands, vers l'horizon désiré. J'étais très ému, il ne m'en coûte rien de l'avouer. Et, voyez l'ironie des choses, je roulais sans m'en douter, depuis une dizaine de kilomètres, sur la terre néerlandaise, que j'étais toujours dans l'attente du choc... Aux tristes emblaves, aux sables stériles, aux boqueteaux chétifs que nous traversions, comment l'eussé-je reconnue ? Nous serions peut-être arrivés à Dordrecht, nous croyant toujours en Belgique, si un paysan, interrogé, ne m'eût crié, avec un orgueil farouche et d'une voix violente, en frap-pant le sol de ses lourds sabots :

— *Nidreland!... Nidreland !*

16

Ah ! il avait bien sa patrie à la semelle de ses sabots, celui-là !

Il nous fallut faire demi-tour et regagner la frontière pour nous mettre en règle avec la douane, que j'avais si lestement brûlée. On ne badine pas avec la douane en Hollande.

Je n'en étais que plus impatient de franchir cette zone sans caractère et de revoir le pays clair et uni, conquis sur l'eau, c'est-à-dire sur l'élément le plus fuyant, le plus cruellement impitoyable ; impatient de retrouver ces villages vernis et fleuris, réfugiés sur les digues, comme des inondés qui se pressent sur les hauts talus des champs, et ces villes lustrées qui débordent d'abondance, et l'immensité translucide de ces ciels mouvants, et ce printemps si vert, avec son soleil pâle et son éclatante passementerie de tulipes.

J'eus beaucoup de peine à faire comprendre au douanier ma distraction. C'était un colosse, avec une poitrine plate et un ventre proéminent. Il portait un haut képi bleu, mathématiquement cylindrique. Fort de ce képi, il m'expliqua que les frontières étaient des frontières, qu'on n'entrait pas en Hollande comme dans un moulin. Sans aucun respect pour les recommandations, pour tous les papiers réglementaires dont j'étais muni, il fouilla la voiture de fond en comble, me fit déposer une grosse somme d'argent. Finalement, en roulant de gros yeux, il déclara qu'il en référerait au ministre des Digues.

Le ministre des Digues !... Quel délicieux pays !...

J'appris qu'un Américain, qui s'était présenté à la douane sans papiers, était retenu à l'auberge du village et gardé comme un prisonnier. On avait consigné sa machine. Depuis six jours, se saoûlant et dormant,

dormant et se saoûlant, il attendait que le ministre
des Digues voulût bien lui envoyer les autorisations
nécessaires... Son mécanicien, un gai lascar de Paris,
vint nous voir... Je l'exhortai à la patience...

— Oh! fit-il, j'suis pas pressé... Le patelin n'est pas
joli... joli... mais j'couche avec la femme du douanier...
C'est bien son tour, dites?...

.*.

Depuis que j'étais venu en Hollande, pour la première fois, il y avait tant d'années... tant d'années...
que je n'osais plus les compter... Les années qu'on a
vécues paraissent, à distance, de plus en plus belles,
à mesure qu'en nous s'affaiblit avec l'expérience, et
s'éteint avec l'illusion, la faculté d'espérer le bonheur.
Du moins, à présent, saurai-je comment les pays
vieillissent... Hélas!... ils vieillissent à mesure que nous
vieillissons. Tous les êtres et toutes les choses n'ont pas
d'autre vieillesse que la nôtre... Ils n'ont pas, non plus,
d'autre mort que la nôtre, puisque, quand nous mou-
rons, c'est toute l'humanité, et c'est tout l'univers
qui disparaissent et meurent avec nous.

Si l'on n'avait pas appris l'art cruel de faire des
miroirs, et que les femmes dussent passer leur vie au
bord des rivières, chacun de nous ne verrait vieillir que
les autres... Il se croirait toujours le jeune homme qui
courait follement au bonheur, ou même l'enfant, le
petit enfant qui ne pensait qu'à jouer, dont les larmes
coulaient pour un rien, et pour un rien, aussi, étaient
séchées. Chaque âge, n'étant plus que l'adolescence
— sans amertume — d'un autre âge, nous resterions
perpétuellement adolescents... Mais, pour n'être pas
détrompés, il faudrait ne retourner jamais, à quinze

ans d'intervalle, dans un pays où l'on aurait vécu trop
heureux... C'est alors qu'apparaissent, dans une mélancolie amère, toutes nos rides, tous nos cheveux blancs,
et tout ce qui s'est fané sur nous, tout ce qui s'est
flétri en nous.

Il n'est pas de miroir d'une eau plus pure, partant
plus implacable.

* *
*

Je ne me doutais pas de cela — du moins, je ne pensais pas à cela — quand l'idée me vint de retourner
en Hollande, et je m'imaginais joyeusement que
j'allais la revoir, comme autrefois, mirer sa blonde
jeunesse, son luxe paisible et mon bonheur, dans l'eau
toujours pareille de ses canaux.

C'est au printemps aussi que nous étions partis
naguère, tout au début du printemps, d'un printemps
alerte et doux, dont il nous semblait que son enchantement devait durer toute la vie. Je m'en souviens
bien, et je sais maintenant d'où venait mon illusion
et ce qui l'excuse.

Tout le temps de notre voyage, nous étions remontés
toujours vers le nord, au-devant de la floraison des
lilas. Avant de partir, nous en avions respiré à Paris les
derniers bouquets, et, à mesure que nous avancions
sur la route, ils avaient recommencé de fleurir... Ils
fleurissaient, fleurissaient devant nous, et refleuris-
saient, sans se lasser.

— C'est le printemps !... c'est toujours le printemps !... ne cessaient-ils de nous dire, au passage,
dans les petites cours, dans les petits jardins, sur le
rebord des fenêtres où leurs tiges coupées trempaient
dans l'eau d'un pot bleu...

Et ils avaient beau se faner, nous les retrouvions
plus loin, plus jeunes, plus frais, leurs brins à peine
entr'ouverts...

— C'est le printemps!... C'est toujours le printemps!...

Pour des êtres jeunes et heureux, qui ne croient
qu'au miracle — puisqu'ils sont eux-mêmes le miracle
— et qui ne veulent écouter aucune des voix de la vie,
l'illusion naîtrait d'un moindre prodige...

* *
*

Et maintenant?... Je n'étais plus très rassuré...

Allais-je, avant d'aborder à Dordrecht — que nous
appellions Dordt — réentendre la sonorité des quais
du Rhin, où grouilleraient les ateliers des armateurs et
se répercuteraient les coups de marteau des deux rives?
Cette terrasse de l'hôtel, d'où l'on voit si bien le soleil
se coucher dans le fleuve et le fleuve s'endormir dans
la nuit, existait-elle encore? Reverrais-je une petite
place de Rotterdam, dont le clair de lune adoucirait
aussi tendrement le ton des pierres? Et, à Delft, où
les pignons de brique, les vieilles tours penchées, les
portes s'ouvrant sur les clairs jardins, les eaux et les
visages répètent, sans cesse, le nom magique de Vermeer... à Delft, sur le canal encaissé, le canal ombragé,
à peine ombragé des pousses roses d'un tout jeune
printemps, retrouverais-je ces jolies barques, toutes
pleines de fleurs, pensées en mottes, tulipes en boules
rondes, guirlandes de narcisses, qui glissaient mollement, l'une derrière l'autre, remorquées par une
petite paysanne blonde, et qui souriait? Recevrais-je
encore ce coup de foudre, qui, à La Haye, me fit

16.

m'agenouiller devant Rembrandt, comme à Amsterdam j'eus le cœur défaillant, les yeux en larmes, la
première fois que j'entendis ces voix divines qui faisaient pénétrer en moi le surhumain génie de Beethoven?... Rembrandt et Beethoven... les deux ferveurs de
ma vie!...

Je me demandais tout cela... Et que ne me deman-
dais-je pas encore?

*
* *

Mais cette fois-ci, comme je vous l'ai dit, nous ne
sommes pas entrés en Hollande par le fleuve et ses
méandres autour des neuf îles de la Zélande. Nous
n'avions plus, pour nous attrister de poésie et de
souvenirs, les hantises de l'eau et ses amollissants
mirages. Nous sommes entrés par la route, par le solide
support de la route. Il n'en fallut pas moins — tant
pleurer est le propre de l'homme — il n'en fallut pas
moins le rebondissement de la voiture sur un dos d'âne
et sur un caniveau, pour me réveiller de ces souvenirs
et faire s'effacer leurs dolentes images, et aussi l'image
— qui les contenait toutes — du vieux bateau, qui,
si lentement, si rêveusement, nous porta d'Anvers à
Rotterdam... jadis!...

Par bonheur, il n'est pas de mélancolie dont ne
triomphe l'ardent plaisir de la vitesse...

Maintenant, je vois les bandes des cultures virer...
La plaine paraît mouvante, tumultueuse, paraît soulevée en énormes houles, comme une mer. Que
dis-je?... La plaine paraît folle de terreur halluci-
née... Elle galope et bondit, s'effondre tout à coup,
dans les abîmes, puis remonte et s'élance dans le ciel...

Et elle tourne, tourne, entraînant dans une danse
giratoire ses longues écharpes vertes, et ses voiles
dorés... Les arbres, à peine atteints, fuient en tous
sens, comme des soldats pris de panique...

Le lilas André Theuriet[1].

Quand on va lentement à pied, même en voiture,
chaque arbre sur la route est un petit événement. On
l'accoste, on reconnaît son essence, on le salue, on lui
parle... On dit :

— C'est un chêne !
— Ah ! voici un orme... un peuplier... un platane.
— Tiens ! un sycomore... qu'est-ce qu'il fait là ?

Et l'on sort de son ombre pour entrer dans une ombre
nouvelle...

Il vous revient des histoires amusantes...

Un jour — la vie a de ces rencontres, — je me pro-
menais avec M. André Theuriet, au Jardin d'acclima-
tation. M. Theuriet — on le sait — est l'Amant de la
nature. Mieux que personne au monde, il connaît les
bois et les sous-bois. C'est même par là qu'il est entré
dans la littérature, à l'Académie, dans l'Immortalité...
J'étais fier, vous pensez, de marcher aux côtés d'un
tel homme, parmi toutes ces choses qu'il connaît si
bien... Et j'allais en apprendre des mystères !... Tout
à coup, M. Theuriet s'arrêta devant un groupe d'arbustes.

— Ah ! ah !... fit-il.

Et il parut intrigué...

1. Écrit en mars 1906.

Nous étions au commencement du printemps. A peine si ces arbustes avaient des feuilles... M. Theuriet était donc très intrigué devant ces arbustes... Il dit :

— C'est curieux... Je ne connais pas ça...

Il prit une branche, dans sa main, l'inclina, en examina longuement l'écorce, les bourgeons prêts à éclater... J'admirais sa grâce de botaniste...

— Tiens! tiens!... fit-il encore...

Puis, après un nouvel et plus scrupuleux examen, pour lequel il eut recours à un lorgnon qu'il posa, avec des gestes méthodiques, sur son nez... il dit :

— Voilà qui est fort!... Ah! par exemple... Figurez-vous, mon cher... Non, en vérité, je ne connais pas ces arbustes-là... C'est bien étrange.

Il lâcha la branche, qui alla rejoindre les autres, et il reprit :

— Je ne les connais pas... Ça doit être une nouveauté... une importation... récente... Je ne serais pas étonné que cette importation nous vînt de... de... Ah! c'est curieux... c'est extraordinaire... c'est à ne pas croire!

Et se retournant vers moi :

— Pas besoin de vous demander, à vous? Une importation... comment sauriez-vous?

J'étais ahuri...

— Mais, monsieur Theuriet... m'écriai-je... ce sont...

Je m'arrêtai... car j'avais honte de faire honte à l'Amant de la nature.

— Naturellement... ricana M. Theuriet... Ce sont... ce sont... Vous ne savez pas...

Je m'armai de courage, et criai :

— Mais, monsieur Theuriet, ce sont des lilas... des lilas, monsieur Theuriet... des lilas!

L'Amant de la nature me regarda sèvèrement :

— Des lilas?... Vous vous moquez de moi... fit-il.

Puis il haussa les épaules... puis il se mit à rire :

— Des lilas?... C'est idiot!... ah! ah! ah!... Et c'est à moi que... Mais, mon cher, vous ne savez donc pas qu'il y a un lilas qui porte mon nom?... Il y a le lilas André Theuriet, mon cher... un lilas à fleurs doubles...

Je crois bien que M. André Theuriet en a ri long-temps. Et j'en ris encore, moi aussi, car j'ai lu sou-vent que, lorsque l'Académie travaille au dictionnaire, et qu'elle discute sur un nom de plante, elle dit :

— Ça regarde Theuriet... laissons faire Theuriet... c'est notre botaniste...

*
* *

Les haies aussi vous arrêtent... On sourit aux aubé-pines, aux églantines. Elles vous rappellent mille petits événements puérils et charmants, des visages déjà lointains, des noms depuis longtemps oubliés. On s'attendrit... Parfois, pour fleurir sa marche, on les cueille...

De l'auto, c'est à peine si on a le loisir de comparer entre eux les feuillages différents. Et l'on ne voit pas les fleurs des haies... et l'on ne se souvient pas des his-toires de M. André Theuriet... Ces arbres qui fuient, ce sont des arbres, sans plus... et ils galopent, galopent... Qu'importe qu'ils s'appellent chêne, acacia, orme ou platane? Ils galopent, voilà tout... Ils accourent vers nous, se précipitent vers nous, dans un vertige. On dirait — tellement ils ont peur et ne savent plus ce qu'ils font — qu'ils vont entrer dans la voiture et la tra-verser. Ils ont tellement peur qu'ils ne sont même plus de la matière : ils sont devenus des reflets, des ombres, et qui galopent. La plaine aussi s'immatérialise, emportée dans un galop surnaturel... Et voici des vallons, des gorges rocheuses, des montagnes... des forêts... Au galop ! Au galop !... A peine entrevus, aussitôt dépassés. Au galop !... A-t-on le temps de penser, de rêver, de pleurer ? Au galop les petites joies attendrissantes, les petites douleurs qui larmoient et où se complaît l'enfantillage des souvenirs !... D'ailleurs, sont-ce des joies, des douleurs, des souvenirs ?... On ne sait pas... on ne le sait pas plus, que, des arbres, on ne sait s'ils sont ormes, peupliers, hêtres ou sophoras... On ne sait rien... A peine sait-on que l'air qui fouette le visage, et qu'on avale, avec toutes sortes de poussières, on s'en grise, et qu'on est ivre, comme tout l'univers !...

Vincent van Gogh et Bréda.

La route d'Anvers à Bréda n'est ni meilleure ni pire que la plupart des routes de Belgique. Elle leur ressemble par sa monotonie. Ainsi s'explique — car il n'eût pas suffi de ma rêverie — que je n'aie point reconnu la Hollande, dans cette Belgique continuée... Ce n'est rien que de la terre plate, grisâtre, où tout ce qui pousse est chétif, où la lumière lourde et opaque est celle de tous les pays à qui l'eau manque. Rien n'est triste comme la traversée de ces champs sans sève et de ces petits bois mal venus, dont on rencontre pas mal de bouquets...

— Assez bien de bouquets... diraient nos excellents amis les Eelges, auxquels, même en Hollande, il m'arrive de penser encore en riant...

Bréda — dont le nom évoque assez comiquèment et à la fois, une excellente race de pondeuses, une race aussi, sinon de cocottes, du moins de lorettes, Gavarni et Guys, Stevens et Grévin, les *Lances* de Velasquez, les chansons de Nadaud, une certaine qualité d'esprit, de gaîté second Empire, « Ah ! c'était le temps où... » et Villemessant et Dinochau et Carjat. — Bréda est une ville tout à fait quelconque et tellement insignifiante qu'il m'affole de penser qu'elle ne soit pas belge... Je ne la mentionnerais pas si, dans sa cathédrale, l'emphase tout italienne d'un sculpteur bolonais ne s'était avisée de faire, au-dessus d'un tombeau, porter les armoiries de je ne sais quel petit prince de Nassau, tout simplement par Régulus, Jules-César, Annibal et Philippe de Macédoine.

Au sortir des musées et des cathédrales belges, j'étais un peu las, non seulement de la grandiloquence italienne qui s'y boursoufle, mais même de la magnificence flamande, parfois écrasante, et je ne demandais qu'à me reposer parmi les nuances et la discrétion hollandaises. J'aspirais à ce repos comme on attend un bain, vers la fin d'un voyage qui dure. Il me fallait surtout me purifier de toutes sortes de blagues, de toutes sortes d'excès, avant que de pouvoir me plonger dans le délice de Vermeer et la splendeur de Rembrandt. C'est dans cette disposition d'esprit que cet Italien flagorneur — les guides ont beau dire que ce n'est pas Michel-Ange — m'a agacé, choqué... J'aurais dû en rire...

Mais je pardonne à Bréda, en raison d'un détail de son histoire qui m'émeut et qu'elle ignore.

Bréda est la ville où naquit Vincent van Gogh. Il l'habita quelque temps, en sa première jeunesse. On rêve pour ceux qu'on admire et qui marquèrent leur

trace, dans la vie, d'un peu de génie, d'un peu de grâce,
d'un effort humain autre que celui des autres hommes,
on rêve d'un joli décor, à leur naissance. Je crois à
l'influence profonde et secrète du milieu sur la direction
et la destinée d'un esprit; je crois que les choses natales
laissent une empreinte durable sur le cerveau, et qu'il
est très difficile de s'en affranchir, plus tard, quand
elles furent mauvaises. Je fus assez étonné de ne
trouver aucune affinité entre Vincent van Gogh et
Bréda. Il est vrai que, tant qu'il y vécut, il ne songea
pas une minute à devenir l'artiste original et violent
qu'il fut. Ennuyeuse et morne, entourée de paysages
aux lignes étriquées, aux formes pauvres, Bréda n'avait
pas su lui révéler sa vocation. Il y était quelque chose
comme instituteur, un instituteur libre. Il parlait aux
enfants qu'il assemblait dans la rue, même aux hommes,
et il leur prêchait la morale protestante, relevée de tout
ce que son âme imaginative et tourmentée contenait
déjà d'élans passionnés vers le grand et vers le beau...
Et puis il était parti, découragé de son impuissance et
de l'inutilité des paroles...

J'aurais voulu avoir des renseignements sur ce moment de la vie de van Gogh, ou bien, à défaut de renseignements parlés, voir sa maison, et, de sa maison, les
premiers spectacles qui s'offrirent à lui et qui
l'émurent... Je m'informai... A mes questions, les gens
s'ébahirent :

— Vous dites?... Comment dites-vous?... Vincent
van Gogh?... Un peintre?... Vous ne vous trompez pas
de nom?... A Bréda?... Vous ne confondez pas avec
Amsterdam?... Attendez donc...

Personne ne savait.

J'expliquai que ça avait été un grand et douloureux
artiste... qu'il était mort, encore jeune, en France...

qu'il n'y avait pas longtemps de cela... Et, m'animant
devant ces mines étonnées, j'expliquai qu'il était célèbre en France, en Allemagne... même en Hollande...
qu'il y avait des tableaux de lui au musée de Rotterdam... Et j'insistais :

— Voyons!... Au musée de Rotterdam... ah!

— C'est bien possible, me répondit-on... Van
Gogh?... Non, ça ne nous dit rien. Il y a tant de
peintres et tant de musées, en Hollande!

Je m'efforçai de leur rappeler son visage tragique,
son front obstiné, ses yeux ivres de penser et de regarder,
sa courte barbe blonde.

— Des barbes blondes... ça n'est pas ce qui manque
ici...

Je m'acharnai sottement :

— Enfin... souvenez-vous... Il était bon avec les
enfants... il leur parlait...

Mais ils ne m'écoutaient plus... Ils s'éloignèrent de
moi, en me regardant avec méfiance.

Pauvre Vincent!... Il n'eût pas été humilié de l'ignorance de ses compatriotes... Il ne chercha pas la gloire...
il chercha quelque chose de plus impossible : l'absolu.
Et il en est mort...

J'appris, à Rotterdam, qu'un parent très proche de
van Gogh vivait à Bréda, entouré de la plus belle collection qui soit, de ses œuvres. Seulement, il ne porte
pas le nom de van Gogh.

Voilà pourquoi « van Gogh », « ça ne leur disait
rien ».

J'ai une autre impression.

Deux semaines après, je sortais du musée de La Haye
où j'avais passé presque toute la journée. J'étais ivre de
Vermeer, ivre surtout de Rembrandt... La tête me

17

tournait. L'*Homère* et, davantage, le portrait du frère
de Rembrandt me poursuivaient... Ce visage si prodigieusement humain, à la fois si dur et si doux, si mélancolique et si obstiné, cette effigie, aux plans si larges et
sûrs, plus vivante que la vie, ce front encore tout chaud
de la double pensée qui l'anima et qui le modela, et ces
yeux où l'on voit tout ce qu'ils ont regardé !... Le génie de
Rembrandt est si fort, qu'il en devient douloureux...
On ne peut en supporter le premier choc, sans un grand
bouleversement .J'avais besoin de me remettre de mon
émotion... Je longeai quelque temps les bords du Vivier.
Je me promenai sous les arbres de cette place où tout
s'apaise, devient doux, silencieux, glissant, comme ces
eaux dorées qui la baignent... Et je rentrai dans la
ville...

Comme je flânais à travers la rue, j'avisai une
petite boutique, devant laquelle de grandes affiches
mobiles annonçaient une exposition des œuvres de van
Gogh... Je me dis :

— Non... non... pas aujourd'hui... Ce serait une
trahison... Je reviendrai demain...

Et, en disant cela, je pénétrai machinalement dans
la boutique.

Le soir commençait à venir... Il n'y avait plus personne, qu'un employé qui dormait, la tête appuyée sur
une pile de catalogues... Sur les murs gris, une vingtaine de tableaux, peut-être. Au centre de la pièce, une
sorte de divan circulaire, d'un rouge affreux, du milieu
duquel jaillissait une colonne drapée que terminait
un ridicule petit palmier dans un pot de céramique.

Je m'assis, et je regardai... Je regardai longtemps...
Je regardais, sans fatigue, intéressé...

Je sentais bien que d'autres tableaux, même parmi
ceux qu'on appelle de bons tableaux, m'eussent fait

fuir. Je les eusse considérés comme une profanation...
Oui, oui, j'étais bien sûr qu'il m'eût été impossible de
les regarder...

Je regardais toujours...

Et un calme, une sécurité — plus que cela — une
sorte de joie nouvelle, entraient en moi...

C'étaient des paysages de printemps, des paysages
du Midi... des vergers... des moissons dorées ondulant
sous le vent... Et des ciels étrangement mouvants, où
des formes vagues de grands animaux, de femmes
couchées, s'allongeaient, s'émiettaient, reprenaient
d'autres formes... Et des figures tourmentées, parmi
lesquelles celle du peintre, d'un accent si tragique...
celle aussi du bon père Tanguy, souriante, avec
sa vareuse brune, son tablier vert, ses deux grosses
mains de travail... Et des fleurs, d'adorables fleurs,
tulipes, glaïeuls, roses, iris, soleils, d'une vie, d'un
éclat, d'une caresse, d'un rayonnement extraordinaires...

Ces toiles, je ne les détaillais pas comme je fais en ce
moment, même d'une façon si sommaire... C'est l'ensemble des formes, c'étaient les taches de lumière
qu'elles faisaient sur les murs, qui me retenaient et me
charmaient...

Je me disais :

— Ce que j'ai là, devant moi... c'est une autre sensibilité, une autre recherche... c'est autre chose... c'est
un autre art... moins écrit, moins solide, moins profond,
moins somptueux, que celui dont je viens de recevoir
une commotion si violente... Évidemment, je vois, parfois, dans ces toiles, une grimace douloureuse, parfois
j'y sens une impuissance consciente à réaliser, par la
main, complètement, l'œuvre que le cerveau a conçue,
cherchée, voulue. Et, cette grimace, je ne la vois, cette

impuissance, je ne la sens, peut-être, que parce que j'ai
connu tous les doutes, tous les troubles, toutes les
angoisses de Vincent van Gogh, et cette faculté
cruelle d'analyse, et cette dureté à se juger soi-même,
et cette existence toujours vibrante, toujours tendue,
à bout de nerfs, et cet effort affolant, torturant, où il se
consuma. D'ailleurs, qui sait, qui saura jamais à quoi
se vérifie la réalisation complète, en une œuvre d'art?
N'est-ce pas dans les créations de ses dernières années,
dans ce que certains critiques appellent grossièrement ses ébauches, que Rembrandt est allé le plus loin,
le plus haut, dans la science et dans le génie?... Mais
de ces toiles qui sont là, devant moi, rayonnantes sur
ces murs gris, ce que je sais c'est, qu'en dépit de leurs
discordances, de leur inachèvement, de leur brutalité,
c'est le seul art que mes nerfs surexcités, que mes yeux
toujours emplis des plus belles visions, puissent supporter, aujourd'hui. Après Rembrandt, qui bouleverse
comme un phénomène de la nature, on peut s'arrêter à
van Gogh, qui inquiète et qui enchante... Et la preuve
c'est que je suis là, encore, que je regarde, et que je suis
content.

Je ne quittai la petite boutique que quand le soir fut
tout à fait venu...

Sur les Hollandais.

A une dizaine de kilomètres au delà de Bréda, c'est
enfin la Hollande... la Hollande d'eau et de ciel, la Hollande infiniment verte, infiniment gris-perle, où plus
jamais n'osera s'aventurer le moindre souvenir de Belgique. Les routes se font douces, élastiques, sans pous-

sière, avec leur pavage uni et lavé de briques sur
champ. Elles sont plantées magnifiquement d'arbres
gigantesques, des ormes, des platanes, des blancs de
Hollande, dont on voit très bien que les racines plon-
gent au plus profond d'un sol riche où l'humus ne leur
a pas plus manqué que l'eau. Des bandes de vanneaux,
de sansonnets voyagent dans l'air, des bandes de canards voyagent sur l'eau... Et l'eau est partout... On la
voit sourdre sous les nappes de verdure, comme, sous la
couche de cendres qui le recouvre, on voit sourdre la
rougeur d'un brasier...

Dans la traversée des polders, sur les digues, il faut
aller doucement. Elles sont étroites, le plus souvent
bordées de petits canaux en contre-bas, coupées de
petites passerelles en dos d'âne et de petits ponts-levis
qu'on n'aperçoit que lorsqu'on est dessus. Chaque fois
que vous rencontrez un cheval, un de ces beaux chevaux à l'encolure guerrière, arrêtez la machine, et
mieux, descendez-en, pour porter secours au charretier ou au cavalier, car le cheval est partout le même
stupide animal, et, ici, son danger s'accroît de sa masse,
et du peu de place que le fameux ministre des Digues
accorde à ses caracolades.

Il n'existe pas d'autre règlement, sur la circulation
automobile, que celui que vous établissez vous-même,
en vue de votre propre sécurité. En Hollande, l'important est d'entrer... Une fois cette difficulté levée, vous
faites ce que vous voulez... Vous tombez même dans le
canal, si tel est votre plaisir... Personne n'y voit le
moindre inconvénient et ne vous en saura mauvais gré,
à condition toutefois que vous vous en retiriez, mort
ou vif, votre machine et vous, à vos frais. Il suffit d'ailleurs du plus léger dérapage, ou que votre mécanicien
ait, en de certains endroits, une seconde de distraction.

17

Car les routes, à chaque instant, cessent brusquement,
à pic, devant le fleuve, ou devant le canal qu'il vous
faut traverser sur des bacs à vapeur, puissants et
rapides...

Cette façon de voyager en auto, lente, interrompue
par toute sorte d'arrêts, est d'abord irritante. Brossette
maugrée à toutes les minutes, il s'écrie : « Sale
pays ! »... Et puis il s'y fait, et puis l'on s'y fait. Cela
devient vite un repos, même un plaisir. On se mêle
ainsi beaucoup mieux à la vie des choses et à celle des
gens. Ce qui est charmant et nouveau, en ce pays, c'est
que, partout, même sur la route, on est en contact perpétuel avec ses habitants. On les voit vivre et on vit
avec eux... On est chez eux...

Sous sa face tranquille, avec ses gestes mesurés, le
Hollandais est rude et violent. Il aime aussi la mo-
querie, l'ironie. Mais quand on n'est pas un Anglais, et
qu'on s'habille comme tout le monde, on s'en accom-
mode assez bien. Au besoin, il saura être complaisant
sans servilité, et gaiement accueillant, s'il ne lui en coûte
rien. Par exemple, évitez de vous promener, vêtus de
peaux de bêtes. Les peaux de bêtes excitent d'abord sa
curiosité, et sa curiosité peut devenir agressive et
méchante. Il m'est arrivé à Rotterdam, où pourtant
débarquent des gens de tous pays et de tous costumes, à
Leuwarden aussi, d'être suivi, dans la rue, par une
foule de quinze cents personnes, hommes, femmes et
enfants. Ils commençaient par rire et se moquer, et
bientôt, s'énervant l'un l'autre, finissaient par me
lancer des boules de papier et des pelures d'orange. Or,
de l'orange à la pierre, il n'y a pas très loin. Ce furent
des moments extrêmement désagréables, et qui me
rappelèrent la sortie des réunions publiques, au temps

de l'affaire Dreyfus. Ce n'est pas que le Hollandais soit
misonéiste et routinier, à la façon du Français, et qu'il
s'étonne, outre mesure, des choses dont il n'a pas l'habitude. Au contraire, il accepte facilement un progrès,
surtout quand il est d'intérêt général. Mais il a des
manies, des mœurs parfois bizarres auxquelles il tient.
Il faut les connaître. Il faut le connaître, et ne jamais
contrarier son esthétique populaire, d'ailleurs harmonieuse. Et on l'aime, et il nous aime à sa façon, qui n'est
pas la nôtre, mais dont la rudesse ne manque ni de
bonhomie, ni de pittoresque.

En Hollande, il n'y a ni charbon, ni bois, ni pierre,
ni métaux, ni fruits. Ce n'est que de l'eau. Les petits
vallonnements des environs d'Arnheim, qu'on franchit
facilement, à la quatrième vitesse accélérée, et la
forêt d'Appeldorn, avec ses arbres de haute futaie,
y font l'effet d'étrangers. Ils annoncent déjà l'Allemagne. Là, l'homme est moins actif; il m'a paru moins
fort, moins beau. C'est une autre race. Le vrai Hollandais, c'est le Hollandais du polder et du canal. La lutte
qu'il livre sans cesse aux caprices, aux sournoiseries,
aux violences de l'eau, l'a rendu industrieux, patient,
énergique, rusé. De cette force dévastatrice, il a su faire
un admirable outillage économique, une richesse énorme,
et une émouvante beauté. Il en est très fier. Un gros
entrepreneur d'Amsterdam me disait :

— En Italie, à la Martinique, ils ont la chance
d'avoir des volcans... Et qu'est-ce qu'ils en font?...
Rien... absolument rien... De la ruine et de la mort,
monsieur... C'est pitoyable... Ah! si nous les avions
ces volcans-là!... Notre eau et ces volcans-là, monsieur?... ah! vous verriez.... vous verriez!... Quelles
tristes gens!...

— Que feriez-vous des volcans?... lui demandai-je.

— Je n'en sais rien... la question ne se pose pas chez nous... Soyez sûr que nous en ferions quelque chose... Tenez, c'est comme votre vent, dans le Midi, le mistral... Oui... Eh bien! qu'est-ce que vous en faites?... Rien, non plus... Pourtant, je me suis laissé dire qu'on sait parfaitement où il se forme... Rien de plus facile alors que de le capter et de s'en servir... Mais non... vous le laissez souffler où il veut, comme il veut... C'est de la gâcherie, monsieur.... de la vraie gâcherie...

Mais je crois bien qu'il se moquait de moi...

Ce terrible élément de l'eau, le Hollandais a pu l'assouplir, le domestiquer, le faire servir docilement à toutes les nécessités, à tous les décors de son existence. L'eau est non seulement la parure de la Hollande; non seulement elle est le grand moyen de circulation, et, en quelque sorte, le système vasculaire du pays; non seulement elle est la rue, la route, le chemin de traverse, la voie qui, par mille dérivations, fait communiquer entre eux les grands centres, les villages, les hameaux, les fermes, les masures, les étables isolées dans le polder, les châteaux, les jardins, les parcs, échelonnés le long des digues; elle fait aussi office d'engrais merveilleux, de basse-cour pour les canards dont il y a partout d'immenses élevages; elle sert de bornage, de délimitation cadastrale; elle sépare et identifie les propriétés. Sur la pittoresque route de Groningue à Zwolle, j'ai longé toute une série de petits villages, où chaque maison, chaque champ, chaque jardin est entouré d'eau, comme ailleurs, de murs, de haies, de grillages. On se croit, tout d'un coup, transporté au temps des habitations lacustres. Rien n'est joli, et étrange, et miroitant, comme cette succession de palafittes multipliés par leurs reflets, où l'on voit travailler

durement et passer l'eau, sur des barquettes légères,
les troupes de femmes, en courtes et lourdes robes
de bure, le corsage avivé d'une broderie rouge, la tête
ornée de petits casques plats, dont le métal poli brille
au soleil.

La grande passion de l'homme, en Hollande, c'est le
travail. De Bréda au Helder, de Walcheren au Texel,
tout le monde, hommes, femmes, enfants, travaille
d'un travail âpre et continu. On travaille à l'eau, à la
terre, aux digues, aux ports, aux navires, aux fleurs.
Rien n'est perdu. De la moindre chose, on sait faire
une source d'enrichissement. Le jour que nous passâmes à Leuwarden, on avait vendu, sur le marché,
cent vingt mille œufs de vanneaux. Ils savent organiser
et développer, comme celle de la poule, la ponte de
cet oiseau farouche.

Il n'est pas jusqu'au touriste, de plus en plus nombreux, qui ne soit pressuré, vidé, desséché... Comme
il est ravi du voyage, il paie et ne dit mot.

Un jour, à Utrecht, en me remettant sa note, où
s'additionnaient, se multipliaient les chiffres les plus
fantastiques, l'hôtelier me dit, avec un sourire :

— Monsieur verra que nous ne sommes plus au
temps de Voltaire...

— Pourquoi... de Voltaire?... fis-je... Quel rapport?

— Mais oui... monsieur... de Voltaire... qui disait...
monsieur sait bien... qui disait : « Pays de canaux, de
canards et de canailles ». Ah! nous l'avons toujours sur
le cœur, ce mot-là...

— Je vois... et sur la note, hein?

Canailles?... non pas... Commerçants? Oui... Et
n'est-ce pas un peu la même chose? Ils ont, comme
on dit, le commerce dans la peau. Aucun peuple n'est
mieux doué pour les affaires, et pour la banque... Ils

mettent, à drainer l'or, la même ingéniosité tranquille
et tenace qu'à drainer l'eau du polder...

On sait qu'ils furent les premiers navigateurs euro-
péens à pénétrer utilement en Chine. Avant tous pourparlers, les Chinois, redoutant en eux des ennemis de
leur religion, les obligèrent à marcher, à cracher sur le
crucifix, ce qu'ils firent sans la moindre hésitation.
Après quoi, rassurés, les Célestes les autorisèrent à
pénétrer dans le pays, et à y commercer à leur guise.

Race forte et dure, réaliste et laborieuse, dominée,
en toutes choses, par l'intérêt qui ignore le scrupule et
éloigne le sentiment. Quoi qu'en pensent certains politiques, elle ne se laissera jamais violenter, absorber
par l'Allemagne... La Hollande n'est pas au bout de
son histoire.

Le Hollandais est un bon colonisateur. Il a su tirer, de
ses magnifiques établissements dans l'Inde, des profits
considérables. Mais il a trouvé, là-bas, peu à peu, son
maitre, dans le Chinois. A Java, le Chinois sourcille de
partout, s'infiltre et s'étale partout... C'est une sorte
d'eau envahissante, conquérante, que le Hollandais ne
peut pas endiguer et qui menace de le submerger...

Un ancien consul, retiré à Arnheim, M. X..., m'a
conté cette anecdote caractéristique :

A Canton, — il y a vingt ans de cela — M. X...
avait à son service un boy chinois, d'une intelligence,
d'une souplesse, d'une fidélité extraordinaires... Valet de chambre, secrétaire, cuisinier, tailleur, bottier,
musicien et poète, ce boy était tout... tout ce qu'on
voulait...

— Je l'aimais beaucoup, me dit M. X..., et lui,
paraissait s'être attaché à moi, pour la vie... Une perle !...

Un jour, le consul fut envoyé à Batavia, chargé par
le gouvernement d'une affaire importante. Sachant

combien il tenait à cet excellent serviteur, des amis lui
conseillèrent de le laisser à la maison...

— Aussitôt là-bas... il sera circonvenu, pris, em-
bauché par des compatriotes... Vous ne le reverrez
plus...

Son boy? La fidélité même... Allons donc!... Les
autres boys, peut-être... mais le sien?... C'était absurde...
Il l'emmena. A ·Batavia, au·débarquement, il laissa
son petit bonhomme se débrouiller avec les bagages,
et lui recommanda de les apporter au palais du
gouverneur, où il devait loger, durant son séjour,
et où il se rendit sans plus tarder. Deux heures, trois
heures, quatre heures se passèrent... Pas de boy...
Qu'était-il donc arrivé?... Il envoya aux informations :
pas de boy... Très inquiet, M. X... allait prier le gouverneur de mettre sur pied la police, quand, vers le soir,
un commissionnaire nègre vint apporter les bagages
et une lettre. La lettre était du boy... Il y expliquait,
avec beaucoup de regrets, qu'il était obligé de quitter
son service, vu qu'il était installé horloger, dans
un beau quartier de Batavia... Horloger?... Déjà!...
C'était une plaisanterie, sans doute... M. X... courut à
l'adresse indiquée. Il entra dans une petite boutique, et
vit, assis devant l'établi, la loupe à l'œil, le boy, qui,
avec une aisance parfaite, examinait le mécanisme
d'une montre...

— Tu es fou!... cria M. X... Qu'est-ce que cela veut
dire?...

Alors, le boy raconta que, durant qu'il attendait les
bagages, un vieux Chinois l'avait abordé... Ils avaient
longtemps causé, discuté...

— Qu'est-ce que tu veux faire? avait dit le vieux
Chinois... Veux-tu être tailleur... cuisinier... médecin...
horloger?... Quoi?... Dis ce que tu veux...

Bref, le boy avait choisi l'horlogerie... Et le vieux Chinois venait de l'installer dans cette boutique, où il était sûr de faire fortune... M. X... était stupéfait. Il ne trouva à dire que ceci :

— Mais tu connais donc l'horlogerie ?

Et le boy répondit d'un air tranquille :

— Faut bien... Un vrai Chinois doit tout connaître.

Gorinchem.

La première joie que je devais connaître, en Hollande, cette fois-ci, ce fut d'apercevoir cette petite ville de Gorinchem que je n'oublierai plus, petite ville presque inconnue des touristes, et qui, de très loin, de l'autre côté de l'eau, — c'est le Rhin et la Meuse qui coulent là, confondus — me parut si pimpante et me ravit bien davantage dès que nous eûmes circulé, quelque temps, lentement, dans ses rues étroites, pleines de promeneurs... J'en étais enchanté, comme un enfant d'un joujou. Elle avait bien l'air d'un joujou luisant, tout neuf, — quoiqu'elle fût très vieille — et sa nouveauté, c'était sa propreté...

En Hollande, les vieilles choses, vieux monuments, vieilles maisons ne m'attristent jamais. On ne voit pas leurs fissures, leurs lézardes, et ces plaies qu'avivent sans cesse les entassements de poussière corrosive. Elles n'offrent point l'aspect délabré de ruines. A force de soins, elles conservent une belle vie de jeunesse et de santé. Un peu plus tassées que les neuves, un peu plus penchées, et voilà tout... Elles rappellent ces jolis vieillards, qui eurent la politesse de se garder de la déchéance, dont le visage paraît plus frais, plus riant, sous les

cheveux blanchis, et qui enseignent aux jeunes gens
l'indulgence et le sourire. La coquetterie est la grande
vertu des vieilles gens.

Délicieuse petite vieille, que Gorinchem!... On pouvait, de l'auto, sans effort, toucher les façades peintes,
lavées, vernies. Les rues, où nous glissions entre ces
habitations à pignons historiés, étaient lavées aussi,
lavées comme les carreaux des intérieurs que peignit
Pieter de Hoogh, et dallées, me sembla-t-il, de ces
mêmes mosaïques de couleur, dont beaucoup de maisons avaient leurs façades revêtues. Et des étalages de
fruits exotiques, des vitrines où se montraient des dentelles, des draps brodés, de lourds bijoux d'argent,
paraient les devantures d'un luxe choisi... C'était la première petite ville des Pays-Bas, qui mirât dans ses canaux sa coquetterie, avec placidité...

Nous nous arrêtâmes chez un pâtissier pour y boire
du thé, mais surtout pour nous arrêter, pour prendre
pied dans la ville.

Les gens allaient et venaient, nous regardaient et
regardaient la machine, silencieusement. Faces débon-
naires et un peu lourdes, je les avais déjà vues dans ces
gravures anciennes qui représentent des amateurs de
tulipes. Ils ne savaient pas trop s'ils devaient admirer,
mépriser, s'indigner... Après avoir regardé l'auto, ils se
regardaient entre eux, et puis ils s'en allaient, sans
avoir exprimé le moindre sentiment. Et d'autres les
remplaçaient qui se livraient à la même mimique. Il y
avait des femmes blondes, aux cheveux tirés; il y en
avait de très noires, avec des yeux en amande, et des
teints où le jaune de l'Extrême-Orient luttait avec le
rose d'Europe... Des pêcheurs rentraient ou sortaient,
poussant des petites voitures dont les unes contenaient
des paquets de filets bruns, et les autres de grandes

18

mannes remplies de saumons. Un gamin, à la porte,
nous offrait des cartes postales : des églises aux tours
penchées, des moulins à vent.... des canaux, encombrés de barques... Il ne se passait rien que de monotone et de quotidien. La vie coulait, devant nous,
comme chaque jour, devant cette boutique, elle coule
douce, paisible, avec son petit bruit de sabots sur les
dalles de la rue. Et, pourtant, je me sentais parfaitement, enthousiastement heureux. J'avais, en moi, une
joie violente de cette douceur, de ce bruit de sabots, de
ce silence des visages, de cette jolie fille aux bras nus qui
nous servait sans empressement, de ce thé qui était très
mauvais, de ces tasses de Chine, qui ne venaient même
pas des fabriques de Delft, de cette écœurante odeur
de cacao, qui flottait dans la boutique, de ces maisons en face, petites maisons naïves, comme on en
voit, comme on en achète, pour les arbres de Noël,
dans les magasins de jouets, à Nuremberg... Il me
semblait que c'était le bonheur, et que j'eusse vécu
là le reste de ma vie. Impression qui n'était pas nouvelle en moi. Chaque fois que je m'arrête quelque
part, n'importe où, et qu'il y a un peu d'eau, des
arbres, et, entre les arbres, des toits rouges, un grand
ciel sur tout cela, et pas de souvenirs... j'ai peine à
m'en arracher.

Il me fallut faire un effort pour me lever et partir...

La découverte de Claude Monet.

Pour la première fois, je considérai, sans y retrouver
les anciennes images d'un bonheur devenu si amer, ces
canaux où vient se glacer et mourir la vigueur du Rhin.

J'admirai délicieusement les petits ponts, enjambant
les filets d'eau, où l'élan de leur arche unique de bois
se referme par son reflet; petits ponts tout ronds,
comme sont ceux du Japon, sur les estampes, et qui,
partout, en Hollande, protègent et défendent chaque
maison... Et les petites grilles, basses, ouvragées, qui
s'ouvrent sur les petits parterres de ces fleurs qui
ont un éclat unique, en ce pays mouillé, où la lumière
irisée les imprègne, les caresse et les aime. Dans la traversée des villages, parfois, nous apercevions des jardi-
nières, tuyautant aux fenêtres, derrière le transparent
qui les vaporise, des collerettes brodées de narcisses,
de jacinthes, de tulipes...

Pour la première fois aussi, je redevenais sensible à
cet aspect oriental, extrême oriental, qu'ont la plupart des villes et des villages hollandais, sans qu'on
sache précisément de quels éléments il est fait.

C'est à la fois l'art du Japon qu'ils évoquent, et l'art
primordial de la Chine, mais aussi l'art des Indes, et
toute la magie des continents baignés d'eau, et des Iles,
que la marine néerlandaise hante depuis des siècles,
comme si les navigateurs avaient rapporté de ces contrées qui sont au delà des mers lointaines, avec leurs
denrées qui les enrichirent, un émouvant rappel de
leurs aspects.

Le développement des influences qui conduisent
l'évolution de la pensée dans le temps, n'est si difficile
à saisir que parce que l'oscillation des idées, qui est
purement intelligible, dévie souvent, du fait d'accidents qui ne sont que mécaniques... J'ai souvent pensé,
dans ce voyage, à cette journée féerique où Claude
Monet, venu en Hollande, il y a quelque cinquante ans,
pour y peindre, trouva, en dépliant un paquet, la première estampe japonaise qu'il lui eût été donné de

voir. Son émotion devant cet art merveilleux, où toute
vie, tout mouvement, tout modelé tiennent dans un
trait — art qu'il ·ignorait, d'ailleurs, comme tout le
monde, à cette époque, mais dont il avait en lui la
prescience, en quelque sorte fraternelle — cette émo-
tion-là, vous la devinez.

Son bouleversement, sa joie étaient tels, qu'il ne
pouvait exprimer, par des phrases, ce qu'il ressentait; il
ne pouvait plus l'exprimer que par des cris.

— Ah!... ah!... Nom de Dieu!... faisait-il... Nom de
Dieu!...

Ce juron contenait tout l'infini de son admiration.

Et c'est à Zaandam que ce miracle se passait. Zaandam, avec son canal, ses navires à quai, débarquant
des cargaisons de bois de Norvège, sa flottille serrée
de barques, aux proues renflées comme des jonques,
ses ruelles d'eau, ses cahutes roses, ses ateliers sonores,
ses maisons vertes, Zaandam, le plus japonais de tous
les décors de Hollande.

Il faudrait ignorer, non seulement les tableaux de
Claude Monet, mais ceux des pairs qu'il a parmi ses
contemporains et ses cadets, et jusqu'aux noms, alors
inconnus, d'Hokousaï, d'Outamaro et d'Hiroschigè,
pour douter de la fièvre, dans laquelle il courut à la
boutique d'où lui venait ce paquet... Vague petite
boutique d'épicerie, où les gros doigts d'un gros homme
enveloppaient — sans en être paralysés — deux sous
de poivre, dix sous de café, dans de glorieuses images
rapportées de l'Extrême-Orient, au fond de quelque
cale de navire, avec des épices!... B'en qu'il ne fût pas
riche, en ce temps-là, Monet était bien résolu à acheter
tout ce que l'épicerie contenait de ces chefs-d'œuvre...
Il en vit une pile, sur le comptoir. Son cœur bondit... Et puis, il vit l'épicier qui servait une vieille

femme, détacher une feuille de la pile... Il se précipita :

— Non... non... cria-t-il... je vous achète ça... je vous achète tout ça... tout ça...

L'épicier était brave homme. Il crut avoir à faire à un original... Et puis, ces papiers coloriés ne lui coûtaient rien : il les avait par-dessus le marché... Comme on donne à un enfant qui pleure, pour l'apaiser, une image, il donna la pile à Monet en riant, et se moquant un peu :

— Prenez... prenez... dit-il... Ah! vous pouvez bien les prendre... Ça ne vaut rien... Ça n'est pas solide... J'aime mieux ce papier-là, moi...

Se tournant vers la cliente :

— Et vous? Ça ne vous fait rien, non plus, hein?

— Moi?... Ah! Dieu de Dieu!...

Il prit une feuille de papier jaune, avec quoi il enveloppa le morceau de fromage qu'avait acheté la vieille femme.

Rentré chez lui, fou de joie, Monet étala «ses images». Parmi les plus belles, les plus rares épreuves, qu'il ne savait pas être d'Hokousaï, d'Outamaro, des femmes, à leur toilette, des femmes au bain, des mers, des oiseaux, des arbres fleuris, il en vit une qui représentait un troupeau de biches, et qui lui paraissait être une des plus étonnantes merveilles de cet art étonnant. Il sut, plus tard, qu'elle était de Korin...

Ce fut le commencement d'une collection célèbre, mais surtout d'une telle évolution de la peinture française, à la fin du XIXᵉ siècle, que l'anecdote garde, en plus de sa saveur propre, une véritable valeur historique. Ceux qui voudront étudier sérieusement cet important mouvement de l'art, qu'on appela du nom d'impressionnisme, ne peuvent la négliger...

Aujourd'hui qu'on célèbre tant d'anniversaires, inu-

18.

tiles et ridicules, ne pourrait-on célébrer avec une pompe particulière l'anniversaire de cette journée émouvante et féconde, où un grand artiste français se rencontra, pour la première fois, à Zaandam, avec une petite estampe japonaise?...

Le port, patrie du peintre.

Je crois bien que, nulle part ailleurs, l'émotion de Claude Monet n'eût été plus forte. C'est que l'art extrême-oriental, on le voit apparaître, partout, en Hollande, et sortir, on dirait, de l'eau. Il est vrai que dans les ports d'Occident — et toute la Hollande n'est qu'un grand port — les bateaux rapportent avec eux des parcelles, des éclats de l'Orient, et de ses créations qui sont obligées de lutter, de subtilité comme de splendeur, avec la lumière même.

Venise, vêtue de drap noir, regorgeait de ces richesses transmarines, et son climat n'eût peut-être pas suffi, seul, à produire, pour l'enchantement du monde, les yeux de Titien.

Le hasard uniquement fit que Rubens n'ouvrit pas les siens à Anvers, où commerçait, avec l'Europe, de toutes les marchandises d'outre-mer, la plus grande flotte marchande du monde. Ses parents l'y ramenèrent de bonne heure, et il y a passé la partie de sa vie peut-être la plus féconde. De sorte qu'il tira des quais fameux de l'Escaut, outre l'arrangement des lignes et l'ampleur ornementale de ses compositions, une part au moins de la magnificence, dont il distribua, entre les souverains et les belles femmes de son temps, les éblouissantes effigies.

Même Marseille, « Porte de l'Orient », écrit Puvis de Chavannes, Marseille, où naquit Monticelli, valut à ce peintre l'étrange grouillement de sa palette, où les fruits rouges, les soies orientales, les coquillages nacrés, — s'écrasent parmi les eaux bleues et parmi ces noirs puissants, dorés, qui font frissonner les bassins, pleins de navires...

Est-il possible aussi que personne ait pu se défendre de croire qu'il abordait au Japon, de ceux qui, au crépuscule du matin, sont entrés dans le fjord de Kristiania?

..

Je suis convaincu qu'un grand port, quel qu'il soit, où qu'il soit, est, par excellence, un lieu d'élection pour la naissance, la formation, l'éducation d'une âme d'artiste. Un artiste qui est né dans un port, qui y a vécu son enfance et sa première jeunesse, parmi la variété, l'imprévu, l'enseignement sans cesse renouvelé de ses spectacles, est, forcément, en avance, sur celui qui naquit, au fond des terres, dans un village de silence et de sommeil, ou dans l'étouffante obscurité d'un faubourg de la ville. Son imagination, surexcitée par tout ce qui passe et se passe autour de lui, s'éveille plus tôt. Son cerveau travaille davantage et plus vite, et sans trop de luttes... Il s'habitue à voir et, voyant, à comprendre. Sa pensée qui n'est pas bornée par un mur, « le mur de la maison Meyer », ou par un coteau, est libre de vagabonder, à travers l'espace, comme ces jolies mouettes qui hantent le vaste ciel, et qui n'ont d'autre limite à leurs désirs, que la fatigue de leurs ailes... Il englobe, dans un regard, plus de choses d'ici et de là-bas, plus de visages d'ici et de là-bas, plus de

vie universelle. A son insu, et comme mécaniquement,
le mouvement des barques sur la mer, de la mer contre
les jetées, le rythme de la houle, l'entrée des navires
aans les bassins, l'oscillation des mâts pressés que
relie la courbe molle des cordages, les voiles qui fuient,
qui dansent, qui volent, les volutes des fumées, toutes
les silhouettes des quais grouillants, lui enseignent,
mieux qu'un professeur, l'élégance, la souplesse, la
diversité infinie de la forme. Sans le savoir, il emma-
gasine des sensations multiples qui ne s'effaceront
plus, qu'il retrouvera, plus tard, et dont il fera vivre
un visage, un torse de femme, l'ondulation d'une jupe,
la flexion d'une hanche, le balancement d'une branche...
Car il y a de tout cela dans un port... Il y a de tout et
il y a tout, dans un port.

.*.

Et, une fois de plus, ma rêverie aboutit à Rembrandt.

Rembrandt n'est pas né dans un grand port, c'est
vrai... Mais son nom est inséparable de celui d'Amsterdam, où il vécut tant d'années, et y trouva l'emploi de
ses dons, en leur toute-puissance... Amsterdam, dont
les habitants sont vêtus de noir, comme ceux de Venise,
avec le même orgueil et un goût pareil des accents
éclatants et des ornements lourds. Dans l'une et
l'autre ville, le soleil fait la même féerie avec le ciel et
avec l'eau qui divise les maisons, jusqu'à ce que
l'humidité se condense en brouillard, pour lui dérober
la cité aquatique et la restituer à l'obscurité, sur qui
le triomphe de l'astre n'aura que plus de splendeur.
Je ne voudrais pas penser que Rembrandt eût pu naître
en quelque petite ville endormie dans les terres, sans

jamais voir le soleil dorer des quais, dorer les eaux
noires des bassins, dorer l'atmosphère profonde, « l'ob-
scure clarté » qui grouille entre les coques des navires...
Peut-être que ce qu'il eût tiré de lui-même eût suffi
pour émerveiller les humains. Mais je m'exalte à
découvrir, dans son œuvre, la conception, non seulement des images, mais des couleurs les plus somp-
tueuses, issues de la rencontre de son génie, avec le
luxe d'un grand port, infini jusque dans la variété de ses
misères, à Amsterdam, surtout, le plus oriental des
ports d'Occident, Amsterdam et sa sombre population
juive.

Fermant les yeux à l'ardeur insoutenable du couchant, vers où nous courions, je songeais à la fin douloureuse du héros, de ce Rembrandt des dernières
années, enchaîné par la misère, en proie au malheur,
expiant, lui aussi, peut-être, le crime d'avoir osé dérober
au ciel, pour nous, le feu divin de sa lumière...

La Digue.

Depuis Gorinchem, c'est presque, jusqu'à Dordrecht,
une succession de villages délicieux, dont je ne sais
pas les noms, mais dont la traversée dure, peut-être,
trois fois plus que celle de Paris. Du haut de la digue
surélevée, étroite, nos regards penchent dans l'intérieur
des maisons en contre-bas. Devant tous les seuils, lavés,
polis, les paires de sabots sont rangées, sabots légers
de saule. Avant d'entrer, les habitants ne manquent
jamais de se déchausser, et ce sont des pas feutrés qui
glissent, comme pour ne laisser après eux aucune trace,

même de son, sur les parquets et les dalles qu'on voit
briller, au passage... Un rideau radieux, un cuivre,
des assiettes fleuries, des étains pansus, un bonnet
qui étincelle animent ces réduits presque tous pareils...
Armées de longs bâtons que termine un gros bouchon
de linge mouillé, des femmes lavent les façades, avec
acharnement; d'autres astiquent les portes, soigneusement vernies, et frottent les cuivres qui les ornent. Les
cuisines, en forme de guérites, sont séparées de la
maison, afin qu'aucune besogne malpropre ne puisse la
souiller... Et cela fait songer, je ne sais pourquoi, à de
la dentelle, rehaussée, mais à peine, de fils de métal...
Ce qui est charmant, c'est que, derrière chaque maison, comme nous avons chez nous une écurie et une
remise, ils ont une sorte de petit port, qui a dérivé
l'eau du polder, avec deux ou trois bachots à l'amarre,
qui leur servent pour la coupe des osiers et des joncs,
et pour les voyages, par les mille petites routes li-
quides, à travers la plaine verte...

Je me rappelle, au détour d'une ruelle où commençait un jardin, fleuri de fritillaires, avoir vu s'accroupir
une paysanne à la peau fraîche, et son geste qui retrous-
sait du linge blanc. Je l'avais vue déjà, cette même
paysanne, dans un tableau...

Tous les aspects du pays et du peuple hollandais,
ses maisons comme ses costumes, ses cabarets comme
ses moulins, qui pompent et disciplinent l'eau innombrable du polder, ont, même pour ceux qui les ignorent,
le charme du déjà vu. D'eux tout nous est familier,
grâce à leurs peintres qui les ont présentés, avec amour,
à tout l'univers...

Les petites gens et les paysans de Russie devront à
Dostoïevski et à Tolstoï, une notoriété pareille. Il se
peut que Camille Pissarro, et que Cézanne, qui ne

chercha jamais, pourtant, le détail de mœurs, l'anecdote qui passe, vaillent aux villages, aux visages, aux
coteaux, aux belles ondulations de la campagne française, une popularité qui ne sera pas moins universelle
que la gloire de leurs peintres. Ainsi, grâce à Watteau
et à Renoir, les femmes, telles qu'ils les ont vues dans
les rues de Paris, ou assises sur les gazons de ses jardins, sous l'ombre ensoleillée de ses parcs, dureront,
moins fragiles, plus vivantes que les Tanagréennes,
aussi immortelles que les cavaliers des frises grecques...

Le soleil échancrait déjà l'horizon, quand nous nous
trouvâmes, tout à coup, devant Dordrecht. qui, au
sortir de tant de villages minuscules, nous parut immense. Sa majesté, elle, la devait surtout à l'heure, qui
amplifie les formes, en les confondant dans une masse
bleue... La Meuse — ou plutôt — la Merwede était
encombrée, comme la rue d'une grande ville, avant le
dîner. Le bac ne traversait pas... Il nous fallut attendre
une heure, pendant laquelle nous vîmes les navires
perdre peu à peu l'éclat de leurs couleurs, jusqu'à devenir tout à fait noirs, et tendre, sur le ciel, où le jour
très lentement se mourait, l'envergure de leurs énormes
ailes ténébreuses... Les coques des chalands émergeaient
de l'eau, à qui elles semblaient peser. Des remorqueurs,
qui sifflaient interminablement, entraînaient des trains
entiers dans leur sillage... A force de s'allumer de toute
part, la ville devint un brasier dont les flammes attei-
gnaient la hauteur des maisons... Le vent qui venait de
se lever, commença de souffler, comme pour attiser le
feu et préparer la forge qu'il fallait au travail d'on ne
savait quel surhumain forgeron...

Soir à Dordrecht.

Une fois ou deux, en route, parmi tant de souvenirs, ceux qui m'attendrissaient, ceux aussi qui m'irritaient à force d'amertume, une fois ou deux, m'était revenue en mémoire la dimension extraordinaire des soles où avaient mordu les dents de notre appétit, à Dordt... Comme elle riait, notre jeunesse !...

C'était sur la terrasse d'un hôtel, au bord des eaux, où le soleil jouait, où les navires viraient comme des animaux familiers, où tout l'appareil d'un commerce actif et sonore ne semblait en travail que des préparatifs d'une fête... la nôtre, sans doute.

Gorinchém, le prodige de cette ville en flammes, au soleil couchant, et qui s'était éteinte presque tragiquement, m'avaient fait tout oublier, mais, jusque-là je n'avais été impatient que de retrouver les traces de mon bonheur d'autrefois...

Entre mille images qui fuyaient, j'avais peine à en retenir quelques-unes qui se laissassent préciser... Je sens sur mon épaule le poids et la tiédeur d'une tête, dont l'effort du vent happe les cheveux et leur parfum, mais m'en laisse ma part... Je souris à l'hésitation de deux pieds nus, auxquels il faut une serviette pour oser se poser sur le tapis sordide des chambres d'hôtel. Quelle vertu donnent à la valse de *Faust*, tout simplement, un clair de lune sur le fleuve et mon cœur content? Aucun cri de Tristan, aucune plainte de Mélisande ne m'ont causé plus d'émotion que ces trois pauvres violons, où bêlait, si lamentablement, la mu-

sique de Monsieur Gounod... Je ris d'un mensonge
inventé pour que je tourne la tête et ne voie pas un
rouleau de faux cheveux qu'on détache, et d'un de ces
ordres, si durs, de la pudeur, qui vous priveraient,
si on obéissait, du spectacle intime le plus doux, gestes
secrets et charmants, dont toutes vos veines battent et
qu'on n'oserait nommer... Je vois les gares où l'on
s'embarque, les gares aussi où l'on revient, et ces quais,
enfin, où l'on regrette même le terrible mouchoir
qu'aucune main, fût-elle perfide, n'agite plus... Je re-
tiens, une seconde, l'éclat de deux genoux polis et la
courbe tendue d'un sein... une épaule ronde parfumée chaleureusement, le duvet de sa cheville... J'attends des larmes qui vont couler sur un visage tout
pâle et silencieux de bonheur... Me reviennent en tête,
et y précipitent à flots mon sang, des furies de caresses,
après quoi, l'on se croyait de force, même qu'on chan-
celât, à défier l'univers, à en triompher avec tous ses
héros et ses monstres, pêle-mêle... Je songe aussi à des
riens dont on riait aux larmes, à des moins que rien qui
déchaînaient des tempêtes... et à ces après-midi de
fatigue, où on se laissait aller à l'ennui, qu'elle définis-
sait : « l'indifférence à ma vie, comme à ma mort ».

Mais, malgré mon désir de mélancolie, je sens que tout
cela est loin, bien loin, que tout ce passé se fane et
s'efface... Au fond de moi-même, je m'aperçois que, de
tous ces souvenirs, qu'une hypocrite et sotte manie de
littérature voudrait amplifier en douleurs, il m'en reste
un de vraiment vivant, et tout proche, et si vulgaire : la fermeté savoureuse de vos chairs, soles magnifiques, qu'on mangeait si gaîment, à la terrasse de cet
hôtel, au bord de l'eau.

C'était, c'est encore l'hôtel Bellevue, un peu plus
vieux, un peu plus tassé, lui aussi... Je reconnus le même

19

tapis, sur les marches si raides de l'escalier ; aux fenêtres, les mêmes rideaux ; dans la salle à manger, qui sert,
en même temps, d'office, de caisse, de salon, et de restaurant, les mêmes meubles... Suivi de l'hôtelier qui
nous retenait — le même hôtelier aussi, je crois bien —
je courus jusqu'à la terrasse... La nuit était complète,
sans la fissure d'une lumière, et les eaux silencieuses...
De toutes petites vagues venaient clapoter, chuchoter
au bord... C'est à peine si je parvins à distinguer des
feux qui se mouvaient dans le lointain... De gros nuages
cachaient la lune, et faisaient le fleuve tout noir, con-
fondu avec le noir de la terre... Pas le moindre violon...
Aucune valse, même de *Faust*, pour m'attendrir...
Tout était donc bien mort !...

Revenu dans la salle à manger, j'étonnai le maître
d'hôtel, en criant d'une voix forte :

— Des soles... des soles, comme autrefois !...

Il n'y avait même plus de soles...

Mes compagnons, dont j'avais excité l'appétit par
des descriptions enthousiastes, insistèrent vainement
près du patron...

Il n'y avait plus de soles... il n'y avait plus rien..

Force fut de se contenter de saumon fumé et de
sardines de conserves...

Mais quelles sardines !... Elles nous parurent extraordinairement exquises... Pimentées, condimentées, nous
n'en avions jamais mangé de pareilles. Les soles furent
oubliées... L'un de nous s'extasia :

— Il n'y a que la Hollande pour préparer de tels
poissons... Vive la Hollande !

Et, appelant le maître d'hôtel :

— Où fabrique-t-on, ces admirables, ces merveilleuses, ces uniques sardines ?... demanda-t-il... J'en
veux commander des caisses, des wagons, des bateaux !

Je veux épater la France, et la faire rougir de son ignorance sardinière... A Rotterdam?... à Maestricht? A La
Haye?... A Batavia?... Où?... Où?

Le maître d'hôtel redressa sa taille, et, avec dignité :
— Nous les faisons venir de Bordeaux... dit-il...

.*.

Comme nous finissions de dîner, une société d'Anglais vint prendre le thé, dans une encoignure dont
notre table était voisine. Les hommes en smoking,
les femmes décolletées... En face de nous, une toute
jeune lady, blonde, se levait, allait, venait, et même
quand elle était assise, cinq minutes, ne tenait plus
en place. Ses doigts jouaient avec son éventail, avec
une cigarette à bout d'or, avec ses bagues, avec ses
cheveux. Un collier sursautait à son cou, et je décou-
vris que ses pieds, sous le fauteuil, ne s'arrêtaient
pas de déchausser, pour les rechausser, des pantoufles
argentées où s'impatientait la soie de ses bas blancs...
A des mots qui faisaient rire plus haut les hommes,
et baisser les joues de ses amies, ce n'est pas assez dire
que la petite agitée rougissait; un flot de sang la parcourait toute, une vague rouge se levait à l'épaule,
couvrait tout ce qu'on voyait de sa peau, pour s'en
venir mourir à la racine de ses cheveux plus blonds...
Mon regard rencontra, tout à coup, dans le sien, l'angoisse de ne pas retrouver, au bout de l'orteil désespéré, la pantoufle qui avait fait trop loin la culbute. La
dame rougit plus fort, et son sang parut si bien en
mouvement, que je me figurai plus rose, presque rouge,
son bas blanc, où le pied se crispait, jusqu'à ce qu'il

disparût dans la pantoufle d'argent, enfin reconquise...

Cette nuit-là, je dormis, d'un sommeil profond, sans
rêves...

Dordrecht.

Ce fut, le lendemain matin, la musique au timbre
monotone de la pluie sur les vitres, qui nous réveilla.

Le joli Dordt s'était évanoui et je contemplai, en
bâillant, une ville ennuyeuse et crottée, où je me
rappelai — pourquoi éclatai-je de rire subitement? —
qu'Ary Scheffer était né...

Quand on va, par ses rues, cuirassé de caoutchouc
contre la pluie, elle ne paraît pourtant ni sans charme,
ni sans caractère, cette ville trempée d'eau, les pieds
dans ses canaux, et toute traversée, tout environnée
de routes fluviales... On y distingue, mais amorties,
des traditions magnifiques d'autrefois... Dans des
maisons à pignons qui abritaient beaucoup d'activité,
et où le luxe avait tant de morgue, il semble que ne
vive plus personne... Dans ses églises, avant que la foi
catholique ait eu le temps de les achever, c'est la
Réforme qui s'est installée... Sa simplicité sévère,
hargneuse, atteste plus d'orgueil que les pompes des
rites orientaux qu'elle en a chassés. Mais sa superbe ne
dédaigne pas un peu de confort. Sur les dalles où la
piété païenne s'agenouillait devant les Images, on a
rangé des sièges en quantité où la raison puisse s'installer comme il faut, afin de s'examiner librement.
Mais rien ne meurt que peu à peu. La Groote-kerke

est une cathédrale d'autrefois... Seulement, elle est tout à fait nue... Les stalles sont, pourtant, toujours là que les gouges des artisans ingénieux du seizième siècle ont fouillées dévotement. La grille de cuivre qui enveloppe le chœur, la rampe qui grimpe à la chaire, semblent encore faites de rayons divins, voire de rayons de soleil, mais de rayons qui auraient fleuri.

Ces cuivres et ces arabesques m'en évoquent d'autres; des rampes, des balustres, des lustres, des volutes et tous ces enroulements, et tous ces déroulements qui courent, à présent, dans le monde entier, sous le nom de *modern-style*, nom anglais d'une manie où les Belges ne sont parvenus qu'en partant de ces cuivres hollandais, en les torturant et les déformant affreusement...

Mais où sont, dans les bars et les hôtels palaces, aux devantures des parfumeries, des charcuteries, des crémeries et des confiseries, dans les demeures des financiers allemands, des poètes viennois, des esthètes des Flandres et des cocottes de Lyon, cuivres rouges et cuivres d'or, où sont la bonhomie souriante, la courbe harmonieuse; l'honnêteté solide et réjouie des charmants cuivres hollandais?

Et me revoici dans la rue où la pluie a balayé les derniers passants. Des groupes de ménagères, de servantes se sont réfugiés sous le marché. En mantes noires, en coiffes désamidonnées, hottues, bossues et caquetantes, elles se pressent l'une contre l'autre, comme des poules sous l'auvent de la basse-cour mouillée. Toutes les maisons, où s'avivent les plaies anciennes, pleurent; tous les ponts, aux arches de guingois, qui s'étagent dans la perspective, pleurent aussi; tout pleure. L'eau des canaux, sous les gouttes de l'averse qui s'acharne, semble dégager des bulles de

19.

gaz, comme d'une mare putride. Derrière les grilles
des jardinets, les fleurs humiliées, fripées, penchent
des airs moroses, et à travers les vitres qui ruissellent
et se brouillent on voit, çà et là, remuer, comme dans
une brume épaisse, de vagues formes d'êtres humains...
On dirait des ombres, des fantômes du passé.

Heureusement, tout n'est pas du passé, tout n'est
pas mort à Dordrecht, et c'est avec une joie « bien
moderne » que j'ai vu vivre les machines et se tordre
la vapeur sous la pluie. Une activité qui ne bavarde point, comme les commères du marché, mais
besogne, anime étrangement les quartiers neufs et
les quais. Sans en avoir l'air, Dordrecht commerce
de tout, avec toute la terre. C'est, au carrefour de ses
fleuves, une des plus importantes gares d'eau de l'Allemagne. Ce que les artères des canaux et des rivières
ne charrient pas jusqu'à son port, elle le fabrique, le
malaxe, le forge, l'ajuste elle-même : poissons fumés et
salés, cacaos et tabacs, charbons de Belgique, d'Allemagne et d'Angleterre, outils qui seront maniés partout, machines à construire des machines, vaisseaux
qui feront — combien de fois ? — le tour du monde. Et
tout cela se prépare, se camionne, vogue, débarque
et s'embarque, parmi les coups de sifflet et les coups
de marteau, le vacarme des tôles, le grincement des
poulies, et les hurlements qui n'en finissent pas des
sirènes.

On dirait que toute cette eau, dans laquelle elle
baigne, la ville vivante la dilate en vapeur, et, quand
elle en a utilisé la force expansive et laborieuse, qu'elle
la laisse retomber en pluie, sans s'arrêter de travailler,
sur la ville morte.

Le musée des Boërs.

Nous n'avons vu à Dordrecht qu'un musée, mais qui m'a assez remué, pour m'empêcher d'entrer dans aucun autre : le musée des Boërs.

Ceux-là aussi, au moins autant que le maître de la Mort de Marie, Pourbus ou les Breughel, Jean Steen ou van Ostade, Cuyp ou van Goyen, sont bien de Hollande et de l'École hollandaise. Malgré le temps, le climat, le sol, l'adaptation aux habitudes nouvelles, ils ont gardé le même visage dur et tranquille, la même stature robuste de leurs frères métropolitains, avec quelque chose en plus de l'allure souple et déliée des cow-boys. Leur œuvre, bien que très différente, est une expression au moins aussi significative de la physionomie d'un peuple.

Cette poignée de familles hollandaises emporta jusqu'au bout de l'Afrique toutes les vertus qui ont fait la fortune de leurs compatriotes néerlandais, plus exactement, qui les ont fait riches : le sang-froid, la ténacité, la hardiesse. Mais, puritains, les Boërs ne les employèrent qu'à vivre dignement, rudement, pauvrement. Ils ne mélangèrent pas, ou à peine, leur sang au sang des autres races, et ils se tinrent à l'écart des coureurs de fortune, des chercheurs d'aventures, qu'attirent toujours les pays qui recèlent de l'inconnu. Au Cap, ils trouvèrent un désert, où ils purent prêcher, défricher à leur aise, et qui eût sans doute tenté les solitaires d'un Port-Royal. Le fait est que des protestants français, victimes de la révocation de cet Édit fameux, qui est un geste, déjà, de la haine des tyrans pour les idéologues, vinrent participer à leur vie agricole, à la même austérité religieuse. On voudrait croire que ces pasteurs vertueux n'ignoraient pas, du moins n'ignorèrent pas toujours qu'ils méditaient, labouraient sur des trésors, mais qu'ils les méprisèrent.

Les méprisèrent-ils? Ou bien ne surent-ils pas les exploiter?

Si l'histoire qu'on m'a contée est vraie, ce sont les banques de Hollande qui, trop timides cette fois, ou pas assez confiantes dans le succès, auraient cédé aux *brookers* et *promotors* anglais les dossiers de ces mines, pour la conquête de quoi, l'impérialisme financier de la plus grande Bretagne devait, quelques années plus tard, massacrer leurs nationaux...

Pauvres Boërs! C'est à peine si quelques spéculateurs malchanceux déplorent aujourd'hui leur dépossession et leur défaite... A vrai dire, on n'en parle plus... Ils sont complètement oubliés, oubliés comme un mauvais mélodrame qui n'a pas réussi. De cette épopée grandiose qui fit courir, par le monde, un long frisson d'enthousiasme, il ne reste plus que ce petit musée... C'est déjà quelque chose... Mais personne n'y vient. J'ai eu beaucoup de peine à en trouver le gardien. Il était, dans une cour, un tablier de jardinier autour des reins, et, sur la tête, un bonnet de peau de lapin, en train de relever des oignons de jacinthes. Il m'a considéré avec surprise, et même avec un peu d'effroi, comme un phénomène surnaturel...

— Vous comprenez... me dit-il, s'excusant de son accueil... voilà plus de trois mois que je n'ai vu, ici, un visage humain... L'été... de loin en loin... un Anglais... et c'est tout... Et c'est toujours un Anglais qui s'est trompé... Il me demande où sont les Rembrandt? Oui, monsieur, les Rembrandt... Ici!

D'un air navré, il me montre une table de bois noirci,
sur laquelle, parmi de la poussière, s'empilent des cartes
postales et des catalogues illustrés qu'on ne vend
jamais...

— Mon Dieu, oui!... Voilà!... C'est comme ça...

Ensuite, avec amertume, il me raconte, qu'au moment
de l'ouverture du musée, on lui avait donné, pour attirer
les visiteurs par une mise en scène bien couleur locale,
un vaste chapeau boër, une sorte de veste khaki, et
des guêtres de cuir... Au moins, ç'avait de l'allure..

— Et j'avais une cartouchière sur la poitrine...
Maintenant, soupire-t-il... je n'ai même pas, comme
tous mes collègues, une casquette galonnée...

Il se tait, et puis reprend :

— Il y a, tout près d'ici, sur une place... une espèce
de baraque, où l'on exhibe des nègres qui avalent des
sabres et qui mangent de la bourre de mouton... Eh
bien, elle ne désemplit pas...

J'ai retenu le geste qui accompagna cette plainte, un
geste qui en disait beaucoup plus long, sur la frivolité
des foules et l'ingratitude de l'histoire, que tout un
discours.

Il dit encore :

— Le président Krüger est passé, un jour, par Dordrecht... Eh bien, monsieur, il n'est même pas venu au
musée. Le président Kruger!... Parfaitement!... Ah!
ah! ah!

Dans cette solitude, où nos pas sonnaient lugubrement, où le jour crasseux enveloppait les objets comme
d'un voile funèbre, j'avais le cœur serré. Et je me
disais :

— Pourtant la résistance acharnée de ces rudes fer-
miers, qui prétendaient ne tirer de la terre que le seul
or du blé et n'y enfoncer que le soc de la charrue, valait

bien au gardien de ces glorieux souvenirs une casquette
ornée de quelques galons et méritait mieux que l'indifférence générale... Elle ne semble pas seulement digne
d'admiration, parce que, soldats, ils défendirent intré-
pidement leur liberté, elle me paraît d'un héroïsme
presque surhumain, parce que, surtout apôtres, ils se
dévouèrent à préserver l'humanité de cet alcoolisme,
pire que l'autre, que propage l'abus de l'or... Ils gardèrent l'or enfoui au profond du sol, comme on enfouit
profondément des charognes, afin de ne pas infecter
l'air qu'on respire, et ne pas empoisonner les hommes
par des contagions mortelles... Ils recélèrent l'or, non
pour en jouir à la façon des avares, mais pour en
détruire, en les étouffant, les germes de folie et de mort...
Recel — pour peu qu'il fût conscient — absurde, sans
doute, mais sublime !

Voilà jusqu'où s'en allait mon imagination, à considérer les cartes, les plans, les trophées, les portraits
des anciens en longues redingotes presbytériennes, les
attelages de bœufs, les fermes, les bibles, les phy-
sionomies rigides, et tout ce qui évoque la grandeur épique de ces armées en vestons, de ces milices
paysannes, victorieuses des armées en uniformes, labo-
rieusement organisées pour le désastre...

Mais le premier moment donné au sentimentalisme,
au culte ancestral des héros, je me pris à réfléchir...

Entre tous les enseignements que suggère l'histoire
des Boërs, le plus raisonnable, le plus utile, ne peut-on
le tirer de la déraison, de l'inutilité de leur résistance?...
Au Cap, aucune milice, même d'anges à trompettes et
de saints miraculeux, n'eût réussi à détourner l'avarice,
la cupidité, la frénésie des humains, de ces territoires
de crime et de folie où de l'or se cache... Il leur faut
leur poison, qui les fait vivre jusqu'à ce qu'il les tue.

Combien de millions et de millions s'entre-massacre-
ront toujours, pour posséder l'or, en déposséder les
autres, et s'en griser, jusqu'à l'hébétement de la folie
et la fureur du crime! Combien de pauvres et gentils
rêveurs mourront à la peine, qu'on traitera de bandits,
parce qu'ils auront voulu guérir l'inguérissable humanité de son plus cher délire!... Aucune politique, aucune
loi, même aucun livre n'a le pouvoir de transformer
d'un coup les hommes. Même aucun martyr — si douloureux soit-il — n'est fécond. Et quand il se hausse
jusqu'à devenir un grand exemple qui dure à travers
les siècles, alors c'est bien pis, il devient criminel... Il a
fallu le terrible juif Paul, pour brandir et dresser sur le
monde la croix sanglante du doux juif Jésus, et les
seuls vrais morceaux que fidèles et juifs aient recueilli
de cet emblème d'amour, ce furent les potences et les
bûchers : « Race maudite, s'écrie Schopenhauer, elle
a empêtré l'humanité d'un Dieu ! »

Si jamais nous nous délivrons de l'or et des maux
qu'il engendre; si un jour nous renonçons à l'or — et
j'entends la richesse individuelle, — ce ne sera pas par
dégoût du pouvoir qu'a l'or de changer les hommes en
bêtes (alchimie qu'exprime déjà la fable de Circé),
ce ne sera pas par sagesse, par vertu, par dignité, ce
sera par force. On peut concevoir que, dans l'évolution
économique des temps, ce métal perde sa valeur
d'échange, représentative de nos passions, de nos ambitions, de nos intérêts, de nos énergies, de nos paresses,
et que nous trouvions, enfin, le moyen de vivre autrement — un moyen plus rationnel, moins compliqué,
comme celui de puiser à même; pour nos besoins et pour
nos joies, dans les inépuisables réserves du trésor
commun... Hélas! ce ne sera pas demain...

Et voici qu'un portrait du bonhomme Krüger, qui

n'est pas venu au musée de Dordrecht, et que la petite
reine de Hollande, qui sait ce que c'est que de souffrir,
a reçu comme un grand-papa malheureux, voici que
ce portrait me fait songer de nouveau, avec sa face placide et rusée, et son collier de barbe de bon semeur de
tulipes, que ce sont des Hollandais, peuple de thésau-
riseurs, de spéculateurs, peuple de bons vivants aussi,
qui ont produit ces ascètes et ces contempteurs de
l'or, là-bas, au bout de cette Afrique qui regorge d'or et
de diamants...

Mais, n'est-ce pas une race ou un peuple, à tout le
moins une minorité disparate, réduite au seul négoce,
et dont une même perpétuelle injustice cimente la
solidarité — les juifs encore, pour tout dire — qui a
enfanté un Karl Marx, spéculateur aussi, et des plus
audacieux, acheteur — à quel découvert? à terme de
combien de siècles? et contre la somme des capitaux
coalisés — du bonheur que rêve le prolétariat universel?

***

Au sortir du musée boër dont, à la grande joie du
gardien, redevenu optimiste, j'emporte, plein mes
poches, des souvenirs, en cartes postales coloriées :
rondes des jolies filles de Marken, pêcheurs de Volendam, coiffés de leur bonnet de peau de mouton, moulins de Vormerveer (car, pour ce qui est des Boërs, des
paysages transvaaliens, des batailles, des mines, de
Krüger et de Dewet, il n'y en a point, étant invendables),
je recommence à dévaler par la ville. Un moment, je
m'arrête devant l'Ary Scheffer, en bronze, de la
Scheffersplein, et il ne me paraît ni froid, ni ennuyeux.
Autant qu'on peut retrouver, dans du métal coulé,

l'expression d'un visage humain, j'ai senti qu'il y
avait là, sous ce crâne, une intelligence vive, un goût
joli, élégant, de la forme, et j'ai rougi de mon éclat de
rire de tout à l'heure... Il s'en est fallu peut-être de
peu, — de génie, sans doute — pour qu'Ary Scheffer ne
fût devenu un grand peintre... En tout cas, j'ai mieux
goûté le charme de sa gravité, et j'ai songé à ce qui en
demeure, dans le charmant sourire que sa petite-fille
hérita de Renan...

La pluie, dont les réserves semblaient garnir jusqu'aux profondeurs du ciel, a cessé de tomber.
Même du soleil se montre, entre les nuages. Le ciel
redevient immense et léger. Nous avons vu, alors, un
Dordt pimpant, coquet. La nouvelle lumière mitige
l'aspect sombre et sévère que les rues de la vieille ville
ont gardé du moyen âge. On y distingue enfin la grâce
hollandaise, la fraîcheur qu'elles ont, par endroits, et
où l'abondance des fleurs contribue. Les canaux
s'animent, les rues se repeuplent, et aussi les maisons,
d'où les spectres du passé semblent être partis... Ce
contraste a un charme brusque et vif, auquel on s'attarde, avec un nouveau désir de flânerie... Devant les
habitations, aux toits en escalier, dont le temps a vêtu
les murs de couches de poussière, qu'il patine depuis
des siècles, les jardinets sont comme en prison. Derrière les grilles ouvragées, aux lances héraldiques, les
fleurs d'aujourd'hui semblent gardées par des hallebar-
diers d'autrefois... Du haut des ponts surélevés, l'eau
des canaux n'a presque plus rien de liquide, à force
d'immobilité, que sa demi-transparence. Et, à contempler sa profondeur, l'on en vient à imaginer qu'elle
s'enfonce, à l'infini, mais que ce n'est plus dans l'espace, que c'est dans le temps...

Le soleil printanier a beau mettre sa coquetterie

20

à ne vouloir sécher que si lentement la jolie ville, si joliment mouillée, il faut partir... Une petite fille nous
offre des œufs de vanneau que nous achetons et que
nous mangerons en chemin.

Et la 628-E 8 démarre dans la boue glissante, plus
d'une fois dérape... Mais le sol s'essore dans la campagne. On oublierait l'averse, n'était le nombre des
flaques où se reflètent le bleu céleste et des bouts de
nuages nacrés, comme en autant d'éclats d'un grand
miroir qui, en tombant du ciel, se serait brisé sur la
route...

Rotterdam.

De ce court voyage de Dordrecht à Rotterdam je
ne me rappelle rien, sinon que l'auto allait, glissait, sans
heurts, sans secousses, et comme allégée des servitudes
de la pesanteur. Elle me donnait une joie qui n'est ni
la joie de bondir, ni la joie de patiner, mais qui ressemble à l'une et l'autre. Elle m'emportait avec une
extraordinaire allégresse, et, vraiment, je me sentais
doué de son élasticité. On eût dit que, pour se faire
plus douce et pour aller plus vite, elle courait, de
toutes ses forces, pieds nus, sur la route.

Et voici que, tout à coup, en haut d'une petite côte
qui, en ce pays, nous sembla être une montagne
himalayenne, par delà un pont énorme, nous nous
trouvâmes devant une espèce de falaise, ou plutôt devant un pan de mur de rêve, formé d'on ne sait quel
amoncellement de briques multicolores, de fragments
de verre colorié, d'éclaboussures de soleil, au pied
duquel venait battre, comme une mer déchaînée, le
furieux tumulte d'une ville en travail et d'un port en

fièvre. Falaise ou pan de mur de rêve, il nous fallut quelques minutes pour reconnaître que nous étions en face de la ville neuve de Rotterdam.

A peine entrés dans Rotterdam, nous y avons été enveloppés aussitôt d'un mouvement, d'une agitation que les sirènes sur le canal, les sifflets des locomotives sur les voies ferrées, le roulement des fourgons sur les pavés, faisaient retentir à l'infini... Mais nous fûmes enveloppés bien davantage par la population qui nous environna de faces bouche bée, de gestes qui puérilement cherchaient à s'instruire au contact d'un cuivre, au contact, aussitôt rompu, du radiateur, éprouvaient les *pneus*, appuyaient sur les garde-crotte. L'ébahissement de cette foule, qui souriait ou s'assombrissait, mais demeurait silencieuse, nous enserra si bien, que nous dûmes nous arrêter.

Pour bruyante et remuante qu'elle fût, Rotterdam me parut bien plutôt une ville sauvage et lointaine. Au plus plaisant, au plus riche milieu de l'Europe, ses habitants avaient l'air de Lapons ahuris. A tout le moins, ils n'avaient jamais vu ou ne voyaient que rarement d'autos... Cette population, habituée à tous les vacarmes, à toutes les étrangetés de la vie cosmopolite, au spectacle du commerce mondial et de travaux surhumains, s'affolait, autour de notre machine, sans paroles.

Les dames n'oublient en aucune circonstance de s'apprêter pour les regards, et tous les regards leur plaisent, excepté qu'elles y voient durer l'hébétement. Les nôtres se remuaient sur leurs coussins, assez mal à leur aise, en apercevant — vision de terreur — de rudes mains se coller aux vitres, s'y promener. Ma voisine ferma les yeux... Ses gants tremblaient.

Cette foule muette, dans cette ville en fièvre et pleine

de tapage, c'était la population laborieuse qu'on n'en-
tend point dans une usine assourdissante. La civilisation assouplit, polit les instincts et les énergies dont
elle n'utilise que la force vive, pour ses fins obscures...
Mais n'accumule-t-elle pas artificiellement des éléments qu'elle déforme en les comprimant, et dont la
déflagration multipliera, dans une circonstance donnée,
la redoutable puissance inerte?

A force de coups de trompe, Brossette parvenait péniblement à se frayer un chemin dans la masse que le
capot fendait lentement... Nous voyions passer, sans
bruit, derrière les vitres, un monde de têtes levées, de
bouches ouvertes, qui, même quand le flot se fût refermé,
ne s'abaissèrent pas, ne se refermèrent pas...

Pas d'autos, partant, pas de garage. J'eus beaucoup
de peine à en trouver un... C'était dans un quartier
malpropre de la périphérie, une sorte de hangar où l'on
avait remisé des caisses vides, un vieux camion hors
d'usage, des voiles de barque roulées autour de mâts
pourris.

Brossette était consterné.

— Ça! un pays?... fit-il, en se grattant la tête... Oh!
la! la!...

Nous n'y étions arrivés, d'ailleurs, que lentement,
péniblement... Les enfants se collaient sur les marche-
pieds, s'agglutinaient au capot, et il fallut les faire
tomber, en les secouant, comme les grappes d'insectes
rôtis qu'on détache la nuit du radiateur...

Un spéculateur.

Si j'ai mal vu Rotterdam, si je n'ai même pu qu'entrevoir son port, c'est que, dans le hall de l'hôtel, à peine

au sortir de table, j'ai rencontré mon ami Weil-Sée, mon meilleur ami, mon cher Weil-Sée, que, depuis des années, je n'avais pas revu...

Nous nous sommes embrassés à plusieurs reprises... Mon ami Weil-Sée est un des rares hommes que j'embrasse et qui m'embrasse, et nous nous embrassons, depuis une quarantaine d'années, toutes les fois que nous nous séparons ou retrouvons, c'est-à-dire tous les cinq ou six ans.

— Vous ici?... Vous ici?...

Et j'essuyai, à la dérobée, la plus mouillée de mes joues...

Il me considérait en souriant, mais sans répondre...

— Vous n'êtes donc plus à Grenoble? Je vous croyais à Grenoble... riche... heureux?... Et votre usine d'énergie électrique?... Vous n'êtes donc plus marchand d'énergie?

A toutes mes questions, il secouait la tête, et il souriait.

— Qu'est-ce que vous faites ici?

Je connais trop mon ami Weil-Sée pour imaginer qu'il pût vivre en Hollande, n'importe où d'ailleurs, sans motifs sérieux... Je savais sa sagesse à trouver du plaisir en tout, mais à le trouver, principalement, dans un frémissement d'activité toujours nouvelle. S'il était en Hollande, ce ne pouvait être que pour quelque découverte fabuleuse, pour quelque colossale entreprise.

— Qu'est-ce... qu'est-ce que vous faites ici?

Et je répétai :

— Vous n'êtes donc plus marchand d'énergie à Grenoble?

— Non... se décida-t-il à me répondre enfin... Je ne suis plus marchand d'énergie. Je place des risques... je

20.

place des risques... ici... à Rotterdam... des risques,
mon cher.

D'un autre, j'eusse pu croire à quelque bouffonnerie,
et même — à considérer ses yeux un peu fixes et le sourire durable que la mauvaise qualité de ses dents ne
parvenait pas à gâter — à de la folie. Mais il ne m'est
jamais arrivé de douter de mon ami Weil-Sée, de la soli-
dité de son intelligence. Je l'écoutais avidement, en
me laissant entraîner vers sa table, au fond de la salle,
ou plutôt, je le suivais, sans même en avoir été prié, car
Weil-Sée a une telle horreur de la violence qu'il n'oserait pas entraîner son meilleur ami par le bras, fût-ce
vers un trésor.

Ces « risques » dont il me parlait, ces « risques » qu'il
plaçait, je compris bien vite que c'étaient les maisons,
les récoltes, les automobiles, les chevaux de courses,
les tableaux de maîtres, les bateaux, les meubles, les
ouvriers, qu'il assurait contre les accidents et même
contre les assurances... Agent d'assurances... voilà... il
était tout simplement agent d'assurances... Mais, avec
mon ami Weil-Sée, rien n'est jamais simple. J'entrevis
aussitôt des spéculations ingénieuses et formidables.

Il m'expliqua avec animation...

— Assurances contre l'incendie, les accidents, le
vol, les naufrages, la pluie, la grêle, les sauterelles...
sans doute... Que voulez-vous? Il faut vivre... Mais le
nouveau, l'important, mon cher, ce sont les assurances
et les réassurances que j'établis contre le mensonge,
la vérité, la stérilité et la fécondité, contre la maladie
— toutes les maladies, — contre la débauche et contre
la vertu, contre la guerre et contre la paix, contre les
monarchies et contre les républiques, contre l'ennui...
la stupidité des fonctionnaires et la tyrannie des lois,
contre la trahison, l'amour, la littérature...

Je crois bien qu'il parla encore de réassurances contre
le doute, les désillusions, puis encore de bourses d'assurances, de risques des risques, de mutualité indivi-
dualiste, d'individualisme collectiviste et, toujours et
à tout propos, de la statistique...

Dans toutes les conversations de ce philosophe, le
passé de l'humanité, l'avenir du monde, évoluent
aisément. Je croyais entendre débiter le prospectus
d'un Crédit International de l'Ataraxie universelle.
Mais ce que je me rappelle le mieux, c'est que son
regard lucide était bordé de paupières d'un rouge
de sang, comme en ont certaines figures de Poussin; que son nez s'était encore allongé, depuis notre
dernière rencontre; que sa barbe, qui fut châtaine
quand j'étais blond, se désargentait, jaunissait autour
des lèvres minces, sur lesquelles je voyais, avec confiance, à coups de paroles et jets de salive, se construire le bonheur de l'humanité... Qu'importait alors
que certains chiffres, les milliards surtout, eussent une
si mauvaise odeur?...

A tout petits pas, nous étions arrivés jusqu'à sa
table, auprès d'un de ces verres où je lui vois boire,
depuis quelque quarante ans, ce même thé blond, dont
un fleuve a passé par son corps.

Une fois de plus, Weil-Sée me démontra qu'il allait
incessamment faire cette fortune mondiale, qu'il lui
fallait...

— Tout simplement, mon cher, pour arriver, entre
autres, à décupler la puissance du microscope et en
construire un qui grossisse l'objet soixante mille fois...
soixante mille fois, c'est absolument indispensable. Mais
ce n'est pas tout... Il me faudrait aussi des températures... ah! des températures, à cuire, en bloc et en douze
heures, l'univers, comme une plaque de céramique...

Je me fie, sans restriction, à l'intelligence de mon ami Weil-Sée... Je le suivais admirablement, et j'étais convaincu, au point de prêter serment, qu'il ne disait rien qui ne fût vrai ou qui n'importât... Mais, quand je ne l'entends plus, je suis incapable d'expliquer ce qu'il m'a dit, et en quoi consistent ses projets et son métier...

— Vous sentez bien, n'est-ce pas? Ce n'est plus que quelques mois de patience... pfuut!... quelques mois...

Sur quoi, ayant écarté des piles de catalogues — personne ne lit autant de catalogues — de livres, de denrées, de graines, de plantes, d'instruments, de machines, il prit du papier quadrillé, et se mit à dessiner, pour achever de me convaincre, des diagrammes et des graphiques...

Dans son visage malmené, couturé, je cherchais quelque chose, mais quoi?... quelque chose qui restât des traits de l'enfant que j'avais vu arriver au collège, du fond de la Dalmatie... quelque chose de son nez aquilin, de l'expression de ses yeux tellement doux, de l'arc ingénu de sa lèvre et même de ses boucles autour d'un front énorme et bombé... Mais tout cela était si fané, si raccorni! Je me rappelais comme son intelligence, tout de suite, avait fait merveille, parmi nous... Il s'était révélé aussitôt élève prodige... Nos professeurs lui prédisaient le plus bel avenir... Et voilà où il en était, son avenir!...

— Vous comprenez?... entendais-je, durant ces rappels de souvenirs... ce qui serait important, encore, c'est de pouvoir s'enfoncer dans la terre, un peu... je ne crois pas qu'on ait été au delà de quelque deux mille mètres... Et dessous... dessous... réfléchissez!...

Il s'arrêta.

— Dessous... ce sont évidemment... il ne se peut pas

que ce ne soient point des métaux inconnus... de fantastiques métaux...

Ses yeux brillaient :

— Et avec des propriétés, mon cher! .

A mesure qu'il parlait, sa fortune prospérait, et il arrachait un secret de plus à la nature...

Il avait beau vieillir, le pauvre Weil-Sée, il ne changeait pas...

Très jeune, je l'avais rencontré à Manchester, passionné de géologie et cherchant, en même temps, des capitaux pour une fabrique d'armes tellement redoutables, que c'en était fini de la guerre... C'était lui, pourtant, qui m'avait aidé à supporter les plus dures journées de cet hiver 70-71, où, sous les ordres de Chanzy, les loqueteux que nous étions fuyaient de tous les côtés de la Loire... Ah! sa tendresse et sa gaîté, durant ces affreuses semaines...! Je ne l'avais plus retrouvé qu'à la Bourse, à son retour du Paraguay, enthousiaste du caoutchouc... à la Bourse, dont il fut, plus tard, au krach de Bontoux, une des innombrables victimes.

— Comprenez... mon cher... que ce qu'il me faut... c'est une fortune... mais une fortune, tellement folle, qu'elle rende les autres fortunes impossibles... comme il a fallu les trusts, pour voir la fin de l'industrie privée...

Depuis le krach, il avait cherché et découvert du graphite en Sibérie, de l'étain en Espagne, du fer en Australie, du manganèse en Transylvanie, du cuivre en Roumanie et jusqu'à du pétrole en Galicie, mais toujours trop tôt... Aucune banque ne voulait croire en lui... Son imagination, sa culture générale, l'énormité de son lyrisme idéologique terrifiaient aussi les gens d'affaires...

— C'est peut-être un bien que je n'aie pas réussi trop jeune... Car, à présent que je sais...

Et son geste avait une telle ampleur, qu'il semblait vraiment razzier l'univers...

Je savais, moi, que las de ne pouvoir arriver à y exploiter une montagne d'or, il avait, dans les années 90, quitté le Cap, justement sur le bateau qui avait amené, dans la colonie, Cécil Rhodes, mourant... Puis, en quête d'une source d'énergie, qui lui permît de poursuivre des expériences de thermochimie, je crois, pour lesquelles il se passionnait, il avait cherché du charbon en Amérique, avait dû revendre à vil prix un charbonnage extraordinaire, qu'il n'avait pas le moyen de mettre en exploitation, et il était venu, dans le Sud-Est de la France, s'intéresser à l'industrie naissante des Centrales hydro-électriques, la dernière à laquelle je l'eusse vu prendre part à Grenoble...

Il admirait que les circonstances l'eussent fait renoncer...

— A toutes ces affaires... médiocres... vraiment médiocres.

Je protestai :

— Non... non... je vous assure... très, très médiocres.

Il admirait surtout que les mêmes circonstances l'eûssent enfin amené à choisir la riche, industrieuse, économe et féconde Hollande pour y fonder...

— Ah! ça... ça en vaut la peine... quelque chose comme la Bourse des Bourses où l'on ne spéculera plus... enfantillage!... sur les chances de l'activité, de la production contemporaines — aucun intérêt! — mais véritablement, sur des probabilités pures... sur des futuritions... et à Rotterdam... Rotterdam... épatant!... Rotterdam, mon cher, qui n'est pas seulement la première place de commerce de la Hollande... Rotterdam, à qui j'assigne...

De son index replié, il frottait activement son nez...

— A qui j'assigne, entre les ports du monde, la plus puissante virtualité spécifique de spéculation.

Et il éternua sept fois de suite, car c'était une de ses particularités d'éternuer abondamment, sans se laisser distraire de son discours...

— Il ne s'agira plus, continuait-il entre les derniers éternûments, de la hausse ou de la baisse... atchi!... des stocks des marchandises du monde... ou du cours de quelques milliards de fonds publics... qu'est-ce que c'est que ça?... Mais non... Il s'agit, comprenez bien... d'une sorte... mettons, si vous voulez... de Bourse... d'Agence, de Tribunal, où s'arbitrera et se compensera le malheur humain... qui fera équilibre à toutes les mauvaises chances du calcul des probabilités, et où viendront successivement s'amortir les inévitables crises des évolutions futures...

Or, je ne me demandais même pas, en l'écoutant, s'il arriverait jamais à posséder cette fortune qu'il poursuivait depuis si longtemps, en vain, mais seulement — considérant son pauvre dos qui se voûtait — je déplorais, à part moi, qu'il dût lui rester si peu d'années pour en jouir..

— Écoutez, me dit-il enfin, très tard, tandis que le dernier garçon resté pour nous servir, sommeillait lourdement, sur une chaise, sa serviette entre les jambes..., écoutez... Il y a des années que je n'en ai dit autant à personne... Avec mes Hollandais... je sais aussi...

Et il sourit finement :

— Je sais aussi me taire, diable!... ou ne parler que chiffres... Mais je veux vous confier encore, à vous, un secret... Il y a eu des gens pour douter de mon avenir.. En général, personne n'a guère cru en moi... Vous-même... Mais si... Laissez donc!... qu'est-ce que ça fait?... Tenez... vous rappelez-vous?...

Il éclata de rire, d'un rire qui ressemblait à un éter-
nûment...

— ...Vous rappelez-vous Charlotte. qui prétendait
que j'étais un pauvre garçon... qui n'arriverait jamais
à rien?... Ah! ah!... Oui... Et Noémi?...

Il rit plus fort.

— Noémi, qui m'a quitté, parce que je n'avais plus
le sou?... Crevant, hein?... Plus le sou. Avec ce front-
là?...

Il se gifla le front, fouilla ensuite dans sa poche,
en ramena quelques pauvres florins, qu'il fit rouler
sur la table :

— Plus le sou? Tordant!... tordant!

Puis :

— Il y en a même qui me reprochent de rêver... d'être
insouciant... léger... trop peu pratique... de mettre,
en toutes choses... comment appellent-ils cela?... de
l'exagération... oui, mon cher, de l'exagération!...

Et il avoua, dans une nouvelle bordée de rires, qu'il
avait été, parfois, de ceux-là...

— Tout le monde disait : « Il rêve... il rêve!... » Pour
rien... à propos de tout... Et je me reprochais de rêver...
je m'en voulais de rêver... Je m'en voulais de m'absorber
si longtemps à voir couler un fleuve, passer une femme,
flamber un foyer... tandis que des projets tambouri-
naient à mes tempes... ou simplement, de contempler,
toute une soirée, mon papier, sans y toucher... Et mes
journées... mes nuits, à bâtir des impossibilités prodi-
gieuses, en chantant à tuè-tête!... J'en vins à me refuser
cette volupté du rêve... comme j'ai su renoncer à l'éther,
au haschich, aux femmes, et même au tabac... J'en vins
— c'est affreux — j'en vins à accuser, de ce détestable
et délicieux penchant pour la rêverie, le pire et le plus
exquis des stupéfiants... à en accuser ce geste de maman...

Il me sembla que ce mot faisait trembler ses vieilles lèvres.

— J'ai tant hérité d'elle !... oui... ce geste où je l'ai vue si souvent s'oublier, des heures durant, à ouvrir et refermer, les yeux perdus, ouvrir et refermer, pauvre maman !... deux cents fois de suite, peut-être, le fermoir d'un bracelet d'or, à son bras... Les idiots !... L'idiot que j'étais !

Il hurla et il cracha... je puis bien dire qu'il cracha dans mon oreille :

— Eh bien ! tout ce que la fortune... n'importe quelle fortune... peut donner... je l'ai déjà, puisque je l'ai imaginé. Et ma tête me donne encore une avance, inintégrable en chiffres, sur tous les milliardaires des deux Amériques... Tout... je l'ai possédé, possédé... écoutez-moi... possédé !...

Il appuya encore sur le mot... et, m'attirant à lui — décidément, trop de thé finissait par l'enivrer, — il ajouta encore plus confidentiellement :

— Qu'est-ce que c'est que posséder ?... Posséder, c'est comprendre... ou, si vous aimez mieux... imaginer. A notre ploutocratie misérable, voici que succède une *gnosticratie !*...

— Quoi ?

— Une gnosticratie... vous comprenez ?... gnosti-cratie.

Est-ce que je comprenais ?... Bah !

— Une gnosticratie qui mènera, sans doute, enfin, la pensée au nihilisme parfait de l'indifférence absolue, où les arrière-neveux de nos arrière-neveux... Mais c'est évident... Pour moi, j'aurai tout compris...

Il me sourit :

— Ou j'aurai cru que j'ai tout compris.

Il éclata de rire.

21

— C'est tout à fait la même chose...

Ce n'est pas sans inquiétude que je le vis se lever,
crier :

— Qui donc aurait raison contre moi?... Je récuse
tous les juges... tous... même le plus vieux juif... là-
haut...

Son index se tendait vers le plafond.

— Même le plus vieux juif... je lui défends d'avoir
raison contre moi... Lui?

Il haussa les épaules, avec l'expression du plus complet dédain...

— Voyons!... il pouvait continuer à penser, à rêver
le monde, pendant l'éternité des éternités... Et il l'a
créé?... L'imbécile!... Et il l'a créé tel qu'il est encore?...
Et pour la misère de quelques milliards de siècles?...
Inimaginable!... Et qu'est-ce qu'il a, maintenant, avec
cet univers sur les bras?... Rien... plus rien... plus
rien... C'est bien fait...!

Il donna un grand coup de poing sur la table, et le
garçon, réveillé en sursaut, accourut :

— Du thé!... commanda mon ami Weil-Sée, subitement radouci...

*
* *

Mes compagnons avaient à voir des amis, établis
dans une propriété des environs. J'en profitai pour
passer quelques jours avec mon ami Weil-Sée.
Il tenait absolument à me montrer Rotterdam, à
m'en expliquer le mécanisme jusque dans ses rouages les
plus intimes... Il arriva, naturellement, que Weil-Sée
me mena partout, sauf à Rotterdam... Il trouvait que,
pour n'avoir pas vu assez de ciels et d'eaux de Hollande, je n'avais pas vu la Hollande, et que, n'ayant
pas vu la Hollande, je ne pouvais rien comprendre à

Rotterdam... En bac, en bateau, en voiture, en chemin
de fer, il me promena sur tous les bras de la Meuse, sur
tous les canaux qui mènent de la Meuse au Rhin, sur
tous les bras du Rhin et sur la mer, entre le ciel et
l'eau, et ce fut surtout, hélas! sur des ponts... J'ai
passé des journées sans voir le ciel, sans oser regarder
les eaux, sur tous les ponts des routes, des villes, et sur
ceux qui osent chevaucher la mer... De Rotterdam,
nous n'avons vu que l'immense pont qui enjambe la
ville, on dirait, dans toute sa largeur.

De ces quelques jours, il ne me reste que d'intolérables sensations de vertige. Le vertige, en Hollande? Eh-
bien, oui! Ai-je rêvé? Rêvé-je encore?

Je me demande aujourd'hui si ce n'était point la
seule présence de Weil-Sée, sa voix lointaine, ses gestes
saccadés, ses grimaces extra-humaines, l'immensité de
ses illusions, qui amplifiaient ainsi, déformaient ainsi,
les choses autour de lui... Je crois, en vérité, je crois
qu'il avait cette puissance extraordinaire de communiquer son malaise, sa peine, son vertige, sa torture, à la
matière la plus inerte... A son contact, la nature
elle-même s'affolait...

Là, le col tendu vers des viaducs de chemins de fer,
nous voyions des wagons filer si haut, au-dessus de nos
têtes, qu'il fallait deviner leur vacarme qui s'enfuyait...
Ailleurs, nous dominions — le cœur m'en tourne — des
trains de bateaux qui paraissaient des barques, des
barques qui paraissaient des mouches... Et je fermais les
yeux... Ici, c'était l'effroi que le bachot où nous dan-
sions, une catastrophe d'arches et de piliers rompus
l'anéantît; là, l'angoisse que ne cédât le tablier de métal,
dont les courbes semblaient des rebondissements de
palets sur l'eau, ce tablier si fragile, qu'il s'agitait au
vent, et résonnait, en tous ses assemblages, sous notre

poids...Je me souviens de ponts, où j'eusse donné des millions d'hectares de ciel de Hollande pour un bon kilomètre solide de grand'route de Beauce. Et pour ajouter
à l'horreur de cette impression, les coups de sifflet
éclataient, au-dessus de nous, comme l'annonce d'un
malheur, et l'on entendait, en dessous, alterner et se
répondre des lamentations de sirènes. Je voulais me
persuader que je résistais, aux forces qui tiraient mes
entrailles, mon cœur, comme avec des cordes, cha-
touillaient mes chevilles, irritaient la moelle de mes
tibias, et un frisson me parcourait à sentir que je « ne
pesais plus »... Un dégoût de vivre, pire que la peur de
mourir, me tenait suspendu en l'air... Non, en vérité, je
ne *pesais* plus... Quand sur les remblais, les digues, et
puis à rouler sur la brique ferme, j'avais repris, peu à
peu, mon poids et ma raison, je goûtais comme le
délice d'une convalescence, à suivre les enroulements de nuages, au ciel, à plonger mes yeux dans
la transparence des eaux, au ras du sol... Et du vertige, je parlais légèrement, ainsi qu'on médit d'un
ami...

— J'envie, me disait mon ami Weil-Sée, ceux qui
ignorent le vertige, mais je les plains aussi... Quelle
idée peuvent-ils avoir de l'enfer et comment pensent-ils
qu'on ait pu l'imaginer?

Cette idée le fit longuement ricaner... Puis, il continua :

— Il est certain que la damnation, c'est d'être, éternellement, les talons cherchant une paroi qui fuit, au
point de se sentir invinciblement attiré... de se sentir
tomber dans un gouffre, dont on sait qu'on n'atteim-
dra jamais le fond.

A mon tour, j'évoquais le vertige, à bord d'un ballon
captif dont la nacelle résiste à la corde et au vent, et

se couche; sur les falaises des côtes bretonnes qu'on
sent glisser sous ses semelles, quand on se penche vers
la mer; sur un balcon où l'on est monté, en riant, et
dont le parapet est trop bas de cinq centimètres; sur
les échelles des échafaudages dont on tient les montants
embrassés une éternité, et dont il m'est arrivé de
mordre... oui... de mordre, à m'en casser les dents, les
barreaux.

—Mon cher Weil-Sée, un jour, au Mont-Vallier, j'avais
eu la folie de suivre un ami sur un sentier qu'au bout de
dix minutes je sentis — je n'aurais pas baissé les yeux
pour un empire — se rétrécir jusqu'à devenir plus
étroit que mes semelles... Je m'arrêtai enfin et mis bien
une demi-heure — comme un petit équilibriste japonais au sommet d'une pyramide de tonneaux — à me
retourner, et le double de temps à me coucher ventre
contre terre. Mon ami, mon bourreau avait le courage de
se moquer de moi... Je n'avais pas, moi, seulement la
force de souhaiter sa mort... Et, à plat ventre, déchi-
rant ma joue collée à la montagne, pour ne pas apercevoir le précipice, j'ai mis le temps d'une autre vie
à refaire le chemin parcouru...

— Ce n'est rien... dit Weil-Sée, en montrant ses
dents noires... le Mont-Vallier, ce n'est rien... Vous
n'avez pas suivi, comme moi, les torrents des Alpes, à
flanc de montagne, le long de parois qui semblent de
marbre poli ou de boue schisteuse, dans des gouffres
au profond desquels le ciel ne paraît plus qu'un tout
petit ruisseau bleu... Voilà le vertige...

Et il poursuivit, après un instant de silence, ricanant:

— C'est parce que je sais ce que c'est que le vertige... que je comprends quel tremblement dut agiter
le pauvre Jésus aux jointures des genoux et du bassin,
quand Satan l'a tenté.

21.

Les juifs sont très préoccupés de Jésus... Weil-Sée
aimait à en parler; il en parlait à propos de tout... Au
fond, il était fier d'avoir un Dieu dans sa famille. Il reprit :

— Le Malin — c'est bien le sobriquet qu'il mérite
— avait mené Jésus sur la montagne, et, sous prétexte
de lui offrir le monde, c'est un gouffre qu'il lui montrait... Or, ce qu'il y eut de divin dans le refus, ce
n'est pas d'avoir refusé l'offre dérisoire d'un monde
— quel monde, qui déjà ne lui appartienne, peut-on
offrir à un Jésus ou à un Spinosa? — Non... le divin...
écoutez-moi... c'est d'avoir, sur la montagne, au bord
du gouffre, refusé du bras tentateur, l'appui...

Il prit un air dégagé — nous étions, en ce moment,
sur la terre ferme — et il ajouta le plus gaîment du
monde :

— Pour moi... je suis persuadé que je n'irai pas en
enfer... Oh! ce n'est point que je croie tellement à
l'enfer... Ce n'est pas non plus que j'aie une telle
confiance dans la vertu de mes actions... ni dans la
justice de ce Dieu qui, après avoir créé le monde, en
six jours, à la diable, a fait annoncer partout — for-
fanterie! — qu'il le jugerait en un seul, comme on
expédie les petits délits de police, au début des au-
diences correctionnelles... Du moins, Dieu sait-il très
bien qu'ayant connu toutes les sortes de vertige, ce
vertige infernal ne pourrait plus avoir de nouveauté
pour moi, et, par conséquent, ne me serait pas un supplice... Alors?... A quoi bon?... Ah! ah! ah!...

Et sans autre transition, il me parla de la Réforme
dans les Pays-Bas, de la Réforme en Allemagne, de la
Réforme en soi, et du rôle qu'y jouèrent les Iconoclastes,
secte admirable, qu'il regrettait chaque fois qu'il visi-
tait une exposition de peintures.

*
* *

C'est pour avoir trop écouté mon ami Weil-Sée que je n'ai rien vu du port de Rotterdam. Pourtant, je m'étais bien promis de le visiter longuement, et Weil-Sée m'avait bien promis de me l'expliquer de même. Tout ce que j'en sais, tout ce que, sans doute, j'en saurai jamais, c'est « qu'on y voit circuler les produits des colonies du monde entier ». Puissance d'évocation qu'ont toujours eue certaines phrases qu'il prononce !... Tous les autres ports que j'ai vus, depuis, me paraissent petits, étroits, inanimés. Le seul port qui puisse m'impressionner désormais, c'est ce port de Rotterdam, que je n'ai pas vu, que je n'ai pas besoin de voir, que je ne verrai ni n'oserai aller voir jamais, ce port de Rotterdam, dont je sais seulement, dont Weil-Sée m'a dit brièvement, en passant : « que les produits des colonies du monde entier y circulent »...

*
* *

Il y a des hommes ainsi faits, que je n'ai pas la force de leur résister, que l'idée même ne m'en viendrait pas... Mon ami Weil-Sée est de ceux-là. Qu'on rie, si l'on veut, de mon esclavage ; c'est pour moi le seul aspect du bonheur. Mais c'est trop peu dire que je ne résiste pas à ceux qui me plaisent ; je ne sais, non plus, leur parler, ni parler devant eux... C'est pourquoi, peut-être, aucun personnage ne m'émeut autant que Cordélia. Seulement j'admire que cette malheureuse fille puisse en dire autant qu'elle en dit... Il est vrai que c'est du théâtre.

Qu'un homme, au contraire, m'impatiente, ou qu'une

femme prétentieuse et littéraire commence de disposer
ses phrases, je me sens pris aussitôt d'une envie furieuse
de les contredire, et même de les injurier. Ils peuvent
soutenir les opinions qui me sont le plus chères, je
m'aperçois aussitôt que ce ne sont plus les miennes, et
mes convictions les plus ardentes, dans leur bouche, je
les déteste. Je ne me contredis pas; je les contredis. Je
ne leur mens pas; je m'évertue à les faire mentir... Je me
sens en joie, en verve. Si je pouvais avoir de la haine,
vraiment de la haine, je crois bien que j'aurais —pauvre
de moi! — du génie... Au lieu qu'un sourire, qui me séduit, ne m'inspire pas un mot... et mes yeux — que des
yeux ennemis font étinceler — se baissent devant un regard, dont ils aiment la lucidité ou la douceur... Alors, je
demeure silencieux... je me sens stupide. C'est ma
façon de m'abandonner. L'être qui me plaît parle
pour lui et pour moi. Quoi qu'il dise... peu importe
que je n'aie jamais pensé comme lui... je suis heureux.
Et, à me persuader que la bouche amie décide, à
l'instant, de ce que je pense et de ce que je suis, je n'ai
plus qu'à l'écouter... J'écoute, je ne parle plus... Combien d'attentes j'ai dû décevoir! Combien, souvent,
j'ai dû paraître sot!... Ce sont, pourtant, sans aucun
doute, les moments où j'ai le mieux compris ce que je
pouvais comprendre, et mon silence n'était que l'hébé-
tude de l'intelligence satisfaite...

Mes chers amis... mes charmantes amies... tous mes
bien aimés, vous tous qui vous êtes, hélas! détachés
de moi, vous surtout dont je me suis détaché, de combien de reniements, de combien de lâchetés, vous
êtes responsables... et, je puis bien vous le dire, de
combien de larmes! Car, pauvres imbéciles que vous
êtes, vous avez toujours ignoré la belle source de tendresses qu'il y avait en moi.

**

Un soir, mon ami Weil-Sée me mena le long d'un quai désert, dans un club de la ville, où je fus accueilli avec beaucoup de cordialité ; du moins, Weil-Sée me l'assura.

Les membres du cercle — armateurs, banquiers, marchands — étaient réunis dans une salle dont le pourtour seul était meublé de banquettes, devant lesquelles, à intervalles réguliers, étaient fixés des guéridons. Tout le milieu restait vide, et les lustres de cuivre se reflétaient dans le miroir du parquet. Les places étaient occupées, d'ailleurs silencieusement, chacune, par un buveur, devant qui se dressait un pot de bière. Au-dessus de chaque buveur, un petit nuage de fumée s'épaississait, tous les petits nuages alimentant la nuée centrale, dont les bords légers s'enroulaient et bleuissaient par-dessus les lumières. Chaque buveur avait, aux dents, une pipe à peu près pareille, un peu longue. Toutes les pipes ne fumaient pas absolument en même temps, mais il y en avait toujours un certain nombre qui quittaient ensemble des bouches en même temps fumantes, ou revenaient en même temps reprendre, entre les dents, la place un instant occupée par le pot de bière... A de certains moments, des chocs de grès sur le marbre, des claquements de lèvres, des crachats, des remuements de pieds, des quintes de toux, cédaient à la parole gutturale de l'un ou de l'autre des membres du cercle, qu'on écoutait assez longuement, jusqu'à ce que ses derniers mots arrivassent à se fondre dans un *tutti* de rires. Et Weil-Sée allait, de l'un à l'autre, souple, insinuant,

avec des complaisances, des humilités, des servilités,
qui m'attristèrent un peu.

Mes deux voisins m'adressaient, de loin en loin,
la parole à voix basse. L'un avait une trogne cuite au
vent et au soleil, des tons d'un beau vieux pot de
faïence; un épais collier de barbe jaunâtre lui faisait,
autour du cou, comme un foulard. L'autre était un tout
petit vieillard, occupé surtout à hausser sa petite personne et son menton minuscule au-dessus du bord de
la table. Il se redressait à chaque instant, pour éviter,
à la fois, que le fourneau de sa pipe ne vînt s'appuyer
sur le guéridon, ou ne dépassât son crâne nu, mais
duveté... Pour un sourire, il avait toujours la précaution de retirer sa pipe, et son sourire paraissait le
sourire édenté d'un tout petit enfant. Il ne faisait
pour ainsi dire que sourire... Weil-Sée m'apprit que
c'était un des hommes les plus riches, un des spéculateurs les plus hardis, les plus implacables, les
plus heureux de la place, celui qui avait ruiné le plus
de familles, en Hollande.

La soirée se prolongea de la sorte, sans incidents
notables, fastidieusement. J'avais peine à croire que
tous les désirs du lucre, toutes les passions de l'argent,
se cachassent sous ces faces tranquilles....

Sur le tard, nous vîmes, avec satisfaction, s'avancer,
porté par un laquais en livrée, mais moustachu, un
plateau étageant une colline pyramidale d'œufs de
vanneau.

La colline fut, en un instant, rasée... Des gestes
menus et pressés dépouillaient les œufs de leurs coquilles, avec le bruit qu'eussent fait les dents d'un
assemblée de rats.

Le plaisir que j'aurais eu à savourer, seul, les blancs
opalins, et les jaunes un tantinet boueux, fut gâté

par la curiosité muette mais indiscrète avec laquelle
le chœur des mangeurs m'observait.

Ce fut, après ce repas d'un seul plat, qu'une longue
barbe blanche m'apostropha... C'était un discours.
Il était prononcé en français, mais un français mêlé
d'expressions qu'avaient dû laisser les armées de
Louis XIV, dans le delta de la Meuse et du Rhin... On
accueillit aimablement tout ce que je dis en réponse.
Mon voisin de droite me serra la main avec émotion;
mon voisin de gauche, le petit vieux, sourit. Mais,
je ne sus qu'à la sortie, par mon ami Weil-Sée, que
j'avais parlé beaucoup trop vite... et que les Hollandais — même les plus familiers avec notre langue —
n'avaient absolument rien compris à mes paroles.

— Tant mieux! ajouta-t-il... tant mieux!... Cela
arrive souvent... en tout... partout... Mais oui... Les
mots que nous comprenons, non plus, ne sont que des
signes... Tenez!... ah! ah! c'est très drôle... En Afrique,
un jour, je fus invité par une espèce de roi nègre, à
une espèce de banquet... Ignorant sa langue et ne voulant pas fatiguer inutilement mon imagination par un
toast improvisé, je récitai, avec de beaux gestes... et
une voix musicale... une page de *Salammbô*... Tout
simplement... Ce fut un enthousiasme... du délire... Ils
pleuraient tous d'émotion, de joie... Ils m'embrassaient.
Le roi m'accorda tous les territoires que je lui demandais... et même d'autres que je ne lui demandais pas...
Il chanta, il dansa... Voyez-vous, mon cher, quand on
comprend, on est triste... et on est méchant.

*
* *

Jamais, je n'aurais osé m'avouer à moi-même que
j'eusse pu regretter mes compagnons, encore moins

me lasser de l'éloquence de Weil-Sée, ou du soin
qu'il prenait de mon plaisir, cet excellent, ce parfait
ami... Cependant quel soupir de soulagement je poussai... quel cri de délivrance, quand la Charron me les
ramena! Jamais je ne vis avec plus d'aise nos dames
descendre de l'auto, la tête enveloppée du voile, ou
traînant, derrière elles, quelque écharpe de tulle,
comme une allusion encore à la poussière de la route...
J'étais impatient de repartir; j'étais surtout pressé
de leur raconter mon ami Weil-Sée, de les émerveiller
de ses projets, de ses aperçus, de sa vie vagabonde...
Et si le sublime leur en échappait, n'avais-je point —
pourquoi ne pas l'avouer? — la ressource de les en
faire rire?

Il en est ainsi de nos enthousiasmes, de la plupart
de nos amitiés, ainsi des rêves de notre jeunesse. Il en
est ainsi de bien des grands hommes, et de bien des
chefs-d'œuvre... Il n'en va pas autrement pour les
modes qui, hier exaltées, tombent demain dans le
ridicule et la caricature.

Les systèmes de philosophie, dans la tête des hommes,
et les plumes d'oiseau, sur celle de leurs femmes, ont
le même sort...

**

Ma dernière journée, je la donnai tout entière à mon
ami Weil-Sée.

Il fut amer et triste, triste peut-être à penser que, le
lendemain matin, je l'aurais quitté, pour combien
d'années?

Il me parla en termes vagues, heurtés, douloureux, de
toutes les amitiés sans courage qu'il avait dû laisser
le long de la route... de l'ironie, de l'égoïsme, chez les

meilleures, de la pitié offensante, chez les pires. Et
voilà... Il était fatigué de se sentir toujours si seul...
fatigué de sentir quelquefois, souvent, qu'il n'était
même pas, à soi-même, un « compagnon »... Et quand
la vieillesse viendrait tout à fait?...

— Il y a des moments où je ne m'aime plus... je ne
m'intéresse plus, des moments où je ne me comprends
pas plus qu'on ne me comprend... Je suis peut-être un
raté?...

Et il me regarda longuement, anxieusement, attendant une réponse... Je haussai les épaules, pour le
rassurer.

Au Musée, où il me mena, il demeura tout à fait
silencieux et agacé. Il me laissa admirer, sans aucun
commentaire, les deux grands van Gogh, *Le Moulin
dans le polder*, *L'Allée*, qui ont, déjà, la majesté souriante, la tranquille éternité des vieux chefs-d'œuvre.
Pendant que je les considérais et les opposais aux
bestiaux ennuyeux de Mauve, Weil-Sée gardait aux
lèvres un pli dur, et comme la grimace d'une tristesse
qui, non seulement se refusait à parler, mais ne trouvait
rien à dire. Un moment, ce pli se tordit tellement au
coin de sa bouche, que je crus que le pauvre diable
allait fondre en larmes... Je songeai que j'avais été,
pour lui, un moment d'exaltation, d'oubli, de répit,
dans sa vie, et que, moi parti, il allait peut-être retomber plus profondément dans les affres de la solitude et... qui sait?... de la désespérance.

— Mais non... mais non... me disais-je, pour ne pas
trop m'attendrir... Je me trompe... Il est nerveux, ce
matin, c'est peut-être le temps... Weil-Sée? Allons
donc! Son imagination lui tient lieu de tout... de
femme, de famille, d'amis, de fortune, de succès, de
bonheur... Oui... oui... Il est heureux...

22

Et, tout d'un coup, le secouant joyeusement :

— Ah ! mon vieux Weil-Sée !... mon vieux Weil-Sée !

Sans proférer une parole, mon pauvre cher Weil-Sée continua d'aller par les salles, ne voyant rien, ne regardant rien, ni les visiteurs, ni les tableaux, ne voyant et ne regardant que lui-même, je suppose...

Il ne s'arrêta que devant *L'Age de pierre*, de Rodin ; il s'y arrêta de longues minutes... Il s'asseyait auprès, tournait autour, les mains derrière le dos, s'adossait à un mur, clignait de l'œil, et, de temps en temps, avec un sourire préoccupé, venait passer une paume, lentement, doucement, sur la patine du bronze. Il ne me confia aucune impression. J'en avais le cœur serré.

Le soir, tard, je le reconduisis jusque chez lui... Il habitait une petite rue déserte, une petite rue voisine du Jardin Zoologique...

Il avait toujours, sous divers prétextes, évité de me montrer sa chambre. J'imaginai le désordre, la saleté, toutes les choses bizarres qui traînaient là, échantillons de minerais, instruments de mathématiques, cartes, photographies de Cranach et de Rembrandt, épinglées aux murs, et le Cézanne, seul tableau qu'il eût gardé de sa collection, depuis longtemps dispersée, et qui l'accompagnait partout...

Nous étions devant sa porte, et il ne se décidait pas à sonner.

— Voyez-vous... me dit-il, tout à coup... Nous n'arriverons à rien... Nous sommes un siècle perdu... un siècle mort... si les hommes comme vous... mais oui !... Laissez donc la littérature..., ses inutilités... ses frivolités... sa bêtise encrassante... Entrez résolument dans...

Sur le trottoir opposé, près d'un réverbère, dont la lueur courte et tremblotante donnait à la rue comme un aspect de bouge, une femme passait et repassait

que Weil-Sée ne voyait point, mais qui me préoccu-
pait... Comment eût-il deviné que notre présence dans
cette rue déserte et morne, à une heure si tardive, pût
gêner quelqu'un?... Pourtant elle gênait probablement
le couple, qu'après deux essais infructueux la promeneuse du trottoir venait de former avec un passant,
replet, courtaud, dont je vis luire, dans l'ombre, le
chapeau haut de forme.

Weil-Sée continuait :

— Croyez-moi... lancez-vous dans les spéculations
supérieures... abordez le vaste champ des futuritions.
Le passé est mort... le présent agonise, et demain il
sera mort aussi... L'avenir... toujours l'avenir... rien
que l'avenir... les hypothèses... les probabilités... ce
qu'ils appellent l'irréalisable... à la bonne heure !...
Travaillez... Le monde... le monde...

La femme avait entraîné son compagnon dans
l'invisible, au fond de la rue.

Et Weil-Sée parlait, parlait... parlait... Mais son
verbe n'était plus le même... Il s'enflait bien, un moment, mais pour retomber ensuite, flasque et mou,
comme un ballon qui se dégonfle...

Depuis dix minutes, j'entendais des mots énormes
s'élever, puis crever, s'évanouir, quand l'homme replet
de tout à l'heure revint à passer, mais seul, de l'autre
côté de la rue... Il marchait vite, la figure cachée dans
le col relevé de son pardessus... Un reflet sur le devant,
puis un reflet sur le derrière de son chapeau... et il
disparut sans avoir, une seule fois, tourné la tête...

— La gnosticratie... mon cher... savez-vous bien
que cette gnosticratie...

Ce fut alors que passa, en face de nous, toujours
sous le même bec de gaz, l'active promeneuse qui se
dandinait... Elle ne se doutait pas que nous décidions,

en ce moment, du sort de l'humanité... En pleine
lumière, je la vis seulement essuyer ses doigts avec son
mouchoir... Et puis, peu à peu, tout doucement, elle
fut absorbée par la nuit...

Canaux d'Amsterdam.

Je ne vous dirai pas qu'Amsterdam est la Venise
du Nord. D'abord, parce que j'ai naturellement horreur
de ces façons de parler, et puis, parce que je n'en sais
rien, n'étant jamais allé à Venise.

— Comment, monsieur?... me dit un jour une dame
offensée par cette cynique déclaration... Est-ce possible?

Et, déçue, toute triste, languissante, elle ajouta :

— Vous n'avez donc jamais aimé?

— Pas à Venise... non, madame... pas à Venise...

— Ah! monsieur... je vous plains... On n'aime bien
qu'à Venise...

Me plaignit-elle?... Je crois plutôt qu'elle me mé-
prisa...

Dois-je dire — c'est peut-être le moment — que je me
gondolais?

Ce sont des raisons de cet ordre-là qui m'ont toujours empêché d'aller à Venise.

Manet, en haine de l'école de 1830, ne consentit jamais
à mettre les pieds dans la forêt de Fontainebleau. Rien
que le nom de Barbizon, de Marlotte, lui donnait de
furieux accès de rage. Chose à peine croyable, il refusa
plusieurs fois l'invitation de Mallarmé de l'aller voir au
pont de Valvins. Mais il alla à Venise. Non seulement, il
y alla; il y peignit. Moi, si je n'ai jamais été à Venise

où, pourtant, j'aurais aimé rendre visite à Titien et au Tintoret, chez eux, j'en accuse, en plus des conversations dans le genre de celle que je viens de rapporter, toute une iconographie crapuleuse et une non moins crapuleuse bibliothèque musicale et poétique. Peut-être n'y avait-il qu'un moyen de me laver de ces propos, de toutes ces mélodies, et de tant de motifs pour journaux mondains, illustrés par M. Pierre Laffite et Cⁱᵉ, c'était d'aller à Venise. Mais chaque fois que je suis arrivé à en prendre la résolution, j'ai eu tellement peur de ne rencontrer, sur la lagune, que des amants du répertoire de M. Donnay, ou des paysages de M. Ziem, ou des ritournelles de M. Gounod, que j'ai toujours préféré retourner, une fois de plus, sur le Dam.

*
* *

Quand on ne les connaît pas bien, et si l'on n'a point le sens aigu des variétés et des différences, tous les quais et tous les canaux d'Amsterdam se ressemblent.

— C'est effrayamment monotone... s'écrie la dame citée plus haut.

Or, je suis allé assez souvent à Amsterdam, pour comprendre, à ma très grande joie, que rien n'est plus divers, et plus bougeant qu'Amsterdam ; que, non seulement aucun reflet des maisons dans ses canaux pareils, mais qu'aucune de ses maisons pareilles ne se ressemblent. Chaque portion de canal est un paysage différent de murs, de pignons, de chalands, de fenêtres fleuries ; chaque maison a son visage propre, sa structure individuelle, selon le degré d'affaissement des pilotis qui la soutiennent... Et, surtout, c'est un autre paysage de ciel, dont on dirait que les Hollandais ont mis, chaque fois, sous verre, la patine prodigieuse.

.*.

Au bord des canaux d'Amsterdam, et sur leurs ponts,
depuis que je m'attarde à imaginer le tain de vase profonde de ces miroirs qui meurent, je sens que monte
jusqu'à moi une odeur qui devient, chaque année,
plus forte et plus fétide. A mon dernier voyage, en plein
été, c'était, le soir, une puanteur dont le souvenir me
poursuit.

Je sais le pouvoir de l'imagination sur les sens, sur
les nerfs. C'est à ce dernier voyage que j'ai appris cette
chose effrayante : on n'avait pas curé les canaux d'Amsterdam, depuis trois cents ans. Et, rien que de l'avoir
appris, il me sembla, tout à coup, qu'une épouvantable odeur me faisait tourner le cœur, et je grelottai la
fièvre, durant huit jours, dans ma chambre d'hôtel
d'où je voyais passer, sur le canal, les noirs chalands,
flotter au-dessus des eaux, au ras des eaux du canal,
de longues images grimaçantes, de longs spectres verts.

La *dame de la mer* trouve l'eau lourde dans les
fjords... Si elle était venue à Amsterdam, qu'eût-elle
dit de l'eau des canaux ? Elle est de plomb... Une sorte
de graisse purulente, une sorte de mucus qu'elle a
sécrété, mousse, tournoie, ondoie à sa surface.

L'eau encore, même l'eau boueuse, on peut l'agiter ;
les coques des chalands la font sans cesse mouvoir, la
décapent pour un instant ; les courants de mer qu'on
arrive à y précipiter la renouvellent un peu, la rafraî-
chissent... Mais la vase ? Mais ces vases séculaires, ces
lents et continuels déversements d'égouts, ces dépôts
de tant de millions de vies humaines qui se strati-
fient au fond ?... Comment s'en débarrasser ? Déjà, les
miasmes traversent les boues et l'eau, envoient crever

à la surface leurs bulles d'infection. Qu'on remue ce lit
profond de pourritures, où le moindre caillou qui
tombe délivre les fièvres captives, qu'on le drague,
qu'on l'expose à l'air, et c'est la ville, c'est le pays
entier, ce sont les pays voisins, c'est toute l'Europe
empoisonnée... C'est la peste, le choléra, ce sont peut-
être des fièvres inconnues, c'est la mort sur le monde !

Les Hollandais ont tout prévu, sauf cela. Ils se croient
à l'abri de toutes surprises derrière leurs remparts
d'eau. Ils n'ont qu'à rompre une digue, pour noyer d'un
seul coup leurs envahisseurs. Mais que l'eau découvre
son lit de bourbes, et c'est fini d'eux. L'eau se venge
d'avoir été domptée, immobilisée, écrasée entre des
murs de pierre. Elle est faite pour courir, s'épandre
et chanter sur les cailloux d'or. Chaque fois qu'elle
croupit quelque part, elle devient mortelle... On a beau
faire, il y a toujours un moment où la nature secoue
formidablement le joug de l'homme...

Habituons-nous aussi à cette idée que notre sort,
même le sort de l'homme de génie qui emporte la pensée au delà des horizons sensibles, veut que ses excré-
ments, veut que ses organes vitaux soient une infection
et une honte. La légende qui nous raconte que les
cadavres des saints embaumaient est digne de l'Im-
maculée-Conception. Inventions misérables ! Tous les
cadavres puent ; tous les corps humains puent.

Lecteur, le divin Platon allait chaque jour à la
selle, ignoblement, comme il faut qu'y aille, chaque
jour, ta bien-aimée. Si elle n'y va pas, le cher cœur,
elle ne t'aimera plus... Constipé, le divin Platon devient aussitôt une brute quinteuse et stupide. L'intes-
tin commande au cerveau... Quant à cette putréfaction que les villes font sous elles, elle menace toutes les
agglomérations, à la façon, songes-y bien, dont les

ordures sociales et les reliefs du plaisir des riches me-
nacent les sociétés d'une fermentation inapaisable de
la misère.

Ici, cette pourriture demeure, pullule dans les rues,
sous une lame d'eau qu'elle refoule et amincit, chaque
jour, chaque heure, davantage. Plus on tarde d'y remédier, plus le danger grandit. Mais quoi faire?... On est
impuissant. Des commissions s'assemblent et travaillent, des rapports s'ajoutent à des rapports, les projets
chimériques s'empilent sur les projets irréalisables; les
parlements légifèrent. Duquel, entre ces systèmes, de
laquelle, entre ces utopies proposées, viendra donc le
salut?... On ne sait pas... Ce qu'on sait, c'est que les
ouvriers de la redoutable entreprise périront tous,
comme périrent tous les soldats qui, au début de la
colonisation, remuèrent les terres homicides de la
Guyane.

En attendant, Amsterdam s'épanouit au soleil du
printemps. Les tons délicats de ses rues jouent avec les
eaux noires des canaux, avec les ciels rares qui achèvent
son délice. Ses habitants prospèrent; ils donnent
l'exemple de l'activité et de l'emploi judicieux des
richesses; ils demandent à une centaine de sectes religieuses de leur enseigner la voie qui conduit le plus sûrement à Dieu... Ils cultivent les tulipes, les narcisses, et les beaux lis de l'Extrême-Orient, taillent le
diamant, spéculent sur les marchandises lointaines,
entassent l'or, rêvent d'un plus immense polder, pour
remplacer le Zuyderzée desséché... Et, minute à minute, les vases mortelles se déposent, se superposent
les unes aux autres, s'accumulent...

Et quand elles affleureront à la surface?...

Foire aux fromages

A l'entrée du bourg de Purmerend, sur une riante,
grouillante petite place, au bord du canal, nous sommes
arrêtés par les apprêts d'une foire aux fromages... Une
longue file de chalands, pleins de ces boules rouges ou
violacées qu'on appelle des têtes de nègres, s'amarrent
le long des quais, où, de place en place, avec cette cargaison, l'on construit de petits monticules, semblables
à ces pyramides de boulets louisquatorziens que nous
voyons encore dans les arsenaux maritimes. C'est
assez étrange, et très gai de couleur. La lumière du
matin fait vibrer les feuillages, joyeusement. L'air, où
circule une odeur aigrelette, est d'une grande transparence. Les contours des objets, des fromages, comme
des visages, des maisons vernies, des arbres, des bateaux, ont la même netteté, la même sécheresse jolie...

De ces bateaux, qu'on dirait remplis de joujoux
neufs, les débardeurs lancent, comme on jongle, les
sphères colorées à des gars, à des filles qui, toujours
jonglant, les relancent, les unes à des marchands qui
en dressent des tas devant leurs tentes, les autres à des
voituriers qui en remplissent, jusqu'au bord, leurs voitures.

Des paysannes, — presque toutes ont les tempes
ornées de coquilles d'or, ou portent le casque doré
sous le bonnet de dentelles, — des paysans, en panta-
lons courts, en sabots clairs, ont, en se renvoyant ces
ballons ronds et rouges, des figures rondes et rouges,
si bien que, parfois, nous pourrions croire qu'ils jouent
à la balle, avec leurs propres têtes, et que nous assistons

au dernier acte d'une opérette féerique, ou encore à un
ballet de jongleurs au bord de l'eau.

*
* *

La 628-E8 dut manœuvrer avec précaution entre ces
obstacles et ces jeux. Heureusement, nous étonnions la
foule, au moins autant qu'elle nous amusait. Elle ne se
livra à aucune démonstration. Même, tout à coup, à la
suite d'une légère détonation du carburateur, sur les
bateaux, sur les tas, dans les voitures, à bout de bras,
et, je crois bien, en l'air, un millier de sphères colorées
s'immobilisèrent...

Sur un coup de frein, la circonférence d'une roue se
fit un instant tangente à celle d'un de ces ballons qui
avait roulé jusqu'à nous... La seconde d'après, un bond
du moteur détruisait ce concept géométrique, dont il
ne resta plus sur le sol qu'un peu de pâte rouge, aplatie.

Et, de loin, en nous retournant, nous vîmes toutes
les balles et, je crois bien, toutes les têtes aussi, reprendre, à la fois leur vol et leurs paraboles...

« Fromages, mirages... » dirait Jean Dolent.

La porte entrebâillée.

Depuis le début de notre voyage, — aveu pénible
pour un Français, — il ne nous est arrivé aucune aventure dans un hôtel, j'entends, aucune aventure galante.
Gérald B... celui, de nous, qui a le plus voyagé, et qui,
d'ailleurs, est Anglais, prétend que, dans les hôtels,
il n'arrive jamais rien.

— Je vous assure, répète-t-il... rien... rien... jamais

rien... sauf, bien entendu, ce qui peut arriver à chacun sur un trottoir ou dans un cabaret de nuit... Les Allemandes, les Anglaises qui voyagent seules, lorsque le
roman sentimental ou la bouteille de gin, le souvenir
d'un opéra, d'un officier, ou tout simplement d'un
commis de magasin, agite leur imagination, et qu'elles
ont besoin d'aide, sonnent le garçon d'étage... Consi-
dérez-vous comme une aventure l'offre de la servante
de l'hôtel, dans les petites villes de Serbie, de Roumanie?...

— Alors, en Serbie?

— Oui... en Bulgarie, en Hongrie aussi... Mais cela
fait partie de leur service, comme le cirage des chaussures incombe au conducteur du sleeping... Un trait...
je me rappelle un seul trait qui vaille d'être rapporté...
Et encore!... C'était en Transylvanie, au pays de l'or.
Nous étions, en été, au petit jour, après une nuit passée
en wagon, et avant de repartir en voiture, descendus
dans un hôtel, pour y refaire un peu notre toilette...
Deux filles nous servaient... L'une, geignant, suppliait
en mauvais allemand, qu'on acceptât ses offres, criait
qu'elle était pauvre, qu'elle n'avait vraiment rien...
Pour nous prouver, sans doute, son dénuement, tout à
coup elle souleva crânement le cache-misère dont, en
hâte, à notre arrivée, au saut du lit, elle s'était enveloppée, toute nue... Sa hardiesse ne manquait pas de
grâce... Elle était grande, bien faite... de belles lignes...
un joli grain de peau... Mais nous étions trop nombreux...
Je lui en fis la remarque : « Qu'est-ce que ça fait?...
répondit-elle. Tous... tous... tous... Je suis si pauvre! »
Pendant ce temps-là, l'autre ne disait rien, souriait en
continuant son ouvrage. A peine débarbouillés, mal
brossés... nous prenions la fuite... Je n'ai jamais eu
d'autre aventure...

Pourtant, un soir, à La Haye, après dîner, Gérald B..., qui, pendant le repas, avait paru rêveur, préoccupé, nous avoua, à peine les dames parties, qu'il s'était trompé, et qu'il pouvait arriver, qu'il arrivait parfois des aventures, à un voyageur, dans les hôtels... Il avait des scrupules à parler, mais nous l'aidâmes à trouver de quoi les apaiser...

— Eh bien, voilà ! C'est assez drôle, du reste...

Il était rentré à l'hôtel, vers cinq heures. En voulant ouvrir la porte de sa chambre, il s'étonna qu'elle fût entrebâillée. Et, la porte poussée, il s'étonna bien davantage, en voyant, devant l'armoire à glace, une chemise lentement se hisser, se plisser sur une croupe féminine, découvrir le rein, les omoplates et, à la fin, s'élever, avec précaution, sans en déranger l'ordonnance blonde, au-dessus des ondulations de la coiffure. Rien de plus rouge que le visage de la dame, sans chemise quand elle s'était, tout à coup, instinctivement, retournée, au léger grincement de la porte.

— Monsieur !... Oh ! Me... Monsieur ! cria-t-elle, pas trop haut cependant, et sans trop de colère, tandis que ses doigts s'embarrassaient et embarrassaient leurs bagues dans les dentelles...

Ce qui était vraiment le plus délicieux à regarder, c'est que, au plus fort de son trouble, elle ne parvenait pas à vêtir seulement, de ce nuage de batiste qui s'enroulait à son bras, ses seins nus... Tout le corps était d'une blancheur dorée, éblouissante, sauf la taille où le corset avait mis, en la serrant, comme des morsures et des pinçons, et les jambes où la peau transparaissait, par les fines mailles de deux bas de soie noire à jour...

Notre ami avait refermé, verrouillé la porte.

— Monsieur !... Oh ! Me... Monsieur !...

Sans répondre à la voix qui tremblait — tremblait-

elle vraiment? — il se rapprocha, à pas de loup, de la
glace, qui, loin d'offrir un voile à la pudeur de la dame,
ne la dévêtait que davantage...

— Me... Monsieur!... Non... non... Soyez gentil...
Non... je... je... Allez-vous-en... je... vous supplie!

Des bras suppliants sont débiles. Les bras de notre
ami l'avaient prise, enserrée, l'entraînaient vers le lit,
tout couvert de robes, de corsages, de gants, de chif-
fons, de lingeries parfumées què, l'un après l'autre, il
envoyait promener à travers la chambre, sans un mot...
Et la dame ne pouvait crier, mais à peine, et de plus
en plus bas, que :

— Me... Monsieur!... Ah!... Ah!... Me... Me...

Puis, il sentit qu'une étreinte répondait à ses étreintes,
que des caresses répondaient à ses caresses... Et la
voix, peu à peu voilée, et puis rauque, enfin haletante
et pâmée, balbutiait :

— Ah! mon chéri!... mon chéri!

Gérald en riait encore quand il eut regagné sa
chambre, voisine de celle de la dame, et y fut tombé
dans un fauteuil, où il s'endormit jusqu'au dîner.

Son récit terminé, il nous dit :

— Je comprends que je me sois trompé de chambre...
Mais, elle?... Pourquoi la sienne, juste à ce moment
pathétique, était-elle entrebâillée?...

Nous allions nous livrer gaîment à diverses hypothèses, quand nous vîmes Gérald tout à coup rougir...
ah! rougir comme avait dû rougir la dame en chemise, ou plutôt sans chemise. Mais il ne rougissait pas
seul. Un couple pénétrait dans le restaurant, où nous
nous étions attardés à fumer. Une femme, d'à peine
vingt-cinq ans, blonde, les joues en feu, toute scintil-
lante de jais, et ramenant, par contenance, la gaze
verte qui se gonflait à son épaule, s'avançait, incer-

taine, hésitante. Un homme énorme, beaucoup plus
âgé, très haut de taille, gros, gras, glabre, l'air malsain,
l'air bourru, l'air fourbe aussi, la suivait, ouvrant de
grands pas, et se dandinant ridiculement, sur des
hanches trop fortes de vieille femme... Un œillet, d'un
pourpre noir, s'empâtait à la boutonnière de son
smoking...

— Avancez donc, ma chère! fit-il en russe, d'une
voix dure.

La table voisine de la nôtre portait une corbeille de
roses rouges, et un maître d'hôtel s'empressait auprès
des arrivants pour les y conduire. La dame, visiblement,
répugnait à aller jusque-là... Elle tournait la tête vers
l'autre bout de la salle, où, par une baie ouverte, l'on
apercevait une sorte de petit jardin de palmiers, illu-
miné de girandoles; un jet d'eau sortait d'un amas de
petites roches en carton, que tapissaient des fougères
stérilisées.

— Non, ce n'est pas la peine... fit encore le mari...
Il y a un courant d'air... avancez donc...

Ce fut lui qui insista encore pour qu'elle s'assît à la
place qui, justement, nous faisait face... Un mot bref,
détaché d'une voix coupante, obliga le colosse à se
taire, à courber sa tête teinte... Il s'effaça, en laissant,
enfin, sa femme, prendre l'autre chaise et nous dérober
sa rougeur...

Dans ces circonstances-là, je m'intéresse surtout aux
maris; et c'est le meilleur moyen que j'aie de trouver
des excuses à leurs femmes. Dans la face énorme et
molle de celui-ci, le menton saillait. Il était sinon absolument sourd, du moins très dur d'oreille, ce qui le
forçait à pencher souvent, vers sa compagne, le masque
rasé, plaqué de deux bandeaux trop noirs, et dont un
monocle détruisait seul la ressemblance avec celui

d'un cocher de maison cossue. Ses gros doigts, courts
et boullus, très blancs, étaient gainés de bagues, où des
feux étincelaient. En parcourant le menu, il haussait les
épaules, parlait fort, maugréait, semblait mâcher ses
mots comme de la viande trop dure.

D'elle, qui nous tournait le dos, je remarquais seulement, sous les cheveux ondulés qui la couronnaient
comme d'une tiare légère, une rigole qui se creusait à
partir de la nuque, détail que Gérald, tout à l'heure,
dans l'intime description de son inconnue, nous avait
donné.

Notre ami, très gêné, fit observer tout à coup, à voix
basse, combien nos cigares faisaient de fumée... Il y
avait, dans ses paroles, une insistance suppliante. De
temps en temps, le gros monsieur, sans nous regarder,
mais avec ostentation, agitait l'air du plat de ses mains
gantées d'or et de pierreries, et soufflait bruyamment :

— Pfouou!... Pfouou!...

Ah! s'il n'y avait eu que le gros monsieur!... Nous
nous levâmes, sans plus parler... Les autres défilèrent
avant moi, devant la table aux roses... Pas un, je l'avoue
à notre honte, n'eut le bon goût ni la force de résister
au désir de retourner la tête. Et moi, plus goujat que
tous, sans même me donner l'excuse de la liberté du
voyage, bravant les regards de la dame et le monocle
furieux du mari, je me retournai aussi, brusquement,
m'arrêtai quelques secondes, sous prétexte d'épousseter
le revers de mon smoking, où un peu de cendre de
cigare était tombé, et je vis, avec une sorte de joie
jalouse et basse, le joli visage blond s'empourprer...
Tout au plus ne cédai-je pas à la tentation de dire, en
passant :

— Me... Monsieur...

Dehors, je complimentai Gérald, qui avait retrouvé

toute son assurance. Après nous avoir traités de
« cochons », pour la forme, il nous avoua :

— C'est curieux... Vous savez que, si elle n'avait pas
rougi en me voyant dans la salle... je crois, ma parole,
que je ne l'eusse pas reconnue!... Dame, habillée,
n'est-ce pas?... Mais qu'est-ce que ça peut bien être que
ces types-là?... Il faudra que je le demande au portier...

Hymne à la paix et à La Haye.

Je comprends qu'on ait choisi la Hollande et, dans
la Hollande, La Haye, pour y installer ce tribunal ar-
bitral qui, un jour, en dépit des plaisanteries et des
dénégations pessimistes, se substituera au bon plaisir
des Empereurs, des Rois, des Parlements, pour connaître des querelles internationales, leur trouver des
solutions qui ne seront plus des massacres, et, enfin,
établir la paix, je ne dis pas entre les hommes, mais
entre les peuples.

Il est certain que la Hollande et, parmi toutes les
villes de Hollande, que La Haye, possèdent un charme,
une vertu — pas encore pacifistes, peut-être — mais
singulièrement pacifiants. On peut y rêver de choses
merveilleuses, on peut y rêver le bonheur universel,
comme dans un beau parc, le soir, après dîner...

Cette vertu de la Hollande, ce charme de La
Haye, j'en ai subi, bien des fois, les influences séda-
tives, et d'autres, comme moi, qui étaient plus agités,
plus malades que moi, les ont subies également. C'est
délicieux. La douceur du sol uni, sa claire et profonde
monotonie que rompent et diversifient, à l'infini, l'im-

mense lumière du ciel et les reflets de l'eau confondus,
l'absence de tout appareil guerrier, le spectacle d'une
vie à la fois active et très calme, d'où tout effort douloureux semble être banni, l'énergie tranquille des visages, le silence des polders et des canaux, tout cela
vous prend, vous subjugue, vous conquiert. Jamais
rien qui grince et qui menace... Et la terre, si âpre autre
part, l'eau, si terrible partout, se font dociles aux
mains de l'homme qui leur demande son pain et ses joies.

En bons égoïstes, en sages privilégiés de la fortune, ne
cherchez pas trop à briser cette surface riante qui
recouvre, peut-être, comme partout, des haines farouches, bien des luttes fratricides, une fermentation
sociale qui, à Amsterdam, à Rotterdam, principalement, s'échauffe et bout dans les bas-fonds de la misère
et du travail. Contentez-vous, comme toujours, des
apparences qui rassurent, et, comme toujours, faites-
en des réalités. Que vous importe, si elles mentent?...
Il sera toujours temps de vous réveiller de vos rêves
d'autruches.

*
* *

Que de fois je suis venu ici, déprimé, surmené, les
nerfs tendus et vibrants, par conséquent prédisposé à
toutes les impulsions mauvaises! Et, après deux jours
passés à La Haye, où ce qui reste d'un peu sauvage
d'un peu inquiétant dans le caractère hollandais disparaît, après deux jours de flânerie devant le Vivier, le
Palais de Rembrandt, que gardent les cygnes, le
Palais de la Petite Reine douloureuse, où ne veille
aucun soldat, après deux jours de promenades, le long
de ces jolies rues, de ces jolis jardins, si joliment
fleuris, à travers cette belle campagne verte qui s'étale

23.

autour de la ville, comme un doux et somptueux tapis,
voici que s'opère en moi la détente miraculeuse... Tout
s'apaise, âme, muscles, nerfs et cerveau. Je suis
heureux de vivre, sans hâtes fébriles, sans désirs
brusques et sursautants. Avec une tranquillité complète, je jouis de toute cette mélancolie qui m'entoure
et me pénètre, non point la mélancolie amère comme le
fiel où elle alla chercher son nom, mais cette mélancolie rayonnante que, jeune, j'ai tant de fois connue
aux approches de l'amour, et que donnent aussi les
quelques instants de parfait bonheur, dont tout
homme, même le plus dénué, garde en soi, au fond de
soi, sans savoir d'où il est venu, le souvenir miséricor-
dieux et lointain : peut-être un paysage entrevu, le soir
après une journée de marche fatigante ; peut-être le regard d'espoir d'un malade aimé, peut-être moins encore...

Comment ne pas croire à l'amour, à la fraternité de
l'avenir, quand, sur toutes les routes, sur toutes les
digues, de La Haye à Haarlem, vous ne rencontrez
que des visages heureux, que des chapeaux, des corsages, des mains, des bicyclettes, des voitures, fleuris
de tulipes, de narcisses et de jacinthes ; que des sentiers
d'eau argentée où, entre des rives rouges, des rives
pourprées, des rives d'or, les barques glissent silencieusement, chargées de leurs moissons rouges, de leurs
moissons pourprées, de leurs moissons d'or?... Un jour,
nous avons croisé un petit détachement de fantassins...
Ils chantaient, avec des accords délicieux, des chansons
idylliques, des sortes de lieds d'amour...Et des tulipes,
comme dans les vases de la maison, trempaient leurs
tiges au goulot du canon des fusils.

La paix rayonne tellement partout, elle habite si
bien ces demeures lustrées et souriantes, qui s'espacent
dans les verdures de ce continuel jardin qu'est la Hol-

lande... et je la sens si forte en moi, que je ne veux
même pas me demander à qui appartiennent toute
cette abondance et toute cette richesse du sol, de l'eau
et de la mer, dont la Hollande regorge... Et je ne veux
pas savoir, non plus, ce que cache, à Amsterdam, par
exemple, cette Bourse toute rouge, dont les murs
hauts, les créneaux, les meurtrières évoquent les citadelles de guerre, et les châteaux de rapines d'autrefois.

*
* *

Nous avons revu le mari de la dame à la chemise...
Interrogé par Gérald, le portier nous apprend qu'il
s'appelle le comte K..., qu'il est Russe..., délégué au
Congrès de la Paix..., enfin quelque chose comme ça...
Et il raconte :

— C'est un monsieur pas commode... Il grogne toujours... et d'une violence!... Chaque fois qu'il sort en
ville, il a de mauvaises affaires avec quelqu'un. L'autre
soir, au théâtre, il a souffleté le contrôleur. Hier, il a
pris à la gorge, dans sa boutique, un boutiquier. Ce
matin même... monsieur ne sait pas?... on a eu toutes
les peines à l'empêcher de jeter par la fenêtre le valet de
chambre de l'étage... Enfin, il a lancé une carafe de vin
à la tête du maître d'hôtel... le pauvre diable est très
blessé... Il ne peut dire un mot qui ne soit une injure,
faire un geste qui ne soit un coup de poing... Le patron
voudrait bien le renvoyer... Mais quoi! il dépense beaucoup... Et ce serait peut-être des histoires... des complications internationales.

— La guerre, parbleu!

— Hé!... on ne sait pas.

Après un petit silence, Gérald demande encore :

— Et sa femme?

Le portier, qui est un homme superbe, musclé et, râblé comme un athlète, sourit. Il lisse ses moustaches, claque de la langue, redresse son cou de taureau, où je vois des tendons se bander comme des cordes. Il ne répond pas tout de suite. Un moment, j'admire sa force et l'or qui resplendit à sa casquette, au col de sa redingote, aux revers de ses manches...

Puis, avantageux et rêveur, il murmure :

— Dame!... avec un homme comme ça... vous pensez bien!...

LA FAUNE DES ROUTES

Ce printemps dernier, allant à Grenoble, par les Grands-Goulets, nous fûmes arrêtés, à quelques kilomètres, au delà de Pont-en-Royans, par un troupeau de deux mille moutons, qu'on menait dans les hauts pâturages, et qu'il nous fallut suivre, pas à pas, jusqu'au Villard de Lans. En ces régions difficiles, où les routes, souvent dangereuses, toujours étroites, très rares d'ailleurs, ne se croisent presque jamais, où un carrefour est un scandale, impossible de traverser une telle masse. Les pâtres, disons-le, ne mettaient aucune complaisance à nous faciliter le passage. Ils s'amusaient même beaucoup de notre déconvenue. Ils s'en seraient amusés bien davantage, s'ils avaient su que des amis nous attendaient à Grenoble, et que, pour nous être arrêtés trop longtemps, dans Valence, devant l'infortuné Émile Augier, de Mme la duchesse d'Uzès, nous étions fort en retard. Peut-être le savaient-ils, car les pâtres savent tout, étant sorciers.

Suivant l'exemple de leurs maitres, les chiens, visi-

blement, encourageaient le troupeau à ne pas se garer,
et, à leur mauvaise volonté, vraiment humaine, ils ajoutaient la joie, humaine aussi, de se tourner, de temps
en temps, vers nous, et de nous insulter par un aboie-
ment. Tel le charretier, le doux charretier des belles
routes de France, qui, ayant placé sa voiture, comme
une barricade, en travers du chemin, ne livre le passage
que pour se donner le plaisir de vous lancer un outrage
obscène, qu'accompagne presque toujours un fort claquement de fouet : geste imbécile, purement animal,
grâce à quoi il espère effrayer, faire s'emballer et culbuter, comme un cheval, l'automobile; grâce à quoi
aussi, il s'imagine — ce qui soulage sa haine — qu'il nous
a cassé « la gueule ».

Jamais je ne pestai autant que ce jour-là.

La machine retenue grondait, chauffait, fumait horriblement, et, malgré un copieux graissage, je n'étais
pas sans inquiétude au sujet des cylindres.

J'ai, pour les animaux, une tendresse de neurasthénique et de misanthrope. Leurs souffrances me
font horreur. Mais je crois bien que j'eusse foncé, de
toute la force de mes quarante chevaux, dans le troupeau, et fait une bouillie sanglante de ces moutons, si
je n'eusse prudemment réfléchi qu'une telle opération
entraînait, pour la machine et pour nous, de sérieux
dommages. Je me contentai de lâcher les cris sauvages
de la sirène. Criminellement, je me disais que les bêtes
seraient prises de panique et que, affolées, bondis-
santes, sautant, pêle-mêle, par-dessus les parapets, elles
rouleraient au fond des précipices, où le torrent les
emporterait... Adieu! adieu!

Il n'en fut rien.

La sirène et ses plus stridents, ses plus déchirants
appels, multipliés par les échos de la montagne, demeu-

rèrent sans effet sur des animaux, habitués sans doute
à de plus terribles bruits d'avalanches.

Alors, je pris le parti plus sage de regarder.

On eût dit que ces deux mille moutons se portaient
et que leur masse, qui bêlait lamentablement, était sus-
pendue. Elle ne bougeait qu'aux bords, ne semblait
même pas toucher terre de ses milliers de pattes fragiles... Cependant leur piétinement faisait, sur le terrain, le bruit d'un roulement continu de tonnerre. Je
remarquai aussi que ce fracas imite de loin le ronflement d'une auto pas très bien mise au point.

Les troupeaux de moutons ont, avec l'auto, une autre
ressemblance; ils soulèvent autant de poussière et
dégradent autant les routes.

Ceux-là se défendent par leur masse, qui est un
obstacle infranchissable, comme une inondation, une
coulée de lave qui marche... une ruée de pierres qui
tombe...

Dans certains pays, le Nivernais, le Bourbonnais, le
Morvan, l'Auvergne, la Bretagne, les routes sont des
écuries, des bergeries, des porcheries, des étables, des
basses-cours, des clapiers, tout ce que vous voudrez,
sauf des routes. Parfois, elles remplacent aussi l'aire des
granges. Non contents d'y faire camper et gambader
leurs bêtes, les paysans y installent leurs machines. Un
jour, en Auvergne, nous fûmes arrêtés par une batteuse
mécanique et ses accessoires qui barraient la route, en
toute sa largeur. Les paysans refusèrent de nous livrér
passage. Et ils s'interrompirent de travailler, pour nous
regarder en riochant.

— Vous n'avez pas le droit d'arrêter la circulation,
dis-je...

— J'avons l'droit d'battre l'blé...où qu'ça nous plaît...

— Battez-le chez-vous, dans la cour de votre ferme.

— Ça nous encombre... Et puis nous sommes chez nous ici... D'où qu'vous êtes, vous?

Un autre, les bras passés entre les dents de sa fourche, ricana :

— Il n'est p'tête seulement pas du département... Un troisième dit :

— Allons... passe-nous la gerbe...

Et ils se remirent au travail... Avaient-ils lu Barrès?

J'avisai un vieil homme que, à sa barbiche militaire et à la plaque qu'il portait au bras, je reconnus pour être le garde champêtre... Il avait écouté ce dialogue, sans rien dire, en hochant un peu la tête... Je le sommai de faire son devoir.

— Bien sûr... bien sûr!... fit-il... J'vas vous dire, mon cher monsieur... Ces gens-là ont raison... Faut bien qu'ils battent leur blé, ces gens-là... ha!... ha!... ha! L'blé, c'est la nourriture du pauv'monde...

Il ne voulut pas entendre nos protestations.

— Tenez, mon cher monsieur... Redescendez jusqu'au pays... Prenez à droite... et puis encore à droite... au coin d'un petit café... Rémongeat, qu'on l'appelle.., le café Rémongeat... oui... Et puis vous suivrez tout droit... A deux kilomètres, p'tête trois... vous verrez un lavoir, sus vot'gauche... Prenez à droite du lavoir... Et puis toujours tout droit, jusqu'à la route... L'chemin n'est point trop bon... il n'est point trop mauvais, non plus... Il est comme ça... quoi! ...

Il nous fallut bien en passer par là...

— Toujours sus vot'droite!... répéta le garde champêtre. pendant que nous faisions marche arrière... Y a pas à s'tromper...

Le chemin était affreux, hérissé de culs de bouteilles, encombré de cailloux coupants... J'y laissai deux pneus.

Le paysan n'a pas encore compris, ne comprendra probablement jamais que les routes ont été construites pour qu'on y circule d'un point à un autre. Il s'imagine, de bonne foi, peut-être, qu'elles ne sont faites que pour lui, pour les différents besoins de son exploitation et les services de ses élevages. Les gendarmes, les gardes champêtres, les agents voyers, les maires, les préfets et les ministres se l'imaginent aussi. Il est donc bien entendu qu'on doit y rencontrer, comme dans l'arche de Noé, toutes les bêtes de la création, et leur fumier.

Excellent terrain d'observation pour un chauffeur qui a du loisir, et qui veut étudier ce que j'appellerai : la faune des routes....,

*
* *

Rien de plus divers que la façon des animaux de se comporter au passage des autos. Elle instruit sur leur caractère et le degré de leur intelligence. Or il s'en faut que le classement, qui en résulte, corresponde aux idées qui ont cours, encore moins aux vieux dictons et aux métaphores populaires.

Le cheval, à propos de qui il me faut bien répéter, pour la cent millionième fois, l'agaçante parole de Buffon, le cheval, « la plus noble conquête de l'homme », qui voit, sans s'émouvoir, son camarade d'attelage tomber, expirer à ses côtés, le cheval est stupide. Pourtant, s'il croise une charrette d'équarrisseur, où se dressent, en l'air, les quatre sabots d'un compagnon mort, aussitôt il se met à trembler, frissonne, s'emballe. Au dire des naturalistes les plus experts, on ne saurait voir dans ce trouble la manifestation d'une sensibilité altruiste, ni la peur égoïste de la mort, mais seulement une protestation olfactive, la

24

révolte inconsciente de l'odorat. Le cheval a peur de
l'odeur, peur de la couleur, de la lumière, de l'ombre, de
son ombre, de l'ombre de celui qui le mène; il a peur
d'un bout de papier, d'un sac d'avoine tombé, d'un
morceau de verre qui brille, d'une lueur de lune dans
une flaque d'eau, d'un reflet de feuille qui bouge, ou de
nuage qui chemine sur la route. Le cheval a toutes les
phobies. Il a même toutes les autophobies, et à un
degré de morbidité que n'a peut-être pas atteint
M. Émile Loubet, lequel, avec un si bel à-propos et
autant de fureur prophétique, fulminait, contre les
automobiles, les mêmes fâcheuses malédictions que
fulmina M. Thiers contre les chemins de fer... Ah! ces
grands hommes!

Ce n'est que quand la machine, qu'il n'a ni devinée
ni prévue, — je parle du cheval, — le frôle, qu'il fait
un écart, se cabre, rompt son attelage, et renverse
choses, gens, voiture et lui-même, dans le fossé. Ainsi
que le lièvre, qui n'est dangereux qu'à soi-même, mais
qui ne hante pas les routes, le cheval a cette infériorité
physiologique de ne rien voir devant soi. Il ne voit que
ce qui est à droite, ou à gauche, comme un politicien de
la Chambre. Pour qu'il marche sans accrocs et sans dommages, il faut qu'il ne voie rien du tout... Bandez-lui
complètement les yeux, et, d'un pas égal, d'une allure
somnolente, cet Amour à quatre pattes ira toujours,
et il tournera par exemple, des heures, des heures et des
heures, la roue d'un manège sans s'arrêter jamais, sans
jamais se révolter.

On ne rencontre pas, en chauffant, d'animal —
l'homme et même le cycliste compris — qui soit plus
dangereux, et dont il faille se méfier davantage. Chaque
fois que j'aperçois, sur la route, ce périlleux imbécile, je
ralentis toujours, et souvent je m'arrête, car on ne

sait quelles frasques, quelles extravagances meurtrières
peuvent bien lui passer par la tête. Sa stupidité fait
penser à celle d'une caste, naguère omnipotente, à qui,
dans sa déchéance actuelle, il ne reste plus, pour se
donner encore l'illusion de la puissance et de la vie, que
la faculté de caracoler. On s'applaudit de voir qu'elle
sera bientôt dépossédée.

Le cheval n'est qu'un mécanisme — un vieux mécanisme — remonté pour piaffer et faire la bête... la bête
de luxe et de cirque, si ses formes sont belles... ou la
bête de somme, car il est fort... fort comme un cheval.

*
* *

Près de Grenoble, dans la descente de Sassenage,
nous vîmes venir, de loin, vers nous, une lourde charrette. Comme le cheval paraissait s'effrayer, — bien
qu'il eût fort à faire d'arcbouter ses sabots sur le
sol poussiéreux et de tirer à plein collier, car la côte
est rude, — je mis la machine tout au bord du talus de
droite, et l'arrêtai. La voiture portait un chargement
de tuiles. Étendu, tout de son long, le conducteur dormait, le ventre contre les tuiles, le menton appuyé sur
un sac d'avoine. Il ne se réveilla qu'aux appels réitérés
de la trompe. Il n'avait pas les guides à portée de la
main, ni le fouet. Il souleva seulement un peu la tête
et montra une des plus pesantes faces de brute que
jamais il m'ait été donné de rencontrer.

— Hue! fit-il, d'une voix graillonneuse d'alcool et de
sommeil...

Le charretier chercha vainement les guides, en
ramant de la main droite, et, se soulevant un peu plus,
il s'appuya sur ses coudes... Je l'entendis grogner je ne
sais quoi. Livré à son seul instinct de cheval, le cheval

mena, naturellement, la voiture sur le talus de gauche.

— Hue donc!... fit à nouveau le charretier, sans bouger davantage...

Les roues s'engagèrent sur le talus, derrière lequel le terrain descendait presque à pic, jusqu'au fond de la vallée... Je vis la voiture pencher, pencher, puis se renverser lentement. L'homme avait pu sauter à terre... Mais les tuiles gisaient sur le sol, brisées, en miettes...

— Nom de Dieu! jura l'homme. Nom de Dieu de nom de Dieu!

Il commença par lancer, d'un geste furieux, sa casquette contre le tas de tuiles. Ensuite, il s'en prit à son cheval qu'il roua de coups, puis à nous à qui il eût bien voulu en faire autant.

— Ah! salauds!... ah! salauds!

Il fit claquer son fouet :

— Attends un peu!... ah! salauds!

Il fallut le tenir en respect, relever le cheval, déblayer un peu la route... Voyant son impuissance, il avait pris le parti de s'asseoir sur le talus, et, tandis que chaque mot détachait de sa barbe et de ses cils des flocons de poussière, il gémissait :

— J'suis écrasé... J'vas mourir... qu'on me foute une indemnité!

Il était complètement ivre.

**
* *

Je me rappelle qu'une nuit, nous allions de Dordrecht à Rotterdam... Nuit émouvante!... Nous allions lentement, silencieusement. Et nous écoutions l'eau, l'eau infinie de Hollande, sourdre et chanter, partout, autour de nous. Nos phares qui éclairaient magiquement la brume où tourbillonnaient des poussières d'or, d'argent, d'émeraude et de rubis, où passaient des in-

sectes nocturnes, des papillons de feu ; nos phares qui,
parfois, éclairaient un coin de canal, et des silhouettes
d'ombres glissant sur le canal, éclairèrent, subitement,
l'effort d'un cheval blanc qui amenait à nous, de Rotterdam à Dordrecht, sans doute, une très grosse voiture
de déménagement. A peine avions-nous distingué le
charretier endormi profondément sur son siège, que le
cheval, effrayé par les lumières, — car la lumière
l'effraye comme les ténèbres, — se retourna brusquement, et faisant faire sur la digue, par bonheur très
large à cet endroit, demi-tour à la voiture, remporta le
mobilier à notre suite, vers Rotterdam, d'où il devait
venir... Son maître ne s'était pas réveillé. La secousse
du virage lui avait même davantage calé la tête sur
un paquet d'oreillers, et les reins sur un paquet de matelas. Il dormait, comme sur son lit, confortablement,
bouche ouverte, ventre ballant, jambes écartées... Et
les guides étaient enroulées à son poignet pendant.

Nous ne pûmes nous empêcher de rire aux éclats, en
songeant à la tête ahurie qu'il ferait, après s'être
réveillé, peut-être, une fois ou deux, sur la grande route
enténébrée, partout pareille, lorsqu'il se retrouverait,
le matin, avec sa voiture, son mobilier et son cheval, à
Rotterdam, d'où il avait dû partir la veille.

Ainsi vont les réformes sociales qui sont de pauvres
chevaux à qui tout fait peur, et dont les conducteurs
sont toujours endormis... Elles partent, un beau soir
ardentes, fringantes... Le moindre incident de route
leur fait rebrousser chemin... et elles reviennent, le
matin, au point d'où elles étaient parties.

Le paysan breton, celui du Morbihanais et du pays
gallot, a une peur spéciale de l'automobile. Il y voit

24.

certainement une œuvre du diable, sinon le diable en
personne. Dès qu'il en aperçoit une, il marmotte aussitôt des prières. S'il est à pied, il s'agenouille et joint
ses mains tremblantes. Il invoque saint Yves, qui donne
la richesse, et saint Tugen, qui guérit de la rage, car il
n'y a pas encore de saints, en Bretagne, qui préservent
de l'automobile. S'il est à cheval, il descend précipitamment, et, la face toute pâle, claquant des dents, mais
toujours priant, il se met à l'abri, derrière sa monture,
dont il se sert, selon la circonstance, comme d'un bou-
clier ou d'un rempart.

Une fois, pas très loin de Vannes, sur la route de
Larmor, un paysan était ainsi caché, presque accroupi,
derrière son cheval... C'était un tout petit cheval de la
lande, à longs poils rouges, et barbu comme une chèvre.
Il se démenait, ruait, hennissait. L'homme, qui s'accro-
chait à lui, criait, implorait, suppliait :

— Nostre Jésus!... Ah! nostre Jésus!... Ho!... Ho!...
Ho donc!

Aussi effrayé de la mimique de son maître que des
ronflements de l'auto, le petit cheval finit par détacher
une ruade plus violente, qui atteignit le paysan et l'envoya rouler dans le fossé...

Nous eûmes beaucoup de peine à nous emparer du
blessé, pour le conduire à l'hôpital de Vannes. En dépit
de sa jambe cassée, il luttait contre nous, désespérément,
s'imaginant que nous voulions l'emmener en enfer...
Et, afin d'éloigner de lui le démon, il hurlait, très vite :

— Ah! sainte Vierge!... Ah! bonne mère sainte
Anne... Ah! nostre Jésus!

Quant au petit cheval, il avait franchi, d'un bond, le
mur de pierre de la route... Et il galopait, à travers la
lande en rumeur, suivi de quatre petites vaches folles
et de deux moutons noirs, éperdus...

**
* *

Les vaches, les bœufs peuvent aller de pair avec les chevaux. Cependant, il semble qu'il y ait, comme entre le prolétaire des villes et celui des champs, une sorte d'avantage intellectuel, au profit du rustre, plus lourd, moins déluré, mais plus avisé.

Une vache ou deux, surprises, une bande de bœufs qui vont à l'herbage ou à l'abattoir, auront l'air gauche et comique à détaler pesamment, et leur gros derrière à se lever, se trémousser, et leur queue ridicule, à battre l'air, devant le moteur qui les pousse. Ils vous mèneront peut-être loin ainsi. Mais même une troupe de veaux, très longtemps poursuivis, tourneront toujours dans un chemin, dans une brèche de la haie, dans un champ, où ils se remettront bien vite de leur émoi, et vous regarderont passer avec une curiosité un peu tremblante, une gentillesse étonnée... J'ai remarqué que les vaches ont, en général, une certaine sagesse. Elles ne perdent complètement la tête que si, parmi elles, un cheval vient leur communiquer sa peur stupide.

Les chèvres, nerveuses, au point que leur lait donne, parfois, dit-on, des convulsions aux petits enfants, les chèvres ne s'affolent que si elles sont attachées, leur petit près d'elles. Alors, désarmées, elles tirent sur leurs entraves, tournent autour du piquet, de la longueur de leur chaîne, en bondissant et secouant leurs cornes, s'élancent, retombent, cabriolent et dégringolent... Libres, d'un bond leste et précis, sans trop de terreur, elles grimpent sur le haut du talus, où, se sentant en sécurité, elles se mettent aussitôt à grignoter les pousses tendres des broussailles...

Beau thème pour un discours académique sur les
vertus éducatrices de la liberté

On sait les profondes méditations des chats, le ma-
gnétisme baudelairien de leurs prunelles, et leur agilité
à se tirer des pas les plus difficiles... Dès le premier
jour, ils ont reconnu, dans l'auto, un danger nouveau,
et, tout de suite, sans bruit, sans éclat, ils l'ont évité...
On en rencontre peu sur les routes, qui ne sont pas
un bon terrain pour leurs affaires, toujours un peu
mystérieuses... Ils préfèrent les endroits touffus et
obscurs. Parfois, de très loin, ils sortent de la haie,
avec prudence, et traversent la route, en rampant, un
mulot vivant entre leurs dents. Le plus souvent, dans
les villages, assis sur leur derrière, au seuil des portes,
ils suivent, d'un regard rêveur, faussement distrait, la
voiture qui passe, comme ils suivent, en l'air, le vol d'un
papillon...

Bien rares les chauffeurs qui les peuvent prendre en
défaut...

Les jeunes cochons, si roses, si gais, si jolis, accom-
pagnent l'auto, en galopant joyeusement sur les berges.
Ils ne traversent jamais... C'est une joie de la route que
de voir ces petits êtres charmants se suivre et nous
suivre, — frise délicieusement enfantine, — le groin
en avant, les oreilles battantes, la queue qui frétille...
Aussi gras, joufflus, et plus roses que ces Amours qui,
sur les plafonds, les tapisseries, les boîtes de chocolat,
sortent du déroulement des banderoles, des conques
fleuries, des corbeilles enrubannées. Ah!... petits
cochons... petits cochons!... C'est aussi une tristesse
de se dire que toute cette jeunesse, toute cette

joliesse, toute cette gaîté sautillante, finiront, bientôt, en eau de boudin...

Ces animaux, dits inférieurs, donnent vraiment de beaux exemples au cheval qui n'en profite pas. Peut-être, est-ce la servitude trop étroite où il est retenu, peut-être l'éducation absurde de l'homme qui l'abrutit, à ce point? J'ai bien peur que, même libre, dans ses prairies d'origine, il sache plus mal se défendre, et qu'il n'emploie sa force qu'à des sottises encore plus grossières... Sa masse de viande, son énorme charpente, ne sont-elles pas à la merci d'un loup, d'une petite panthère, d'un minuscule rat?

* *
*

L'âne n'est pas moins tenu de court, ni le mulet... Mais quelle différence! Comme ils savent, l'âne et le mulet, juger la stupidité de leurs maîtres, leur ignorance pénible, leurs fantaisies inexplicables, leurs exigences contradictoires! Et surtout, comme ils savent y résister avec un admirable courage... le courage de la raison!

L'incohérence leur est odieuse. Tous les deux, ils sont épris de logique et de réalités, ce qui fait croire qu'ils sont inéducables... Au lieu de toutes les manifestations de l'effroi des chevaux, de leurs brusques écarts, de leurs hallucinations subites, de leurs tête à queue, arc-boutements, ruades, galopades, reculs, toute la comédie vaine et bruyante, les ânes passent tranquillement, de leur petit trot raisonnable, regardent la machine sans peur, comme sans sans extase, infiniment moins puérils, beaucoup plus dignes... et, au fond, blagueurs!... Ça ne les épate pas!... Mieux que les chevaux, qui ont des nerfs féminins, qu'un rien agace et décontenance, ils savent très bien tenir tête à l'affolement de leurs con-

ducteurs, voire des conductrices, quand elles sautent à
terre, si mal à propos, et, tout simplement, ils se retour-
nent, pour considérer, en souriant d'un air malicieux,
le vol effaré des jupons.

Bêtes d'une admirable sagesse, dont la tête est solide,
le pied sûr, le caractère digne et bon, qui connaissent la
fragilité des enfants et qui la respectent, jusqu'à se
laisser torturer, sans autre révolte qu'un léger mouvement des oreilles, par leurs petites mains cruelles...

De tous les quadrupèdes, — je parle de ceux qui
hantent les routes, car il ne m'a pas été donné d'y rencontrer des éléphants ni des lions, — les ânes et les
mulets sont seuls à mériter une appellation trop souvent déshonorée : ce sont des hommes.

Ce seraient des hommes, si les hommes n'étaient pas
hélas! des chevaux...

* *
*

Les chiens ont contre eux leur fidélité et la bêtise de
leur maître, et je ne sais pas ce qui leur est le plus funeste. Ils ne redoutent rien du cher homme, jusqu'au moment où celui-ci les extermine. Et encore à
ce moment suprême, avant que de rendre l'âme, lui
prouvent-ils, une dernière fois, leur tendresse imbécile,
en le remerciant d'un regard mourant, et en lui léchant
les mains... Ils s'élancent au-devant des voitures,
parce qu'ils veulent défendre leurs maîtres, et les biens
de leurs maîtres, contre des dangers imaginaires, car
cette fameuse tendresse du chien ne s'emploie qu'à
inventer mille périls, et à y trouver l'occasion d'aboyer,
d'aboyer sans cesse, contre quelqu'un, contre quelque
chose, contre rien du tout. Je ne puis supposer que leur
flair, si impeccable, les trompe au point de prendre le

radiateur d'une auto pour le derrière d'un ami... Non...
Il y a donc ceci que les chiens songent moins à éviter la
machine qu'à charger contre elle, pour aboyer, et que
cette fâcheuse habitude les fait toujours virer à temps,
pour tomber sous les roues...

— Ah! la chale bête! dit Brossette.

Ils ne sont pas nombreux à s'être aperçus que les
autos vont plus vite que les chevaux, et même qu'elles
ne sont pas des chevaux... Cependant, j'ai cru remarquer, qu'aujourd'hui, autour des grandes villes, et sur
les routes particulièrement fréquentées, ils commencent
à acquérir un semblant d'éducation. Ils deviennent pru-
dents; ils réfléchissent. J'en vois en qui se révèlent, encore obscurément, il est vrai, le sens de la vie, de leur vie
de chien, et le sentiment plus net des réalités... Peut-
être arriveraient-ils à être tout à fait sages et pratiques,
à se débarrasser complètement de leurs fantasmes, s'il
n'y avait pas le maître, s'il n'y avait pas la fidélité
vouée au maître. C'est leur grand malheur...

Il est bien évident que, neuf fois sur dix, l'homme
est entièrement responsable de l'écrasement du chien.
Le chien est-il parvenu à se mettre en sûreté d'un côté
de la route, que, bien vite, l'homme l'appelle, comme si,
d'être près de l'homme, cela suffisait à tout, pour le
chien... L'homme l'appelle avec une autorité impérieuse,
glapissante, comme on voit les mères appeler leurs
enfants, dans les rues, juste pour qu'ils se précipitent
sous les véhicules. Merveilleux instinct de l'amour
maternel des mères, accouplé à leur sottise! Le chien,
qui se plaît aux caresses plus qu'un homme, et aux
coups, mieux qu'une femme, accourt à l'appel. Peut-
être a-t-il vu le danger? Il n'importe. Il accourt, puisqu'il est fidèle, et, en accourant, il se fait écraser. Naturellement. D'ailleurs, que peut-il arriver d'autre, lors-

qu'on se dévoue à un homme, à une femme, à un principe, au lieu de suivre sa vie, et au point de leur sacrifier,
comme le chien, ses idées, ses goûts, sa personnalité?

Le chien est donc écrasé. Et, devant le petit tas san-
glant, pendant que l'automobile roule, au loin, déjà
perdue dans son nuage de poussière, l'homme, au lieu
d'accuser son orgueil, sa propre maladresse, maudit le
progrès, la science, le monde entier.

— Ah! les automobiles! Quel désastre!... quelle
folie!... quel crime!

Il jure qu'il va prendre un fusil et faire, désormais,
la chasse à « ces outils » de malheur.

— Deux hommes... dix hommes..., vingt hommes
pour mon chien!

Richard III avait déjà dit, dans un accès de folie :
« Mon royaume pour un cheval! »

Le pauvre Brossette fait grande attention. Du plus
loin qu'il voit un chien, invariablement, quelque pays
qu'il parcoure, il lui crie, dans le patois des bords de
la Loire :

— Moussu!... Moussu!

Il ne l'injurie jamais avant de l'avoir évité ou écrasé.
Après quoi, il maugrée, en serrant les dents :

— Ah! la chale bête!

Ce qui donne à ce pur Tourangeau — et seulement,
dans ces moments tragiques — une prononciation
étonnamment auvergnate.

Mais, c'est le prix de l'effort qu'il vient de faire, l'expression de sa joie ou de son dépit.

Hélas! trop souvent, l'appellation : « Moussu,
Moussu! » est aussi inutile que la précaution d'une
charmante femme qui, maternelle aux poules, ne peut
s'empêcher, dès qu'elle en aperçoit, de taper dans ses
mains, du fond de la voiture, s'imaginant qu'en plus

du grondement des gaz et des appels de la trompe, ce bruit étouffé instruit, à vingt mètres, les bêtes, du danger qui les menace.

— Moussu, moussu! crie Brossette au chien.

Mais il est, d'une part, improbable que l'animal entende et, au surplus, impossible que, sauf aux bords de la Loire, il comprenne...

— Ploc! Ploc! Ploc! fait la dame.

Mais autant en emporte le vent...

Efforts stériles! Brossette n'y tient pas et ne s'y tient pas. Il ralentit et, au besoin, s'arrête. C'est la méthode à laquelle nous devons d'avoir très peu de meurtres à nous reprocher. Elle n'est malheureusement pas infaillible. Il y faudrait, si peu que ce soit, la collaboration du chien. Il faudrait surtout qu'elle ne fût point, dans la plupart des cas, annihilée par la stupidité du maître.

Heureusement, automobiliste prudent, j'en suis encore à pouvoir compter mes victimes.

*
* *

Un monsieur âgé, comme nous sortions de Moerbeke, allait, à tout petits pas, d'un côté de la route. Son chien, un chien minuscule, tout à fait comique d'avoir, à quatorze centimètres de terre, une petite crinière de lion et une houppette au bout de la queue, trottinait sur l'autre accotement. Très dur d'oreille, sans doute, le vieux monsieur n'entendit la corne de l'auto que très tard. Aussitôt, il siffla son chien. Le chien, voyant venir l'auto, hésita tout d'abord, et, afin de bien montrer le danger de la traversée, il poussa quelques grêles aboiements. Mais les vieux messieurs, si parfaitement lâches devant leur femme ou leur bonne, se vengent intrépi-

25

dement sur leurs chiens, dont ils exigent une obéissance
passive. Donc, le vieux monsieur siffla le chien, pour la
seconde fois, et plus énergiquement. Alors, sans hésiter
dàvantage, le pauvre cabot déguisé bondit à l'appel de
son âne, pardon! de son cheval de maitre.

— Moussu! Moussu! cria Brossette.

— Ploc! Ploc! Ploc! fit la dame.

Brossette n'avait pas achevé de pousser ce cri, la
dame de taper dans ses mains, que le pneu avait fait du
chien, de sa crinière et de sa houppette, un tout petit
pâté.

— Ah! la chale bête!

Je descendis pour mêler mes condoléances à la douleur du vieux monsieur. Il ne voulut rien entendre.
A peine s'il me regarda. Épouvanté, désespéré, à la vue
de cette galette de poils noirs, qu'un peu de sang rougissait, il ne cessait de répéter :

— Ah! bien, merci!... Ah! bien, merci!... Il est mort...
Oui... Oui... Il est bien mort!... Et que va dire Rébecca?
Comment faire? Mon Dieu! Ah! mon Dieu!... Comment
faire?...

Et comme je lui offrais de le reconduire à la maison,
avec la dépouille de son chien :

— Non... non!... Chez moi?... Non... non... C'est
affreux!... Je ne peux plus rentrer chez moi... Je ne
peux plus rentrer chez moi. Ah! bien, merci!...

La tête penchée, les mains aux cuisses, il tournait,
maintenant, autour de ce rond noir, qui avait été un
chien, son chien... le chien de Rébecca... et il gémissait :

— Ah! ah! ah!... qu'est-ce que je vais devenir?...
Où aller?... Où aller?... Je ne peux plus rentrer chez
moi...

*
* *

Et voici le meurtre d'un autre, le grand chien d'une petite bergère.

Son souvenir m'a poursuivi, cruellement, plusieurs jours... Et aujourd'hui qu'il me revient, je ne puis me défendre encore d'une tristesse, qui m'est presque douloureuse.

Pauvre chien, à longs poils argentés, comme en ont ceux de notre Brie, et dont les yeux devaient refléter une bêtise attendrissante... qu'il était beau!

C'était sur la route de Leyde à Haarlem.

Nous étions partis de grand matin, et voulions d'abord aller voir, à Endegeest, qui est entre Leyde et la mer, la maison où avait bien pu habiter Descartes. La notoriété de Endegeest est limitée; nous nous étions perdus. Assez insouciants du prodige qu'est ce philosophe, les paysans nous regardaient, en riant, sans nous répondre. Peut-être, tout simplement, parce que nous prononcions mal ce nom de Endegeest... A Endegeest même, aucun ne pouvait nous désigner la maison de Descartes... Et quant à Descartes... c'était bien pire... Son nom avait, à jamais, disparu des souvenirs de ce petit pays... Plusieurs nous adressèrent à l'asile d'aliénés dont l'architecture, toute neuve, est une des curiosités de la ville.

— Peut-être que là... Oui, il y a des chances.

D'autres nous renvoyèrent au meilleur hôtel...

— Il y a beaucoup de monde, en ce moment... Hé! hé!...

Ils s'interrogeaient :

— Descartes?... Tu connais ce Descartes?

— Attends un peu... Descartes?... Non... ma foi, non... Qu'est-ce qu'il fait?

— Il est mort! répondis-je.

— Ah! bien, alors... c'est au cimetière...

Et tous, de rire...

Un monsieur très bien, et, sûrement, d'une culture supérieure, absolument muet sur Descartes, d'ailleurs, nous engagea fort d'aller, à quelques kilomètres, visiter la maison où vécut Spinosa.

Il expliqua :

— Spinosa... mon Dieu!... c'était un philosophe... un philosophe fameux. Il est mort... Évidemment, il est mort... comme tout le monde... Mais, ça ne fait rien... On a fait de sa maison... un musée... un musée très curieux... Vous y verrez de vieilles savates, en feutre..., des savates portées par lui... et des verres de lunettes... car il était aussi opticien... des verres de lunettes polis par lui... C'est amusant... c'est même très intéressant... Et puis, beaucoup d'autres choses... Spinosa... la maison Spinosa... Vous vous rappellerez?...

Redoutant les aventures, connaissant le genre d'émotion que procurent les vieilles savates des grands hommes, un peu las de musées et pressés d'arriver à Haarlem, où Franz Hals nous attendait, et où nous devions visiter un établissement d'horticulture, nous reprimes la grande route...

Je songeais à Descartes, au mouvement de ses pensées qu'aucun importun ne devait troubler, en ces contrées paisibles. Je songeais à ses méditations sur les bêtes et à la peine avec laquelle La Fontaine acceptait sa théorie du mécanisme animal... Qui fut pour elles plus sévère? Le savant qui leur refusait rigoureusement l'intelligence, même la sensibilité, où le plus charmant de nos poètes que leur spectacle émerveilla, mais qui ne leur fit parler que la langue de nos vices et de notre sottise?

Ma rêverie se perdait, au loin, dans le polder, au-dessus duquel des vols de vanneaux tournaient. Il s'étendait à l'infini, avec ses rares peupliers, hauts et graciles, ses troupeaux, les routes brillantes de ses eaux qui se croisent, et ses vannes qu'actionnent de tout petits moulins à vent... Puis le polder finit, la digue devint une route; apparurent des petits bouquets de bois et des champs de sable, diaprés de tulipes et de narcisses, dont la magnificence — je ne suis pas fâché d'en convenir — ne fait pas oublier celle de nos coquelicots et de nos sanves sauvages.

Tout à coup, à notre gauche, je distinguai le menu troupeau — deux vaches et trois moutons — que gardait une petite bergère blonde, jolie malgré sa taille carrée et son court jupon, aux plis lourds... Un grand chien, disproportionné, était paisiblement couché de l'autre côté de la route... Il avait l'air de dormir... Sa tête barbue reposait, entre ses pattes allongées...

Le malheur voulut que la fillette aperçût la voiture, se dressât, groupât son petit monde, se retournât en quête du chien, et, comme nous allions passer — pas très vite, pourtant, — l'appelât.

— Ploc! Ploc! Ploc! fit la dame.

— Moussu! Moussu! cria Brossette.

Mais rien n'empêcha le stupide héros de la fidélité de traverser la route, si près de nous, qu'en dépit du plus violent tour de volant, il disparut, engouffré sous le carter.

J'éprouvai une forte secousse... J'entendis comme un craquement d'os, sous les roues... puis la voix funèbre de Brossette :

— Ah! la chale bête!

Je vois encore — je verrai longtemps — ce beau chien, son grand corps velu se remettre debout, angu-

25.

ieux, tout désarticulé, et partir à tourner sur lui-même, comme font les autres qui servent aux expériences de vivisection. Puis il trouva la force de s'arc-bouter, d'occuper, un moment, tout l'horizon, avant de retomber, sans un cri. Et il ne fut plus, sur la route, qu'une menue chose plate et inerte, une chose sans relief, sans plus de relief qu'une ombre.

Immobilisée par la terreur, la petite bergère blonde n'avait pas bougé... Elle avait des yeux énormes, et serrait les dents... Frappée de stupeur, elle ne voyait même pas les deux vaches et les trois moutons qui galopaient, effarés, à travers un carré de jacinthes défleuries...

Depuis, nous ne devions plus en écraser... c'est-à-dire qu'il ne devait plus s'en rencontrer, sous nos roues, ou que leurs maîtres les épargnèrent...

*
* *

Les poules sont absurdes.

Elles sont même, à elles seules, tout l'absurde. On ne saurait trouver, dans le monde animal, un pire exemple du déséquilibre mental.

Les poules n'ont d'excuse que leur voracité, car c'est la seule passion qui les occupe, bien plus que leur lubricité. Auprès d'elles, les porcs — braves anachorètes dans leurs bauges — sont sobres et chastes. Aucun carnassier n'est plus sanguinaire. Sanguinaires elles le sont au point, qu'entre elles, elles s'arrachent leurs plumes, pour y boire le sang dont ces tubes sont pleins ; sanguinaires au point que, dès que perle, à la crête, à la patte, à quelque partie que ce soit de leur corps, une goutte rouge, elles élargissent la plaie, et s'entre-dévorent... Aucun épervier n'est plus rapace que ces petits monstres dont la tête n'est qu'un bec, dont les yeux ronds sont plus cruels que ceux de l'oiseau de proie, et qui portent, mais sans les avoir faites, les plus jolies robes qu'on puisse imaginer. Elle se laissent écraser pour la joie de picorer, un instant de plus, sur le sol nu de la route, on ne sait quoi, le crottin laissé, de place en place, par les chevaux, la bouse des vaches, le plus souvent les seuls cailloux.

On dirait qu'elles ne traversent, car rien ne les sollicite de l'autre côté, que pour le plaisir de se confronter au radiateur. Si, par hasard, elles l'ont évité, ce n'est que pour mieux se fracasser contre un poteau télégraphique, un tronc d'arbre, un pan de mur, s'empêtrer dans les broussailles de la haie, où j'en ai vu laisser toutes leurs plumes et se briser les pattes. Pour fuir, elles s'étirent tellement en avant, bec ouvert, plumes hérissées, se courbent tellement sur leurs bouts d'ailes, qu'on dirait qu'elles vont continuer à quatre pattes, quand le péril réveille, au moment suprême, l'instinct de la race, et refait, pour une seconde, d'une volaille, un oiseau... Mais, à peine ont-elles tiré de l'aile jusqu'à l'abri, qu'un seul grain d'avoine, ou un moucheron aperçu sur un brin d'herbe, leur fait oublier tout le drame. Elles ne s'en souviendront même pas demain, ni dans quelques minutes. Elles picorent... Elles sont semblables à la femme de l'Écriture qui, au sortir d'un repas, essuyait ses lèvres, et disait ensuite : « Je n'ai pas mangé ».

Il y a de grosses poules qui ont nourri, élevé des générations, qui devraient connaître la vie, en ayant connu tous les dangers, et qui n'ont rien appris, et qui sont plus obtuses que leur dernière couvée, et, à mesure qu'elles vieillissent, plus voraces et plus obscènes. Grasses, pesantes, elles marchent avec effort, en se dan-

dinant, les pattes écartées, comme font les femmes qui
ont le ventre trop lourd. Au bord des poulaillers, elles
me font l'effet de ces vieilles proxénètes, qu'on voit
rôder à la sortie des ateliers, des magasins. Je les
écrase, sans la moindre pitié, et Brossette, qui a un sens
très vif des analogies — lui pardonnent les Anglaises ! —
leur crie : « Putain ! » expression affable encore, auprès
du terrible vocable : « Cocotte ! »

Les mâles, eux, ne vivent que d'amour et de guerre.
Ils sont soudards, criards, ridicules, prétentieux, dégoû-
tants, comme toutes les bêtes... à femmes. Se battant
quand ils ne font pas l'amour, faisant l'amour quand ils
ne se battent pas, combien en avons-nous écrasés, en
cette double posture !...

Comme Wallenstein, qui « avait cela de commun avec
les lions », dit Schiller, j'ai horreur du cri du coq. Dès le
matin, ils claironnent une chanson monotone et stupide
qui me réveille et qui m'irrite... S'ils n'étaient pas si
bien mis — avec trop d'éclat, pourtant — ah ! comme
on les détesterait !

Les Gaulois, bavards, vantards, paillards, pillards,
braillards, guerriers et militaristes, ne pouvaient mieux
choisir leur emblème.

*
* *

Les canards sont bien mieux doués. Il m'est agréable
de rendre hommage à leurs vertus. Quoiqu'on leur ait
enlevé tous moyens de défense, en les tenant éloignés
des rivières et des étangs où ils voguent avec une
aisance et une grâce merveilleuses, ils s'arrangent...
C'est toujours à l'écart que leurs petites troupes humiliées boitracaillent. Ils n'occupent jamais le milieu des
routes, sachant parfaitement qu'ils n'ont rien à

craindre sur les bas côtés... Les canards savent beaucoup de choses... Il n'arrive pour ainsi dire pas, qu'on
en écrase...

Ni de dindons, non plus.

Les dindons sont bien gardés...

Ils répugnent, d'ailleurs, à se commettre avec la gent
prolétarienne des routes... C'est dans des enclos, sortes
d'Académies, qu'ils se gonflent d'orgueil, comme des
poètes, des artistes, à leur aise.

* *
*

Mais ce sont les oies que je voudrais réhabiliter.

Je n'ai jamais tant regretté de n'être pas Plutarque,
pour conter, comme il faudrait, la vie de ces bêtes
illustres. Je ne m'étonne plus, maintenant, qu'on leur
ait confié la garde du Capitole... Elles méritaient cet
honneur.

Les plus belles oies nous viennent de Toulouse,
comme M. Pedro Gaillard, comme la plupart des gros
ténors et des grands hommes politiques de notre République. Elles ont su inspirer aux dessinateurs japonais
les plus admirables chefs-d'œuvre; et les robinets des
baignoires, les postes d'eau, les lavabos, les bras des
fauteuils Empire, ont popularisé leurs formes décora-
tives. Elles n'ont qu'une infériorité qu'elles portent,
d'ailleurs, avec une très belle ironie, celle de fournir aux
hommes ces plumes avec lesquelles ils écrivent tant de
mensonges et tant de sottises. En revanche, on leur
doit le duvet et les pâtés de Strasbourg.

Les oies ont une sagesse forte, tenace, tranquille.
Leur prudence est faite d'imagination, de hardiesse et
de ruse. Leur incorruptible vigilance sauva Rome.

Peut-être le Pape, au lieu de s'en remettre à des apaches
français et à des cardinaux espagnols du soin de veiller
sur l'Église romaine menacée, eût-il sagement agi en
faisant appel à l'intelligence avisée d'un simple concile
d'oies. Ayant sauvé le Capitole, elles pouvaient bien
sauver le Vatican.

La tête perchée sur un très long cou, elles se sont, de
bonne heure, habituées à considérer les choses de haut
et de loin. Si elles ont du goût pour les idées générales,
pour les vastes ensembles, elles ne dédaignent pas, non
plus, le détail particulier, mais ne s'attardent jamais
aux mille puérilités, aux mille stupidités où se complaît la vie des autres volailles. Rien ne les étonne et ne
les effraie; rien ne leur échappe. Sachant maîtriser
leurs nerfs, elles sont, en toutes circonstances, harmonieuses et logiques. Mieux que toutes les bêtes et, par
conséquent, mieux que tous les hommes, elles connaissent la valeur sociale de la discipline. Bien avant
M. Jules Guesde, elles ont pu, sans congrès, sans scandales, sans batailles, unifier leur socialisme. Car les oies
sont socialistes... Il n'y a même que les oies qui le
soient d'une manière intégrale. Jusqu'ici, on n'a pu
relever la moindre dissidence dans leurs rangs, si
parfaitement organisés, où elles gardent un contact
très étroit, heureuses dans une égalité absolue.

Un de mes amis possède, dans sa propriété, une sorte
de petit étang, qu'il a peuplé de toutes sortes d'oiseaux
d'eau. On y remarque deux oies de Siam, fort majes-
tueuses, dont la blancheur est éclatante et dont la
tête s'orne d'étranges caroncules orangées. Ce petit
monde vit, séparé par espèces, sans jamais se mêler. Ils
ne se battent pas, mais ils refusent énergiquement de
se connaître et de s'entr'aider. Un jour, mon ami intro-
duisit, sur l'étang, deux couples de bernaches, que les

naturalistes appellent des « oies Cravant ». Rien, dans leur taille, leur forme, leur plumage, n'indique aux profanes que les bernaches soient des oies. Les deux siamoises, qui n'en avaient pourtant jamais vu, ne s'y trompèrent point. Elles les accueillirent aussitôt, avec un vif empressement, comme des personnes qu'elles reconnurent pour être de leur famille, les installèrent, les mirent au fait de toutes choses. Et, depuis, elles ne se quittèrent plus...

Sur la route — j'en appelle au témoignage de tous les chauffeurs — quand passe une auto, immanquablement, les oies s'écartent sans désordre, sans le moindre signe de terreur. Elles s'alignent, l'une près de l'autre, sur le bord de la berge, et, fâchées, un peu, très dignes encore que boiteuses, elles disent leur fait à ces importuns qui les dérangent mais ne les ont pas « épatées ».

Je n'ai jamais pu passer, en auto, devant une troupe d'oies, sans me sentir gêné, humilié, par leurs moqueries. Elles m'intimident, car, à leur voix sifflante, je comprends très bien que ce sont des moqueries qu'elles m'adressent, non des grossièretés. Les oies ne sont jamais grossières. On néglige les grossièretés; seule l'ironie est pénible.

Mais que disent les oies, quand je passe?...

*
* *

J'ai parlé avec attendrissement des jeunes cochons, si jolis... Notons ceci, loyalement, sur les vieux porcs...

On ne connaît pas bien les vieux porcs. Ces animaux, qui, au rebours de ce que l'on pense généralement, ont un goût très vif de la propreté et ne se vautrent dans les flaques boueuses que parce qu'ils sont tourmentés du besoin de se baigner, hantent peu les routes, sinon au retour des foires. On ne les voit guère qu'au bord des mares et dans les fossés, où ils barbotent avec volupté et se réjouissent de leur humidité fangeuse. Se réjouissent-ils autant qu'on le croit?... J'ai toujours admiré leur petit œil malicieux, intelligent et si vif... Ils semblent dire, car ils ont aussi de la bonhomie, de l'indulgence, comme tous ceux qui sont gras :

— Parbleu! nous qui adorons la propreté, tu penses si nous préférerions un bon tub, avec de la belle eau claire, parfumée au benjoin... Nous autres, vieux cochons, ne rêvons que de mousses de savon, de pâtes d'amande, de frictions au gant de crin, de pédicures... Mais tu vois... on ne nous donne que ça!... Il faut bien s'en contenter...

Ils semblent dire encore :

— C'est dommage que les hommes, en France, soient si sales... qu'ils aient vraiment le goût de la saleté... Ils ne se doutent même pas, que, propres comme des cochons d'Alsace ou d'Angleterre, nous sommes bien meilleurs à manger et valons beaucoup plus d'argent.

Si, exceptionnellement, en traversant la route, ils se font écraser, croyez alors qu'ils se vengent. Il n'y a pas d'exemple que l'auto ne capote sur leur masse de lard et de viande, et ne fasse, instantanément, une même horrible bouillie de l'homme et du cochon..

*
* *

C'est tout à fait par hasard que j'ai vu, sur nos routes, des chameaux... Les chameaux sont très rares en France — je le dis au propre, bien entendu. Si j'en juge par celui que, deux ou trois fois, je rencontrai, dans la forêt de Saint-Germain, ils semblent absolu- . ment indifférents à l'automobile. Conduit par un cha-melier du Pecq, pelé, galeux et triste comme tous les fatalistes, il allait de son grand pas allongé et mou. Un jour, il transportait, à Poissy, un lit, une ar-moire, des matelas; un autre jour, à Maisons-Laffitte, qui est une colonie moins pénitentiaire, un piano et deux fauteuils Louis XVI... C'était, si j'ose dire, un chameau déménageur... Quand il croisa l'automobile, il ne la regarda même pas... Mais, fait singulier, le piano secoué résonna, et il me sembla qu'il jouait, tout natu-rellement, une valse de M. Gounod...

Je n'en tirai, d'ailleurs, aucune conséquence sur l'infériorité esthétique du chameau...

*
* *

Il paraît — c'est notre charmant Capus qui l'affirme — qu'on peut forcer des lièvres en auto, mais seule-ment de nuit. Une fois pris dans les rais du phare, il ne leur vient même pas à l'idée qu'ils puissent en sortir. Ils courent, droit, devant le moteur, jusqu'à ce qu'on les prenne, sans tenter, un seul instant, de rentrer dans l'obscurité des champs et des bois. Encore un joli thème à développer sur l'éblouissement que donnent aux littérateurs les succès éphémères, et qui les mène à la catastrophe...

Mais j'imagine que Capus a dû faire des chasses dans le Midi, qui est la route du Blésois, ou dans le Blésois, qui est la route du Midi...

En Allemagne, la nuit, traversant des bois, j'ai sou-vent rencontré des lapins, des foules énormes de lapins, et jamais je n'en ai capturé ni écrasé. Ils étaient char-

26

mants — bien que ce fussent des lapins d'Allemagne —
, charmants à jouer, tout blancs sur la route, blanche de
la lumière du phare. Ils allaient, venaient, bondissaient,
gambadaient, tenaient de curieux conciliabules, et ne
se décidaient à fuir, en montrant la blanche houppette
de leur derrière, que lorsque la voiture était sur eux...

Oui, mais — me pardonnent les lapins de France —
en Allemagne, ce sont de fameux lapins.

*
* *

Marsiens..

La nuit est complète. Plus une âme sur la route, ni
même un spectre de voiture. Plus un village éclairé,
plus une maison vivante. Les abois des chiens se sont
apaisés. Ceux de nous, qui ne dorment pas dans la voiture, se traînent sur la berge, lamentablement, pour
se réchauffer. Les phares trouent le sol de trous noirs,
teignent les simples ondulations en précipices, et gran-
dissent nos ombres démesurément. Brossette travaille,
s'acharne. Une enveloppe trouée, une chambre à air
éclatée, se tordent dans le fossé... Nous avons le sentiment d'être des victimes, et le souvenir, seulement,
d'avoir eu très faim...

Enfin, le quatrième pneu remis, nous repartons et
montons une côte très rude.

Bientôt une lueur, une sorte d'aurore, mais froide,
apparaît à l'horizon, s'épand et, peu à peu, occupe tout
le ciel. Ce n'est sûrement pas le jour, mais, sans doute,
la naissance d'un astre qui monte sur la nuit, pour la
dissiper... Un astre, en effet, un astre prodigieux!...
Brusquement, il surgit sur la crête, énorme, aveuglant,
éblouissant, éclaboussant, roule vers nous, au ras de la
terre. Il ronfle, crache le tonnerre, et, dans une nuée de

poussière d'or, entraîne, avec des gémissements de sirène, des cris, des rires de femmes, sans rien d'autre de
visible que des éclats de cuivre, et des bouts de voiles
couleur de lune... Et comme un éclair, il passe, remme-
nant avec lui les ténèbres qu'il a, un instant, déchi-
rées... Puis, une nouvelle lueur au ciel, et, sur la route,
une trombe pareille de lumière qui ne laisse encore que
la nuit, pour sillage à sa course... Puis une autre... puis
d'autres...

Nous avons franchi la côte... C'est maintenant, autant qu'on peut le deviner, par l'ombre moins dense,
par plus de silhouettes vagues, et par plus de ciel, c'est
maintenant un large plateau. Des bruits sourds, des
gémissements lointains, des ronflements étouffés, des
voix de métal à peine distinctes, plus près, des détona-
tions, des crépitements! Et partout des astres, des
astres qui courent, galopent, roulent, bondissent, se
croisent, ont l'air de chevaucher des vagues... s'al-
lument, tout à coup, au haut d'une colline, et, derrière
un pli de terrain, tout à coup s'éteignent... On dirait
que les astres sont tombés du ciel sur la terre...

Arrêtés de nouveau, nous entendons une sorte de
halètement, puis des claquements de quelque chose en
quoi nous devinons plutôt une bête qu'une machine...
Ce ne peut être une auto, cette fois... car ce bruit est
sans lumière. Rien ne s'éclaire autour de ce bruit qui
se rapproche... Si, pourtant... un tout petit point de
feu pâle, semblable à une luciole qui voyage dans
l'ombre d'un oranger... Et, subitement, à notre gauche,
nous voyons, tressautant sur la route, comme un coléop-
tère géant, pétant, pétaradant, une motocyclette, qui
porte, agrippé à la selle, un être couché, qui n'a plus
rien d'humain, une grosse larve, avec une peau de rep-
tile, noire et lisse...

Et voici que nos phares, soudainement, ont fait surgir des ténèbres, devant nous, penchés sur une voiture énorme, éteinte et morte, deux hommes, de la couleur des arbres et de l'horizon... Je dis deux hommes : deux Marsiens, peut-être... Leurs formes sont sans aspérités, enfermées dans de longs sacs-maillots, qui les gantent des pieds à la tête et des doigts aux épaules. Du visage, ils ne laissent paraître qu'un petit triangle, un loup de chair, au-dessus duquel tremblent, en feu, les antennes de métal de leurs lunettes... Ils barrent la route... Deux bras s'agitent. La 628-E 8 stoppe.

L'un est petit... Il a la tête enfouie dans le capot gigantesque de la voiture. Il ne se dérange pas... L'autre, très long, très mince, s'est redressé... Il tient une tige d'acier que le mouvement de ses mains fait parfois étinceler. Il me demande, avec un accent russe, si je ne pourrais pas lui prêter une épingle, une épingle de cravate, et ce qu'il aimerait, c'est qu'elle fût en or... Surpris d'abord, je comprends à la fin qu'il s'agit de déboucher un bec de phare... Mais pourquoi en or?... A ce moment, une motocyclette, comme un insecte dément, le frôle, de si près, que j'ai cru que son vêtement, au moins, avait dû être arraché... Mais il le secoue sans hâte, en riant, et il regarde la motocyclette disparue dans la nuit, avec le regret, peut-être, de n'avoir pas eu le temps de lui demander une épingle de cravate en or...

Nous les laissons sur la route, sans qu'ils aient rien fait pour nous retenir, salués du plus grand, et toujours sans que le petit ait seulement dit un mot et détourné la tête du mécanisme, où il ne cessait de maintenir ses doigts, grave, sérieux, avec l'entêtement d'un ivrogne, dont rien ne parvient à distraire les mains, du tablier d'une servante...

* *

J'ai gardé, pour la fin, le cycliste.

Dès qu'un homme — fût-il le plus charmant homme du monde — enfourche une bicyclette, on peut dire que, de ce fait seul, il devient un cheval, avec tous les caprices, toutes les sottises, toutes les caracolades encombrantes et folles, tous les dangers mortels du cheval... mais combien plus dangereux! Aux dangers du cheval qu'il fait siens, le cycliste en ajoute de personnels, qui sont consacrés, légalisés, intangibles, pour cette raison qu'en plus du cheval qu'il est devenu, il est aussi, la plupart du temps, électeur... Fort de ce privilège, il ne se range jamais... N'est-il pas souverain, cet animal? Tout ne lui appartient-il pas?... La route, la fortune politique du député qu'il nomme, la majorité du gouvernement qu'il soutient?... De même que le cabaretier, qui débite la maladie et la mort, en petits verres, et sur qui repose tout le système social, il ne faut pas qu'on embête le cycliste. Son importance tracassière, sa dignité agressive s'en prend à tout le monde, aux piétons, aux voitures, aux autos, aux bêtes... C'est le maître, le seul maître de la route... On le voit, devant le moteur, qui, les mains dans les poches, la casquette collée à la nuque, fait des effets de torse et de jambes, s'amuse à décrire des courbes, des spirales, des zigzags, exercices inutiles et vexatoires, au cours desquels il lui arrive, comme au chien, de tomber sous les roues... Et alors, c'est toute une histoire, qui vous vaut des mois de prison et d'énormes indemnités.

Il n'y a pas si longtemps, c'est le cycliste qu'on accablait de toutes les malédictions dont on accable l'automobiliste aujourd'hui... Il devrait y avoir, entre eux,

26.

une sorte de fraternité, de solidarité routière. Or, le
cycliste est devenu le pire ennemi du chauffeur. Il
s'associe à la haine du paysan, et au besoin la provoque.
J'en ai vu qui, devant une auto, semaient négligemment de gros clous, et s'esclaffaient de rire, s'ils entendaient un pneu éclater...

' Plus je vais dans la vie, et plus je vois claire-
ment que chacun est l'ennemi de chacun. Un même
farouche désir luit dans les yeux de deux êtres qui se
rencontrent : le désir de se supprimer. Notre opti-
misme aura beau inventer des lois de justice sociale et
d'amour humain, les républiques auront beau succéder
aux monarchies, les anarchies remplacer les républiques, tant qu'il y aura des êtres vivants, tant qu'il
y aura des hommes sur la terre, la loi du meurtre domi-
nera parmi leurs sociétés, comme elle domine parmi la
nature. C'est la seule qui puisse satisfaire les convoi-
tises, départager les intérêts...

Mais un cycliste solitaire, — si malfaisant qu'il soit —
ce n'est rien, auprès d'une bande de cyclistes... Quand
ils tiennent la route, c'est fini des piétons, des voitures, des autos... Vous n'avez plus qu'à rentrer chez
vous...

J'aime mieux la batteuse à blé qui barre les routes
d'Auvergne; j'aime mieux les deux mille moutons dans
les gorges des Grands-Goulets..

*
* *

On m'a dit à Karlsruhe, le dicton des officiers de cavalerie allemands :

— D'abord, il y a Dieu, le Père... Et puis, il y a l'officier de cavalerie... Et puis, il y a la monture de l'officier
de cavalerie. Et puis, il n'y a rien...

Ici une longue suite de points. Et le dicton reprend :

— Et puis, il n'y a rien... Et puis, il n'y a rien... Et puis, il y a l'officier d'infanterie...

Pour classer les bêtes de la route, par ordre de mérite, je propose le dicton suivant :

— D'abord, il y a l'Oie, la Mère... Et puis, il y a le canard... Et puis, il y a l'âne et le mulet... Et puis, il y a le cochon... Et puis, il n'y a rien. Et puis, il n'y a rien...

Ici une longue suite de points...

— Et puis, il y a la vache... Et puis, il y a le chien. Et puis, il y a le maître du chien...

Encore des points :

— Et puis, il y a la poule... Et puis, il y a le cheval... Et puis, il y a le charretier... Et puis, il n'y a rien...

Encore une très longue suite de points...

— Et puis, il y a le cycliste !

*
* *

Il y a le cycliste... C'est entendu...

Mais il y a aussi l'automobiliste...

Ayons le courage de le confesser. Peut-être, de toutes les bêtes de la route, est-ce la pire ?

Je le sens par moi-même. Quand, les pieds au sol, et la tête calme, il m'arrive de faire mon examen de conscience, je suis épouvanté d'être, parfois, cette bête-là...

Et pourtant, cher monsieur Bourget, dans la tenue générale de mon existence, je ne suis pas un snob qu'exalte le spectacle de la richesse, ni un méchant qu'offense le spectacle de la misère. Sans pose, sans littérature, sans arrière-pensée d'ambition, puisque je n'en attends aucune place, aucun mandat, aucune décoration, — j'ai grand pitié du malheur humain. Chaque jour, de plus en plus, je m'indigne que, —

quelle que soit l'étiquette, même la plus rouge, sous laquelle ils arrivent au pouvoir, — les hommes de pouvoir, par seul amour du pouvoir, fassent de l'inégalité
sociale, soigneusement cultivée, une méthode toujours
pareille de gouvernement, et qu'ils maintiennent, avec
âpreté, dans les conditions du plus dur, du plus injuste
esclavage, un prolétariat douloureux qui travaille à la
richesse d'un pays, sans qu'on l'admette jamais à y
participer. Et puisque le riche — c'est-à-dire le gouver-
nant — est toujours aveuglément contre le pauvre,
je suis, moi, aveuglément aussi, et toujours, avec le
pauvre contre le riche, avec l'assommé contre l'assom-
meur, avec le malade contre la maladie, avec la vie
contre la mort. Cela est peut-être un peu simpliste, d'un
parti pris facile, contre quoi, il y a sans doute beaucoup à dire... Mais je n'entends rien aux subtilités de
la politique. Et elles me blessent comme une injustice.

Eh bien, quand je suis en automobile, entraîné par la
vitesse, gagné par le vertige, tous ces sentiments huma-
nitaires s'oblitèrent. Peu à peu, je sens remuer en moi
d'obscurs ferments de haine, je sens remuer, s'aigrir et
monter en moi les lourds levains d'un stupide orgueil...
C'est comme une détestable ivresse qui m'envahit... La
chétive unité humaine que je suis disparaît pour faire
place à une sorte d'être prodigieux, en qui s'incarnent
— ah! ne riez pas, je vous en supplie — la Splendeur
et la Force de l'Élément. J'ai noté, plusieurs fois, au
cours de ces pages, les manifestations de cette mégalomanie cosmogonique.

Alors, étant l'Élément, étant le Vent, la Tempête,
étant la Foudre, vous devez concevoir avec quel mépris,
du haut de mon automobile, je considère l'humanité...
que dis-je?... l'Univers soumis à ma Toute-Puissance?

Pauvre Élément d'ailleurs, à qui il suffit d'une petite charrette en travers du chemin, pour qu'il s'arrête, désarmé et penaud... Pauvre Toute-Puissance qu'une pierre, sur la route, fait culbuter dans le fossé!

Il n'importe... il n'importe.

Puisque je suis l'Élément, je n'admets pas, je ne peux pas admettre que le moindre obstacle se dresse devant le caprice de mes évolutions. Non seulement, il n'est pas de la dignité d'un Élément qu'il s'arrête, s'il ne le veut pas, mais il est absolument dérisoire et inconvenant qu'une vache, un paysan qui se rend au marché, un charretier qui va livrer à la ville des sacs de farine ou de charbon, que tous ces gens qui accomplissent de basses besognes quotidiennes, l'obligent de ralentir sa marche invincible et dominatrice.

— Rangez-vous... Rangez-vous... C'est l'Élément qui passe!

Et non seulement je suis l'Élément, m'affirme l'Automobile-Club, c'est-à-dire la belle Force aveugle et brutale qui ravage et détruit, mais je suis aussi le Progrès, me suggère le Touring-Club, c'est-à-dire la Force organisatrice et conquérante qui, entre autres bienfaits civilisateurs, ripolinise les pensions de famille, perdues au fond des montagnes, et distribue des cabinets à l'anglaise, avec la manière de s'en servir, dans les petits hôtels des provinces les plus reculées...

— Place donc au Progrès!... Place! Place!

Ah! bien oui!

Aux cris de la sirène, les hommes sortent de leurs maisons, quittent leurs champs, s'assemblent, me maudissent, me montrent le poing, brandissent des faux et des fourches, me jettent des pierres. Depuis Jésus, c'est toujours la même histoire. On se dévoue, pour les hommes... Et ils vous lapident, la veulerie des temps ne permettant plus qu'ils vous crucifient!

N'est-ce pas la chose la plus déconcertante, la plus décourageante, la plus irritante que cette obstination rétrograde des villageois, dont j'écrase les poules, les chiens, quelquefois les enfants, à ne pas vouloir comprendre que je suis le Progrès et que je travaille pour le bonheur universel? Dégoûté de cet accueil, furieux de cette incompréhension, je pourrais bien les abandonner à leur sort ridicule, respecter leur morne repos, passer dans leurs villages et sur leurs routes avec une lenteur régressive, une modération de vieille diligence... Mais non... Il ne faut pas que leur stupidité m'empêche d'accomplir ma mission de Progrès... Je leur donnerai le bonheur, malgré eux; je le leur donnerai, ne fussent-ils plus au monde!...

— Place! Place au Progrès! Place au Bonheur!

Et pour bien leur prouver que c'est le Bonheur qui passe, et pour leur laisser du Bonheur une image grandiose et durable, je broie, j'écrase, je tue... Je terrifie! Tout fuit, éperdu, devant moi... Les poteaux télégraphiques eux-mêmes sont pris de panique; les arbres ont le vertige.... l'épilepsie semble convulser les maisons... Dans les champs, je vois les chevaux, à la charrue, se cabrer aussi follement que les chevaux de pierre de Coustou, rompre l'attelage, galoper en secouant leurs crinières horrifiées. Les vaches culbutent dans les fossés... Et derrière le Jupiter, assembleur de poussières que je suis, la route se jonche de voitures brisées et de bêtes mortes...

— Plus vite! Encore plus vite... C'est le Bonheur!

Le jour où je rentrai, enfin, de mon voyage, par la triste Argonne et les lugubres déserts de la Cham-

pagne Pouilleuse, je vis, entre La Ferté-sous-Jouarre et
Meaux, je vis, de loin, un groupe de gens qui s'agitaient
étrangement... Quelqu'un se détacha du groupe et me
fit signe d'arrêter...

Une automobile, défoncée, tordue, gisait sur le milieu
de la route... A quelques pas, sur la berge, une petite
paysanne de douze ans à peine, gisait aussi, la poitrine
broyée, la face toute sanglante... Penchée sur elle,
une femme tentait de la rappeler à la vie... Elle
criait :

— Madeleine !... Ma petite Madeleine !

Je m'approchai, examinai l'enfant, pratiquai sur le
thorax des injections d'éther et de caféine, vainement,
hélas !

— Elle est morte, dis-je à la mère.

Ses cris devinrent déchirants. Alors, le maître de
l'automobile renversée s'approcha à son tour. Il n'avait
aucune blessure, lui... Il était nu-tête, ayant perdu sa
casquette dans la bagarre. Un peu de poussière blondis-
sait sa barbe noire... Il dit :

— Ne vous désolez pas, ma brave femme. Sans doute,
ce qui arrive est fâcheux, et, peut-être, eût-il mieux
valu que je n'eusse pas tué votre enfant... Je com-
patis donc à votre douleur... J'y ai d'ailleurs quelque
mérite, car, étant assuré, l'aventure, pour moi, est
sans importance et sans dommage... Réfléchissez,
ma brave femme. Un progrès ne s'établit jamais
dans le monde, sans qu'il en coûte quelques vies humaines... Voyez les chemins de fer, les sous-marins...
Je pourrais vous citer des exemples encore plus con-
cluants... Parlons de ce qui nous occupe... Il est bien
évident, n'est-ce pas ?... que l'automobilisme est un
progrès, peut-être le plus grand progrès de ces temps
admirables ?... Alors, élevez votre âme au-dessus

de ces vulgaires contingences. S'il a tué votre fille,
dites-vous que l'automobilisme fait vivre, rien qu'en
France, deux cent mille ouvriers... deux cent mille
ouvriers, entendez-vous?... Et l'avenir?... Songez à
l'avenir, ma brave femme! Bientôt s'établiront partout des transports en commun. Vous verrez des petits
pays, aujourd'hui isolés, sans la moindre communication, reliés, demain, à tous les centres d'activité... Vous
verrez se produire de nouveaux échanges, surgir de
nouvelles sources de richesses, toute une vie inconnue,
inespérée, ranimer des régions mortes... Dites-vous bien
que votre fille s'est sacrifiée pour cela... que c'est une
martyre... une martyre du progrès... Et vous serez tout
de suite consolée... Maintenant, je vais prendre votre
nom et votre adresse... Dès ce soir, j'écrirai à ma Compagnie d'assurances. C'est une excellente Compagnie...
Elle vous offrira une petite indemnité... une indemnité,
en rapport, bien entendu, avec votre situation sociale,
qui me paraît plutôt médiocre... Enfin, soyez tranquille, elle fera les choses convenablement... Le plus à
plaindre c'est moi... Regardez ma voiture... Il va falloir
que je prenne le chemin de fer, pour rentrer à Paris, ce
qui est toujours pénible, pour un véritable automobiliste, comme je suis... Moi aussi je m'en console, en
me disant que je travaille pour le progrès, et pour le
bonheur universel... Adieu!

Je ne voulus pas infliger à un si parfait chauffeur
l'humiliation de rentrer à Paris, en chemin de fer. Je
lui offris une place dans ma voiture.

Et, comme la mère, toujours penchée sur le cadavre
de son enfant, continuait de sangloter :

— Ah! me dit, tristement, cet éminent collègue, en
s'installant, près de moi, le plus confortablement possible... nous aurons bien de la peine à inculquer la véri-

table notion du progrès... à ces pauvres gens-là... Ils ont
la tê...

Il n'acheva pas sa phrase, qui devait se compléter
ainsi : « Ils ont la tête trop dure ! » Peut-être, craignit-il
que la petite paysanne, étendue sur la route, ne lui
donnât un trop facile démenti...

Il était temps que je partisse... Depuis que je sentais
le sol, sous mes pieds, mes idées d'automobiliste se
brouillaient... Et déjà je commençais à me demander,
non sans quelque terreur, si, réellement, j'étais bien
le Progrès et le Bonheur ?

* *
*

Un instant encore... et j'eusse certainement ajouté,
au dicton des bêtes de la route :

— Et puis, il n'y a rien... Et puis, il n'y a rien... Et
puis, il y a l'automobiliste !...

BORDS DU RHIN

Les lecteurs se rappellent, peut-être, de quelle façon inattendue nous franchîmes la frontière allemande, à Elten, et l'accueil de ce douanier paternel qui, derrière nous, agitait sa casquette, en signe de bon voyage.

Nous allions, vous vous souvenez, à Dusseldorf.

Nous avions quitté les chemins briquetés de Hollande. Le pays était toujours très plat, très vert, mi-polders, mi-champs de cultures, avec, çà et là, de petits villages tranquilles, entourés joliment de bouquets de bois, et des petites maisons basses — fermes et laiteries — aux façades chaulées, aux toits de tuiles, dont le rouge jouait discrètement, sous un ciel gris perle, très profond et très doux.

Ce n'était plus la Hollande et ce n'était pas encore l'Allemagne. C'était un reste de Hollande dans très peu d'Allemagne, quelque chose d'intermédiaire qui donnait au paysage je ne sais quoi de plus gentiment mélancolique, un charme de chose très jeune ou très ancienne — je ne saurais dire — assez émouvant.

Et la route unie, sans une courbe, sans un ressaut, invitait à la vitesse.

Nul obstacle nulle part. Pas un caniveau, pas un dos
d'âne : une piste bien entretenue de vélodrome. Scrupuleusement, les voitures que nous dépassions tenaient
leur droite, et les charretiers, attentifs à leurs chevaux,
nous saluaient au passage, sans servilité, presque en
camarades.

Brossette me dit

— Quel dommage, monsieur, que nous soyons en
Allemagne!

— Pourquoi donc, Brossette?

— Parce que je n'aime point ces gens-là... Et puis,
monsieur, parce que voilà une route épatante où nous
ferions facilement du quatre-vingt-dix... plus, peut-
être...

Et, après un silence :

— C'est curieux!... Monsieur est bien sûr, au
moins, que nous sommes en Allemagne?

— Voyons!.. Et la frontière?... Tout à l'heure?

Il haussa les épaules.

— Ça? Une frontière?... Oh! la la!... Givet, oui...
voilà une frontière... Mais du moment que monsieur
est sûr?

Et il grogna :

— Sale pays, tout de même!

Nous marchions lentement, comme dans une forêt
enchantée, une forêt pleine d'embûches, de traque-
nards, de dangers, une forêt pleine d'ours, de tigres et
de lions... Anxieux, nous interrogions l'horizon... Nous
fouillions du regard, à droite et à gauche, la campagne,
avec la peur de voir tout à coup surgir le casqué à
pointe du Règlement, avec la terreur de tout ce que
devait cacher d'inconnu, de barbare, ce calme insidieux.

Et la 628-E8 était impatiente. On la sentait, toute
frémissante d'élans retenus... Elle semblait, encapu-

chonner son capot, comme un ardent étalon, son encolure, sous le mors qu'il mâche et qui le maîtrise. On eût
dit vraiment qu'elle tirait sur le volant, comme un
cheval sur ses guides... Je vis à l'horloge municipale
d'un village qu'il était quatre heures et demie. Nous
avions plus de deux cents kilomètres à faire, avant
d'atteindre Dusseldorf, où nous eûssions bien désiré
arriver avant la nuit.

Pourquoi, à ce moment, songeai-je à la guerre de 70?
Pourquoi justement, au lieu de ses horreurs, me revint
à l'esprit cet épisode intime et consolant qu'au
retour mon père m'avait conté?

Il avait dû loger, pendant un mois, un général prus-
sien, son état-major et sa suite. Très discret, d'une éducation parfaite, d'une bonne grâce très délicate, ce
général n'avait pris de notre propriété que ce qui
était indispensable à lui et à ses services. Il s'efforçait,
par tous les moyens, de rendre moins humiliante,
moins pénible, cette occupation, et il veillait à ce que
rien — autant que cela était possible — ne fût changé
des habitudes de la maison. Il se conduisait comme un
hôte bien élevé, non comme un conquérant.

Un matin, il se fit annoncer chez mon père :

— Je viens d'apprendre, monsieur, lui dit-il, que
vous avez un fils à l'armée de la Loire?... Est-ce
vrai?

— Oui.

— Avez-vous de ses nouvelles?

— Je n'en ai plus depuis longtemps déjà.

— Depuis quand, exactement?

— Depuis Patay... soupira mon père.

— Ah!...

Puis :

— Voulez-vous me permettre de m'informer?... Moi

27.

aussi, monsieur, j'ai des enfants... Je sais... Je sais... Cela ne vous désobligera pas que...

— Je vous en serai reconnaissant, au contraire... J'avoue que j'ai de grandes inquiétudes...

Le général demanda quelques renseignements complémentaires... et, saluant :

— A bientôt, j'espère...

Quelques jours après, il se présentait à nouveau... Il était tout souriant :

— J'ai des nouvelles de monsieur votre fils... Il est au Mans... Il se porte très bien... Je suis heureux d'avoir pu...

Puis :

— Je crois que nous touchons au terme de cette affreuse chose...

Puis encore :

— Voulez-vous me permettre de vous serrer la main ?

J'entendais encore mon père me dire qu'il n'avait jamais été plus touché par la bonté d'un homme, et que, jamais, il n'avait serré une main française avec autant de joie qu'il étreignit cette main allemande... C'est que mon père était, lui aussi, un brave homme... Dieu merci, il n'avait rien d'un héros de théâtre.

Sous l'impression de ce souvenir, je m'exaltai :

— Ma foi ! tant pis... m'écriai-je tout à coup... Arrivera ce qui pourra... Allons-y, Brossette, allons-y !

L'air était frais, la carburation excellente. La bonne C.-G.-V., lâchée, bondit et roula comme une trombe sur la route.

— L'accélérateur, Brossette !... Nous verrons bien...

— Sale pays ! répéta Brossette, en réglant ses gaz et donnant méthodiquement de l'avance à l'allumage.

En quelques minutes, nous fûmes à Emmerich, où nous traversâmes le Rhin, sur un bac à vapeur très puissant ; en quelques autres, à Clèves, dont nous esca-

ladâmes les rues sinueuses et montueuses, à la grande
joie des promeneurs — c'était un dimanche, — et sous
la conduite d'un petit pâtissier, très fier d'être monté
sur le marchepied, et qui nous mit gentiment sur notre
chemin, de l'autre côté de la ville.

Ah! quelle route!

Quelle route que cette route où nous mena le petit
pâtissier de Clèves, la plus belle de ces belles routes du
Rhin, construites par Napoléon, pour les affreux défilés
de la guerre, et où, maintenant, passe ce que l'automobilisme apporte avec lui de civilisation moins rude, de
sociabilité universelle et d'avenir pacificateur.

Elle était, cette route, bordée d'une double rangée de
magnifiques ormes, avec du printemps très tendre, très
jeune, entre leurs branches, une poussière de printemps,
à peine rose, à peine verte, à la pointe de leurs branches;
elle était large, étalée, comme notre avenue des Champs-
Élysées, douce et unie comme si elle eût été tendue de
soie, et toute droite, si droite qu'on n'en voyait pas le
bout, sinon, là-bas, tout là-bas, aux confins du ciel, un
tout mince ruban jaune, un tout petit trait de pastel
jaune que nous ne pouvions jamais atteindre... Et le
soleil de cette fin de journée faisait avec les entrelacs de
l'ombre, comme un tapis, tel que n'en tissèrent jamais
les plus subtils artisans de la Perse.

Sur ce sol merveilleux, la machine, emportée au
rythme d'un ronflement léger, régulier, infiniment
doux — bruit d'ailes ou souffle de vent lointain —
glissait, volait, ainsi qu'un oiseau rapide qui rase la
surface immobile d'un lac.

Brossette ne disait plus rien, ne répondait plus à mes
questions. Il était grave, regardait la route d'un œil légèrement bridé, et il écoutait chanter la belle chanson
des cylindres

***

Les champs me frappèrent par leur terre grasse,
leur air cossu, leurs belles cultures, l'abondance de
leurs troupeaux. Les villages, très propres, les seuils
lavés, les fenêtres claires, les portes aux cuivres luisants avaient un aspect d'aisance tranquille. Partout
cela sentait le travail, la sécurité, la richesse, je ne dis
pas le bonheur, car le bonheur, c'est autre chose. Il ne se
voit pas tout de suite aux yeux des hommes, comme le
bien-être aux fenêtres des maisons. Il ne se voit qu'à la
longue, il ne se voit pas souvent, il ne se voit presque
jamais.

Nous prîmes de « la benzine » dans une petite ville
dont je n'ai pas retenu le nom, ville de cinq mille habitants, à peu près, rebâtie, presque toute neuve, avec
des rues larges, coupées de places ombragées, et des
maisons où semblait régner un confort solide. Deux
ponts, l'un tout neuf, l'autre très vieux, enjambaient, le
premier, d'une seule courbe, le second, de deux arches
gothiques, les deux bras d'une rivière, que bordaient de
petites industries qu'à leur air actif et coquet l'on
pressentait prospères.

Comme dans toute l'Allemagne, les édifices adminis-
tratifs s'imposaient aux contribuables par leur monu-
mentalité un peu effrayante, d'un goût horrible souvent, d'une opulence orgueilleuse et bien assise, toujours. Je m'étonnais grandement de voir, dans un endroit si peu important, tant de magasins de toute sorte,
des boutiques de luxe, des soies drapées, des velours à
traîne, des maroquineries étincelantes, des bijoux, des
étalages de victuailles enrubannées, des charcuteries
architecturales, ornées, comme des églises, un jour de

fête. Partout l'abondance, la sensualité, la richesse.

Et je me disais :

— Ces objets ne sont pas là, pour le simple plaisir de la montre. Il y a donc, dans ce petit pays, des gens qui les désirent et qui les achètent.

Je me disais encore, non sans mélancolie :

— Comme je suis loin de la France, des petites villes de France, de leurs rues mortes, de leurs maisons lézardées, de leurs boutiques sordides et fanées !... Chez nous, on ne travaille qu'à Paris, dans quelques grands centres, quelques villes du Nord, et dans le Sud-Est... Le reste s'étiole et meurt chaque jour. D'immenses richesses dorment inexploitées, partout. Qui donc, par exemple, songe à arracher aux Pyrénées le secret de leurs métaux ? Qui donc oserait confier des capitaux improductifs à cette jeunesse hardie qui, faute de trouver chez elle l'emploi de son activité et de sa force, est contrainte de s'expatrier et de travailler à l'enrichissement des autres pays ?... Comme je suis loin ici, de ces bons Français, rentiers et gogos, qui se disent toujours la lumière et la conscience du monde, et que je vois perpétuellement assis au seuil de leurs boutiques, devant la porte de leur demeure, abrutis et amers, crevant de leur paresse, s'appauvrissant de leur épargne, passant leurs lourdes journées à s'envier, se diffamer les uns les autres ! Nul effort individuel, nul élan collectif... Quand je reviens dans des régions traversées quelques années auparavant, je les retrouve un peu plus sales, un peu plus vieilles, un peu plus diminuées ; et chacun s'est enfoncé, un peu plus profondément, dans sa routine et dans sa crasse. Ce qui tombe n'est pas relevé. On met des pièces aux maisons, comme les ménagères en mettent aux fonds de culotte de leur homme. On ne crée rien. C'est à peine si on redresse un peu ce qui est par trop gauchi,

si on remplace aux toits les ardoises qui manquent,
les portes pourries, les fenêtres disloquées... N'ayant
rien à faire, rien à imaginer, rien à vendre, rien à acheter, ils économisent... Sur quoi, mon Dieu!... Mais sur
leurs besoins, leurs joies, leur dignité humaine, leur
instruction, leur santé... Affreuses petites âmes, que ce
grand mensonge antisocial, l'épargne, a conduites à
l'avarice, qui est, pour un peuple, ce que l'artério-
sclérose est pour un individu. Ce n'est pas de leur bas de
laine que la France a besoin, mais de leurs bras, de leur
cerveau, de leur travail et de leur joie... Et ce n'est pas
leur faute, après tout... On ne leur a jamais dit :
« Vivez! Travaillez! » On leur a toujours dit : « Épar-
gnez! » Ils épargnent...

J'évoquai la petite ville où je suis né, et que j'avais
revue, quelques mois auparavant... Oh! comme elle
pesa à mon enfance! Quels souvenirs d'ennui mortel
j'en ai gardés! Et comme elle fatigue encore, souvent,
mes nuits des cauchemars persistants qu'elle m'apporte!
Quelle cure longue et pénible il m'a fallu suivre, pour
me laver de tous les germes mauvais qu'elle avait
déposés en moi! Eh bien, je l'ai revue... Depuis cinquante ans, rien n'y est changé. Ni les êtres, ni les
choses. Pas une maison nouvelle ne s'est élevée; pas une
industrie — si petite soit-elle — ne s'y est fondée. Sur
la rivière, le même moulin broie toujours la même
farine... Ce sont les mêmes boutiques avec les mêmes
enseignes, et, je crois bien, les mêmes marchandises. On
ne peut pas dire que les gens y soient morts... car
les fils, ce sont les pères... Et j'ai retrouvé les mêmes
visages tristes, les mêmes tics d'autrefois, la même
lourdeur sommeillante, la même morne stupidité... On
me dit : « Vous savez bien... un tel est parti depuis quinze ans... Il a on ne sait quelle fabrique à

Madagascar !... C'était sûr qu'il tournerait mal !... »

Il n'y a que les cabarets qui donnent à cela l'illusion de la vie. Et c'est de la mort!

Ah! oui! combien j'ai douce souvenance!...

*
* *

Nous repartîmes.

Gorgée d'essence neuve, la machine avait encore gagné en force et en vitesse. Ce n'était plus une machine, c'était l'Élément lui-même, non pas l'Élément aveugle et brutal qui hurle, fracasse et détruit tout ce qu'il touche, mais l'Élément soumis, discipliné, qui conquiert le temps, l'espace, le bonheur humain, l'avenir; l'Élément qui obéit, comme un petit enfant, aux mains savantes, à la volonté supérieure de l'homme.

Brossette me dit :

— Alors, monsieur, cette fois, nous sommes bien en Allemagne?...

— En Prusse, même... en Prusse Rhénane, mon bon Brossette...

Je lui montrai un poteau indicateur, sur lequel était écrit, en gros caractères noirs, à la suite d'une flèche, ces mots : *Krefeld... 50 kilomètres...*

— Épatant!... fit-il... Mais c'est un pays épatant!... Et si nous marchons toujours de ce train-là... monsieur... bien sûr que nous serons à Berlin... avant l'armée française!

*
* *

Je m'étais bien promis de m'arrêter à Krefeld. Je voulais y visiter quelques-unes de ces belles manufactures qui produisent du velours de coton, pour le monde

entier... Mais quoi! Dusseldorf n'était qu'à quarante
kilomètres... Rien ne m'obligeait, ce soir-là, au contraire,
tout me déconseillait de pousser jusqu'à Dusseldorf, sinon l'impérieux besoin, l'impérieux et stupide besoin
de conquérir des kilomètres, encore... Je brûlai Krefeld,
dont le développement économique, le mouvement et la
vie me parurent une chose prodigieuse... Affaires et
plaisirs, tout y était... Ville charmante, propre, colorée.
Les rues étaient pleines de monde... Et ce monde semblait joyeux... Une foule gaie, voilà un spectacle rare...

Qu'on excuse ce souvenir personnel... Moi aussi, je
m'amusai à voir que, ce soir-là, on jouait *Les affaires
sont les affaires*, au théâtre municipal...

A quelques kilomètres au delà de Krefeld, un petit
incident de route que je note, parce qu'il est caractéristique des mœurs allemandes, m'a laissé, dans l'esprit,
en même temps qu'une légère impression de remords,
une impression aussi de douceur très douce et très
jolie.

Devant nous, un petit cheval trottinait, traînant
une petite charrette vernie que conduisait une jeune
paysanne. Le cheval prit peur — les chevaux sont partout les mêmes — et, les oreilles dressées, se mit brusquement au galop. J'arrêtai la machine, mais l'animal
effrayé ne se calma point. Il gagnait à la main, comme
disent les cochers. Au risque de se tuer, la jeune fille
sauta maladroitement de la voiture, et roula sur la
route... Je me précipitai à son secours, aidai à la
relever... Elle était blonde, très fraîche, presque luxueu-
sement habillée...

Dès qu'elle fut debout, elle s'efforça de sourire...
s'excusa :

— C'est ce vilain petit cheval... Mon Dieu, qu'il est
bête!... Il a peur de tout... Excusez bien.

Je lui demandai si elle était blessée, si elle souffrait :

— Non... non... fit-elle doucement... oh! non!... Je n'ai rien... Excusez, n'est-ce pas?

Elle avait relevé sa jupe avec décence et découvert à l'un de ses genoux une écorchure légère. Je courus chercher, dans ma trousse de pharmacie, un peu d'eau oxygénée, avec quoi je lavai la plaie, qui saignait à peine... Elle protestait, et riait, comme si on l'eût chatouillée :

— Ce n'est rien... ce n'est rien... Tiens, mais ça pique...

Et, de plus en plus rieuse :

— C'est ce maudit cheval... répéta-t-elle... Et comme je suis fâchée de vous causer tant d'embarras!

Brossette avait ramené le cheval, le calmait par de bonnes paroles... Comme nous aidions la jeune paysanne à remonter en voiture :

— Je suis bien reconnaissante... bien reconnaissante... disait-elle.

Et avec un regard suppliant :

— Ah! monsieur, ne parlez pas de ça... Ne le dites à personne... Parce que, si on savait, chez nous... eh bien, jamais plus, je ne pourrais aller, toute seule, à Krefeld, avec mon petit cheval...

Elle avait pris les guides :

— Là! là!... Tu vas te tenir tranquille, maintenant... Petit imbécile!... Excusez encore... Excusez bien...

Une demi-heure après, nous franchissions le Rhin, sur l'immense pont de Dusseldorf.

Dusseldorf.

Donc, la première ville d'Allemagne où nous séjournâmes un peu, ce fut — je ne m'en vante pas — Dus-

28

seldorf. Et, dès mon arrivée, je regrettai de ne m'être
pas arrêté à Krefeld.

Nous descendimes, ainsi qu'il convient, au Bradenbrager-Hof.

Tout ce que je dirai de cet hôtel peut s'appliquer
exactement à la ville, à toute la ville neuve, du moins,
qui est, comme on sait, la ville, par excellence, du
modern-style. Quand j'aurai décrit l'hôtel, j'aurai
décrit la ville, ses rues, ses maisons chamarrées, ses
boutiques luxueuses... sauf le Rhin, le large et beau
Rhin qui s'obstine à repousser la collaboration de
M. Vandevelde, et à conserver un style très ancien. En
simplifiant, de la sorte, ma besogne, cela me permettra,
par la suite, de ne pas prolonger en moi et en vous, chers
lecteurs, cette espèce de cauchemar affolant qu'infli-
gèrent à notre imagination, passionnée de belles lignes
et de belles formes, tant de Belges exaspérés et nova-
teurs... Car, à quoi bon vous le cacher? — nous nous
heurtons, partout ici, au lyrisme décoratif de M. Vandevelde. Après avoir mis à l'envers les maisons et les
meubles de la pauvre Belgique, il est venu s'installer à
Weimar... C'est de là qu'il déverse, sur toute l'Allemagne, les produits de ses fantaisies carnavalesques
qui l'ont enfin amené à découvrir la quadrature du
cercle et la circonférence du carré.

Maupassant possédait, entre autres curiosités, un
valet de chambre qui le servit fidèlement. C'était d'ailleurs un domestique fort avisé en toutes choses. Il
avait de la littérature. Un jour, il dit à son maître, sur
un ton grave et réservé :

— J'ai lu ce matin l'article de monsieur... Il est
bien...

— Ah! je vois qu'il ne te plaît pas...

— Mon Dieu!

— Que lui reproches-tu?

— Je dois le dire à monsieur... Monsieur manque quelquefois de chic pour ses qualificatifs... Ils sont trop simples... Ils ne peignent pas assez exactement les objets... Ainsi dans l'article de ce matin, monsieur dit d'une orchidée qu'elle est belle. Sans doute, une orchidée est belle... Mais ce n'est pas la beauté... la beauté vague qui fait le caractère de l'orchidée... L'orchidée, monsieur, est étrange, maladive, perverse, fallacieuse, déconcertante... Moi, j'aurais écrit : « la déconcertante orchidée »... Je dis ça à monsieur...

— Mais tu as raison... avoua Maupassant que les réflexions de son valet de chambre amusaient toujours. Sais-tu que tu es épatant?...

— Oh! monsieur!

— Mais si... Et où as-tu appris tout ça?

Alors, il se rengorgea, et, très sérieux :

— Monsieur, répondit-il... monsieur sait bien qu'avant de servir chez monsieur, j'ai servi trois ans chez un poète belge!...

Et, après un petit silence, négligemment :

— Monsieur n'oublie toujours pas mes palmes pour le 1er janvier?...

Modern-style.

Le Bradenbrager-Hof, qui, je ne sais pourquoi, m'a rappelé le valet de chambre de Maupassant, est un de ces grands hôtels, comme on en trouve dans les moindres villes d'Allemagne, et comme nous n'en avons qu'à Paris et dans quelques villes d'eaux, un de ces caravansérails nouveaux et art nouveau d'Occident, construits

par les Belges et les Suisses, pour les habitudes de
confort des Américains et des Anglais... Des salons,
plus ou moins Louis XV et Louis XVI, y alternent avec
des fumoirs de paquebot. Rien n'y est plus droit, plus
d'équerre, plus d'aplomb. Tout ce qui est rond y devient
carré, tout ce qui est carré y devient rond. Je veux
dire que rien n'y est rond, ni carré, ni ovale, ni oblong,
ni triangulaire, ni vertical, ni horizontal. Tout tourne,
se bistourne, se chantourne, se maltourne; tout roule,
s'enroule, se déroule, et brusquement s'écroule, on ne
sait pourquoi ni comment. Ce ne sont que festons de
cuivre verni, qu'astragales de bois teinté, ellipses de
faïence polychrome, volutes de grès flammé, trumeaux
de cuir gaufré, frises de nymphéas hirsutes, de pavots
en colère et de tournesols juchés sur les moulures des
stylobates, comme des perroquets sur leurs perchoirs...
Des larves plates et minces dorment à l'entrée des ser-
rures; des embryons, des têtards montent, se glissent en
ondulations visqueuses, le long des portes, des fenêtres,
des tiroirs, des chanfreins. Les cheminées sont des
bibliothèques; les bibliothèques, des paravents; les paravents, des armoires, et les armoires, des canapés. L'élec-
tricité jaillit aussi bien des parquets que des plafonds,
d'ampoules de cristal taillé en fleurs de rêve ou en bêtes
de cauchemar; elle court, chahute, bostonne, virevolte,
cakewalke, dans les girandoles et les lustres, qui ont la
danse de Saint-Guy. Les meubles ont l'air d'avoir bu,
et semblent inviter la livrée aux pires excès d'acrobatie.
Et, pour qu'on ne s'y trompe pas, sur les façades dissy-
métriques, creusées de trous profonds et renflées de
bosses énormes où toutes les matières connues, juxta-
posées, se neutralisent et s'annulent, les balustrades
des balcons sont soutenues par des sarabandes fréné-
tiques de points d'interrogation.

Ces sortes d'hôtels, si hostiles par tous les détails de
leur esthétique, ont du moins ceci de précieux, qu'ils
offrent au voyageur le plus délicat et le plus raffiné les
plus complètes ressources de toilette et d'hygiène. En
procédant à un minutieux lavage, dans un cabinet muni
de tous les appareils désirables d'hydrothérapie, je ne
pouvais m'empêcher de songer que, par là encore,
j'étais bien loin de notre belle France où, presque partout, même dans les plus grandes villes, les hôtels conservent jalousement les habitudes de la race, la tare
héréditaire où se reconnaît, mieux que par son esprit,
un véritable Français de France : la malpropreté. Malpropreté monarchique et catholique à qui Louis XIV
donna le caractère d'une vertu, et la force d'émulation
d'un concours. Chamfort ne raconte-t-il pas qu'un
gentilhomme, ayant observé que les abords du palais
de Versailles étaient empuantis d'urine, ordonna à ses
domestiques et à ses vassaux de « pisser » abondamment autour de son château?

Que de fois, arrivant le soir, dans un hôtel de Nor-
mandie, par exemple, j'ai dû m'enfuir devant les saletés
de la chambre, les draps douteux, les poussières accumulées des rideaux, les crasses pullulantes des tapis,
et, surtout, devant ces odeurs ammoniacales qui, des
couloirs, par les fentes des portes, s'infiltrent, pénètrent,
imprègnent tous les objets!... Que de fois me suis-je
résigné à coucher dans mon auto, comme un forain
dans sa roulotte, à l'entrée des villes, sous les arbres des
promenades, et mieux, en plein champ, où l'on respire un air moins mortellement humain!...

Et je me souvenais qu'un jour, dans une ville du
Morvan, descendu à l'hôtel, un petit hôtel coquet,
récemment remis à neuf, selon l'Évangile du Touring-
Club, je m'étonnai de voir combien étaient ignominieu-

scment tenus ces réduits intimes, aux lambris de
faïence, qui, pourtant, s'il fallait en croire la marque de
fabrique, arrivaient directement d'Angleterre. Vivement, je me plaignis au patron qui me répondit d'un
air découragé :

— Ah! ne m'en parlez pas, monsieur...

— Mais si... mais si... au contraire, je veux vous en
parler...

— Que voulez-vous? Ce n'est pas de ma faute, je
vous assure... Je veille pourtant, je veille... Mais les
Français, qui savent tant de choses, ne savent pas c....
Ça, ils ne le savent pas!... Ce sont des cochons, monsieur...

Il s'emporta :

— Vous avez bien vu?... J'ai collé des affiches... des
affiches, où j'explique la façon de se servir de ces
appareils... Eh bien, non... Ils ne veulent pas... Ils
montent toujours dessus... C'est dégoûtant!...

Et il ajouta, car ce Morvandiau était, malgré tout,
optimiste :

— Peut-être qu'avec tous ces sports... oui, enfin...
avec l'automobile, apprendront-ils à c... comme tout
le monde. J'ai confiance dans les sports, monsieur...
Mais, sapristi!... il y a à faire... il y a à faire...

— A faire autrement, grommelai-je

Mon ami von B...

Bien que notre C.-G.-V. fût douce au possible et nous
transportât comme sur une pile de coussins, on aspire
au repos, après dix heures de route. Il semble cependant
qu'on ne sente vraiment sa fatigue qu'en s'enfonçant

dans les tapis crème et les tapis roses de ces vestibules
où tout tourne et qui fulgurent d'éclats.

Comme je titubais sur des rosaces lie-de-vin, et
tâchais de me retenir à des dossiers belliqueux, j'eus la
surprise de reconnaître mon ami von B..., un Allemand
que j'ai souvent rencontré en Allemagne, mais plus
encore à Paris.

— J'arrive d'Essen, en auto, me dit von B...
Dînons ensemble.

Je ne pouvais trouver meilleur compagnon, ni personne de mieux informé des choses d'Allemagne, et qui
sût mieux les exprimer, en excellent français.

J'acceptai avec joie.

Mon ami, le baron von B..., en véritable Allemand,
est un philosophe, grand amateur de musique, à moins
que ce ne soit un musicien, grand amateur de philosophie. On ne sait jamais, avec les Allemands. Pourtant
il n'est pas qu'amateur de philosophie; il l'a professée
jadis, avec succès, dans une célèbre université, et, jeune
encore, il a pris sa retraite, pour vivre sa philosophie
dans le monde. C'est un personnage singulier, tout à fait
fin, et qui n'a pas usurpé sa réputation de causeur brillant. Tout au plus pourrait-on lui reprocher un peu
trop de bavardage... Je ne sais si ce sont ses études ou
ses travaux, quelque fonction que j'ignore, ou tout simplement sa naissance qui lui donnent accès près de
l'Empereur. Je crois lui avoir entendu dire qu'il avait
été son condisciple, à l'université de Bonn... Mais,
tant d'Allemands, et même tant de Français, se vantent d'avoir été les condisciples de l'Empereur, à l'université de Bonn, que cela ne serait pas une explication
de l'intimité qui existe entre Guillaume et mon ami
von B... Von B... aime l'Empereur, ou plutôt l'homme
privé qu'est l'Empereur; du moins, il l'affirme. Mais il

juge l'Empereur très librement, parfois très sévèrement. Il y a donc tout profit à l'entendre.

Ajouterai-je — et il aura tout de suite conquis vos
sympathies — que c'est un automobiliste fervent, un
automobiliste de la première heure?

Vingt minutes après notre rencontre, nous étions
attablés.

***

Je réclamai de la cuisine allemande. Le maître d'hôtel
suisso-italien qui, dans cette salle effrayamment belge,
vint nous présenter un menu, décoré de femmes laurées
à la Bœcklin, et imprimé en lettres d'un gothique har-
gneux, parut fort scandalisé. Von B... vint à son secours,
en m'expliquant qu'il n'existe pas de cuisine allemande,
sinon chez quelques très vieilles familles poméra-
niennes, et que, dans aucun hôtel, dans aucun restaurant allemand, on ne peut se faire servir autre chose
que de la mauvaise cuisine française.

Il me dit en riant :

— Mais, mon cher, vous ne savez donc pas que
l'Allemagne est, peut-être, le seul pays du globe où il
soit tout à fait impossible de manger... par exemple...
de la choucroute?

Ce soir-là, en fait de produits allemands, l'Allemagne
ne députa à notre dîner que deux de ces longues bouteilles de vin du Rhin, penchées dans des seaux à glace,
et dont les goulots d'or bruni affleuraient à la nappe.

Je commençai par vanter l'accueil que reçoivent ici
es automobilistes; ensuite, je m'extasiai sur les belles
routes, ces admirables routes dont on m'avait fait si
peur en France. Von B... répondit :

— Il n'y a qu'en France, d'où nous arrivent relativement peu de touristes, lesquels sont pour la plupart des Belges, des Anglais, des Américains, qu'on ignore ces choses-là... Il est parfaitement exact que, chez nous, on n'embête pas les touristes par des règlements prohibitifs. On m'assure pourtant qu'il en est de terribles... Mais on se garde bien de les appliquer. La circulation est absolument libre, mieux encore, elle est protégée... On a l'ordre d'être extrêmement aimable, et cet ordre, venant de haut, est toujours et partout obéi. Je sais aussi — il m'en a quelquefois parlé — que l'Empereur rêve de doter l'Allemagne entière de routes pareilles à celles du Rhin, de faire, en quelque sorte, de l'Allemagne, la plus belle piste automobile du monde... Oh! sous ce rapport, il a d'autres idées que M. Loubet. Votre excellent M. Loubet en est venu à trouver que même le cheval est un véhicule de progrès bien trop hardi, bien trop moderne; il préfère s'en tenir désormais aux mules des chansons castillanes. L'âge aidant, nous le verrons peut-être dans une petite voiture à âne. Son attitude agressive envers l'automobilisme est celle d'un petit bourgeois borné, peureux, misonéiste. Guillaume, lui, a parfaitement compris qu'il y a là une industrie énorme, dont les bénéfices sont incalculables, qu'il se doit, comme chef de l'État, de l'encourager, de la protéger et, s'il le peut, de l'accaparer, pour le bien de son pays. Cela n'est pas douteux. Mais il y a autre chose. Malgré nos assurances ouvrières qui sont, je crois bien, les plus libérales du monde — et ce n'est pas beaucoup dire, — malgré notre transformation économique, nous sommes restés, par bien des côtés, un pays féodal, un pays de castes. La noblesse y tient toujours le haut du pavé, et aussi la richesse, qui est une sorte de noblesse aussi puissante et plus active que l'autre. Il n'y a pas

que les officiers qui, sur notre sol asservi, fassent
sonner insolemment leurs éperons et leurs sabres. Au
village, le hobereau est maître ; à l'usine, le patron tient
ses ouvriers comme des serfs... Nous avons — ce que
l'on ne croirait plus possible que dans les opérettes —
nous avons une loi de lèse-majesté.

Ici, von B... pouffa de rire :

— Remarquez que, cette loi, les magistrats l'appli-
quent férocement, plus encore par conviction que par
courtisanerie... Voilà pourquoi, en plus des idées de
conquêtes commerciales, caressées par l'Empereur,
les automobilistes ont raison chez nous... Ils ont raison
comme la voiture de maître a raison du fiacre, comme
le militaire a raison du pékin... Ce sont les barons de la
route. La route leur appartient par droit féodal, comme
elle appartient chez vous aux charretiers, par droit
électoral. Et puis, l'Allemand, qui est pourtant un très
brave homme, n'a aucune sympathie pour l'écrasé.
L'écrasé a toujours tort, n'étant le plus souvent qu'un
infirme, un pauvre diable, rien du tout. D'ailleurs, je
dois dire que l'accident est infiniment plus rare ici, où il
n'y a pas de règlement, qu'en France, où il y en a tant
et de si vexatoires.

Il conta :

— Figurez-vous, mon cher... l'année dernière, à
Paris, en haut de l'avenue Friedland, une jeune fille,
traversant la chaussée, glissa sur le pavé et tomba sous
les roues de mon automobile. Je me précipitai ; je la
relevai. Elle était très pâle, toute maculée de boue. Heureusement, elle n'avait rien... rien... Tout à fait rassuré,
je remontais dans la voiture, quand la mère, qui se
démenait sur le trottoir, cria : « Non... non... arrêtez-
le !... Un agent !... Un agent ! » La jeune fille déclara bravement que c'était de sa faute... qu'elle avait été

imprudente... qu'elle avait glissé... qu'elle n'avait rien, etc... La mère tirait sa fille par le bras ; elle clamait, furieuse : « Tais-toi donc !... Mais tais-toi donc !... Qui te demande quelque chose ? » Et elle s'adressa à la foule, assemblée subitement autour de nous, et qui n'avait rien vu : « Oui ! oui ! » dit la foule, donnant instinctivement raison à la mère... Un agent survint. Malgré les déclarations réitérées de cette jeune fille, éprise de justice, procès-verbal me fut aussitôt dressé... Quinze jours après, on me condamnait à douze cents francs de dommages et intérêts... Mais je ne regrette rien, car il me fut donné, à cette occasion, de relever un trait de votre caractère imaginatif, romanesque, qui m'a beaucoup amusé. En sortant de l'audience, un avocat, derrière moi, disait le plus sérieusement du monde : « Cette déposition de la jeune fille est louche... Il y a sûrement quelque chose là-dessous... Ce doit être l'amant ! » C'est égal, en Allemagne, une telle condamnation était impossible...

La conversation dévia. Nous en vînmes à parler des constructeurs d'automobiles, de la fabrication automobile. Il dit :

— Quand on a vu chez nous l'essor que prenait cette industrie, — vous l'avez créée, mais elle vous échappera, un jour ou l'autre, parce que vous êtes un drôle de peuple, séduisant en diable, mais peu tenace et léger, — l'Empereur a tout fait pour la développer également en Allemagne. Il n'est pas de choses qui ne l'intéressent, et il voudrait que l'Allemagne fût la première en tout, partout et toujours. Cela le pousse parfois à des actes désordonnés et vraiment comiques. Il est comme ces parents qui n'ont de cesse que leurs enfants aient tous les prix de leur classe, dussent-ils les abrutir, pour le restant de leur vie... Ce n'est pas, quoi qu'on

dise, l'argent qui nous manque, et vous êtes les premiers, sans le savoir, probablement, à donner à nos
banques tout l'argent qu'elles veulent bien prendre
aux vôtres; ce n'est pas la force motrice, que nous
avons à bien meilleur marché que vous; ce n'est pas,
non plus, la persévérance ni même l'entêtement familier à nos têtes carrées... Non, c'est quelque chose de
particulier, d'inimitable et d'un peu fluide, comme dirait votre Rostand : la spontanéité imaginative, le goût,
l'esprit... Oui, voilà... vous avez du goût et de l'esprit...
Vos ouvriers sont spirituels, et, spirituels, ils sont
adroits... En France, c'est un de mes plaisirs que de
causer avec eux... Tenez... nos chauffeurs... ce sont
parfois, rarement, des espèces d'ingénieurs vaniteux et
gourmés, le plus souvent, des domestiques... Vos chauffeurs, à vous, ce sont de véritables compagnons de
route, alertes et gais... Ah! si nous avions des ouvriers,
comme les vôtres, je vous assure que vous n'en mène-
riez pas large, en France.

Pour répondre à des compliments si flatteurs, et que
ma modestie jugeait exagérés, j'eusse voulu parler de
Wagner, de Bismarck et de Nietzsche. Le moment m'eût
paru propice pour une apologie de Gœthe, de Heine,
de Beethoven ou de Schiller... Je n'étais pas en verve. Je
me bornai à louer, assez gauchement, le Pisporter et les
voitures allemandes.

— Sans doute, acquiesça von B... nous avons, non
pas des bonnes voitures, mais une bonne voiture...
Nous avons la Mercédès... J'ai une Mercédès... Il faut
bien !...

Après un temps :

— Il faut bien! répéta-t-il, non sans mélancolie...
La Mercédès est vite, solide, un peu grossière de mécanisme, trop compliquée... Les pannes en sont terribles...

Au bout de six mois d'usage, elle se dérègle, et fait un bruit de ferrailles... et aussi — c'est peut-être ce nom espagnol qui me le suggère — un bruit de castagnettes fort désagréable... Enfin, elle est bonne... On lui doit certains progrès, d'ingénieux dispositifs, dont les constructeurs français ont tiré profit. L'allumage, par exemple, y est excellent; les roulements en sont célèbres... Tous comptes faits, elle ne vaut pas certainement vos grandes marques, ce, qui, avec sa cherté, explique son succès chez vous... Elle ne vaut pas la massive et robuste Panhard, la Renault, la Dietrich, ni l'admirable C.-G.-V., si souple, si endurante et si simple, avec son mécanisme bien portant et joli, le fini merveilleux de son travail, sa régularité de marche si tenace, ses organes toujours frais et ardents, même après les plus folles randonnées... Oh! je la connais bien!... J'ai l'honneur d'être grand ami de la princesse de Hohenlohe, qui possède deux C.-G.-V. Elle me prend quelquefois à son bord. C'est un enchantement...L'hiver dernier, nous sommes allés du fond de la Silésie — et par quelles routes! — jusqu'à Cannes, sans accroc... Je rêve de cette voiture-là, qui, par surcroît, est belle comme un bel objet d'art.

— Mais, dis-je, il vous est facile de transformer ce rêve en une solide réalité de cinquante chevaux... ¡

— Non... ce n'est pas facile... répliqua von B... La princesse, elle, parbleu! est assez grande dame pour qu'on lui permette de se fournir où elle veut... Mais, moi?... Au Château, mon cher, on voit, d'un très mauvais œil, les produits de provenance française... Tenez... la jeune femme du Kronprinz a fait scandale, à Berlin. Vous savez qu'elle a été élevée par sa mère, la grande-duchesse Anastasie de Russie, presque complètement en France. Quatre mois de l'année à Cannes, où les

29

Mecklembourg possèdent une propriété magnifique...
trois mois à Paris, le reste en Russie et en Allemagne...
en Allemagne, le moins possible. La grande-duchesse,
qui a de la tête et ses préférences, raffole de la rue de la
Paix. On a eu beau lui faire des représentations, c'est à
Paris qu'elle a commandé le trousseau de mariage de sa
fille... L'Empereur fut outré... Il ne dissimula aucune-
ment sa colère et son dépit, si bien que la petite princesse, qu'on avait joyeusement accueillie tout d'abord,
pensa perdre de sa popularité. Après des scènes de
famille, un peu humiliantes, dit-on, elle a dû promettre
de s'habiller dorénavant, des pieds à la tête, à Berlin.
Je plains la charmante enfant. Elle a infiniment de
grâce. On va la fagoter.

    — Bah! m'écriai-je, Paris valant bien une messe,
la couronne impériale d'Allemagne...

    — Ne vaut pas, interrompit vivement von B...,
qu'on soit condamnée à un cordonnier allemand, quand
on a le pied joli...

Un soir, à table, un gros financier allemand vantait,
devant ses convives français, avec un enthousiasme
choquant, la supériorité morale, commerciale, militaire,
scientifique de son pays. Eut-il conscience de son mauvais goût devant tous les visages qui se glaçaient?...
Voulut-il se faire pardonner? Il prit tout à coup, à la
pointe de son couteau, le menu morceau d'un exquis
camembert, et dit, en souriant :

    — Par exemple... nous n'avons pas chez nous de
pareils fromages. Sous le rapport des fromages, je con-
cède que vous nous êtes très supérieurs...

Von B... est un peu, mais avec plus de grâce, comme
cet Allemand, et comme beaucoup d'étrangers qui, au

fond, méprisent la France pour sa frivolité agressive et
vantarde, et qui l'admirent seulement — en la mépri-
sant toujours — pour l'élégance de ses femmes, de ses
modes, pour la qualité unique de ses plaisirs et de sa
corruption. Patriote, quoiqu'on dise, je me serais bien
gardé de lui enlever cette dernière illusion.

Le restaurant se vidait... Et, comme on nous appor-
tait une troisième bouteille d'un vin de Moselle mous-
seux, je vis, à une table, voisine de la nôtre, devant un
général superbe, raide, monocle à l'œil, éclatant, très
rouge d'être sanglé, plus rouge d'avoir énormément
bu, je vis deux officiers, deux capitaines de cavalerie,
qui, en s'inclinant, venaient de faire sonner leurs talons.
Et je le regardai, le vieux brave, qui, sans broncher, les
laissait plus d'une minute dans une humiliante immobilité, le coude levé à hauteur de la tempe, les fesses
indécemment tendues au bord du dolman bleu de ciel.
Après quoi, d'un geste sec, il les congédia :
Alors, je dis à von B... :
— Mon ami... parlez-moi de l'Empereur d'Allemagne.

Le Surempereur.

— L'Empereur ? me dit von B... après un temps, et
avec une légère grimace... Ma foi ! je me sens fort embarrassé pour vous parler de lui... Si bien qu'on croie connaître un homme, — surtout un homme de ce calibre-là,
— on ne le connaît jamais complètement, et l'on risque
d'être injuste envers lui... Et puis... diable !
Il tira de la glace la bouteille en robe de buée, remplit nos verres de ce vin pétillant qui fait, dans la

bouche, comme un joli petit bruit de mer sur les galets,
et il reprit :

— Voyez-vous, mon cher, pour comprendre notre
Empereur, il faut savoir, il ne faut jamais perdre de
vue qu'il date de la *Gründerzeit...* et que nous, nous
n'en datons plus... du moins, pas tous.

— De la...? Comment dites-vous?... De la...? fis-je,
après avoir vidé mon verre.

— *Gründerzeit...* la *Gründerzeit...* l'époque des fondateurs, des vainqueurs — excusez-moi — de 71. Les
fondateurs de 71, ce furent, peut-être, des colosses,
mais, à coup sûr, des parvenus. Ils étaient partis pour
la frontière Prussiens et pauvres; ils s'en revinrent de
Paris Allemands et milliardaires... Rien ne développe
les pires instincts comme le triomphe. Il nous emplit
de nous-mêmes et nous empêche de penser... La Victoire n'a pour fils que des brutes. Songez aux armées
de Napoléon, surtout, à tant de ces colonels de
trente ans, de la fin de l'Empire, aux douteux demi-
soldes, qui, pour n'avoir pas eu le temps de passer
maréchaux, crevèrent aventuriers... Nous sommes
faits pour réfléchir... L'habitude du malheur force
l'homme à se replier sur soi... C'est en ce sens qu'il
est une école d'intelligence et de générosité... Quelqu'un qui réussit — même un philosophe — cesse de
penser... En 71, c'était un peuple tout entier, habitué
à recevoir des coups, qui rentra ivre de la nouveauté
d'en avoir donné... J'admire les hommes qui résistent
à l'infortune; j'admire bien davantage ceux qui résistent au succès... ce sont des héros. N'oubliez donc pas
que ces vainqueurs s'en revenaient de France, non
seulement glorieux, mais milliardaires. L'ère des
milliards date de 71... C'est un mot qui n'était pas en
usage... Le milliard des émigrés?... Oui, je sais bien...

Mais ce milliard des émigrés, ce n'était pas un milliard, ce n'était que beaucoup de millions... Le milliard n'est véritablement entré dans la langue courante que depuis le traité de Francfort. Une aventure pareille!... Songez donc! On perdrait la tête à moins... Alors, on se mit à faire l'Allemagne, à la construire... Chez nous, on n'est pas économe... on aime à manger bruyamment, à beaucoup boire... et on aime à bâtir. On mangea, on but, Dieu sait!... Et puis on bâtit!... On construisit des forts et des canons; des ports, des navires et des canons; des routes, des canaux et des canons... et puis des casernes, et puis des usines, et puis des palais, et toujours des canons. On rebâtit, du nord au sud, Berlin. Il fallait bien une capitale pour l'Empire qu'on venait de se donner... On rebâtit, du nord au sud, toute l'Allemagne... Il fallait bien des villes en harmonie avec la capitale qu'on bâtissait... Et l'on ne s'est pas arrêté de bâtir... On bâtit toujours, et de plus en plus grand. Le goût des statues colossales, des universités géantes, des gares-forteresses, des postes babyloniennes, des boutiques-cathédrales, des brasseries Walhalla, des casernes-abbayes, tout ce monumentalisme hyperbolique date de la *Gründerzeit*... Si la *Gründerzeit* disparaît, peu à peu de l'âme des hommes, elle survit dans l'âme des pierres... Et Guillaume II, à qui ne manque plus, dans sa garde-robe, que l'uniforme du dieu Mercure, à qui le caducée irait bien mieux que les sabres et les aigles d'or de ses casques, date pourtant, lui aussi et tout entier, de ces années de mégalomanie, de ces ivresses de parvenus, avec leur enflure, leur tapage, leur clinquant, et leur grandeur de camelote. Il était bien jeune en 70, mais, quand on n'a pas en soi de quoi les refaire, on garde, toute sa vie, les idées qu'on vous a mises en tête avant vingt ans.

29.

Von B... respira, un moment. J'admirais son endu-
rance à dire tant de paroles. Il continua en souriant :

— Le vieux Guillaume... « l'inoubliable grand-
père »... oui... ah! je me souviens... On avait eu beau
le couronner Empereur à Versailles, il était rentré à
Berlin bon roi de Prusse, comme devant... Ce n'était
qu'une espèce de hobereau heureux, dont Napoléon III
avait fait un conquérant malgré lui... Il faut dire qu'il
était bien servi... Roon, Roon, surtout, — on ne parle
que de Bismarck et de Moltke — mais il faut que vous
lisiez Roon... celui qui mettait Bismarck en avant, le
dirigeait, et ne se défiait que de son ivrognerie... Quelqu'un, ma foi, de génie!... Oui, Guillaume était mieux
que bien servi... Ce maître, après tout débonnaire,
avait des domestiques ambitieux. Ils lui avaient déjà
apporté d'assez bonnes affaires... J'entends : les du-
chés, Sadowa... Ces succès lui suffisaient, car ce brave
homme n'a jamais fait figure de conquérant; du conquérant, il n'avait pas l'âme sauvage et violente. Savez-
vous qu'il ne passa le Rhin qu'en rechignant?... C'était
trop... Il avait peur... Savez-vous aussi que bombarder Paris lui parut une énormité?... Bombarder
Paris!... Il aurait mieux aimé rentrer chez lui... Il fallut
le prier, le supplier, lui arracher, tout au moins, par
ruse, l'ordre de tirer le premier coup de canon... Oh!
ce n'est pas lui qui eût jamais pensé à des milliards!...
Ce n'est, d'ailleurs, qu'à force de champagne — ça,
c'est la vérité — que Bismarck se monta, peu à peu,
jusqu'au chiffre qui devait étonner le monde et qui,
tout d'abord, lui semblait, à lui-même, chimérique...
Mais oui, mon cher, toute l'histoire est à refaire... je
vous assure... toute l'histoire de ces hommes et de
ce temps... et de tous les temps, le diable m'emporte!

S'il n'avait pas été le parfait ivrogne qu'il fut, je me demande ce qu'aurait bien pu faire Bismarck... Il n'avait de hardiesse que dans le vin... Le bon hobereau de Guillaume laissa donc travailler ses serviteurs ; — les vieux domestiques finissent souvent par commander... Mais le succès ne le changea pas... Il y a comme cela, dans pas mal de familles, de ces grands-pères qui ont fait fortune, pour ainsi dire, malgré eux, et qui continuent de fumer la même pipe et de boire la même bière qu'ils aimaient à l'époque des débuts....

Il ne s'interrompit pas de parler, pour me verser à boire...

— Le curieux, voyez-vous, c'est que notre vieux « inoubliable grand-père » n'a eu que tard son « fils à papa.»... Il ne l'a trouvé qu'à la troisième génération... Le pauvre Fritz n'eut pas le temps, s'il en avait eu l'envie, de profiter de l'aventure de 70, d'en jouir... On le connaît peu... et c'est dommage... Une belle figure, en somme... Il était de goûts modestes, timide, très sérieux, cultivé, aimé des écrivains, des artistes... Il ne voulait déjà pas aller à Sadowa, et, quand il y fut, presque à son corps défendant, il s'y révéla grand capitaine... Destinée curieuse !... De cet humanitaire, — excusez ce mot horrible, — de cet homme qui détestait la guerre, la fatalité n'a fait qu'un guerrier... Ce simple et ce doux accomplit aussi, en 70, plus de besogne qu'il ne fit de bruit... Il était ennemi du tapage, du faste... Et, s'il est vrai, comme on le raconte, un peu dramatiquement, qu'une vaincue, vengeant sur lui les siens, l'empoisonna, je parie que ça n'aura pas été une cocodette, ni même une cocotte... Sa femme, de sentiments très nobles, influa aussi beaucoup sur lui... En bonne fille de la reine Victoria, elle ne demandait qu'à vivre bourgeoisement....

Von B... haussa un peu le ton :

— Par exemple, son fils ne lui a jamais été tendre.
Vous avez vu?... Il lui a campé sa statue, comme en
pénitence, à la porte d'un musée... On dirait que Guillaume II n'a jamais songé qu'à rabaisser le rôle de son
père, de Sadowa à Wissembourg... On dirait qu'il ne
l'a mis sur ce cheval tranquille, entre cette ruelle et
ce pont, que pour ne lui laisser rien plus à conquérir,
devant la postérité, qu'une cimaise... Frédéric ne parlait jamais de ses campagnes... En avait-il honte?...
En tout cas, les braillards de 71 lui surent toujours
mauvais gré de ce silence, de cette retenue... Guillaume
lui-même ne peut encore accepter que son père ne lui ai
point fait assez honneur... Il rougit de lui, et le pousse
hors de l'histoire, comme d'autres mauvais fils ren-
voient et claquemurent, dans sa chambre, la vieille maman qu'ils ne veulent point laisser voir, parce qu'ell;
n'est pas assez bien mise. A moins qu'il s'agisse d'une
rancune pire... et qu'il ne reproche à la mère son sang,
au père son imprudence, à tous les deux le rachitisme
dont son orgueil souffre cruellement... Oh! je l'ai bien
souvent senti... Ce silencieux et ce réservé, ce n'était
pas le père qu'il fallait à ce fils fanfaron; ce malade
couronné n'était pas l'Empereur que voulait la *Gründerzeit*... Pas plus le fils que la nation, froissés dans
leur pire orgueil, n'ont pu pardonner sa simplicité et
son cancer à ce héros pacifique... C'est donc Guillaume II qui est vraiment, avec l'éclat et le bruit qu'il
fallait à la *Gründerzeit*, le premier nouvel Empereur
d'Allemagne... Il se carre sur le trône impérial, qu'il
n'a pas conquis... qu'on n'a même pas conquis pour
lui... Bénéficiaire, sans coup férir, d'une épopée, il
caracole sur les champs de manœuvres, pour se persuader et faire croire que l'épopée continue... C'est

bien... comprenez-vous ? « Sa Majesté le Fils aux papas ».

Von B... s'arrêta un instant,.et, comme effrayé de ce qu'il avait osé dire, ajouta, plus lentement :

— Mon cher, il y a, en Guillaume, deux êtres très différents et qui semblent s'exclure : l'homme, qui est charmant et que j'aime beaucoup ; l'empereur, que je déteste, car je le juge détestable. Je le vois moins depuis quelques années. Il me gêne de plus en plus... Et je crains bien que l'empereur ne finisse par me détacher, tout à fait, de l'homme... J'en aurai de la tristesse. L'homme est agréable, séduisant, très gai, très simple, très loyal, très généreux, et il est fidèle à ses amis... Oui, —cela vous semble un paradoxe, — il a des amis, de vrais amis, dont quelques-uns, des gens obscurs, désintéressés et qui, comme moi, n'attendent rien de sa toute-puissance.

Il dit textuellement :

— *C'est un bon garçon... un bon garçon allemand!...* Vous voyez ça?...

Et il poursuivit :

— A l'entendre, dans l'intimité, causer familièrement, sans morgue, sans apparat, le corps renversé sur le dossier d'un fauteuil bas, les jambes haut croisées, fumant sa pipe et riant aux éclats, on ne pourrait jamais s'imaginer que c'est là cet autocrate redoutable, encombrant et falot, qui emplit, qui surmène, qui terrorise l'Europe et le monde du fracas de sa personnalité.

S'étant reculé pour donner à sa chaise, sur laquelle il se balançait, plus de champ, il fit encore une digression :

— Étrange bonhomme!... Ce Guillaume II intime, fils d'une Anglaise, c'est encore un jeune patricien anglais, qui a passé par Bonn, au lieu d'avoir passé par Oxford, et qui fait son possible pour demeurer un homme de sport. S'il pouvait, je crois bien qu'il mon-

terait en course, ou concourrait pour des prix de ca-
notage. Mais son britannisme est trop mêlé ; ce n'est
que de l'anglomanie. L'oncle rit un peu de ces prétentions et le neveu enrage. D'ailleurs, du sport?...
comment ferait-il ?

Ici, von B.... parla plus bas :

— Il a mille ingéniosités pour dissimuler le bras
qui ne lui a pas poussé tout à fait... Mais, que voulez-
vous?... Regardez-le, regardez même ses photographies, il a beau prendre et faire prendre toutes les
précautions, pour que cela ne se voie pas... c'est...

Et il susurra le mot dans mon oreille.

— C'est un manchot honteux... mais c'est un
manchot !...

Il s'arrêta, un instant sur ce mot, pour me le laisser
savourer. Et, à la joie dont son visage s'éclaira, je
sentis, en dépit de ses déclarations précédentes, toute
la haine qu'il avait pour l'Empereur... Il dit alors,
d'un ton plus détaché :

— Il a une culture intellectuelle assez étendue, mais des
plus vagues. Contrairement au personnage de Molière qui
avait des clartés de tout, Guillaume a des ombres de
tout. Il ne connaît bien d'une façon précise et détaillée
— c'est là un trait important de son caractère et de sa
politique — que la géographie, car la géographie,
c'est le commerce... Autrefois, c'était une joie de dis-
cuter avec lui une question de littérature, de philosophie, de morale. Il ne nous imposait nullement ses idées,
qui, vous n'en doutez pas, sont réactionnaires et des
plus bourgeoises ; il acceptait, tout naturellement, qu'on
ne fût pas de son avis. Il se plaisait même aux contro-
verses les plus vives, et, quand il se sentait battu,
jamais il n'eût songé à vous lancer sa couronne impériale à la tête, comme dernier argument, pour avoir

raison..Je suppose qu'il se rattrapait ensuite sur ses
généraux et ses ministres.

Von B... ricana et choisit longuement un énorme
cigare parmi les boîtes que le maître d'hôtel venait de
dresser, en pile imposante, sur la table, l'alluma et continua :

— Depuis quelque temps, il a un peu... il a même
beaucoup changé. Son agitation s'exaspère, les grimaces, les tics de son visage deviennent presque douloureux. Il a maintenant, en parlant, une sorte de
retournement convulsif de la main qu'accompagne un
claquement des doigts, dont la répétition est pénible.
Son rire, jadis si éclatant, a je ne sais quel timbre faux
qui vous trouble et vous gêne... Enfin, il montre moins
de tolérance, moins de gentillesse envers ses amis.
L'empereur déborde sur l'homme. C'en est fini de nos
intimités... Quelques éclaircies, çà et là, mais elles
durent peu. On a dit de lui, au début, qu'au rebours
de Fénelon, il avait une main de velours dans un gant
de fer; ce doit être encore cet enfant terrible de
Maximilien Harden, qui ne *débine* tant son Empereur
que parce qu'il en attend trop, ou le *Simplicissimus*,
l'ennemi intime de Guillaume, et qui lui reproche
surtout de n'être pas Guillaume le Taciturne. En réalité, il arrive trop souvent, à présent, que la main
durcisse jusqu'à paraître d'acier, et qu'il change de
gants encore plus que d'uniformes.... J'attribue ce
changement à trois causes principales : les tracas,
les désillusions de sa politique étrangère, son état
de maladie qui le préoccupe plus qu'on ne croit, l'influence sourde, mais lente et tenace, qu'exerce sur
lui, malgré lui, l'Impératrice. L'Impératrice a toujours
détesté cette sorte de laisser aller bohème qui, chez
l'Empereur, où deux mondes opposés sont souvent en

conflit, se mêlait, quelquefois, aux raideurs de l'esprit
féodal qu'elle nous accusait de pervertir. Oh! elle n'est
pas des plus intelligentes, ni des plus sympathiques. Je
la tiens pour la personne la plus ennuyeuse qui soit dans
le monde. Mon Dieu! je n'exige pas d'une femme qu'elle
soit belle; je lui demande d'être gracieuse. Or l'Impératrice manque totalement de ce qui est le plus nécessaire
à son sexe, de ce qui fait toute la femme : le charme. Elle
a de la vertu... elle est la vertu, et, comme la vertu,
elle est triste, un peu bornée, revêche, sectaire, par conséquent sans bonté. Plus qu'à son éducation religieuse,
plus qu'à ce qu'il croit être la nécessité politique, Guillaume doit à sa femme cette espèce de piétisme absurde
qui donne, souvent, à ses discours une note si comique
et si fausse. Elle nous fait beaucoup regretter cette
vieille et douce Augusta, — vertueuse, elle aussi, mais
plus humainement, — à qui votre Jules Laforgue disait
des choses si jolies et lisait des vers français — du Baudelaire, je crois... il n'alla pas jusqu'à Verlaine — qui
eûssent fait mourir de honte notre Impératrice d'aujourd'hui... Un détail, inconnu chez vous... et qui vous
amusera. L'Impératrice s'est attribué, dans l'État, une
mission bureaucratique assez singulière... Elle est le
censeur des pièces qu'on représente au Schauspielhaus
de Berlin. Et je vous assure qu'elle remplit ses fonctions en conscience. Ainsi... tenez... elle raye impitoyablement, sur tous les manuscrits, le mot : *Amour*, qui
lui paraît de la dernière inconvenance. Elle ne le tolère
— probablement, par résignation nationale — que dans
les drames de Schiller, et aussi, dans les œuvres françaises que jouent, sur le Théâtre Impérial, les tournées
de Coquelin, lequel est au *Schloss* presque aussi
national que Schiller. Et puis, d'être dit en français,
peut-être que ce mot indécent offre moins de dangers

pour la vertu allemande... Elle a une autre manie, dont
on rit beaucoup, entre soi, à Berlin... Quand, par
hasard, elle va visiter un musée, elle exige que toutes
les nudités des tableaux et des statues soient enlevées,
ou voilées, sur son passage...

— Elle « aime des tableaux couvrir les nudités »...
déclamai-je.

A quoi von B... riposta :

— Mais, rendons-lui cette justice, elle n'a pas
d' « amour pour les réalités »... On raconte même, sur sa
vie conjugale, certains détails qui enchanteraient l'âme
puritaine de votre monsieur Bérenger... On raconte...
Mais ça... comment le savoir?...

Il conclut :

— Avec une pareille conception de la vie, de la littérature et de l'art, vous pensez si l'on s'amuse à la cour.
Rien d'assommant comme ces fêtes, ces réceptions,
d'un faste si lourd et glacé, d'une étiquette si rigide,
d'un ridicule si funèbrement chamarré. Ce qui n'empêche nullement les plus féroces intrigues, et les passions les plus effrénées... Peut-être, de toutes les cours
d'Europe, la cour de Berlin est-elle la plus cor-
rompue... Et vous voyez qu'on n'arrive pas toujours
à étouffer les énormes scandales qui éclatent... Ah!
mon cher...

Je m'apprêtais à recueillir d'amusantes et très sales
histoires. Mais von B..., par pudeur nationaliste, peut-
être, se déroba et il reprit :

— Il faudrait, pour animer une cour comme la nôtre,
une femme qui ait un peu de ce mélange, difficile à
définir, de grâce et de fierté... et que vous appelez...
l'allure... de l'allure.

Et il fit, en répétant le mot, claquer deux doigts en
l'air.

— La pauvre femme en manque, à un point!... Je
ne puis pas vous dire. Mais c'est quelque chose qui ne
court pas les rues, ni même les palais... quelque chose
de très différent de la morgue, quelque chose qui s'ac-
commode parfaitement de simplicité, et que la
moindre affectation détruit... une grâce cavalière faîte,
avant tout, de naturel... Même en dépit de la guillo-
tine, Marie-Antoinette est ridicule, et, surtout, elle est
crispante, grinçante, exaspérante... La véritable allure
est un air d'autorité qui ne s'oublie jamais, mais une
autorité qui ne se laisse voir que si elle ne se montre
pas... Il y faut de la grandeur avec de l'aisance, du caractère, une certaine énergie, et le don de trouver toujours des attitudes heureuses, sans jamais les com-
poser... C'est encore comme le laisser aller d'une
nature qui sent sa supériorité, et, dédaigneuse de
s'incliner devant l'opinion, ne se plie qu'à la conquérir... L'éducation peut y suppléer : elle ne la remplace pas... Ce n'est pas rien de savoir se garder aussi
exactement de la platitude que de cette enflure qu'on
appelle, chez vous, le cabotinage... L'allure? Combien
de princes en manquent, pendant que des ouvriers
l'improvisent!... Tenez, votre ami Stéphane Mallarmé
en avait à revendre, dont la dignité charmeresse, in-
dulgente à tous, n'était sévère que pour soi. Notre
vieille Augusta, qui vient des ducs de Weimar, en eut
à sa façon, cet après-midi de juillet 70, quand, sous
les Tilleuls pavoisés, reconduisant le roi Guillaume à
la gare de Friedrichstrasse, d'où il allait partir pour
la frontière, elle pleurait, abandonnée sur les coussins
de la calèche de gala, et dérobait, sous un mouchoir, à
la foule qui l'acclamait, les larmes qu'elle ne retenait
pas... Les Danoises aussi ont de l'allure, qui furent
élevées à Copenhague et à Amelienborg, si simplement:

la Dagmar, par instants terrible, épouse d'un butor,
mère d'un imbécile; et sa sœur d'Angleterre, plus
douce, plus dame, impeccablement élégante, dont la
situation, aux côtés d'un viveur, fut souvent difficile. Elles ont une grâce vraiment impériale, qui ne se
dément pas.

— Et la Palatine, si laide!... Elle en fit voir, à
tenir tête aux amants de son mari, aux maîtresses et
aux jésuites de son beau-frère... Le soufflet qu'elle
donna, en plein Versailles, à son fils, quand il accepta
d'épouser une bâtarde du Roi, a de l'allure.

— Je crois bien!... Mais cette créole de Joséphine,
voluptueuse, bien mieux que jolie, hardie, souvent
peuple, qui fut à tout le monde et à Barras, publiquement, en même temps qu'à Bonaparte, avait, pour
n'être pas née archiduchesse, autrement d'allure que
la fade Marie-Louise... On peut être fagotée, et en
avoir... Notre Impératrice est fagotée, Dieu sait!...
mais elle n'en a point... Je sais bien que ce n'est pas
beaucoup plus qu'une nuance... Et, cependant, c'est
une nuance que chacun sent, un air qui n'échappe pas
même aux gens les plus simples, et qui les conquiert...
Ainsi, voyez, l'an dernier, l'excellente femme a passé
quelques semaines au château de K... Pour plaire, sans
doute, à son conquérant professionnel de mari, elle s'est
mis en tête de conquérir le pays, hobereaux, bourgeois
et paysans... ouvriers et pauvresses... Elle faisait des
visites, en recevait beaucoup, ne dédaignait pas d'entrer au village, d'adresser, aussi gentiment qu'elle
pouvait, la parole aux femmes, aux enfants, aux
filles des rues et des champs... Et je vous laisse à penser
les secours aux malades, les cadeaux, les friandises!...
Eh bien, on ne lui a su gré de son effort que médio-
crement... Elle n'a conquis personne... Sur la fin de

son séjour, il m'est arrivé d'interroger, un matin, une
commère, qui tricotait sur le pas de sa porte : « Eh
bien? vous êtes contente?... Votre Impératrice, vous
l'avez vue?... Elle vous a parlé? » — « Eh! oui. Oh! oui! »
— « C'est une bonne impératrice, hé? » La paysanne
arrêta ses aiguilles et me considéra : « Quoi donc?
insistai-je... Ce n'est pas une bonne impératrice? » —
« Bonne?... bonne? Oh! si... elle est très bonne... mais
impératrice... » Elle se remit à tricoter : « Impératrice...
répéta-t-elle en secouant la tête... elle ne peut pas!... »

Nous avions fini par rester presque seuls dans cette
salle de restaurant où, sous la lumière des lampes voilées,
les spires des lambris, les enroulements hélicoïdaux des
plafonds prenaient des apparences de fantastiques rep-
tiles. Le vieux général, dont le visage avait passé du
rouge écarlate au violet d'apoplexie, et qui avait eu
beaucoup de peine à reboucler son ceinturon, venait de
quitter sa table. Au dehors, sur le boulevard, nous
entendions les pas cadencés d'un régiment en marche.
Von B..., qui, jusque-là, avait parlé bas, haussa le ton.
    — Je ne vous dirai rien du goût artistique de Guil-
laume... vous le connaissez... Et, d'ailleurs, il a fait
se tordre de rire toute l'Europe. Le bon Allemand,
qui, pourtant, ne brille pas par le goût, n'en est pas
encore revenu. Berlin est une ville sans tradition
d'art. Du moins, elle avait ce mérite d'être quelconque, une bonne grosse ville de province, à peine
enjolivée, çà et là, par un petit souvenir de votre
merveilleux dix-huitième siècle. Frédéric le Grand
avait fait venir de Paris quelques notables architectes
qui construisirent deux ou trois palais élégants, et
une équipe de ces jardiniers de génie qui surent em-
baucher les saisons, et assigner leur tâche, pour l'éter-

nité, aux gazons et aux arbustes verts. Que Berlin
n'en est-il resté là?... Hélas! Depuis la *Gründerzeit*,
et, surtout, depuis Guillaume, nous avons maintenant
un art national, qui fait la risée universelle. Nous
avons le style Guillaume II, comme vous avez le style
Chauchard et le style Dufayel. En outre des rues dont
les maisons ressemblent à des orgues colossales, et dont
vos rues Turbigo et Réaumur ont pris le modèle à notre
Friedrichstrasse, nous avons, entre autres architec-
tures, entre autres monuments d'une laideur qu'on
eût pu croire inatteignable, nous avons le gigantesque porphyre de Bismarck, et, au Thiergarten, qui
n'était pas si beau, cette allée de la Victoire, où l'on
voit souvent l'Empereur passer en revue la horde car-
navalesque de ses ancêtres de marbre. Je dois dire que
la ville s'était rebiffée contre le projet impérial, qui
consistait à enlaidir notre Bois de Boulogne d'un régiment de statues. Bravement, elle avait refusé tous les
crédits que l'Empereur lui demandait... Elle avait fait
tout ce qu'elle avait pu, afin d'éviter à Berlin cette
horreur caricaturale et funèbre. Mais, pour en finir,
Guillaume paya de ses deniers — et, personnellement,
il n'est pas si riche — l'exécution de ce projet burlesque, qui lui était cher, parce qu'il en avait conçu
tout seul l'ordonnance et réalisé tous les dessins...
Croiriez-vous que, dans un pays où elles sont l'objet
d'un véritable culte, l'Empereur déteste les fleurs?...
Oui, mon cher, il les a en horreur... De les voir, aussi
bien dans les jardins qu'aux fenêtres des maisons, et
même représentées dans les œuvres d'art, cela lui est
une sensation presque douloureuse.

— Pourquoi?... Les juge-t il dangereuses, comme les
socialistes?

— Non... il les trouve laides... Comme il trouve

laides les statues de Rodin, les chairs les plus glorieuses de Renoir... Il préférerait qu'on décorât nos
pelouses et nos parcs de massifs de sabres, de corbeilles d'obus, de plates-bandes de baïonnettes et de
canons... Je vais vous raconter une autre anecdote...
Un monsieur très riche légua à la ville de Berlin cette
fontaine monumentale qui est à Schlossplatz. Je lui
trouve du style, une éloquence à la Puget; la fonte
en est fort belle. Évidemment, c'est ce que nous
avons de mieux, dans le genre, à Berlin. Le maire,
selon les formes cérémonielles prescrites, invita l'Empereur à l'inauguration. Celui-ci, qui avait soulevé
les plus mauvaises chicanes, accumulé toutes les difficultés administratives et juridiques pour que le legs
ne fût pas accepté, refusa brutalement, presque grossièrement, l'invitation. Il ne pouvait admettre qu'on
osât édifier, dans Berlin, un monument dont il n'eût
pas eu seul l'idée et, de ses mains, dressé le plan,
modelé la maquette. Cela lui semblait une atteinte
injurieuse à son autorité, presque un crime de lèse-
majesté. Son irritation était extrême. Je le voyais
beaucoup à cette époque. Plusieurs fois, il me parla
de cette affaire qui avait le don de l'exaspérer et
qui, durant huit jours, prima toutes les autres affaires
de l'État. Un soir, il s'écria, en français, car, chaque
fois qu'il prononce un gros mot, c'est toujours en français : «Cette fontaine... comprends bien... je m'en fous...
je m'en fous... je m'en fous... Mais je te dis que c'est une
conspiration des socialistes.» J'essayai de le calmer, de le
raisonner... Il m'imposa silence : « Parbleu!... je sais...
toi aussi, tu es socialiste.... Tout le monde est socialiste,
aujourd'hui!... Ah! mais, qu'ils prennent garde! » Il s'en
fallut de peu qu'il ne me fît jeter à la porte.... Le jour de
l'inauguration, quel ne fut pas l'étonnement de la foule

quand, tout à coup, elle vit apparaître l'Empereur,
le visage sombre et menaçant, la moustache plus pro-
vocante que jamais !... Il se précipita sur l'estrade, interrompit le brave homme qui, à ce moment pathétique,
célébrait les vertus du donateur, et il dit à peu près,
ceci : « Un mauvais esprit souffle sur la ville... Le socialisme relève la tête... Je ne le tolèrerai point... Il faut
qu'on sache bien que j'ai fait construire, à son intention,
en plein cœur de Berlin, une immense caserne, remplie
de troupes loyales et de mes fidèles canons... Si les
socialistes bougent, je n'hésiterai pas, pour la sauve-
garde de la patrie allemande, à les foudroyer... Qu'ils se
le tiennent pour dit... je les foudroierai... J'en ai
assez !... » Il regarda la fontaine et, haussant les épaules,
il murmura, de façon à n'être entendu que des digni-
taires de l'estrade : « Quant à cette fontaine... elle est
ridicule... ridicule... puut !... ridicule. » Après quoi
il s'en alla, en tempête, comme il était venu, laissant
la foule stupéfaite de cette extraordinaire algarade...
Le singulier est que l'aventure se répandit fort peu...
même en Allemagne. On en parla discrètement, entre
soi, et tout bas... Elle ne passa pas la frontière... C'est
que, nous autres Allemands, nous avons une sorte de
pudeur nationale, stupide d'ailleurs, qui fait que nous
couvrons de notre manteau les ridicules de l'Empereur,
comme les fils de Noé, l'indécente nudité de leur père.

Après une pause, il ajouta :

— On s'imagine que ses frasques sont longuement
méditées, qu'il en calcule, qu'il en dose l'effet théâtral,
à froid, pour mieux frapper l'imagination de ses sujets
et des peuples... C'est une erreur... Je ne prétends point
qu'il ne songe pas à abuser de sa puissance. En cela, il
est homme, comme tous les autres hommes. Mais je
vous assure qu'il est beaucoup moins comédien qu'on

ne suppose. Il n'obéit jamais qu'à son impulsion du moment — il en a de généreuses — et il est incapable d'y résister, quitte à s'en repentir, cruellement, par la suite... Il y a beaucoup de neurasthénie dans son cas. De même que tous les neurasthéniques, l'Empereur montre, jusque dans ses actes les plus déséquilibrés, une certaine logique, une logique à rebours... Ainsi, on le blâme, par exemple, pour une décision artistique : il passe immédiatement une revue. On crie : il peint un tableau. On le siffle : il fait un opéra. On se plaint : il se déguise en musulman et s'en va pèleriner en Terre sainte. On le blague dans un journal illustré : il exige aussitôt qu'on découvre, pour le lendemain, le remède de la tuberculose. Vous me répondrez que ce sont là jeux dangereux, de la part d'un homme de qui dépend la sécurité d'un grand Empire?... Sans doute... Mais il en a de plus dangereux encore, et que je vais vous dire, si vous n'êtes pas fatigué...

*
* *

Je n'étais pas fatigué ; du moins, je ne sentais pas ma fatigue. Voulant profiter des bonnes dispositions de von B... que quatre bouteilles de vin de Moselle et du Rhin invitaient aux pires confidences, je l'engageai fort à continuer. Je jouissais de savoir ce qu'un Allemand éclairé, sans trop de parti pris, sans trop d'aveuglement nationaliste, pense de son Empereur et de son Allemagne...

Von B... alluma donc un nouveau cigare, comme font, à un moment intéressant de leur récit, tous les conteurs expérimentés, et il poursuivit :

— Voulez-vous la vérité?... toute la vérité?... Eh bien, on n'aime plus l'Empereur, chez nous.... On n'y

croit plus...On le redoute, voila tout...et c'est ce qui
fait qu'on le tolère encore. Il fatigue, il énerve, il dé-
courage, il surmène, il embête... eh bien, oui, voilà...
il embête tout le monde, depuis le premier ministre,
obligé à ne pratiquer jamais que la politique du mensonge, — et la mauvaise foi finit par dégoûter même
un premier ministre, — jusqu'au dernier des soldats,
qui sent son fusil, son sac lui peser plus lourdement
aux épaules, et qui commence à s'en plaindre... L'Europe aussi, où il se voit de plus en plus isolé, en a assez,
je vous assure. Et non seulement l'Europe, mais le
monde entier, que Guillaume obsède, décidément, comme
un cauchemar. Nous sommes, nous, un peuple de braves
gens, très travailleurs, très pacifiques; du moins, nous
le sommes redevenus. On se dégrise. Par exemple, nous
avons pris au sérieux notre prospérité, et, comme le
progrès ne nous fait pas peur, nous avons doté notre
pays d'un outillage industriel incomparable. Pour la
maintenir, cette prospérité, pour l'augmenter progressi-
vement, nous entendons être tranquilles chez nous. Or,
nous ne vivons que dans la crainte des complications
imbéciles et permanentes que peut susciter, tous les
jours, à toutes les heures, un homme brouillon, sans
cesse agité, et qui n'est pas maître de ses nerfs... C'est
intolérable... Ce que l'on reproche, ce que la nouvelle génération reproche surtout à l'Empereur, c'est
d'être une fausse étiquette, trop voyante, collée, mal à
propos, sur la bonne vieille bouteille allemande. Il ne lui
ressemble plus; elle ne lui ressemble plus. On commence à
rire, à présent, des prétentions de la *Gründerzeit*, de
l'art éclaboussant, mégalomaniaque, qui vient d'elle et
qui pèse sur nous. Une génération arrive aux affaires,
sur qui Nietzsche aura eu autrement d'influence que
Wagner, une génération d'hommes plus subtils, amis

de la paix, renonçant aux conquêtes impossibles, raf-, finés, et qui pourront changer une mentalité, héritée des fier-à-bras de 71... La force ne prime jamais le droit qu'un temps donné, car le droit finit toujours par être la force... C'est peut-être nos petits-fils qui vengeront vos grands-parents... Pour le moment, encore, nous vivons, perpétuellement, à l'envers de nous-mêmes ; je veux dire que nous devons aimer ce que nous détestons, et détester ce que nous aimons le mieux... Nous aimons la France, nous l'aimons d'autant plus qu'à aucun point de vue, — je parle de l'essentiel, — nous ne la redoutons... Et dans les journaux qu'anime l'esprit de Guillaume, il n'est jamais question que de la prendre à la gorge...

— Querelles d'amoureux !... Elles ne vous frappent que parce que Guillaume est empereur.

— Naturellement, riposta von B... Je ne lui reproche rien d'autre... Notez que lui-même... Mais, quand il est en croisière, dès qu'un yacht français est signalé quelque part... c'est plus fort que lui... il faut qu'il l'aborde, qu'il y invite, y soit invité... Mon cher, s'il avait rencontré, dans ses promenades marines, Gallay et la Merelli... je crois, ma parole d'honneur, qu'il fût allé leur faire sa cour !... Ah ! que ne ferait-il point pour dîner, à l'Élysée, entre la barbiche de M. Milliez-Lacroix et la large face luisante de M. Ruau ?... Les Français, d'ailleurs — est-ce amusant ? — sont-ils assez empoisonnés par leur vieux sang monarchique !... Je suis sûr que M. Étienne lâcherait avec enthousiasme son Gambetta ; le prince de Rohan, son duc d'Orléans, pour notre Guillaume... Et M. Massenet, M. Saint-Saens et tous ?... Quels beaux vieux chambellans ils feraient, à notre cour !... Humiliés, courbés, et si fiers d'avoir une clé dans le dos... une clé de sol, naturellement !...

Il se mit à rire et reprit :

— Ce qu'il y a de plus grave, voyez-vous, c'est que nous commençons à nous rendre parfaitement compte qu'avec son activité fiévreuse, trépidante, incohérente, il en arrivera bien vite à surmener l'Allemagne, en attendant qu'il l'accule à quelque gigantesque krach, dont nous aurons bien de la peine à nous relever...

— Vous êtes pessimiste...

— Je suis clairvoyant... et je trouve inutile de me fermer les yeux, comme exprès... Lorsque vous avez parcouru l'Allemagne, en visitant nos villes, nos campagnes, nos usines, je suis sûr que vous vous êtes dit : « Quel pays prospère, heureux, riche ! » Et vous nous avez enviés. Certes la façade est belle. Mais entrez dans la maison. Vous ne tarderez pas à y voir des lézardes, des fissures, des fléchissements. Elle craque en bien des endroits. Pourquoi?... En dépit de toutes ses tares, l'Empereur est intelligent, mais ce n'est qu'un homme intelligent. Quand on assume cette tâche absurdement surhumaine de se faire le maître absolu des autres hommes, il faut plus que de l'intelligence, du génie ; plus que du génie, de la divinité. Or, nos philosophes nous ont depuis longtemps démontré qu'il n'y a plus de dieux. Je dois à Guillaume cette justice qu'il a compris, comme tout le monde, que l'industrie et le commerce sont, en quelque sorte, les organes de vie, le système vasculaire d'un peuple. Ce qu'il n'a pas compris, c'est, pour que ses organes fonctionnent bien, qu'il faut leur éviter les à-coups, les ébranlements nerveux, les émotions perpétuelles, et aussi les aliments trop forts. On meurt de ne pas avoir assez de sang ; on meurt, et plus brutalement, d'en avoir trop. La congestion est pire que l'anémie. Et l'Allemagne, en ce moment, est congestionnée... L'Empereur a affolé l'industrie allemande.

en la faisant se ruer, vertigineusement, à toutes les conquêtes économiques. Pour que l'Allemagne fût, comme je vous l'ai dit, la première de sa classe, il l'a forcée à produire, produire sans cesse, produire encore, produire toujours. Les produits s'entassent dans les magasins, engorgent docks et greniers, s'écoulent diffi cilement... Il en reste des stocks énormes... Je ne vous raconterai point la désastreuse affaire de ce que nous appelons : les Aciers russes... Elle est trop connue.... Voici un exemple plus humble, mais également carac téristique. Jaloux du succès mondial de vos vins de Bordeaux, de Bourgogne, de Champagne, vous savez avec quelle *furia* Guillaume a poussé nos proprié taires terriens et nos paysans à la culture de la vigne. Il l'a protégée de toutes les manières et dans tous les pays... Il s'est même fait placeur en vins, courtier, agent de publicité, restaurateur... A Paris, en 1900, dans ce fameux restaurant allemand, c'était, on peut dire, l'Empereur lui-même qui — encore un uni forme! — une serviette sous le bras, le tablier de lustrine noire aux cuisses, venait vous offrir la carte de ses vins... Vous avez sûrement admiré ces immenses coteaux qui, tout le long du cours sinueux de la Moselle, étagent leurs magnifiques vignobles, et, devant ce spectacle impressionnant, vous vous êtes écrié : « Voilà de quoi saouler toute l'Allemagne et aussi tout l'univers! » Le malheur est que la mévente, qui sévit chez vous, sévit aussi chez nous... Et le vin emplit nos chais encombrés. Les propriétaires s'in quiètent, les paysans se lamentent. L'Empereur a beau prendre des mesures tyranniques, comme, par exemple, de restreindre, dans certains restaurants, le débit de la bière, prohiber complètement les vins français dans les mess d'officiers, rien n'y fait... Notre situation écono-

mique se traduit donc par ce mot : surproduction.
En vain, Guillaume parcourt les mers sur son cuirassé,
comme autrefois votre Mangin parcourait, dans sa roulotte, tous les villages de France; en vain, débite-t-il
les plus extraordinaires boniments, multiplie-t-il les
démonstrations lès plus théâtrales et, quelquefois, les
pires menaces, pour attirer les chalands et placer ses
produits, la surproduction augmente, et nous en serons
bientôt réduits à cette douloureuse alternative : ou bien
arrêter la production, et c'est la ruine; ou bien la continuer, et c'est la ruine encore... Remarquez que nos
banques sont engagées dans ces affaires jusqu'à la
garde; que nous ne sommes pas, comme vous, un
peuple de timides gagne-petit, un peuple d'épargne
avaricieuse, que nous jouissons largement de la vie,
dépensons ce que nous gagnons... Par conséquent, nous
ne pourrons amortir, avec des sacs d'écus économisés,
la lourdeur d'une crise financière... A moins...

Et ici, von B... me regarda en souriant drôlement...

— A moins que la France, la généreuse France,
comme en ces dernières années, veuille bien venir encore
à notre secours et rétablir, pour un temps, l'équilibre
ébranlé de nos finances...

S'interrompant brusquement, il me frappa sur
l'épaule

— Car vous êtes de bonnes poires... fit-il, en faisant
sonner dans la salle déserte un large rire. Avouez que
vous êtes de bonnes poires?...

Je répliquai :

— Mais, mon cher, nous n'avons rien à gagner à un
krach allemand... Nous avons tout à y perdre... Une
Allemagne ruinée, ce serait un malheur universel...
Laissez-moi vous dire ceci : Puisqu'il est bien entendu
que nous ne sommes, nous autres Français, que des

31

prêteurs d'argent, — on nous appelle les usuriers du monde, — puisque, d'autre part, par paresse, par timidité, par manque d'outillage... et par excès de richesses, nous avons renoncé à toutes conquêtes, et même à toutes concurrences industrielles, — pourquoi ne serait-ce pas nous qui donnerions à l'Allemagne l'argent dont elle a besoin? L'Allemagne est honnête, travailleuse, persévérante; elle accomplit un effort immense, digne d'admiration... Elle mérite d'être soutenue dans cet effort, qui est un effort de civilisation. Outre qu'il est immoral et honteux que nos milliards servent, dans la chère Russie, à l'œuvre abominable que vous savez... ce serait, je crois, pour nous, une bonne opération financière...

— Ma foi!... vous avez raison... avoua von B... J'ai trop bu. Ce sacré vin me fait dire des bêtises...

Sur quoi, il remplit son verre et le mien...

Je lui demandai :

— Croyez-vous à la guerre? Croyez-vous que l'Empereur pense à la guerre?

— Jamais de la vie, répondit von B... d'une voix forte... Ça, jamais!... Malgré tous ses uniformes, en dépit de toutes les fanfares de sa parole, Guillaume n'est pas un guerrier... C'est un militaire, ce qui est très différent... Il n'est même pas brave... Il a cela de commun avec votre Napoléon que le bruit des canons faisait suer de peur...

— Hé! mais... dites donc?... Ce n'est pas une raison...

— Non, mais non... Ses discours, ses frasques, ses menaces? Encore un truc... commercial... Il épouvante, parfois, l'Europe, uniquement pour rassurer nos gros usiniers qui vivent de l'armement... maintenir une industrie colossale, entretenir un outillage formidable, dont une paix sans nuages serait la ruine...

Et puis, comment voulez-vous?... Guillaume sait très bien que l'Allemagne ne peut pas acquérir plus de gloire militaire qu'elle en a... Mais...

Il se mit à pouffer de rire.

— Je ne serais pas surpris qu'il rêvât un peu de gloire navale... Hé! hé!... Une guerre navale, peut-être y a-t-il songé?... Heureusement, l'Angleterre...

Je ne pus m'empêcher de m'écrier :

— Ubu! C'est Ubu!

Von B..., très au courant de notre littérature, approuva fort cette exclamation...

— Mais oui, mon cher... c'est Ubu... Ubu est d'ailleurs l'image la plus parfaite qu'on nous ait encore donnée des Empereurs, des Rois, et, disons-le, de tous ceux qui, à un titre quelconque, se mêlent de gouverner les hommes... Et, si vous le voulez bien, nous allons porter la santé de M. Alfred Jarry...

Ce que nous fîmes... Après quoi, il réfléchit, une seconde, et il dit encore :

— Il y a une autre raison qui empêchera toujours l'Empereur de déclarer la guerre : il en redoute le résultat. Certes, notre armée est forte, la plus forte du monde... Elle est exercée, entraînée, tout ce que vous voudrez... Nos arsenaux sont pleins, notre armement complet... nos forteresses en état : c'est entendu. Par malheur, nous n'avons plus d'officiers, ou, plutôt, nous n'avons plus que des officiers de parade, qui ressemblent beaucoup à ces jolis godelureaux de votre second Empire, que nous avons vus à Metz et à Sedan. Ils ne travaillent pas et ne s'occupent que de leurs plaisirs : le jeu, les femmes, et même les hommes... Vous ne pouvez imaginer la corruption qui règne parmi eux... De temps en temps, on voit disparaître brusquement un lieutenant promis au plus bel avenir, un général fort bien

en cour, un courtisan de marque, un ministre qui
paraissait solide... Ce n'est pas la femme... presque
jamais la femme qu'il faut chercher... Quant au
haut commandement, il est médiocre, pour ne pas dire
détestable. Il est aux mains de généraux de cour, gorgés
d'honneurs et d'argent, que les pires intrigues, les plus
sales marchandages, les plus laides débauches ont
amenés à la fortune... Et encore, ces généraux, ce n'est
rien... Songez à cette chose affolante : Guillaume, en
cas de guerre, ne laissant à personne le soin de commander ses armées... Car il a aussi des plans de guerre,
comme il a des plans de statues, de tableaux, d'opéras,
des plans de tout...

Ici, von B... eut une expression de terreur comique.
Il s'était tu un instant, mais pour mieux rassembler sa
voix qui s'éraillait.

— Et alors, mon cher, cria-t-il, nous serions battus,
par la Suisse... par la Suisse... je vous dis... par la Suisse !

Comme je riais d'un rire qui se refusait à accepter
une telle prophétie :

— Par moins que la Suisse... insista-t-il... Vous ne le
croyez pas ?... Mais pensez donc... Aux manœuvres, où
tout est prévu, où la mise en scène est réglée d'avance
où l'Empereur doit toujours être victorieux, eh bien
ces mauvais généraux ont toutes les peines du monde
à ne pas le battre. Ils suent sang et eau pour ne pas le
cerner, même en plaine... J'ai assisté à quelques-unes de
ces manœuvres... C'est d'une bouffonnerie !... Ah ! mon
cher, j'ai là-dessus, les histoires les plus désopilantes...
Par la Suisse, entendez-vous ?...

Une gorgée de vin le calma. Son visage reprit un air
sérieux :

— Et puis, voyez-vous... aujourd'hui, il souffle un
mauvais vent sur les Empereurs et sur les armées... Même

chez nous, le soldat commence à réfléchir, à sentir le dégoût de son métier. Malgré la dureté de la discipline, on
parle dans les casernes; ce n'est pas, je vous assure, pour
y exalter le métier des armes et y glorifier la guerre. Pris
entre la Russie et la France, comment échapperions-
nous à ce grand mouvement dont le monde tout entier
tressaille?... Oh! je ne suis pas assez bête pour croire...
Non... Non... Et pourtant!... J'ignore la destinée par-
lementaire du socialisme allemand, et m'en inquiète,
d'ailleurs, fort peu... Il y a tant de hasards dans les élec-
tions, tant de contingences mystérieuses qui en faus-
sent la portée!... Mais je constate qu'il fait, chaque jour,
des progrès dans les masses populaires et, aussi, parmi
la jeunesse bourgeoise éclairée...

— Vous êtes donc socialiste, maintenant?... crus-je
devoir lui demander.

— Mon cher, je suis toujours socialiste, le soir, après
dîner, affirma von B... solennellement.

Et il continua :

— Le jour où le socialisme voudra bien répudier cette
sorte de sentimentalisme nationaliste, qui l'enchaine encore à de regrettables préjugés, il accomplira de grandes
choses en Allemagne et dans le monde. Ah! le beau
moment pour le désarmement! Le peuple qui, aujour-
d'hui, jetterait bas les armes serait à jamais béni. Il
faut être un homme politique, c'est-à-dire ne rien comprendre aux aspirations de son temps, pour redouter
les conséquences de cette délivrance qui serait saluée,
avec enthousiasme — que les Empereurs le veuillent ou
non — par toutes les nations...

Il s'exaltait et, à mesure qu'il s'exaltait, sa voix s'em-
barrassait, s'empâtait dans les grands mots sonores, et
il n'arrivait que difficilement à les prononcer. Il eut
beaucoup de peine à achever sa tirade.

31.

Je n'en tombai pas moins d'accord avec lui sur
l'aveugle absurdité des hommes politiques.

— Sans doute, approuvai-je, les hommes politiques ne comprennent rien à ce que vous dites, et ils
n'y comprendront jamais rien. Ils comprennent, pourtant, qu'ils sont intéressés à ce que continue cette
effroyable gabegie militaire. Si les peuples en meurent,
eux, ils en vivent... Alors?

— Alors... allons nous coucher... et rêvons !... fit
von B..., qui se leva pesamment, non sans avoir constaté
que la bouteille était vide.

Il prit mon bras, dont il lui fallait l'appui, et, tout en
marchant, il se remît à parler. Cet homme ne pouvait
pas ne pas parler :

— Ils n'ont même pas l'air de se douter que le
temps de la politique est fini... Vous savez qu'il y a des
organes qui survivent aux fonctions qu'ils assuraient...

— Les survivances, oui...

— Tout le mal vient aujourd'hui de cette survivance
des souverains et des hommes politiques... Je ne parle
pas du Roi d'Angleterre.... Mais... même notre Empereur n'est plus maître de conduire son peuple.... Maximilien Harden a bien tort de lui reprocher d'aboyer
tant pour mordre si peu... Vraiment, pensez-vous
qu'il soit libre d'aller jusqu'au bout de ses projets?...
L'Empereur d'Autriche,... oui, le vénérable Empereur
d'Autriche... est moins souverain dans son empire
que... que...

— Que son cousin de Monaco, sur son rocher à roulettes?... .

— Vous riez?... Mais beaucoup moins... Le tsar de
toutes les Russies n'a guère plus à dire que le prince
de Bulgarie... Le mikado, lui-même... Sans aller si
loin...

Et von B... se retint mal au velours insidieux d'un fauteuil...

— Sans aller si loin, vos hommes politiques, à vous, les plus conscients de l'évolution actuelle, mettez les moins inconscients, vos socialistes, ne savent même pas où les entraînera, demain, la masse ouvrière dont ils ne sont que les porte-parole embarrassés... Il y a deux ans, ils ignoraient radicalement — je veux dire comme des radicaux — les destinées du syndicalisme... Les plus malins sont ceux qui arrivent, non pas à conduire le flot de leurs électeurs, mais à distinguer, quelques semaines d'avance, entre les courants où le prolétariat bouillonne, celui qui les emportera...

— Alors?... alors?... répétai-je sans que ma fatigue trouvât rien de plus significatif à formuler... Alors?

Décidément, un tonneau de vin du Rhin n'eût pas détrempé les muscles de la langue de von B.... Il répondit :

— Alors à quoi bon ces organes inutiles?... ce poids mort?... A quoi bon ces appendices?

Et il éclata de rire...

Je riais de le voir rire.

— Vous voulez qu'on nous en opère?

— Hé!... Hé!... La médecine a fait son temps. L'avenir est à la chirurgie...

Il eut un hoquet...

— A la chirurgie!... Je ne crois plus du tout à la médeci... i... ne... mais... je... humpph!... je crois à la chirurgie...

— L'antisepsie à la dynamite?... m'écriai-je, en l'entraînant à mon bras...

Il me força de m'arrêter, prononça lentement :

— L'anarchiste est un chirurgien... un chirurgien malgré lui...

— Vous vous disiez socialiste?

— Je suis toujours socialiste, après dîner... mais...

Il me désigna, au-dessus de la porte du restaurant, le cadran d'un cartel à enluminures, où des aiguilles de cuivre se contorsionnaient...

— Il est trois heures du matin, mon cher...

Nous étions, en causant, arrivés dans le hall de l'hôtel... Tout y était éteint. Le crépuscule matinal commençait de recréer, dans la pénombre, les formes redoutables des meubles et des ornements... Von B... s'arrêta encore. La clarté du jour naissant tirait des larmes de nos yeux las.

— Ah!... Et puis... s'écria von B... tout à coup, en bâillant longuement, toutes les phrases ne valent pas une anecdote heureuse... En avons-nous dit des bêtises... des bêtises... des généralités prétentieuses, vides, inutiles, si chères à l'esprit allemand !

Un nouveau bâillement me fit bâiller... Il poursuivit en s'étirant.

— Le trait le plus mince... le plus mince... pourvu qu'il soit bien réel et humain... je le préfère à l'évolution; thèse, antithèse et synthèse de trois époques de philosophie...

Il sourit et ses yeux s'animèrent.

— Écoutez!... Je vous aime beaucoup... Je m'en vais vous dire une chose, que je n'ai encore jamais répétée... une chose inouïe... voulez-vous?...

Je m'assis à son côté, dans un box d'acajou, sur les coussins de cuir d'un divan, dont le jour attendrissait la rougeur orangée...

— C'est une histoire qui m'a été livrée, une nuit, après boire, à Friedrichsruhe, par Bismarck, déchu... C'est vous dire qu'on peut y ajouter foi. Personne n'avait le vin plus brutal et plus sincère... A peine le

vieux chancelier l'eut-il contée qu'il me parut, à une
contraction de tous les plis de son masque, qu'il eût bien
voulu, pourtant, la ravaler... Il n'était pas homme à
regretter rien qu'il eût fait, même une sottise... Et, trop
ennemi des mots inutiles, il ne me demanda même pas,
après coup, le secret... Cependant, chaque fois que j'ai
voulu la dire, j'ai revu, dans leurs poches plissées, ses
yeux ardents, et je me suis tu... Elle m'échappe, ce
soir, je le sens... Ma foi !... profitez-en...

Sa main étreignit mon genou :

— Vous ne savez pas quel a été, interrogea-t-il lentement... le premier acte d'autorité de Guillaume II ?...

Ce ne pouvait être pour attendre ma réponse qu'il
s'était arrêté.

— En tout cas, vous savez avec quelle anxiété Guillaume — alors fils du prince héritier et si loin du trône où
son grand-père se pétrifiait — épia les progrès de la
maladie de son père, à San Remo ?... Vous vous rap-
pelez sa fièvre parricide pendant les Cent jours du
règne de notre Fritz, à Potsdam, où on avait ramené le
cancéreux couronné ? Ah ! il y avait longtemps que Guillaume avait échappé à ses parents... Bismarck le leur
avait pris... Un jeu, n'est-ce pas ? pour le vieux diplo-
mate, chez qui l'énergie... farouche, se doublait de la
plus belle astuce... Bismarck excitait, contre le couple
impérial, l'ardeur impatiente du jeune homme... Depuis
toujours, il haïssait férocement et redoutait celle
qu'il appelait « l'Étrangère », et ses idées anglaises.
Il haïssait également et ne redoutait pas moins le libé-
ralisme, la loyauté de Frédéric II... Le plus beau,
c'est qu'il ne pouvait prévoir les progrès que ferait, plus
tard, dans l'imagination de son trop docile élève, l'appétit de toute-puissance qu'il s'appliquait à dérégler
en lui... Pas un acte, pas un écrit, pas une parole du père

que le chancelier n'apprit au fils à critiquer... Quant à
l'influence de sa mère, on la lui démontrait funeste...
anti-nationale... Les rapports, entre l'Impératrice
Victoria et son fils, étaient donc des plus tendus... et
des plus amers. Elle n'ignorait pas qu'il avait placé des
espions jusque dans la chambre de l'infortuné malade...
Tel ambassadeur d'à présent était déjà chargé, par
Guillaume, d'une mission moins décorative, plus
délicate, au chevet du moribond, dont l'agonie lui mar-
chandait le trône... C'est ainsi qu'il apprit l'existence
d'un journal que son père tenait depuis des années...
Frédéric avait le goût d'écrire. Vous avez lu sa lettre
à Bismarck, à son avènement, son journal de 70-71,
et la relation de son séjour à Suez, lors de l'inauguration du canal?... Je ne dis pas qu'il eût beaucoup de
talent, et que ces écrits soient des chefs-d'œuvre... Du
moins, ils témoignent d'intentions méritoires.... La peur
de ce journal secret hantait d'effroi le jeune Guillaume.
Peut-être sa conduite y était-elle jugée?... Peut-être
des volontés dangereuses y étaient-elles inscrites?...
Il ne pensait qu'au moyen de s'emparer de ces papiers...
Or l'Impératrice sut, avant la fin, les mettre à l'abri...
Trompant la surveillance, pourtant minutieuse, de
son fils, elle les avait fait passer en Angleterre... à la
Reine, sa mère, ou à son frère, le Prince de Galles... je
ne me souviens plus exactement... A peine, au bord du
lit, où l'agonisant venait d'expirer, Guillaume se
redressa-t-il Empereur, qu'il réclama le *Mémorial*.
L'Impératrice feignit l'ignorance... Il insista... Il parla
en maître... Il donna à sa mère l'ordre de lui obéir...
Elle persista dans son système.... Elle ne savait pas...
elle ne savait rien... Guillaume en vint à la menacer,
brutalement, de sa colère... A ses yeux secs, les
larmes de sa mère paraissaient un stratagème... Plus

elle résistait, plus il s'exaspérait, car il lui semblait
qu'il fallait mesurer à l'entêtement de l'Impératrice l'importance des documents... En réalité, il ne
pouvait supporter que, dans la première heure d'un
règne si fiévreusement attendu, quelqu'un, si grand
fût-il, osât lui résister... La colère emporta cet Empereur d'un jour, jusqu'à la pire démence... Il se dit
qu'après tout sa mère n'était qu'une princesse de la
maison dont il devenait le chef, la colonelle d'un de ses
régiments, sa sujette!... « Eh bien, ordonna-t-il, violet
de fureur, vous garderez les arrêts, madame... les arrêts
forcés... jusqu'à ce que vous m'ayez obéi... Oui... oui...
je vous mets aux arrêts... aux arrêts forcés. » En arrivant, deux heures après, à Potsdam, Bismarck trouve
le palais environné d'escadrons de cavalerie en armes.
L'Empereur lui apprend comment il vient de répondre
à la désobéissance de sa mère... Il est encore très exalté,
trouve son idée admirable : « Et qu'elle ne compte pas
sur un mouvement de pitié, sur un attendrissement...
non... non... jusqu'à ce qu'elle m'ait obéi... vous
entendez, monsieur le chancelier?... jusqu'à ce qu'elle
m'ait obéi! » Le chancelier reconnaissait qu'il eût pris
peur, s'il n'avait appliqué toute son énergie à trouver,
dans l'instant, des arguments assez forts — et pourtant respectueux — pour empêcher que durât, une
minute de plus, cette bouffonnerie macabre, capable de
peser sur tout le règne qui commençait. A distance, ce
qui l'étonnait encore le plus, c'est qu'il eût pu s'empêcher d'éclater de rire, au nez de son souverain... « Je
crois bien, me disait Bismarck, que le jeune homme
avait voulu m'épater... Flanquer l'Impératrice... l'Impératrice douairière... l'Impératrice, sa mère, aux arrêts,
le jour même de la mort de l'Empereur!... Ça, c'était
colossal... kolossal!... » L'élève était allé, comme il

arrive, beaucoup trop loin. Il fallut recourir à un silence
déférent pour marquer qu'on n'approuvait pas, démontrer ensuite qu'il y avait une façon de procéder plus
rigoureuse et plus efficace... Pourquoi ne pas couper
plutôt les vivres à l'Impératrice?... suspendre les apa-
nages?... « Je connais Sa Majesté, disait Bismarck
bonhomme... Elle a de l'orgueil... Les arrêts forcés, elle
peut s'y entêter... les accepter comme une sorte de martyre... Mais l'argent, Sire... l'argent?... Qui donc résiste
à l'argent? » Il fit valoir aussi, avec beaucoup de tact,
les représentations probables de l'Angleterre : « Est-ce
bien le moment, Sire? »... L'Empereur, qui avait fini
par s'apaiser, goûta le conseil... Les arrêts de l'Impératrice furent levés... Les officiers remmenèrent leurs
cavaliers au quartier... Et Guillaume ne fut plus qu'aux
détails des obsèques et du deuil, qu'il voulait fastueux!...

— Mais la fin de l'histoire? demandai-je

— La lutte entre l'Impératrice et son fils dura plusieurs mois... Il en fallut au moins six...

Von B... se souleva, pour éviter le soleil qui venait de
pénétrer violemment dans le hall.

— Il en fallut au moins six... répéta-t-il... pour que
l'Empereur obtînt son manuscrit et l'Impératrice son
argent... Ah! c'était une gaillarde!...

Je le vis taper du pied :

— Ne voilà-t-il pas, fit-il encore, un début digne de
cet Empereur qui, désespérant d'atteindre jamais à la
gloire d'avoir fait un Bismarck, discerna que la gloire
d'oser le renvoyer était la seule qu'on pût mettre en
balance!

Il ajouta :

— Que risquait-il, après tout?... L'Allemagne était
faite.

Et tout à coup :

— Dites-moi, mon cher?... Si nous prenions notre café au lait... avec du miel... avec du miel...? Ils ont, ici, un miel de Westphalie!...

L'école de Dusseldorf.

Je dois des excuses à Dusseldorf.

C'est une très belle ville. Elle n'offre aucun pittoresque aux amateurs de vieilles ruines, de vieilles églises gothiques, de vieilles rues enchevêtrées et puantes... Elle n'a que de la richesse et du luxe. Mais elle en a beaucoup; elle en a même trop. Par exemple, l'arrangement de ses parcs, de ses balcons, la grâce de ses jardins où les verdures, les fleurs et les bassins se combinent en décors merveilleux, vous font vite oublier le modern-style des magasins et des maisons. Et le Rhin y est magnifiquement impressionnant. Dans les quartiers commerçants, les étalages sont d'une rare somptuosité. Étoffes, fourrures, bijoux, argenteries, victuailles, parées comme les victimes des sacrifices antiques, vous arrêtent à chaque pas. C'est la ville des grands couturiers, des grandes modistes, des grands tailleurs.

Au centre de ce pays du fer, qui sait si bien cacher, sous les fleurs, le noir et tragique effort du travail, on se sent vraiment en pleine richesse allemande, en pleine vie plantureuse allemande. Le faste en apparaît parfois fatigant, d'une sensualité un peu bien lourde. Mais j'ai souvent trouvé à l'empressement démonstratif, à la rondeur accueillante de ces manieurs de millions et de canons, une sorte de charme à la fois effarant et persuasif, et leur vulgarité n'a rien d'antipathique ni de

32

banal. On les sent d'ailleurs terribles. J'ai rencontré là
plus d'un Isidore Lechat.

Von B..., très lié avec la plupart des gros industriels
de la région, m'a introduit dans quelques intérieurs de
la ville et de la campagne. La décoration en est d'un goût
déplorable. Elle coûte très cher; voilà, en plus de ce
goût, tout ce que l'on en peut dire. Du reste, personne
ne lui demande autre chose. Plus un objet coûte cher,
plus il révèle bruyamment qu'il coûte cher, et plus
ils sont fiers de lui... Américains en cela; américains
aussi dans leur façon de s'habiller et de se raser la
face... Von B... affirme qu'en affaires ils sont encore
plus hardis que les Américains, et d'une gaieté aussi
imprévue. Il me raconte que, l'année dernière, il avait
mené un Français de ses amis aux usines de M. Ehrardht,
le célèbre fondeur de canons de Dusseldorf, le rival de
Krupp...

— Ah! ah! fit M. Ehrardht, en serrant la main du
Français... Vous venez voir mes pianos?

— Comment... vos pianos?

— Mais oui... Érard... Érard... votre Érard... Seulement, moi, c'est une autre musique... Ah! ah! ah!...
Passez donc!

Il me raconte aussi cette anecdote :

Von B... a un ami américain. Comme la plupart
des Américains, celui-ci est d'origine allemande. Il y
a trois ans, cet ami vint à Paris... Il s'en alla trouver
H..., le grand tapissier... Il lui dit, sans autre préam-
bule :

— Vous allez me construire un hôtel à Londres, très
beau, tout ce qu'il y a de plus beau. Quand, le 4 mai
de l'année prochaine, j'arriverai à Londres, je veux
trouver tout prêt : meubles, tableaux, domestiques,
chevaux, voitures, automobiles... même mon dîner...

Que je n'aie à m'occuper de rien... pas même d'acheter des cure-dents... Vous avez compris?

— Oui...

— Combien?

— Mais, balbutia le tapissier abasourdi... je... je voudrais savoir ce que vous aimez... ce que...

— Je ne sais pas ce que j'aime... interrompit l'Américain... je n'ai pas le temps de le savoir... Si je le savais, je ne vous chargerais pas... Dépêchons-nous... je suis pressé... Combien?

— Dix millions... à peu près, risqua le grand tapissier qui avait repris un peu, et même beaucoup d'assurance...

— Pas à peu près... Exactement... Vite... Combien?

— Dix millions, alors!

— *All right*... voici un chèque de quatre millions... Quand vous aurez besoin du reste... vous câblerez! Le 4 mai, hein?... Soyez exact... Au revoir!

Et von B... me dit :

— Ici, ils n'en sont pas encore là... mais ils y viennent... Je crois d'ailleurs que, malgré les mœurs particulières à chaque pays, les manies que donne l'argent sont partout les mêmes... Il y a une sorte d'uniforme moral que portent tous les spéculateurs milliardaires.

Le luxe extravagant de ces maisons m'étonna. Je garderai longtemps, entre autres souvenirs, le souvenir de certains plafonds où toute l'École de Dusseldorf s'est réunie pour accumuler les plus invraisemblables horreurs... Car il y a toujours une École de Dusseldorf. C'est, autant que j'ai pu comprendre, une collectivité, une espèce de syndicat de peintres, dont on ne connaît pas les noms, et qui s'acharnent aux plus singuliers

travaux, dans les hôtels de la ville et les châteaux des
environs... Si vous demandez :

— De qui est ce tableau?... ce plafond?... cette
grande fresque?

On vous répondra invariablement :

— C'est de l'École de Dusseldorf...

Dans le cabinet d'un gros métallurgiste, j'ai vu un
portrait de Bismarck, en général, casqué, botté,
immense, énorme, avec des reflets mauves, des reflets
jaunes, des reflets verts, roses, lilas, plaqués, maçonnés
sur la figure, la tunique, le casque et les bottes... Et
le vieux Bismarck arrivait ainsi à ressembler étonnamment à cette jolie Madame Roger-Jourdain, dont
Albert Besnard fit un portrait si frissonnant...

J'aurais bien voulu savoir de qui était ce Bismarck
à reflets.

— C'est de l'École de Dusseldorf...

Je ne pus tirer rien de plus de mon gros métallurgiste.

Pourquoi notre Académie des Beaux-Arts —ah! on
ne peut jamais retrouver le nom d'aucun de ses membres — ne se constituerait-elle pas franchement en société anonyme d'exploitation artistique?... Cela facili-
terait beaucoup les transactions entre amateurs, et
simplifierait la besogne des pauvres critiques d'art...

L'Empereur ne vient plus jamais à Dusseldorf. Il
n'y est pas populaire, et chacun parle de lui assez
librement. On ne lui pardonne pas son ingratitude
envers Bismarck, qui est vénéré, ici, où tout le monde
vous dit :

— Bismarck, monsieur, mais c'est l'âme même de
l'Allemagne!

Le théâtre repopulateur.

Nous sommes allés au théâtre. On y joue *Monna Vanna*, de Maurice Mæterlinck. Vous savez le prodigieux triomphe, en Allemagne, de cette belle tragédie. On n'en compte plus les représentations, et son succès y dure toujours. Elle est interprétée avec soin, mais sans verve. La mise en scène en est somptueuse, mais sans goût. Les couleurs y hurlent; le clinquant des accessoires vous aveugle. Ce n'est pas de la figuration, c'est de la fulguration.

Nous avons eu beaucoup de peine à trouver des places. Salle bondée, archicomble, comme on dit chez nous. Foule recueillie, plus que recueillie, extatique, comme dans une chapelle de couvent, un chœur de moines, la nuit du vendredi saint. Je n'ai jamais vu une attention aussi religieuse, de tels regards de prières, simultanément braqués sur la scène, comme sur un tabernacle, au moment où resplendit le mystère de l'Incarnation... Jamais, dans une salle, pleine à en éclater, je n'ai entendu un si impressionnant silence.

Von B... me dit, dans un entr'acte :

— Vous assistez là, mon cher, à un des spectacles les plus curieux qui puissent se voir en Allemagne... Et ce qui se passe ici, à Dusseldorf, se passe, à cette même heure, dans plus de quarante villes, où l'on joue, ce soir, *Monna Vanna*... Savez-vous ce qui fait, au fond, le succès sans précédent de cette tragédie? Je vais vous le dire... C'est tout ce qu'il y a de plus allemand... Au second acte, Monna Vanna entre dans la tente de P.inzivalle « nue sous le manteau »...

32.

Il s'était tu.

— Eh bien? dis-je.

— Voilà!... « nue sous le manteau »... voilà tout!... Je
ne prétends point que mes compatriotes ne soient pas
sensibles à la suprême beauté du drame, à son admirable,
son incomparable lyrisme... Non, certes..... Quoi qu'on
dise, l'Allemand aime la grandeur dans une œuvre de
l'imagination. Quoi qu'il dise lui-même, il est beaucoup
plus attaché qu'il ne croit au romantisme, et ce merveilleux romantisme, épuré de ses scories anciennes, le
ravit... De plus, il est passionné de théâtre, de théâtre
français, surtout. Oui, mais, ici... il y a quelque chose de
plus... Monna Vanna est « nue sous le manteau ». Veuillez
bien noter ceci. Si, d'un geste hardi, tout à coup, elle
rejetait le manteau; si un accident de mise en scène —
que le spectateur n'attend pas, d'ailleurs — la dévêtait, et qu'elle apparût, dans sa nudité rayonnante, sur
les fonds rouges de la tente, parmi les peaux de bêtes du
lit... il serait fort offensé, protesterait, et son exaltation tomberait aussitôt... Oui, mais Monna Vanna est
« nue sous le manteau »... Cela lui suffit... Et croyez
bien que, pour notre bon Allemand, « sous le manteau »,
Monna Vanna est infiniment plus nue que « sans le
manteau ». Avez-vous remarqué cette hypertension des
regards, dilatés comme sous l'influence de la belladone,
et si étrangement immobiles?... Avez-vous remarqué,
surtout, que quelques hommes, pour mieux isoler, pour
mieux concentrer, pour mieux caresser, pour mieux
réaliser l'image, ont fermé les yeux?... Tout ce qu'il y a
de passion voilée, de désirs contenus et violents dans
l'âme de l'Allemand, s'est exalté à ce fait que Monna
Vanna est « nue sous le manteau »... Volupté permise,
luxure tolérée qui décuple, comme dans un rêve,
la puissance de la vision intérieure!... Et vous allez

voir, tout à l'heure, une chose encore bien plus curieuse et qui ne s'est jamais vue, je crois, en Allemagne... Aucun de ces spectateurs ne songera à
souper, après le théâtre. Ils en ont perdu le boire et le
manger... Ils vont rentrer chez eux, en hâte, le corps en
feu, et, pleins de l'image de Monna Vanna « nue sous le
manteau », ils vont doter la patrie allemande d'un petit Allemand, confectionné selon les meilleures recettes
de l'Anthropogénie... Ah! mon cher, on ne peut savoir à
quel point une femme, qui, d'ailleurs, n'est pas du tout
« nue sous le manteau », peut augmenter, en un soir, la
population d'un grand pays, comme l'Allemagne... Les
statisticiens nous le diront, peut-être, un jour...

Et il ajouta :

— Je ne comprends pas du reste que, chez vous
comme chez nous, il y ait tant de solennels idiots pour
vouloir proscrire du théâtre, du livre, du tableau, les
images voluptueuses... Même ce qu'ils appellent la
pornographie devrait être respecté, entretenu, protégé,
comme une force, comme une vertu nationale, puisqu'elle facilite le rapprochement des sexes... Mais les
pires agents de dépopulation, ce sont tous ces sénateurs
Bérenger, protecteurs du triste et stérile onanisme...

— Alors, dis-je, vous êtes, vous aussi, pour la re-
population?

— Moi? fit von B... vivement. Mais, je m'en fous
complètement, mon cher...

Une soirée au music-hall.

Foule énorme à l'*Apollo-Theater*, où l'élément militaire domine. On ne voit que des uniformes; on n'en-
tend que des petits bruits de sabres.

Sur la scène, c'est le défilé accoutumé des équili-
bristes à paillettes et des jongleurs en habit noir, des
acrobates japonais, familles anglaises, chanteuses vien-
noises, danseuses espagnoles, tableaux vivants, cinéma-
tographes, gommeuses françaises, qui promènent dans
les capitales de quoi satisfaire la moyenne des aspirations amoureuses et artistiques de nos contemporains.

Notre loge est voisine d'une grande loge, occupée par
des officiers.

Longs, minces, parfumés, un peu maquillés, sanglés
dans leurs tuniques, le cou étranglé par le carcan rouge,
bleu ou jaune du collet, ils ont des mines insolentes et
efféminées. Leur façon de se dandiner sur des hanches
trop fortes rappelle beaucoup celle des jolis petits pro-
fessionnels qu'on voit rôder, sur nos boulevards,
devant le Grand-Hôtel et le Café de la Paix. Ils affectent
de se désintéresser de ce qui se passe sur la scène, de se
montrer blasés sur toutes choses. Ils ne boivent pas, ne
fument pas, et promènent des gestes las, au bout de
leurs gants blancs...

Un moment, ils nous regardent en riochant, dévi-
sagent nos femmes avec une grossièreté tellement
appuyée, que l'un de nous ne peut s'empêcher de faire
tout haut une observation brève, mais cinglante comme
une gifle. Cris, tapage, provocations... Le pauvre
von B... est obligé d'intervenir. Il le fait, d'ailleurs, avec
une telle autorité que ces messieurs se taisent et, peu
après, quittent la salle, en se trémoussant des fesses...

— Voilà notre armée! dit von B...

— Voilà les armées! rectifiai-je...

Et je contai à von B... une scène analogue, plus
écœurante peut-être, que nous eûmes, durant l'affaire
Dreyfus, dans une salle de l'Hôtel d'Angleterre, à
Rouen, où une dizaine d'officiers français, espoir de la

patrie et orgueil des salons, ne craignirent pas d'insulter, grossièrement, deux dames...

Souvenirs et rêveries dans Cologne

De Cologne, je ne dirai rien, sinon que, pour y
arriver, le voyage fut extrêmement pénible. Partout,
on réparait, on raccordait, on élargissait les routes. Ce
n'étaient que tas de terre et tas de pierres, ornières et
fondrières. Trois fois — humiliation ! — je dus recourir à la collaboration du cheval, pour sauver
la 628-E 8, embourbée. L'entrée des villages, des
bourgs, des petites villes était presque constamment
barrée. On nous obligeait à les contourner par des
chemins, à peine tracés dans des terrains humides,
glaiseux, défoncés, où c'est un miracle que la voiture
ne soit pas restée. Dans les parties refaites, le service
de la vicinalité, — imagination satanique ! —
avait disposé de gros pavés carrés, de place en
place et de telle manière que, pour les éviter et pour
éviter le « panache » mortel, nous devions exécuter de
dangereux exercices, que je ne puis mieux comparer
qu'à la danse des poignards ou des œufs. Devant tous
ces obstacles, Brossette retrouvait son nationalisme,
encore plus sectaire et bavard. Il ne cessait de maugréer
entre ses dents serrées : « Sale pays ! » et tout ce que cette
exclamation appelait de commentaires imprécatoires.

Le fait est que sa place au volant n'était pas une
sinécure. Le malheureux avait les poignets rompus, et
suait à grosses gouttes. Mais il trouvait tant et de
si légitimes occasions d'injurier l'Allemagne que sa
haine n'en perdait pas une seule, et qu'il y retrempait
son courage et son adresse.

Pour comble de malchance, von B..., qui, par amitié
— ah! que le diable emporte son amitié! — avait tenu
à nous accompagner, eut une « panne d'essence », la
terrible, l'insoluble panne des Mercédès, ce qui nous
immobilisa deux longues heures, en pleine campagne,
et pour rien : car, après ces deux heures de travail,
Brossette, appelé en consultation, déclara qu'il fallait
démonter toute la tuyauterie et, probablement, toute
la carrosserie... Que faire? Abandonner, sans secours,
sur la route, ce compagnon malgré nous? C'était bien
tentant, mais, hélas! impossible. On prit le parti de
remorquer, à la corde, la Mercédès, jusqu'à Cologne,
d'où nous étions éloignés d'une vingtaine de kilomètres.

* *
*

C'est dans un état d'esprit voisin de la fureur que
nous traversâmes Bonn... Je regrette maintenant d'avoir
été si injuste envers cette ville. Je devais tout lui pardonner; même nos déceptions de touristes, pour cette
gloire à jamais émouvante, pour cette gloire immortelle d'avoir vu naître Beethoven. Je n'y songeai pas
un instant. Dois-je dire que Bonn elle-même ne fit
rien pour me le rappeler? Ce n'est pas une raison —
pas même une excuse — de n'avoir montré que du
mépris pour ces rues, dont je raillai la propreté gla-
ciale, ces jardins qui, eux, me rappelèrent les plus mauvais jours de l'histoire du Vésinet, et ses mornes pelouses et ses ridicules jets d'eau; pour ces monuments,
à qui je reprochai aigrement de suer le pédantisme
et l'ennui; pour cette université surtout, qui, de tant
de jeunes Allemands, ivres de bière et couturés de
cicatrices, fait tant de vieux docteurs chauves, tant
de vieux docteurs ès on-ne-sait-quoi!

Honteux, dans sa voiture, que nous menions à la laisse, comme un petit chien, von B..., lui non plus, ne songea pas à Beethoven. Et il ne reconnut point sa jeunesse qui le saluait, au passage, sur le seuil des brasseries, lui souriait, fraîche et toute blonde, penchée au balcon des fenêtres en fleurs... Ah! pauvre « Vieil Heidelberg »!

*
* *

Il était tard quand nous pénétrâmes enfin, lanternes allumées, dans Cologne. Le soir, les détails se resserrent, se fondent dans la masse. Des villes et des paysages, il ne reste plus que des silhouettes monochromes. J'eus l'impression que j'arrivais à Pontoise, au crépuscule. Le pont, le fleuve, les tours, les maisons en escalade, tout y était. Mais la hâte, l'activité, le mouvement de la foule, l'absence de magistrats promenant leurs familles, de bourgeois prenant le frais à la bouche des caniveaux, de boutiquiers qui se caressent le ventre, devant leurs boutiques, dissipèrent vite cette illusion patriotique.

Nous descendîmes de voiture, devant l'hôtel du Dôme qu'écrase, de son ombre, la plus colossale, la plus colossalement laide cathédrale du monde.

Le dîner fut mauvais et parfaitement maussade. Nous eûmes un von B... transformé, quinteux, querelleur, avec l'exclusivisme, les préjugés, la suffisance agressive d'un bon Allemand, abonné à la *Gazette de la Croix*. Il railla âprement le socialisme, défendit la cathédrale de Cologne, « qui est la plus belle cathédrale du monde », les Mercédès, « qui sont les meilleures automobiles du monde », l'Empereur Guillaume, « qui est le plus génial Empereur du monde », le goût de Berlin, « qui est le goût le plus admirable du monde »,

enfin, la vertu allemande, « qui est la plus solide vertu
du monde »... Et il revenait à la cathédrale, avec une
sorte d'hostilité comique, la bouche pleine de nour-
ritures et de bredouillements :

— La plus belle..., vous entendez..., la plus belle du
monde!...

Moi, de mon côté, puérilement, je m'acharnais :

— La plus laide... la plus laide... la plus laide du
monde!

Je ne voulus même pas excepter celle de Prague,
qui, au moins, proclamai-je avec un pompeux lyrisme,
« a cette beauté de dresser sa masse énorme sur les
hauteurs du Radchin, et de se refléter, le soir, avec les
palais qui l'entourent, dans les eaux embrasées de la
Moldau ».

— La Moldau! criait von B... en haussant les
épaules... la Moldau n'est belle qu'à Dresde, n'est belle
que quand elle est allemande, et qu'elle s'appelle
l'Elbe... Et le Rhin?... Ah! ah!... Le Rhin?... Vous
n'en parlez pas, du Rhin?

Je sentis s'engouffrer, en moi, comme un grand
vent, l'âme de M. Déroulède.

— Le Rhin? déclama l'âme de M. Déroulède...
Mais, mon pauvre von B..., il a tenu dans notre
verre!

Jusqu'au doux Gerald qui, avec une persistance
d'ivrogne, revendiquait la suprématie de Westminster
et de la Tamise sur toutes les cathédrales et tous les
fleuves du monde!

Si bien que nous allâmes nous coucher, mécontents
les uns des autres, furieux les uns contre les autres, et
contre nous-mêmes...

O Gœthe! si tu nous avais entendus!... Et toi, Heine
quelles figures de grimaces ta forte et délicieuse ironie

eût ajouté à cette collection hilarante de marionnettes,
qu'est ton *École de Souabe!*

* * *

Je dormis fort mal, énervé, cauchemardé par le voi-
sinage de cette cathédrale, sur laquelle — c'est ce qui
m'irrite le plus en elle — le temps, qui use tout, s'use
sans parvenir à en user qu'à peine la pierre dure. Ni la
pluie, ni le soleil, ni le gel, ni le vent qui apporte les
poussières corrosives, ne peuvent en adoucir les angles
coupants et les lignes sèches, en modeler les découpures
plates et les pleins affreusement rigides. Dans mon
sommeil, son poids m'étouffait, m'écrasait; et, du
parvis jusqu'à la pointe de ses flèches, mille formes
tranchantes, mille figures, aux profils d'inquisiteurs,
se détachaient, entraient en moi, comme autant d'instruments de torture... Je me réveillais, en sursaut,
tout haletant, les tempes glacées.

Le lendemain matin, je ne me sentis nullement disposé à revoir Cologne, ses églises, ses ponts, ses musées,
et même son jardin zoologique, où, pourtant, je me
souvenais d'avoir passé d'amusantes journées, parmi
des bêtes splendides, et d'avoir interviewé un énorme
oiseau, de la tribu des longirostres, qui ressemblait
étonnamment à M. Maurice Barrès, en habit d'acadé-
micien... De tout cela, j'étais las, jusqu'au dégoût.

En voyage, il y a des moments où les plus magnifiques musées ne vous disent plus rien; des moments
où l'on ne ferait point un pas pour découvrir le plus
émouvant chef-d'œuvre. L'art vous fatigue, vous
énerve, comme les caresses d'une femme, après l'amour.
Au sortir d'un musée, où je viens de me gorger d'art,
comme au sortir d'un lit, où j'ai cru épuiser toutes les

33

joies — toutes les joies? — de la possession, je n'éprouve
plus qu'un besoin, mais un besoin impérieux : marcher,
marcher, et fumer, fumer des cigarettes, afin de mettre
de la distance et un nuage entre ces mêmes décevantes
illusions et moi.

Jamais non plus, autant que ce matin-là, je ne dé-
testai cette manie traditionnelle qui nous pousse, à
peine arrivés dans une ville, à nous précipiter dans
ses musées, c'est-à-dire à nous inquiéter des morts,
avant de nous mêler aux vivants. Et je me disais, en
marchant, je me disais et me redisais tout haut, comme
pour mieux m'affermir dans mes résolutions :

— Non... non... je n'irai pas au musée... Je n'irai
pas...

Absolument comme un enfant, qui se dit :

— Non... je n'irai pas à l'école aujourd'hui... Non...
non... je n'irai pas...

Je le connaissais, d'ailleurs, ce musée... L'idée de
passer et de repasser devant les de Bruynn le Vieux,
les maître Guillaume, les Grunewald, et le maître
Inconnu, ne me tentait point. Même, la *Vierge à la
fleur de haricot*, et le maître de *La Passion de Lyvers-
berg*, et le maître de *La Glorification de la Vierge*, et
le maître de *L'auteur de Saint Barthélemy*, et le maître
des *Demi-Figures*... et tous les autres maîtres du Tombeau, de la Couronne d'épines, de la Lance, des Clous,
de l'Éponge, du Roseau, des Olives du Calvaire, ne
m'attiraient pas davantage. Non que je n'aimasse plus
ces peintres ingénus de la vieille École de Cologne.
Je les aimais toujours, mais je ne les aimais pas à ce
moment de vague à l'âme, où je n'aimais rien. Ou
plutôt je ne m'aimais plus en eux. Ils m'étaient vraiment aussi indifférents que les maîtres modernes, le
maître de la *Femme au tub*, le maître de *La Passion et*

la Mort de M. Félix Faure, le maître de *L'immaculée Conception de la vierge Otero*. J'aimais mieux les débardeurs des quais du Rhin et les paysans qui amenaient, au marché de la ville, des troupeaux de cochons et des charretées de choux.

* **

Je flânai sur les quais et dans les rues, sans but précis, essayant de m'intéresser au mouvement de la vie, dans cette cité opulente et active, où le catholicisme, plus agressif que celui des Flandres, m'obséda de ses tours, de ses flèches, de ses croix, de ses cloches, non moins que de ses moines, qu'on rencontrepartout, traînant leurs robes brunes, leurs sandales, sur les pavés, et quêtant aux portes... Et, puis, je m'arrêtai devant une belle boutique de libraire. Parmi beaucoup de livres français qui y étaient étalés, au milieu de ces auteurs inconnus en France, qui représentent la littérature française à l'étranger, par des couvertures illustrées, dont la hideur m'est intolérable, je remarquai la *Correspondance de Balzac*, en son édition in-8. Je l'achetai et rentrai à l'hôtel. Et, tout de suite, je sentis que j'avais gagné quelque chose à ma promenade. Désormais, j'avais de quoi alimenter mon esprit, durant cette journée, que je prévoyais ennuyeuse et sans joies : j'avais Balzac, dont le nom seul, à cette devanture de libraire, avait fait s'évanouir brusquement la cathédrale de Cologne, l'Allemagne, l'illusion des musées, et mes fantasmes. Comme je me hâtais, la pluie se mit à tomber, lente et fine, achevant de donner à la ville un aspect de mélancolie funèbre.

L'après-midi, je laissai mes compagnons sortir, et je m'enfermai, dans ma chambre, avec Balzac.

La vie de Balzac? Un permanent foyer de création, un perpétuel, un universel désir, une lutte
effroyable. La fièvre, l'exaltation, l'hyperesthésie
constituaient l'état normal de son individu. Pensées,
passions grondaient en lui comme des laves en bouil-
lonnement, dans un volcan. Il menait de front quatre
livres, des pièces de théâtre, des polémiques de journal,
des affaires de toutes sortes, des amours de tout
genre, des procès, des voyages, des bâtisses, des
dettes, du bric-à-brac, des relations mondaines, une
correspondance énorme, la maladie.

Après avoir recréé le monde, Balzac ne s'est pas
reposé le septième jour.

Les femmes allemandes et M. Paul Bourget.

Ce même soir, von B... nous emmena souper chez
un riche industriel de ses amis... Ce n'était point
une réception priée. Il n'y avait là que des intimes,
six ménages qui avaient l'habitude de se réunir tous
les soirs. Les hommes, un peu lourds de manières,
peut-être, mais fort intelligents et accueillants; les
femmes, pas très jolies, pas très élégantes, mais toutes
charmantes, non point à la façon des femmes de
Paris, mais charmantes, d'un charme plus sérieux,
plus profond, et plus lent, qui ne vient point de leurs
toilettes, ni de leur coquetterie, qui vient d'elles-mêmes,
de leur naturel et de leur esprit.

La maison est fort joliment arrangée, un peu comme
un intérieur anglais, où le luxe, le confort correspondent
si bien aux besoins de la vie quotidienne... Les meubles,
quelques-uns trop massifs, d'autres trop étriqués, ne

satisfaisaient pas toujours mon goût de la sobriété et
de la ligne. Je dois dire pourtant qu'ils étaient réduits
au minimum de laideur que comporte le modern-
style... Ce ne fut qu'une impression momentanée,
car les meubles ont ce mystère familier, qu'ils prennent
très vite le visage et l'âme de leurs propriétaires. Par
exemple, je fus ravi de ne voir aux murs que des
tableaux français, choisis avec une décision d'art très
hardie et très sûre : de très beaux paysages de Claude
Monet, de puissantes natures mortes de Cézanne, les
plus admirables nus de Renoir. La salle à manger est
ornée d'exquis panneaux de Vuillard. Dans le cabinet
de travail, des décorations de Pierre Bonnard, sobres,
substantielles, harmonieuses, avec ce goût si aigu, si
incisif, de l'observation des formes en mouvement,
et cette qualité de matière, cette richesse de couleur,
qui n'appartiennent qu'à lui. Çà et là, des van Gogh,
des Vallotton, extraordinairement expressifs, des
Roussel, légers, fluides, dignes de Corot et de Poussin.
Un grand Courbet — paysage de roches jurassiennes
— occupe magnifiquement la place d'honneur, dans le
salon. Toute une suite de pastels de Lautrec, quelques-
uns très libres, des aquarelles, des dessins de Guys et
de Forain, égaient le lumineux escalier, ainsi que le
palier du premier étage. Sur des colonnes et des socles,
sur les cheminées et les meubles, des marbres et des
bronzes de Rodin, de délicieux bois de Maillol. Je vis
que ce choix, ni le snobisme, ni la mode, ni le désir
d'étonner ne l'avaient imposé, mais une préférence
esthétique très raisonnée, très intelligemment ex-
pliquée, surtout par les femmes... Il fallait donc que je
vinsse en Allemagne, pour avoir la joie de voir, ainsi
compris, ainsi fêté, ce que j'aimais, et, pour toute une
soirée, sentir ce plaisir si rare, même en France, d'être

en communion de goûts et de pensées avec les êtres qui vous entourent...

Comme je m'attardais à regarder une très importante toile de Vallotton : des *Femmes au Bain*, notre hôtesse me dit :

— Je suis choquée de voir que M. Vallotton n'a pas encore conquis, chez vous, la situation qu'il mérite et qu'il commence à avoir en Allemagne. Ici, nous l'aimons beaucoup; nous le tenons pour un des artistes les plus personnels de sa génération. C'est vraiment un maître, si ce mot a encore un sens, aujourd'hui. Son art, très réfléchi, très volontaire, très savant, un peu farouche, ne tend pas à nous émouvoir par les petits moyens sentimentaux. On le sent à l'étroit, et comme mal à l'aise, dans les sujets intimes. Mais comme il se développe, comme il s'amplifie dans les grands! Ce qui me plaît si fort en lui, c'est cette constante et claire recherche de la ligne, des combinaisons synthétiques de la forme, par où il atteint très souvent à la grande expression décorative. Je trouve qu'il y a, en lui, la force sévère, la tenue puissante des grands classiques. Sa sécheresse linéaire, qu'on lui reproche si injustement, à mon sens, est, peut-être, ce qui m'impressionne le plus, dans son œuvre... Elle a quelque chose de mural... Pourquoi ne lui donne-t-on pas, chez vous, à exécuter de vastes fresques? Aucun autre artiste n'y réussirait davantage... Mais c'est un art perdu, aujourd'hui, je sais bien... Il ne s'accorde plus à notre civilisation bibelotière et compliquée.

Les femmes cultivées, les femmes dites intellectuelles, sont assommantes. Je les fuis comme la peste. Rien ne m'est plus odieux que leur bavardage, où s'étale, bouffonne et dindonne, une prétention à l'esprit, au savoir, à l'originalité de la pensée, qui n'est le plus souvent que l'apanage des ignorants et des sots. Elles n'peuvent avoir de l'intelligence avec simplicité. Le talent n'est, chez elles, que l'aggravation de la sottise... Nous avons en France, une femme, une poétesse, qui a des dons merveilleux, une sensibilité abondante et neuve, un jaillissement de source, qui a même un peu de génie... Comme nous serions fiers d'elle!... Comme elle serait émouvante, adorable, si elle pouvait rester une simple femme, et ne point accepter ce rôle burlesque d'idole que lui font jouer tant et de si insupportables petites perruches de salon! Tenez! la voici chez elle, toute blanche, toute vaporeuse, orientale, étendue nonchalamment sur des coussins... Des amies, j'allais dire des prêtresses, l'entourent, extasiées de la regarder et de lui parler.

L'une dit, en balançant une fleur à longue tige :

— Vous êtes plus sublime que Lamartine !

— Oh !... oh !... fait la dame, avec de petits cris d'oiseau effarouché... Lamartine !... C'est trop !... C'est trop !

— Plus triste que Vigny !

— Oh ! chérie !... chérie !... Vigny !... Est-ce possible ?

— Plus barbare que Leconte de l'Isle... plus mystérieuse que Mæterlinck !

— Taisez-vous !... Taisez-vous !

— Plus universelle que Hugo !

— Hugo !... Hugo !... Hugo !... Ne dites pas ça !... C'est le ciel !... c'est le ciel !

— Plus divine que Beethoven !...

— Non... non... pas Beethoven... Beethoven !... Ah ! je vais mourir !

Et, presque pâmée, elle passe ses doigts longs, mols, onduleux, dans la chevelure de la prêtresse qui continue ses litanies, éperdue d'adoration.

— Encore! encore!... Dites encore!

Ces façons sont inconnues de la femme allemande. Chez elle, on sent que la culture n'est pas une chose exceptionnelle, ni de métier, qu'elle n'est pas une aventure, une religion, et — qu'on me permette ce mot peu galant — une blague. La femme allemande ne cherche pas à nous étonner, à nous éblouir; elle cherche à s'instruire un peu plus, à comprendre un peu plus, au contact des autres. Elle a de la sincérité, du naturel, de la passion, dans l'intelligence, — ce qui est une grande séduction, — et, comme elle appartient à une race, douée au plus haut point de l'esprit critique, il arrive que, sans le vouloir, elle nous embarrasse souvent, jusque dans les choses que nous croyons le mieux connaître. Ce que j'apprécie surtout, en Allemagne, ce que je considère comme la plus précieuse de toutes les élégances féminines, c'est que la femme la plus solidement instruite sait rester femme, n'être jamais pédante. Ses devoirs d'épouse, de mère, de maîtresse de maison, ne l'humilient pas, ne lui causent ni gêne, ni ennui, ni dégoût. Elle les concilie très bien avec ses désirs, sa passion de culture intellectuelle. J'ai même remarqué qu'elle met à remplir ses devoirs plus d'honnêteté, de rigueur, plus de joie, parce qu'elle en comprend mieux le sens supérieur; plus de grâce aussi, parce qu'elle en sent davantage la beauté pénétrante et forte. Je n'ai jamais aussi bien compris qu'une femme intelligente, qui sait être intelligente, n'est jamais laide. Et je crois bien que c'est ici que j'ai contracté cette sorte de haine, ou de pitié, je ne sais, pour la très belle femme qui s'obstine à ne vouloir nous charmer que par sa beauté inutile, et par ses robes de Doucet, et par ses chapeaux de Reboux.

Cette soirée, dans cette maison, nous fut un délice.

Les femmes savaient tout, parlaient de tout, — même des choses françaises, frivoles ou sérieuses, — avec une précision, une justesse, et des détails qui allèrent jus qu'à nous stupéfier. Comme j'étais encore tout frissonnant de mes souvenirs sur Balzac, je mis la conversation, le plus naturellement du monde, et avec l'espoir, sans doute, d'un petit succès, sur notre grand romancier. Oh! ma surprise, et —pourquoi ne pas l'avouer? — ma déception de voir qu'elles le connaissaient aussi bien, sinon mieux que moi!... Pas dans sa vie, peut-être, mais dans son œuvre. Aucun des personnages de *La Comédie humaine* ne leur était étranger... Elles en commentaient la signification, le caractère, la portée sociale, avec un sens très averti des passions humaines, et sans la moindre pruderie.

L'une dit :

— Bien qu'il y ait, dans ses livres, un fatras mélodramatique qui me fatigue quelquefois, et qu'il peigne des mœurs — les mœurs parisiennes — qui ne nous sont pas toujours très familières, Balzac est, de tous vos écrivains — de tous les écrivains, je pense — celui qui me semble avoir exprimé la vie — non pas seulement individuelle, mais la vie universelle — avec le plus de vérité et le plus de puissance... Gœthe me paraît tout petit, tout menu, à côté de ce géant. Certes son intelligence est incomparable. Mais qu'est l'intelligence de Gœthe, auprès de cette intuition prodigieuse, par laquelle Balzac peut recréer tout un monde et le monde ?... Il est un peu désespérant... La vie, non plus, n'est guère belle, même chez nous, où l'hypocrisie nous tient lieu de vertu... C'est pour cela qu'on ne le comprend pas toujours très bien en Allemagne... Nous nous vantons de n'aimer que les méthodes expérimentales, mais nous sommes, plus qu'on ne croit, encore asservis

aux dogmes du vieux romantisme de Schelling...
Malgré nos savants, toute métaphysique n'est pas
morte, chez nous... Quoiqu'on dise, croyez-moi, la vie
nouvelle qu'apporta Nietzsche, n'a pas germé, partout,
sur la terre allemande.

Puis, ce fut le tour de Renan, de Taine, de Zola, de
Flaubert... de tous, et même — dégringolade! — de
M. Paul Bourget.

Elles étaient curieuses — comme d'un petit jeu de
société, j'imagine — de savoir ce que je pensais de
M. Paul Bourget... Est-ce que, vraiment, je pensais
quelque chose de M. Paul Bourget? Bah

Je répondis :

— J'ai connu Bourget autrefois... Je l'ai beaucoup
connu... Nous étions fort amis. Cela me gêne un peu,
pour en parler... Et puis, il a pris par un chemin... moi
par un autre... Mais il y a si longtemps de cela qu'il
me semble bien qu'il est mort...

Je mis un temps, comme à la Comédie, et :

— C'était un garçon intelligent... déclarai-je, sur
un ton d'oraison funèbre.

Elles se récrièrent... J'insistai bravement :

— Je vous assure... intelligent... très intelligent...
Tenez, c'est peut-être Bourget qui a le mieux senti
Balzac... qui en a le mieux parlé... Il était très jeune,
alors... et charmant... Il avait une certaine générosité
d'esprit... sauf que, déjà, il n'aimait pas les pauvres...
Oh! il avait les pauvres en horreur... Il ne les trouvait
pas dignes de la littérature... ni de l'humanité... Étant
plus jeune que moi, il me protégeait, m'éduquait,
me tenait en garde contre ce qu'il appelait les embal-
lements un peu trop naïfs, un peu trop grossiers aussi
de ma nature... Un jour que nous remontions les
Champs-Élysées, il me dit : « Laissez donc les pauvres...

ils sont inesthétiques... ils ne mènent à rien. » Et,
me montrant les beaux hôtels qui, de chaque côté,
bordent l'avenue : « Voilà, cher ami... C'est là!... »
Ah! si j'avais su profiter de ses leçons... Enfin, il était
charmant... Depuis, la vie, n'est-ce pas?... toutes sortes
d'ambitions...

— Il est si ennuyeux!.... s'écria une dame, avec une
conviction qui nous fit tous éclater de rire...

— Enfin, comment est-il?... demanda une autre
dame.... Est-il vrai que les femmes françaises raffolent
de lui? Je ne puis le croire...

— Mon Dieu!... elles ont peut-être raffolé de lui,
autrefois. Oh! autrefois... Tout est possible. Il le
croyait, d'ailleurs... Mais Bourget a cru à tant de
choses... auxquelles il ne croyait pas!... Maintenant,
il est gras, un peu bouffi, et il est très, très vieux...
Il ne flirte plus guère qu'avec Joseph de Maistre
M. de Bonald, la monarchie, le pape...

— Pauvre garçon!... gémit la dame, avec une voix
et une mine également compatissantes.

— Ne le plaignez pas... Il y a là aussi des dessous à
chiffonner... Il est vrai que ce ne sont plus ceux de la
dame au corset noir.

Un souvenir, alors, me revint :

— Le vieux père Augier, qui était un bourgeois
impénitent, m'a fait, sur Bourget, un mot qui le bio-
graphie assez bien... Il est pittoresque, mais un peu
vulgaire... Je n'ose...

— Dites... dites!...

— Eh bien, Augier m'a dit... il me l'a même dit en
vers : « Votre Bourget, mon cher, mais c'est un cochon
triste!... » Je rapportai le mot à Bourget... Il s'en
montra ravi...

— A cause de « triste »?... sans doute...

— Non... à cause de « cochon »... C'était bien plus avantageux pour un romancier psychologue...

— Cela est très drôle... Mais vous ne nous avez toujours pas dit comment il est?...

— Je vais, si vous le permettez, vous raconter encore une histoire... La dernière fois que je vis Bourget, c'était à Cannes, comme vous devez le penser... Maupassant nous avait invités à déjeuner sur son yacht... En me voyant, attendant, moi aussi, sur la jetée, le canot du *Bel Ami*, Bourget ouvrit les bras, s'exclama : « Vous?... Ah! que je suis heureux!... Il y a tellement longtemps!.. Cela me fait une telle joie de vous revoir!... Toute ma jeunesse! »... Et il m'embrassa, le cher Bourget... Après quoi : « Vous savez?... Vous allez être très étonné... Vous verrez un Maupassant transformé... oh! transformé! » L'orgueil riait par tous les plis de sa face... Il me confia : « Vous savez?... Je l'ai enfin amené à la psychologie, oui, mon cher, à la psychologie! »... C'était, en effet, l'année où le pauvre Maupassant écrivait *Notre Cœur*, hélas!... Bourget remarqua mon peu d'enthousiasme... Il me le reprocha : « Comment? fit-il... ce n'est donc pas une chose énorme... énorme? » — « Si... si... dis-je... oh! si! » — « Mais c'est le plus grand événement de ce temps... Quel malheur que Taine soit mort! Comme il eût aimé cela! » Il ajouta : « Ç'a été dur!... Maintenant, Dieu merci, c'est fait!... » Sur le *Bel Ami*, nous trouvâmes M. Jacques Normand, M. Henry Baüer, M. Valentin Simond, alors directeur de *L'Écho de Paris*, et ce bon docteur Cazalis, qui songeait déjà à guérir les rhumatismes aixois par la méthode préraphaélite... Le déjeuner fut morne, morne... Maupassant ne disait pas un mot... Il était si affreusement triste, il nous regardait avec des regards si étranges, si étrangement lointains, que je ne

pus m'empêcher de lui demander : « Qu'est-ce que tu
as?... Es-tu malade? »... Il se décida enfin à répondre :
« Non... Je ne suis pas malade... seulement... voilà...
tu comprends?... Hier... tiens!... à la place où tu es, il y
avait la princesse de Sagan... là, où est Baüer, la comtesse de Pourtalès... Qu'est-ce que tu veux? » J'étais,
en effet, très étonné... mais pas de cet étonnement
admiratif que m'avait promis Bourget... Maupassant
avait levé ses bras vers le plafond d'acajou verni, puis
les avait laissé retomber, avec accablement... Maintenant, le coude sur la table, la tête appuyée sur sa
paume, l'œil cerclé de rouge, et déjà tout brouillé
par la buée trouble de cette folie qui devait bientôt
l'emporter, il répéta, en bredouillant : « Qu'est-ce que
tu veux?... qu'est-ce que tu veux? »... Puis : « Ces
femmes-là... je les adore... parce que, mon vieux,
vois-tu?... elles ont quelque chose que les autres n'ont
pas, et qu'avaient nos aïeules... nos chères aïeules...
l'amour de l'amour! » Tous, nous avions le cœur serré
sauf Bourget qui, s'adressant à Maupassant, lui demanda : « Et *Notre Cœur?*... Où en êtes-vous? » Et,
comme Maupassant ne répondait pas, faisait un geste
vague : « Quel beau titre! » s'écria Bourget, qui nous
prit à témoins... Vous verrez... ce sera le plus merveilleux livre!... Un livre extraordinaire! » Il eut le
courage ou l'inconscience d'appuyer plus lourdement
encore : « Il me le doit... car c'est moi qui l'ai amené
à la psychologie... N'est-ce pas, Maupassant?... c'est
moi? Dites que c'est moi? » Alors, Maupassant hocha la
tête, et il se mit à rire, d'un rire pénible qui me fit l'effet
d'une sonnerie électrique qui se déclenche... Jamais,
rien de si douloureux, de si funèbre... Voilà donc où
il en était, ce rude garçon, que, tant de fois, sur les
berges de la Seine, bras nus, maillot collant, j'avais vu

manier l'aviron avec un si bel entrain de joyeux cano-
tier!... Ce furent d'atroces moments... Je fis tout pour
abréger cette angoissante visite. On nous débarqua à
Antibes... Bourget voulut, à toutes forces, me reconduire jusqu'au train qui me ramenait à Nice... Comme
nous nous quittions, je lui frappai sur l'épaule, et je
lui dis : « Ah ! oui !... vous l'avez amené à la psychologie... Il y est, le pauvre bougre... il y est en plein !...
Mes compliments, mon cher Bourget... » Depuis, je
ne l'appelle plus « mon cher Bourget », ni même
« Bourget », je ne l'appelle plus du tout... Car je ne l'ai
jamais revu... C'est le général Mercier qui l'a revu...

Nos colonies.

Le lendemain, von B... rentrait à Berlin par le
chemin de fer ; sa Mercédès aussi... Nous, nous filions
sur Mayence...

A Mayence, nous avons rencontré un certain docteur Herrergerschmidt, le vieil Allemand classique,
comme il s'en trouve encore, dans les stations
de la Suisse, l'Allemand à longue redingote, à
barbe broussailleuse, et à lunettes rondes. Mais je
constate que la race s'en perd, de plus en plus.

Épigraphiste de son métier, le docteur a rapporté
de Tunisie de très belles pierres puniques, à moins
qu'elles ne fussent phéniciennes — il n'est pas encore
fixé — et qui offrent, pour l'Histoire, un intérêt
capital, en ce sens qu'elles sont absolument indéchiffrables...

— Indéchiffrables, répète-t-il, avec admiration...
C'est là le plus beau !

Il en a fait don au musée de Francfort, qui les a
refusées...

— Oui, monsieur, refusées... Ce sont des ânes!...

Il consent à me les céder pour pas très cher... pour
presque rien...

— De si belles inscriptions!... Syriaques, qui sait?...
ou, peut-être, persanes?... Pour quelques marks!...

Mais je refuse, moi aussi... Le docteur n'insiste pas
davantage, hausse les épaules, et :

— Bêtise!... fait-il simplement... Bêtise!

Il connaît beaucoup le Maroc, pour avoir placé à
Tanger, et même, à Fez, assure-t-il, un lot important
de machines à coudre et à écrire... « pas puniques,
pas phéniciennes... non... allemandes, monsieur... Ah!
ah! ah!... De la bonne fabrication allemande!... » Il
s'écrie :

— Très beau, le Maroc!... Un pays, très beau...
Et les Marocains, de très braves gens, monsieur...
de si excellentes gens!... Ah! les braves gens!...

Nous parlons de la toute récente frasque de l'empereur Guillaume, son débarquement à Tanger... Le
docteur dit :

— A quoi bon faire des choses si inutiles?... Toutes
ces démonstrations bruyantes... théâtrales... Ah! je
n'aime pas ça... Oui... je sais, l'honneur national?...
Mais l'honneur national, monsieur, c'est le commerce...
Et le commerce allemand va très bien au Maroc...
Il va très bien, très bien... parce que nous avons, au
Maroc, des agents admirables... admirables... oui,
monsieur... les meilleurs agents du monde... les Français!...

Un rire agite, dans tous les sens, tous les longs poils
de sa barbe... Et il reprend sur un ton où l'ironie est
restée...

— J'aime beaucoup les Français... Vous autres
Français... vous avez de grandes... grandes qualités...
des qualités brillantes... énormes... vous êtes... vous
êtes...

Il cherche à définir ce que nous sommes, nous autres
Français... à citer des exemples caractéristiques de nos
si brillantes qualités; et, ne trouvant ni définition,
ni exemples, il s'en tient, décidément, à sa première
affirmation, si vague :

— Enfin... vous avez de grandes qualités, ah!...
Mais, excusez-moi... vous n'êtes pas toujours faciles à
vivre... Autoritaires en diable... tracassiers, agressifs,
chercheurs de noises et de querelles... un peu pillards...
hé!... hé!... et même cruels... —je parle, dans vos colonies, vos protectorats... partout, où vous avez un établissement, une influence quelconque... — est-ce
vrai?... Enfin, on vous déteste... on vous a en horreur!... Hein?... Vous en convenez?... C'est très triste...

Voyant que je ne réponds pas, il va, il va, le bon
docteur.

— Alors, les indigènes ne pensent qu'à se soustraire
à votre autorité... à ruiner, s'ils le peuvent, votre
influence... Et s'ils trouvent une bonne occasion — on
trouve toujours une bonne occasion — de vous embêter, de vous massacrer, de vous supprimer... Dame!
écoutez donc?... Ne vous fâchez pas, monsieur... Nous
causons, n'est-ce pas?... Je fais de l'histoire... Je fais votre
histoire... votre histoire coloniale... et même votre histoire nationale... Si elle a été souvent glorieuse — mais
qu'est-ce que la gloire, mon Dieu? — elle n'a pas été
toujours bien généreuse... Toutes ces querelles... toutes
ces gue res... tout ce sang... au long des siècles!... Enfin,
n'importe... J'aime beaucoup les Français... Nous leur
devons la grandeur allemande... On ne peut pas oublier

ça!... Ah! ah!... Et tenez... je suppose... au Maroc...
parfaitement... au Maroc, il y a aussi des Allemands...
Les Allemands sont lourds, bêtes, ridicules... Ils boivent
de la bière et mangent des saucisses fumées... Je sais...
je sais bien... Mais ils sont gentils avec le Marocain...
Ils respectent ses mœurs, ses coutumes, sa religion,
son droit à rester un être humain... Ils l'aident, à l'occasion, et, au besoin, le défendent, sans l'exciter ostensi-
blement contre les autres... Ils lui donnent confiance...
Et, comme il y a toujours quelque chose à faire, au
Maroc, quelque chose à y vendre... hé, mon Dieu,
c'est l'Allemand qui profite tout naturellement des
bonnes dispositions de l'indigène, et de sa haine contre
les Français... Voyez-vous... ça n'est pas plus compliqué que ça!... La diplomatie, monsieur... quelle
sottise!... Moi, j'aurais été l'Empereur, je ne me serais
mêlé de rien. J'aurais dit, en fumant tranquillement,
ma bonne pipe de porcelaine : « Laissons faire les Français... Ils travaillent pour nous... » Et, là-dessus, j'aurais pris un grand verre de cette bière excellente, qui
nous rend stupides et si lourds...

Tout à coup, il embrouille encore plus sa barbe, dont
les mèches dorées se projettent de tous les côtés.

— Tenez! propose-t-il... Nous allons faire un pari...
c'est cela... un petit pari... Nous allons parier mes très
belles pierres puniques contre ce que vous voudrez...
ce que vous voudrez, ah!... Nous allons parier que, si
les Français quittaient le Maroc, et qu'il ne restât
plus, au Maroc, avec les Marocains, que des Allemands...
il n'y aurait plus d'embêtements... plus de grabuges,
d'anarchie, de guerres, de massacres... plus rien... Le
Maroc redeviendrait, subitement, une sorte de Paradis
terrestre... Vous ne voulez pas?... Non? Vous avez
raison...

34.

Puis, après un petit silence :

— Vous ne voulez pas non plus, décidément, de mes inscriptions puniques, phéniciennes, syriaques ou persanes?... Allons, monsieur, cent marks?... Non plus?... Dommage... dommage!...

Strasbourg.

Après avoir traversé le Rhin à Kehl, en dépit de nos lettres de recommandation et de nos beaux cachets rouges, nous avons dû passer par de longues et coûteuses formalités douanières. Absolument libre, en Allemagne, la circulation automobile subit en Alsace des règlements vexatoires, qui ont pour résultat de gêner beaucoup le commerce alsacien. Les hôteliers, les marchands, et surtout les propriétaires de ces luxueux garages installés dans les villes, supplient le gouvernement de rapporter des mesures qui les ruinent, en éloignant, de plus en plus, les automobilistes de ces régions admirables, hier encore très fréquentées pour la joie et au bénéfice de tout le monde. Mais le gouvernement reste sourd à ces doléances. Il a encore de la défiance, une sorte de rancune sourde contre ce pays.

Je n'avais pas revu Strasbourg depuis 1876. Faut-il dire que je ne l'ai pas reconnue? A l'exception du quartier de la cathédrale, et de ce vieux quartier si pittoresque, qu'on appelle la petite France, rien d'autrefois n'est resté. Et encore, ces derniers vestiges, où nous nous retrouvons, vont bientôt disparaître. La pioche y est déjà. Aujourd'hui Strasbourg est une ville magnifique, spacieuse, et toute neuve, la ville des belles

maisons blanches et des balcons fleuris. Nous n'en
avons pas une pareille en France. Les larges voies des
nouveaux quartiers, luisantes comme des parquets
suisses, les universités monumentales, tous ces palais
élevés à l'honneur des lettres, des sciences, et des
armes aussi, par lesquels l'Allemagne s'est enfoncée
jusqu'au plus profond du vieux sol français, ces jardins merveilleux, ce commerce actif qui, partout,
s'épanouit en banques énormes, en boutiques luxueuses,
et cette armée formidable qui veille sur tout cela,
doivent faire réfléchir bien douloureusement ceux
qui gardent encore, au cœur, d'impossibles espérances.
Ah! je plains le pauvre Kléber qui assiste, sur sa
place, impuissant et en bronze, au développement
continu d'une cité à qui il a suffi d'infuser du sang
allemand pour qu'elle acquît aussitôt cette force et
cette splendeur. Telle fut, au moins, ma première
impression.

Je n'ai pas la prétention, en traversant une ville,
de juger de sa mentalité. Un voyageur est dupe de
tant d'apparences! Et tant de choses lui échappent!...
Mais j'ai longuement causé avec un Alsacien très intelligent, qui ne se paie pas de mots. Il m'a dit :

— Strasbourg est complètement germanisée... Quelques familles bourgeoises résistent encore. Mais leur
résistance se borne à ressasser, en français, d'anciens
souvenirs, le soir, autour de la lampe... Elles n'ont ni
influence, ni crédit. N'oubliez pas, non plus, que le
prêtre, en ce pays très catholique, s'est fait tout de
suite l'agent le plus ardent, le plus écouté de la conquête définitive. Par intérêt, par politique, le prêtre
est devenu profondément, agressivement allemand.
Il n'a même pas attendu le dernier chant du coq gaulois, pour renier sa patrie!... Au vrai, il n'y a plus ici

que très peu d'Alsaciens, noyés sous un flot d'Allemands qui, après l'annexion, sont venus en Alsace,
comme on va aux colonies, prospecter des affaires et
chercher fortune. Ce n'est pas la crème de l'Allemagne.
Nos fonctionnaires, tous allemands aussi, ne sont pas,
non plus, la crème des fonctionnaires. Beaucoup
avaient de vilaines histoires, là-bas... Au lieu de les
mettre en prison, on les a mis en Alsace... Et ils espèrent
se faire pardonner, en affichant un zèle exagéré... Ils
sont rigoureux, formalistes, très durs, et nous tiennent
sous une tutelle un peu humiliante... Par exemple,
nous avons ce qu'il y a de mieux comme armée... Sous
ce rapport, on n'a pas lésiné, pas marchandé...
vingt mille hommes!... Les meilleurs, les plus solides
régiments de tout l'Empire... Oh! nous n'en sommes
pas très fiers... Je dois dire pourtant que les militaires
ont beaucoup perdu de leur arrogance, de leur morgue...
Les officiers sont affables, se mêlent davantage à la
vie générale, vivent en bonne harmonie avec l'élément civil... Beaucoup sont riches et font de la dépense... Et puis, les musiques, qui se prodiguent dans
les squares et sur les places, sont excellentes...

Comme je lui parlais de l'énorme développement
de la ville :

— Oui!... fit-il assez vaguement... C'est surtout un
décor, derrière lequel il y a bien de la misère... pour
ne rien exagérer, bien de la gêne. Quoique l'Alsace ait
un sol fertile, et qu'elle soit, pour ainsi dire, la seule
province agricole de tout l'Empire, nous n'en sommes
pas plus riches pour cela. La crise économique, qui
frappe les centres industriels de la métropole, nous
atteint, nous aussi... Les impôts nous écrasent... La
vie est horriblement chère, quarante-cinq pour cent de
plus qu'autrefois... Matériellement, nous ne sommes

donc pas très heureux... Moralement, politiquement,
nous restons, sous l'autorité de l'Allemagne, ce que
nous étions sous celle de la France : soumis, passifs,
et mécontents... On se trompe beaucoup en France sur
la mentalité et la sentimentalité de l'Alsacien. Il n'est
pas du tout tel que vous le croyez, tel que le représentent de fausses légendes, et toute une littérature stu-
pidement patriotique... L'Alsacien déteste les Allemands, rien de plus exact... Vous en concluez qu'il
adore les Français... Grave erreur! S'il est vrai que
dans l'imagerie populaire et les dictons familiers d'un
pays se voie et se lise l'expression de ses sentiments
véritables, vous serez fixé tout de suite quand vous
saurez, de quelle façon peu galante et pareille, l'Alsacien
traite les Allemands et les Français. Il dit des Allemands
qu'ils sont des *schwein*, des porcs; il appelle les Français, des « welches »!...

Je croyais avoir entendu : des belges. Je lui en fis la
remarque.

— Welches... belges..., c'est le même mot, répondit-il. Et croyez que, dans son esprit, ceci n'est
pas moins injurieux que cela. Au fond, ça lui est
tout à fait indifférent d'être Allemand ou Français... Ce qu'il voudrait, c'est être Alsacien... Ce
qu'il rêve?... Son autonomie... Seulement, saurait-il
s'en servir?... J'ai bien peur que non... Un esprit de
discipline traditionnel, atavique, le fait obéir, en rechignant, obéir tout de même, tantôt à la France, tantôt
à l'Allemagne... Mais, livré à lui-même, je crains qu'il
ne se perde dans toutes sortes de querelles intestines.
Je ne crois pas qu'il sache, qu'il puisse se conduire tout
seul... Il a besoin qu'on le mène par la bride... Fâché,
il devient vite agressif, abondamment injurieux... Si
vous connaissiez son patois?... Oh! bien plus riche en

couleurs que l'argot parisien... Excellent homme, d'ailleurs, qu'il faut aimer, car il a de fortes qualités...

Il sourit, et je pus constater que son sourire n'avait aucune amertume.

— Je vous dis mes craintes... Craintes tout idéales, n'est-ce pas?... Car l'autonomie de l'Alsace, voilà une question qui n'est pas près de se poser...

Il ajouta :

— Peut-être, de devenir Allemands, y avons-nous gagné un peu de dignité humaine... Tenez, sous l'Empire, Colmar était ignoblement sale, puante, décimée par la fièvre typhoïde. Elle n'avait pas d'eau, et en réclamait, à grands cris, mais vainement, depuis plus de cent ans. Le lendemain même de la conquête, le premier acte du gouvernement allemand a été d'amener, du Honach, d'abondantes sources d'une eau excellente, avec laquelle on a inondé et purifié la ville... Oui, les Allemands nous ont appris la propreté et l'hygiène, ce qui n'est pas négligeable, et l'insouciance de l'avenir, ce qui nous a fait une âme moins sordide et moins âpre. L'Allemand — je ne dis pas le juif allemand — l'Allemand ignore l'économie. Il est — non pas fastueux — car le faste suppose une imagination dans le goût, ou une ostentation dans la personnalité, que l'Allemand n'a pas, — mais très dépensier. Il dépense tout ce qu'il a, et souvent plus que ce qu'il a, au fur et à mesure de ses désirs et de ses caprices, presque toujours enfantins et coûteux. Un détail assez curieux... A Berlin — je dis Berlin, c'est toute l'Allemagne que je pourrais dire — le jour même des vacances, plus de deux cent mille familles quittent la ville... Elles vont s'abattre un peu partout, mais particulièrement en Suisse... Vous avez dû les rencontrer, au bord de tous les lacs,

au sommet de toutes les cures d'air... Ces braves gens,
un peu naïfs, un peu bruyants, un peu encombrants,
emportent avec eux tout l'argent qu'ils ont chez eux...
Soyez sûr qu'ils ne rentreront à la maison que lorsqu'ils
auront usé jusqu'à leur dernier pfennig... Aussi les
universités, les collèges, les pensions, qui connaissent
ces mœurs-là, obligent-ils les pères de famille à payer,
avant de partir, la future année scolaire de leurs enfants... Sans cela... cette fameuse instruction !...

Il se mit à rire.

— Eh bien, nous devenons, un peu, comme ça...

— En somme? quoi? interrogeai-je... vous n'êtes
pas trop malheureux, sous le régime allemand?

Il répondit simplement :

— Mon Dieu !... On vit tout de même... Quand on
ne peut pas être soi... d'être ceci, ou bien cela... Turc,
Lapon, ou Croate... allez... ça n'a pas une grande
importance...

— Et la Lorraine?

— Ça, c'est une autre histoire... Elle est restée française, jusque dans le tréfonds de l'âme... Sourires ou
menaces, rien n'entame ce vieux sentiment, obstiné et
profond... comme l'espérance...

Berlin-Sodome.

Comme nous allions quitter Strasbourg, pour parcourir l'Alsace, au moment même de nous installer dans
l'auto, nous vîmes accourir, épanoui d'aise, toujours
aussi peu soigné, fatiguant sa barbe et polissant son
front, mon ami Albert D... Il paraissait essoufflé mais
ravi de la rencontre. Il promenait en Allemagne ce vête-

ment et un chapeau qui ne sont pas, depuis quelque
quinze ans, indifférents qu'aux saisons, comme je le
croyais, qui le sont aussi aux latitudes et aux frontières,
j'eus la surprise de le constater...

— Enfin, s'écria-t-il, après s'être incliné devant les
dames, enfin !... Je trouve des Français... je trouve des
Parisiens, des êtres simples, candides... des êtres nor-
maux et vertueux... Laissez-moi vous regarder !

Ses lèvres s'avançaient pour rire; il ne criait pas
moins fort que, rue Laffitte ou rue Richepanse, lorsqu'il
parle d'art, et ne forçait pas moins sa voix jusqu'au
fausset.

— Oui, mes amis, j'arrive de Berlin... Vous n'avez
pas été, cette fois-ci, jusqu'à Berlin ?... Allez à Berlin...
allez-y... il faut absolument aller à Berlin... Il faut le
voir, le revoir... C'est prodigieux... kolossal !... comme
ils disent... Allez-y !...

Et, me prenant par le bras comme pour m'y entraîner, il parlait toujours :

— Toutes les fois que j'y reviens, j'y ai une surprise
nouvelle... C'est que j'ai connu Berlin, en 56, moi...
Une grande ville de province, pleine de soldats, triste,
l'air pauvre. A présent, le luxe s'y étale... brououu...
Et le dévergondage ?... Brououu !... Ah !... Kolossal !...

Ses yeux se bridaient dans la grimace qu'il faisait en
riant, et il baissait la voix en m'emmenant à l'écart
avec Gerald.

— Des pédérastes ! des pédérastes !... Tous pédérastes !... Les plus grands seigneurs, les officiers, les
ministres, les artistes, les chambellans... et les généraux,
et les grands écuyers, et les ambassadeurs..., tous !...
tous !... Scandales sur scandales... procès sur procès...
disparitions sur disparitions... Kolossal !... D'ailleurs,
vous avez bien lu, en première page du *Temps*, qui n'en

peut mais, ces télégrammes officiels, concernant des
personnages de cour, de là-bas? Ça dépasse en pornographie les annonces de quatrième page, qui font la
fortune du *Journal?...* ·

Il sautillait sur ses vieilles bottines déformées par
la goutte, et se tapait les cuisses, comme un enfant
qui vient de faire une *bonne blague* à son professeur :

— Et savez-vous qu'il s'est formé une ligue de ces
messieurs, en vue d'obtenir l'abrogation d'articles gê-
nants du code, qui les empêchent de... de...

Et, frottant alternativement son nez et son front, il se
mit à pouffer de rire, au grand dommage de mes joues
et de mes narines...

— Oui, mon cher, une ligue... une ligue des Droits de
l'homme et du pédéraste... une ligue avec ses statuts,
ses commissions, ses assemblées générales... brououu!...
des assemblées en rond, je suppose... C'est kolossal!...
Vous voyez qu'ils ne s'en cachent pas... Au contraire... Ils ont eu successivement le bien-être... la richesse... le luxe... Il leur manquait la dépravation...
Maintenant, ils en ont leur mesure... il ne leur manque
plus rien... C'est l'aboutissement· fatal des armes
victorieuses, le couronnement de la *Gründerzeit...* Voilà,
maintenant, qu'ils dépassent les peuples qui ont une
histoire... Ah!... ah!... Et ils en sont assez fiers!... Ils
m'ont scandalisé... positivement scandalisé, moi! Scan-
daliser un Parisien, ça n'est pas rien!... Et ils étaient
aux anges de ma figure ahurie!... Il fallait les voir!...
Kolossal!... Et, pourtant, nous ont-ils dit assez de fois
que nous étions Babylone!...A en croire leurs pasteurs,
ils ne nous ont fait la guerre que pour étouffer ces
germes de vice, brûler Paris qui empoisonnait le
monde!... Eh bien... ils font mieux que nous... Ils sont
Sodome... Sodome-sur-la-Sprée. Naturellement, la pro-

vince suit le mouvement; les officiers et les hauts
fonctionnaires le propagent... Il y a Sodome-sur-la-
Sprée... Mais il y a Sodome-sur-le-Mein, Sodome-sur-
l'Oder, et Sodome-sur-l'Elbe, et Sodome-sur-le-Weser,
et Sodome-sur-l'Alster, et Sodome-sur-le-Rhin... Ah!
ah!... sur-le-Rhin, mon cher.

Comme il n'oublie jamais de manifester son nationalisme, il ajouta :

— Quand nous avons été vicieux, nous autres, —
nous ne le sommes plus guère, la mode en est passée,
— nous l'avons été légèrement, gaiement... Les Allemands, eux, qui sont pédants, qui manquent de tact, et
ignorent le goût, le sont — comment dire? — scien-
tifiquement... Il ne leur suffisait pas d'être pédérastes...
comme tout le monde... ils ont inventé l'*homosexua-
lité*... Où la science va-t-elle se nicher, mon Dieu?...
Ils font de la pédérastie, comme ils font de l'épigraphie.
Ils savent qui a été l'amant de Wagner, et de qui Alci-
biade et Shakspeare ont été les maîtresses. Ils écrivent
des livres sur les amours de Socrate, et sur celles
d'Alexandre le Grand... Ils ont relevé, sur les vieilles
pierres, tous les noms de tous les mignons de tous les
pharaons de toutes les dynasties... Pédérastes avec emphase, sodomites avec érudition!... Et, au lieu de
faire l'amour entre hommes, par vice, tout simplement,
ils sont *homosexuels*, avec pédanterie... Allez à Berlin,
je vous dis... allez revoir Berlin... Ça vaut le voyage...

Nous lui avions tous serré la main, tour à tour, sans
qu'il s'arrêtât de parler, de crier et de rire, et nous
étions loin, déjà, que nous le voyions s'agiter encore, et
nous désigner, du doigt, Berlin, à qui nous tournions le
dos...

Les deux frontières.

Nous nous sommes promenés, pendant cinq jours, à
travers l'Alsace, ses cultures d'orge et de vignes, ses
houblonnières en guirladne, ses belles forêts de sapins,
ses montagnes, aux contours élégants, aux pentes
molles, aux tons très doux de vieux velours... Quelle
lumière attendrie! Quels ciels légers, mouvants! Il me
semblait reconnaître les transparences infinies de la
Hollande. La nature, heureuse d'ignorer les limites qui
séparent les hommes et que leur imposent, tantôt ici
et tantôt là, en avant ou en arrière, leurs sottes querelles, est bien la même qu'autrefois... Nous nous
sommes arrêtés dans ces petites villes Louis XIV, que
gardent souvent des portes plus anciennes, dont les
beffrois, aux faîtes élancés de tuiles vertes, et les
façades peintes, à fresque rose, sont comme des souvenirs de cette vieille Allemagne, qu'elles sont rede-
venues, sans qu'elles en sachent rien...

Dans une de ces petites villes, nous manquons
d'essence... On nous dit :

— Vous en trouverez chez le pharmacien.

Mais le pharmacien n'en a plus... Il vient de vendre
son dernier litre à des Anglais...

— Vous trouverez cela chez le médecin, renseigne-
t-il...

Le médecin est sorti, en tournée de visites. Il n'y a
plus à la maison qu'une petite bonne. Elle nous mène
dans un cellier où j'aperçois un tonneau, plein de « benzine », et un gros bidon d'huile.

— Prenez ce qu'il vous faut...

Elle ne sait même pas ce que cela vaut... Sur mon insistance :

— A votre idée... fait-elle en souriant...

Elle n'est pas jolie, pas même blonde ; et elle n'a pas ce costume dont Henner nous a dégoûtés, et dont, après la guerre, des trafiquants actualistes de bière et de femmes affublèrent, dans leurs brasseries, tant de jolies filles de Montmartre et de Montrouge.

Dans une « restauration », où nous avons fort mal déjeuné, on nous a servi, je ne sais plus quoi :

— Plat allemand ! salue l'un de nous.

— Alsacien, monsieur, riposte vivement l'aubergiste.

Et, comme on nous en apporte un autre :

— Plat français !... Ah ! ah ! crié-je, avec un geste à la Déroulède.

— Alsacien ! alsacien ! rectifie, sur un ton irrité et plus rude, l'aubergiste qui nous tourne le dos.

Et j'ai cru voir, sur ses lèvres, le mot : « welches ! »... Il ne l'a pas prononcé.

C'est ainsi, en flânant, que nous arrivâmes, un soir, tard, à la frontière, à Grand-Fontaine, je crois, joli village égrené, en coquets chalets, dans un vert repli des Vosges. Il était huit heures et demie... Et nous avions l'idée folle d'aller coucher à Baccarat... Pourquoi, mon Dieu ? Le douanier activa les formalités. Malgré l'heure tardive, il ne fit aucune difficulté pour nous rembourser notre dépôt.

— J'ai justement, aujourd'hui, de l'argent français, nous dit-il. Je pense que vous aimerez mieux ça...

Le bureau était très propre, bien rangé ; les hommes, très astiqués, dans leur vareuse verte. Ils nous souhaitèrent bon voyage.

A Raon-la-Plaine, douane française, nous fûmes accueillis comme des chiens. Un trou puant, un cloaque

immonde, un amoncellement de fumier : telle était
notre frontière, à nous... Ce que nous vîmes des maisons,
nous parut misérable et sordide. Des gens hurlaient dans
un café...

Petit, maigre, le képi enfoncé de travers sur la nuque,
une cravate bleue roulée en corde autour du cou, la
vareuse débraillée, dégoûtante de graisse, un douanier
s'était précipité au-devant de la voiture, en agitant une
lanterne... Il nous interrogea, sur un ton impératif,
presque grossier.

— Qu'est-ce qu'il y a dans ces malles?... ces paquets?

— Rien... des effets.

— Que vous dites?... Faudra voir ça!... Mais il est
trop tard... A c't'heure, bonsoir!... Demain!

J'entrai dans le bureau, pour me plaindre au chef...
Une pièce en désordre... un parquet gluant de saletés...
Il n'y avait pas de chef... Un homme dormait sur un
banc, la tête sur un sac... Il poussa un grognement,
puis un juron, au bruit de la porte ouverte... Dehors,
les gens étaient sortis du café... entouraient l'automobile, nous regardaient hostilement, des êtres chétifs,
terreux, la bouche mauvaise, les yeux sournois...

Je décidai de rebrousser chemin jusqu'à Grand-Fontaine, pour y passer la nuit...

Le lendemain matin, il nous fallut subir la visite. Le
douanier s'acharna à la rendre la plus ignominieuse
qu'il put. Il bouscula nos effets dans les malles, brisa
un flacon dans un nécessaire, inventoria, pièce par
pièce, les outils du mécanicien... Jusqu'à un kodak
qu'il fallut enlever de son étui, pour voir ce qu'il y
avait au fond. Cela dura une heure... Je rédigeai une
réclamation... Mais où vont les réclamations?...

Enfin, il nous permit de partir... furieux de n'avoir

rien trouvé de suspect, heureux, tout de même, de nous avoir embêtés...

Comme nous dépassions la dernière maison de cet ignoble village, une pierre, lancée, on ne sait d'où, vint briser une des glaces de l'automobile... J'en fus quitte pour une écorchure légère à la joue.

— Allons! dis-je... Pas d'erreur!... Nous sommes bien en France.

— Sale pays!... maugréa Brossette.

Mais je pense qu'il parlait seulement de Raon-la-Plaine...

Paris, Cormeilles-en-Vexin, 1905-1907.

FIN

TABLE

44194. — Lib.-Imp. réunies, Martinet Dᵣ, 7, rue Saint-Benoît, Paris.